DIE BEFREIUNG VON ZARA

Die Mountain Mercenaries, Buch 6

SUSAN STOKER

Die Hochzeit von Emily
Die Rettung von Kassie
Die Rettung von Bryn
Die Rettung von Casey
Die Rettung von Wendy
Die Rettung von Sadie
Die Rettung von Mary
Die Rettung von Macie
Die Rettung von Annie (8 Feb 2022)

Delta Team Zwei

Ein Held für Gillian (1 Dec 2021)
Ein Held für Kinley (1 Jan 2022)
Ein Held für Aspen (1 März 2022)
Ein Held für Jayme (1 Mai 2022)
Ein Held für Riley
Ein Held für Devyn
Ein Held für Ember
Ein Held für Sierra

SEALs of Protection:

Schutz für Caroline
Schutz für Alabama
Schutz für Fiona
Die Hochzeit von Caroline
Schutz für Summer
Schutz für Cheyenne
Schutz für Jessyka
Schutz für Julie
Schutz für Melody
Schutz für die Zukunft
Schutz für Kiera
Schutz für Alabamas Kinder

KAPITEL EINS

»Die versohlen ihnen gehörig den Hintern! Wir müssen irgendetwas *tun*!«, rief Gabriella.

»Wir können uns nicht dort raus wagen, sonst sind wir auch noch dran«, erklärte Mags geduldig, sah aber besorgt aus.

Zara selbst war sich nicht sicher, ob sie den beiden Männern helfen sollten, die gerade verprügelt wurden. So wie sie aufgewachsen war, in den Armenvierteln von Lima, Peru, hatte Zara gelernt, sich immer zuerst um sich selbst zu kümmern. Alles und jeder andere war zweitrangig gegenüber ihrem angeborenen Bedürfnis zu überleben. Aber sie konnte nicht umhin, sich wegen der Männer, die nur wenige Meter entfernt verprügelt wurden, Sorgen zu machen.

Es war mitten in der Nacht und die Frauen hatten aus der Ferne beobachtet, wie sich ein paar Soldaten des peruanischen Militärs darauf vorbereiteten, eines der Häuser zusammen mit einem Team von Männern aus den Vereinigten Staaten zu stürmen.

Früher hätte Zara alles getan, um die Aufmerksamkeit

der Amerikaner zu gewinnen ... jetzt wollte sie nur noch weglaufen und in Sicherheit sein.

Aber weil sie Mags, die Anführerin ihrer zusammengewürfelten Gruppe, mochte und respektierte, stellte sie sich hinter die Frauen, die sich um die Tür der Baracke drängten, und sah zu, wie zwei Amerikaner von einer Bande von Schlägern verprügelt wurden, die in dem Barrio lebten, das sie alle ihr Zuhause nannten. Niemand widersetzte sich diesen Männern nach außen hin, obwohl Mags und ihre Gruppe alles taten, was sie konnten, um ihnen still und heimlich Widerstand zu leisten.

Aber die Tatsache, dass die Männer begonnen hatten, Kinder zu entführen, um sie an Roberto del Rio zu verkaufen, den berüchtigten und skrupellosen Anführer des größten Menschenhandelsrings in Peru, hatte die Dinge verändert. Das wollte Mags nicht hinnehmen. Niemals.

Zara schob sich ihr kurzes braunes Haar aus den Augen und stellte abwesend fest, dass sie es bald abschneiden sollte. Es war zu lang geworden und sie wollte auf keinen Fall, dass jemand sie ansah und erkannte, dass sie eine Frau war. Mit ihren kurzen Haaren, ihrem schlanken Körperbau, den eng an den Oberkörper gebundenen Brüsten und ihrer kleinen Statur sahen andere genau das, was sie verkörpern wollte. Einen schmutzigen, armen Jugendlichen namens Zed. Sie hatte über die Jahre hart daran gearbeitet, dieses Image zu kultivieren, und während Mags ihre Verkleidung irgendwie sofort durchschaut hatte, warfen die meisten Leute keinen zweiten Blick auf sie.

Und so mochte Zara es. Und so hatte sie es geschafft, die letzten fünfzehn Jahre auf der Straße und in den Barrios von Lima zu überleben. Sie konnte sich kaum an ihr früheres Leben erinnern. Sie wollte sich auch nicht daran erinnern.

Dieses Leben war für immer vorbei. *Dies* war jetzt ihr Leben.

»Sie fliehen«, flüsterte Teresa auf Spanisch. »Irgendetwas muss sie verschreckt haben.«

»Leben sie noch?«, wollte Gabriella wissen.

»Ich weiß es nicht genau ... Moment, doch. Der, der uns am nächsten liegt, hat gerade den Fuß bewegt«, erklärte Teresa.

»Okay, wir müssen schnell sein.« Das war etwas, was alle bereits wussten. Es war nicht das erste Mal, dass sie alles dafür taten, irgendeiner armen Seele zu helfen, die das Pech gehabt hatte, der brutalen Bande zu begegnen. »Wir schnappen uns den Ersten, bringen ihn hierher, und dann kann Zed ihn aufladen, während wir anderen hierher zurückkommen, um den Zweiten auch noch zu holen.«

»Warum lassen wir sie nicht einfach hier liegen?«, wollte Bonita wissen.

Das wollte Zara auch gern wissen, obwohl sie es nie laut ausgesprochen hätte. Die verletzten Männer waren immerhin Fremde. Sie kamen nicht von hier. Sie stammten nicht aus diesem Barrio, warum also sollten sie ihr Leben für sie riskieren?

»Weil sie hier sind, um zu helfen«, erklärte Mags nachdrücklich. »Sie wissen offensichtlich nicht, dass die Männer vom Militär korrupt sind. Sie wissen nicht, dass ihre Mission von Anfang an zum Scheitern verurteilt war, einfach weil diese Soldaten Geld von del Rio kassieren. Wenn einer dieser Männer der deine wäre, ein *guter* Mann, der gegen die Übel der Welt kämpft, anstatt für Satan zu arbeiten, würdest du wollen, dass er so stirbt?«

Alle schwiegen daraufhin.

Zara hatte viel Zeit mit den Frauen um sie herum

verbracht. Sie vertraute ihnen. Sie alle waren bestens mit dem Leiden vertraut.

Maria war neunundzwanzig und kam aus Mexiko. Sie war mit fünfzehn verheiratet worden und vor ein paar Jahren vor ihrem brutalen Ehemann, der sie misshandelt hatte, geflohen. Sie war mittellos und allein in Peru gelandet und Mags hatte sie unter ihre Fittiche genommen.

Bonita und Carmen waren zweiunddreißig beziehungsweise fünfunddreißig Jahre alt. Sie waren beide im Alter von zwölf Jahren von ihren Familien an Roberto del Rio verkauft worden. Seit etwa fünf Jahren waren sie aus del Rios Diensten »ausgeschieden« und hatten die meiste Zeit davon mit Mags verbracht.

Gabriella war mit einundzwanzig Jahren die Jüngste in der Gruppe und war wie Zara im Barrio aufgewachsen. Sie hatte es geschafft, nicht von del Rio »rekrutiert« zu werden, aber nur durch pures Glück und weil Mags ihr Bestes getan hatte, um sie vor den Spähern zu verstecken, die in der Gegend verkehrten. Teresa stammte aus Brasilien und war seit etwa sechs Monaten bei ihnen. Sie war von del Rio »gefeuert« und sich selbst überlassen worden.

Interessanterweise kannte *niemand* Mags' Geschichte ... aber es war offensichtlich, dass sie am meisten gelitten hatte. Sie war freundlich zu der bunt zusammengewürfelten Truppe und tat ihr Bestes, um anderen zu helfen, aber sie sprach nie über sich selbst oder darüber, wie sie zu einer Art Ersatzmutter für eine Gruppe von gebrochenen und verzweifelten Frauen geworden war.

Auf ihre Frage hin schüttelten alle den Kopf. Wenn die Amerikaner »gute Männer« waren, wie Mags es ausgedrückt hatte, dann wollten sie nicht, dass sie unter Ruben, dem gemeinsten Tyrannen des Viertels, und seiner Bande litten.

»Genau. Bei drei gehen wir alle raus und schleifen den

ersten Mann hierher. Teresa, du kümmerst dich um die Beseitigung der Schleifspuren, damit die Gang nicht weiß, wohin wir ihn gebracht haben, wenn sie zurückkommt. Zed, du machst den Krankenwagen bereit.«

Zara nickte und wandte sich dem Gefährt zu, das sie Krankenwagen nannten. In Wirklichkeit war es ein klappriges altes Fahrrad, an das eine ebenso alt aussehende Kiste auf Rädern angehängt war. Sie hatte einen aufklappbaren Deckel mit strategisch platzierten Gegenständen darauf. Dosen, Holzstücke und Schrott, Müll ... alles, was dafür sorgte, dass jemand, der einen Blick darauf warf, nicht zweimal hinsah. Aber unter dem Klappdeckel befand sich eine leere Kiste, groß genug, um einen Menschen durch die Seitenstraßen und Barrios von Lima zu transportieren.

Eine gründliche Inspektion durch die Polizei oder das Militär würde die Kiste nicht überstehen, aber auf den ersten Blick sah sie aus wie ein riesiger Müllhaufen. Zara vergewisserte sich, dass der Müll auf dem Deckel sicher war, und sie prüfte die Verbindung zwischen der Kiste und dem Fahrrad. Sie wollte auf keinen Fall, dass sich das Ding löste, während sie auf dem Weg zum Arzt war.

Zara hatte Daniela Alvan durch Mags kennengelernt. Sie war Mitte dreißig und das, was im Barrio einer Ärztin am Nächsten kam. Sie hatte schon mehr Frauen geholfen, als Zara zählen konnte, und ihr Spezialgebiet war die Geburtshilfe, aber sie nähte regelmäßig Verletzte zusammen und behandelte Messer- und Schusswunden. Daniela war diskret und wohnte in einem kleinen Haus in der Nähe des Viertels, das Zara zu ihrem Zuhause gemacht hatte. Es hatte richtige Ziegelwände und fließendes Wasser, beides ein Luxus, den die meisten in dieser Gegend nicht hatten.

Daniela hatte »Zed« oft erlaubt, ihr zu helfen, Besorgungen zu machen und sie bei der Behandlung von Patienten zu beobachten und zu unterstützen. Deshalb betrachtete Mags Zed jetzt als den persönlichen Arzt ihrer kleinen Gruppe.

Aber beide wussten, dass die verprügelten Männer mehr Hilfe brauchen würden, als Zara ihnen geben konnte. Sie würde sie also zu Daniela bringen, die sich vergewissern würde, dass sie keine inneren Blutungen hatten, und dann würden sie sie zu ihren amerikanischen Freunden zurückbringen, damit sie die angemessene medizinische Behandlung bekämen, die sie höchstwahrscheinlich benötigten.

Aber das erste Ziel war, sie aus der Gegend wegzubringen. Weg von der Bande, die alle Außenseiter hasste und zurückkommen würde, um sich davon zu überzeugen, dass sie tot waren – sobald die Gefahr durch das, was sie aufgeschreckt hatte, vorüber war. Sie würden jede Hütte durchsuchen, bis sie sie gefunden hatten, weshalb Zara dafür sorgte, dass ihr »Krankenwagen« abfahrbereit war.

Nur wenige Augenblicke nachdem sie die Räder des klapprigen Fahrrads und des Anhängers überprüft hatte, erschrak Zara, als die Frauen wieder durch die Tür stürmten. Sie schleppten einen Mann, der aussah, als sei er bereits tot. Sein Kopf hing nach hinten und seine Augen waren geschlossen.

»Bringt ihn zum Anhänger«, befahl Mags.

Es brauchte vier von ihnen, um ihn zu transportieren, und Zara hatte keine Ahnung, wie sie und Daniela ihn allein aus dem Anhänger herausbekommen sollten, aber darüber konnte sie sich im Moment keine Gedanken machen. Sie und Mags hielten den Anhänger fest, während die anderen sich abmühten, den bewusstlosen Körper des Mannes über den Rand der Holzkiste zu heben. Er war groß und muskulös, was ihre Arbeit noch erschwerte.

Als er endlich drinnen war, schaute Zara irritiert auf ihn herab. In der Vergangenheit hatten sie zwei Personen in dem Anhänger transportieren können, aber der Amerikaner war riesig. Zara schätzte, dass er sie im Stehen um mindestens einen Kopf überragen würde. Selbst nachdem sie ihn in der Fötusstellung auf die Seite gelegt hatten, war es offensichtlich, dass sein Begleiter nicht auch noch in die Kiste passen würde, da nicht mehr genügend Platz übrig war.

»Ruben und Marcus sind wieder auf dem Weg hierher«, zischte Bonita. Sie spähte zwischen den Holzlatten, die als eine Art einfache Tür fungierten, durch einen Spalt.

»Und das bedeutet, dass Eberto, Alfonso und der Rest der Bande auch in Kürze hier auftauchen werden«, sprach Gabriella etwas aus, das sie alle bereits wussten.

»Verdammt«, murmelte Mags leise. »Uns bleibt nicht genügend Zeit. Wir können nicht rausgehen und den anderen Amerikaner holen. Zed, bist du bereit?«

Zara nickte. Sie warf einen letzten Blick auf den verletzten Mann am Boden des Wohnwagens. Er hatte braunes Haar und war von den Männern, die ihn verprügelt hatten, seines Hemdes, seiner Hose und seiner Schuhe beraubt worden. Er trug ein blutiges und zerrissenes Unterhemd und Boxershorts.

Der Anblick des Mannes in seiner Unterwäsche erweckte Mitleid in ihr, was für Zara ein ungewöhnliches Gefühl war. Sie tat ihr Bestes, um sich von Männern so weit wie möglich fernzuhalten. Sie hatte schon vor langer Zeit gelernt, dass sie nichts als Ärger bedeuteten.

Aber diesen Amerikaner so schwer verletzt zu sehen und zu wissen, dass es an *ihr* lag, ihm Hilfe zu holen, beunruhigte sie. Sie könnte ihn direkt zu seinen amerikanischen Freunden bringen, aber sie vermutete, dass die beiden korrupten Soldaten ihr sofort die Schuld an seinem Zustand geben und sie verhaften würden. Und wer wusste schon, ob sie ihm wirklich helfen würden?

Nein, am besten wäre es, ihn zu Daniela zu bringen. Sie konnte dafür sorgen, dass er nicht sterben würde, und dann würden sie sich überlegen, was sie danach mit ihm machen sollten. Vielleicht würde sie ihn vor den Männern warnen, mit denen sein Team zusammenarbeitete. Jeder in den Barrios wusste, dass viele der Mistkerle, die in der Spezialeinheit des peruanischen Militärs arbeiteten, korrupt waren und mit del Rio und allen anderen, die reich genug waren, um sie dafür zu bezahlen, dass sie wegsahen, wenn etwas Illegales vor sich ging, unter einer Decke steckten. Sie führten regelmäßig Razzien in den Barrios durch und verprügelten jeden, der es wagte, ihnen zu widersprechen oder sie schief anzusehen.

Sie klappten den Deckel herunter und die Frauen kümmerten sich um die Gegenstände, welche die Kiste tarnten. Als sie sich davon überzeugt hatten, dass es aussah wie nichts weiter als ein Haufen Müll, traten sie zurück.

Mags näherte sich Zara, als sie auf das Fahrrad kletterte. Sie streckte eine Hand aus und drückte Zaras Schulter. »Sei vorsichtig«, sagte Mags auf Englisch.

Als Mags vor fünf Jahren »Zed« gefunden hatte und entdeckte, dass Englisch einmal ihre Muttersprache gewesen war, hatte sie es sich zur Aufgabe gemacht, Zara dabei zu helfen, es jeden Tag zu üben. Sie hatte Zara unter ihre Fittiche genommen und ihr das erste Gefühl von Familie und Sicherheit gegeben, das sie seit einem Jahrzehnt erfahren hatte. Es gab nichts, was Zara nicht für Mags getan hätte, und wenn sie wollte, dass sie wieder Englisch lernte, dann würde sie das auch tun.

Zara nickte.

»Bleib so lange wie nötig bei Daniela«, befahl Mags. »Komm nicht zurück, bevor wir sicher wissen, dass es nicht mehr gefährlich ist. Während del Rio sich immer jüngere Jungen und Mädchen schnappt, verschwinden immer noch Menschen, die wie Jugendliche aussehen. Verstanden?«

»Ja«, erklärte Zara nachdrücklich. Sie redete nicht viel. Sie hatte schon vor langer Zeit entdeckt, dass sie durch Zuhören viel mehr lernte. Und weil sie Spanisch nach dem Gehör gelernt hatte, fühlte sie sich unsicher, wenn sie es sprach, obwohl sie es fließend beherrschte.

»Melde dich, wenn du kannst, und entscheide nach eigenem Ermessen, ob du den Mann zu seinen Freunden zurückbringst«, erklärte Mags. »Und ... da wir keine Ahnung haben, was für ein Mensch das ist, solltest du daran denken, dass nicht *alle* Menschen schlecht sind. Es gibt einige edle und freundliche Menschen da draußen.«

Zara nickte, auch wenn sie nicht sicher war, ob sie das der älteren Frau abnahm. Sie hatte das Schlimmste gesehen, was die Menschheit zu bieten hatte. Sie hatte gesehen, wie Männer Babys buchstäblich das Essen aus der Hand stahlen und ältere Männer zu Boden stießen, wenn sie eine Straße überquerten. Und dann war da natürlich noch die allgegenwärtige Korruption bei der Polizei und dem Militär, die eigentlich die Bürger Perus schützen sollten.

Eine quälende Erinnerung in ihrem Hinterkopf versuchte, sich nach vorn zu drängen. Die Erinnerung an einen Mann, dessen Arme der sicherste Ort waren, an dem sie sich jemals befunden hatte. Ein Mann, der nach Rasierwasser und Seife roch, der sie zum Kichern bringen konnte und der vor Stolz strahlte, wenn er sie anlächelte.

Doch sobald sich diese Erinnerungen einschleichen wollten, verdrängte Zara sie rücksichtslos. Dieser Teil ihres Lebens war vorbei. Es hatte keinen Sinn, sich daran zu klammern oder sich etwas zu wünschen, das sie niemals zurückbekommen konnte.

»Geh jetzt und denk daran, dich nicht zu sehr zu beeilen. Wenn du das tust, ziehst du die Aufmerksamkeit auf dich. Mach einfach langsam, halte ab und zu an, um etwas aufzuheben. Tu so, als wäre alles in Ordnung, und niemand wird dich zweimal ansehen. Und Zed?«

Zara blickte erwartungsvoll zu Mags hoch.

Mags senkte die Stimme und sagte: »Ich bin stolz auf dich.«

Zara wurde es eng um die Brust. Sie konnte an einer Hand abzählen, wie viele Komplimente sie während der letzten fünfzehn Jahren erhalten hatte. Und ein Kompliment von Mags, einer Frau, die sie bewunderte und zu der sie aufsah, bedeutete ihr umso mehr.

»Danke«, entgegnete Zara rau.

»Gern geschehen«, erwiderte Mags, machte einen Schritt zurück und drehte sich zu Gabriella um. »Sie mal nach, ob die Luft rein ist, damit wir hinten raus können.«

Die andere Frau nickte und ging zur Rückseite der Hütte, um durch die andere Tür zu sehen. Da sie anscheinend keine Bandenmitglieder sah, zog sie das Metallstück zurück, das als Riegel diente, und nickte.

Zara holte tief Luft und trat in die Pedale des Fahrrads. Es war schwer, in Gang zu kommen, da sie mehr als hundert Kilo Mann hinter sich herschleppte, aber sobald sie es geschafft hatte, hielt Zara den Kopf gesenkt und die Augen offen. Sie fuhr durch die unebenen, schmutzigen Pfade des Barrios und atmete kaum, bis sie den Slum hinter sich gelassen hatte und sich auf dem betonierten Bürgersteig außerhalb der Grenzen des Viertels befand.

Aber sie war noch nicht in Sicherheit. Sie musste wachsam bleiben. Ein einziger Polizist, der ein bisschen zu neugierig war, würde genügen, und sowohl ihr Leben als auch das des Mannes in dem Anhänger hinter ihr wären so gut wie beendet.

Langsam atmend und bemüht, nicht die Aufmerksamkeit auf sich zu ziehen, fuhr Zara langsam in Richtung von Danielas Haus. Sie hoffte, dass es dem Mann hinter ihr gut ging. Dass er nicht aufwachen und ausrasten würde, sie beide verraten und damit wahrscheinlich ihr Todesurteil unterschreiben würde. In seinem Zustand würde er wahrscheinlich Schwierigkeiten haben, den Deckel des Anhängers zu heben, da er mit einem kleinen Haken gesichert war, aber er könnte schreien. Und wenn er sich wirklich anstrengen würde, könnte er wahrscheinlich den Haken aufbrechen und den Deckel hochklappen.

Sie würde wegen Entführung im Gefängnis landen, und wer wusste schon, was mit ihm passieren würde.

Mit diesem Gedanken im Hinterkopf ging Zara das Risiko ein und trat ein wenig schneller in die Pedale.

KAPITEL ZWEI

Hunter »Meat« Snow stöhnte aus tiefster Kehle. Er konnte sich nicht daran erinnern, jemals so starke Schmerzen gehabt zu haben. Oh, als Delta-Force-Soldat in der Armee hatte es einige Momente gegeben, in denen er gefoltert worden war, aber im Normalfall wurde er nicht von einem Dutzend Männer auf einmal zusammengeschlagen.

Er erinnerte sich daran, dass er Black in einer der Straßen des Barrios helfen wollte, aber sie waren beide schnell von einer Gruppe von Männern überwältigt worden, die sie für irgendeine unbekannte Verfehlung bestrafen wollten.

Meat erinnerte sich nur noch daran, dass er zu seinem Freund hinübersah und betete, dass ihre Teamkameraden sie so schnell wie möglich finden würden.

Nein, das stimmte nicht. Das Allerletzte, woran er sich erinnerte, war, dass er im Dreck lag und versuchte zu atmen, als eine Gruppe schattenhafter Gestalten über ihm auftauchte. Er hatte sich angespannt, um sich auf weitere Schläge vorzubereiten, aber stattdessen hatten die Kerle seine Arme gepackt und ihn weggezerrt. Die Schmerzen dabei hatten dafür gesorgt, dass er bewusstlos geworden war.

Und jetzt war er ...

Wo war er nur?

Meat versuchte, sich auf den Rücken zu drehen, aber er merkte, dass er das nicht konnte. Er befand sich in einer Art Behälter. Er konnte Bewegungen spüren. Jede Erschütterung fühlte sich wie ein Messer in den Rippen an und seine Schulter brannte. Sein Kopf pochte und er konnte nichts sehen. War er blind geworden?

Als er den Kopf drehte, war Meat erleichtert, als er einen Lichtschimmer über sich erblickte. Er war also nicht blind, Gott sei Dank. Aber wo war er und was war mit ihm los?

Er hörte hupende Fahrzeuge und Menschen, die sich schnell auf Spanisch unterhielten, aber da er die Sprache nicht verstand, hatte er keine Ahnung, was gesagt wurde. Meat stellte fest, dass er nicht mit Handschellen oder etwas anderem gefesselt war, und es kam ihm seltsam vor, jemanden gefangen zu nehmen, ihn aber nicht zu fixieren – obwohl die Dummheit seines Entführers zu seinem Vorteil war, also wollte er sich nicht beschweren.

Mit einer Hand drückte er auf das, was über ihm war, war aber nicht wirklich überrascht, als es sich nicht öffnete. Was ihn *allerdings* überraschte, war der heftige Schmerz, der durch seinen Körper ging. Er war so heftig, dass er Sterne sah, und er musste die Augen schließen und ein wenig durchatmen, um die Schmerzen zu lindern. Es war mehr als offensichtlich, dass er nicht in der Lage sein würde, sich körperlich aus der Kiste herauszukämpfen, in die er gesteckt worden war. Er musste die Situation einfach abwarten. Die Lage einschätzen und dann Pläne schmieden, um zu Black und dem Rest des Teams zurückzukehren.

Auf der Seite liegend in der Kiste zu sein war unerträglich schmerzhaft. Jeder Atemzug fühlte sich an, als würden ihm Nägel in die Seite geschlagen. Meat wusste, dass er wahrscheinlich ein paar gebrochene Rippen und eine ausgekugelte Schulter hatte. Ihm war übel, was bedeutete, dass er höchstwahrscheinlich auch eine Gehirnerschütterung hatte. Aber sein Knöchel machte ihm am meisten Sorgen. Er konnte mit gebrochenen Rippen und einer Gehirnerschütterung kämpfen, aber mit einem kaputten Knöchel würde er nicht weit kommen.

In diesem Moment wurde sein Körper leicht nach vorn gedrückt und seine nackten Füße knallten gegen die Wand der Kiste. Ein lautes Geschrei ertönte und die Kiste, in der er sich befand, schwankte einen Moment lang hin und her, bevor sie sich wieder stabilisierte.

Meat hörte nicht viel mehr, denn als seine Füße auf die Wand des Behältnisses trafen, fühlte es sich an, als hätte sein Knöchel einen Schlag mit einem Vorschlaghammer abbekommen.

Er schnappte nach Luft und fühlte sich benommen und kämpfte dagegen an, das Bewusstsein zu verlieren, aber es war sinnlos. Er konnte nur ein gewisses Maß an Schmerzen ertragen und wurde erneut ohnmächtig.

***

Zara fluchte leise vor sich hin. Sie hatte zu viel über den Mann hinter ihr nachgedacht und wäre fast mitten auf eine Kreuzung gefahren. Sie wollte auf keinen Fall mit ihrer verbotenen Ladung überfahren werden.

Sie ignorierte die Leute, die sie aus ihren Fahrzeugen anschrien, während sie vorbeifuhren, und versuchte, ihre Atmung unter Kontrolle zu bringen, während sie darauf wartete, dass die Ampel grün wurde, damit sie die Straße überqueren konnte. Sie war fast in Danielas Viertel angekommen und obwohl sie dort mit ihrem Fahrrad und dem Anhänger, der scheinbar mit Müll beladen war, nicht allzu deplatziert aussah, passte sie nicht so gut hinein wie in die Slums.

Daniela wusste nicht, dass sie auf dem Weg war, aber das machte nichts. Sie würde Zara und den Patienten ohne Probleme aufnehmen.

Sie fuhr zur Rückseite des Hauses, stieg vom Fahrrad ab und öffnete die Holztür des Zauns. Sie schob das Fahrrad hindurch und schloss dann vorsichtig die Tür hinter sich. Sie schob das Fahrrad zwischen zwei verbeulte alte Fahrzeuge und ließ es dort vorerst stehen. Schnell lief sie zur Tür und klopfte an.

Für einen kurzen Moment dachte Zara, dass Daniela vielleicht nicht zu Hause war, aber sie atmete erleichtert auf, als die Ärztin endlich die Tür öffnete.

»Du hast wohl einen Patienten für mich, Zed?«, fragte Daniela auf Spanisch.

Zara hatte keine Ahnung, ob Daniela wusste, dass sie eine Frau und kein Jugendlicher war, aber sie hatte nie Erklärungen abgegeben und die Ärztin hatte nicht nachgefragt.

Zara nickte und wandte sich wieder dem Fahrrad zu. Sie schob ein paar Sachen auf dem Anhänger hin und her, dann hängte sie ihn ab und hob den Deckel an.

Ihr Herz schlug ihr bis zum Hals, als sie den Mann sah, der so ruhig darin lag. Einen Moment lang dachte sie, er wäre tot, doch dann sah sie, wie sich sein Brustkorb mit einem mühsamen Atemzug hob und senkte.

Erleichtert schloss Zara die Augen, doch es fiel ihr

schwer zu verstehen, warum sie sich so viele Gedanken um ihn machte. Zunächst einmal war der Mann ein Fremder. Sie hatte ihn vor dem heutigen Tag noch nie zu Gesicht bekommen. Und zweitens war er ein *Mann*.

Ihr ganzes Leben lang – nun, während der letzten fünfzehn Jahre – hatte sie ihr Bestes getan, um sich von Männern fernzuhalten. Aber *dieser* Mann hatte etwas an sich, etwas Unerklärliches, das sie dazu brachte, sich zu ihm hingezogen zu fühlen, anstatt ihn abzuweisen.

Daniela war gerade damit beschäftigt, den Anhänger vom Fahrrad abzukoppeln, als Zara sich endlich wieder zusammenriss. Sie und die andere Frau hatten das schon einige Male getan, und gemeinsam zogen sie den Anhänger in das kleine, saubere Haus. Daniela bereitete eine Palette auf dem Boden vor, während Zara über dem Anhänger stand und den Mann anstarrte. Als die Ärztin mit dem behelfsmäßigen Bett zufrieden war, wies sie Zara an, sich auf den Boden zu knien und dem bewusstlosen Mann zu helfen, während sie ihn buchstäblich aus dem Anhänger kippte.

Die Art und Weise, wie der Körper des Mannes aus der Kiste rutschte, war nicht gerade anmutig, aber die beiden hatten nicht die Möglichkeit, ihn vorsichtig aus der Kiste zu heben. Zara tat ihr Bestes, um seinen Kopf vor dem Aufprall auf den Boden zu schützen, und als er aus dem Anhänger heraus war, legte sie ihn mithilfe von Daniela schnell anständig hin und platzierte ein Kissen unter seinem Kopf.

In dem kleinen Behandlungsraum, den Daniela eingerichtet hatte, sah er auf dem Boden ausgestreckt noch größer aus. Sein Gesicht war weiß und eine hässliche Wunde am Kopf blutete immer noch träge vor sich hin. Ruben und seine Bande hatten ihm übel mitgespielt, und

Zara hatte wieder einmal Mitleid mit dem unbekannten Amerikaner, der auf dem Boden lag.

Es war ein merkwürdiges Gefühl. Nach dem, was Zara zugestoßen war ... ihrer *Mutter* ... konnte sie sich nicht erinnern, jemals Mitleid mit *irgendeinem* Mann gehabt zu haben. Hass und Abscheu, ja. Genugtuung, wenn sie bekamen, was sie verdient hatten, ja.

Aber Mitleid mit ihnen? Nein.

Aber dieser Mann hatte nur versucht, den Kindern zu helfen, die dazu bestimmt waren, in Roberto del Rios Klauen zu landen. Etwas, das Mags und der Rest ihrer Gruppe ebenfalls zu verhindern versuchten.

»Weißt du, wie er heißt?«, fragte Daniela und riss damit Zara aus ihren Gedanken.

Sie schüttelte den Kopf.

»Also, ich habe das Gefühl, dass er bald wieder zu sich kommt.« Sie zog eines seiner Augenlider hoch und sah ihm ins Auge, dann sagte sie: »Er hat eine Gehirnerschütterung, und den Schuhabdrücken auf seinem T-Shirt nach zu urteilen wahrscheinlich auch ein paar gebrochene Rippen. Ich muss ihn untersuchen und du musst ihn ruhig halten. Denkst du, du schaffst das, Zed?«

Zara sah Daniela in die Augen und nickte. Sie hatten das schon öfter gemacht. Zara hielt den verwundeten Patienten die Hand, streichelte ihre Gesichter und Haare, um sie zu beruhigen und um zu verhindern, dass sie wegzuckten oder anderweitig versuchten aufzustehen.

Sie hatte das Gefühl, dass es mehr als nur ein paar Streicheleinheiten bedurfte, damit dieser Mann liegen blieb.

Vorsichtig hob sie seine Hand und stellte fest, dass die Haut an seinen Fingerknöcheln aufgeplatzt war und er blutete. Sie war seltsam stolz darauf, dass er offensichtlich selbst ein paar Schläge ausgeteilt hatte, bevor er von Rubens Bande fertiggemacht worden war.

Während Daniela mit ihrer Untersuchung begann, um festzustellen, wie schwer er verletzt war, musterte Zara sein Gesicht. Seine Wimpern waren lang für einen Mann und sie fragte sich, welche Farbe seine Augen hatten. Es war ihr nicht aufgefallen, als Daniela seine Augenlider angehoben hatte. Seine Nase war schief und sie vermutete, dass sie wahrscheinlich gebrochen war. Er hatte die ersten Stoppeln eines Bartes und sein Haar war ein bisschen zu lang und fiel ihm über die Stirn. Seine Schultern waren breit, aber sein Oberkörper lief zu einer schlanken Taille hin aus. Er hatte einen kräftigen Bizeps und seine Finger waren lang und schlank. Zara sah auch die Ränder einer Tätowierung auf der Innenseite seines Armes, die unter dem Ärmel seines T-Shirts hervorschaute.

Alles in allem war er sehr gut aussehend. Sie mied zwar Männer wie die Pest, aber sie wusste einen gut aussehenden Mann trotzdem zu schätzen, wenn sie einen sah. Und dieser verwundete Soldat, der hilflos vor ihr lag, war definitiv ausgesprochen attraktiv.

Zara wurde aus ihrer Betrachtung des Mannes aufgeschreckt, als er plötzlich die Augen öffnete und sie ansah.

Grau. Seine Augen waren von einem blassen Grau mit blauen Sprenkeln. Sie waren einzigartig und faszinierend. Obwohl sie voller Schmerz waren, zog etwas in seinem Ausdruck sie sofort in seinen Bann. Plötzlich wollte sie diesen Mann kennenlernen. All die Geheimnisse kennen, die er vielleicht vor der Welt verbarg.

Er drückte mit seiner Hand ihre so fest, dass es wehtat, aber Zara ließ es sich nicht anmerken. Ihr Gesichtsausdruck blieb starr, ein Blick, den sie im Laufe der Jahre perfektioniert hatte. Je weniger andere wussten, was sie dachte und fühlte, desto besser.

»Wo bin ich?«, verlangte er auf Englisch zu erfahren.

»Sprich mit ihm«, befahl Daniela ihr. »Versuch, ihn ruhig zu halten.«

Zara öffnete den Mund und versuchte, etwas zu sagen, doch ihr fiel nichts ein. Bis jetzt hatte sie meist nur gesprochen, wenn ihr eine direkte Frage gestellt wurde. Sie war nicht gerade eine geschickte Rednerin. Und obwohl er *tatsächlich* eine direkte Frage gestellt hatte, wusste sie nicht, was sie ihm erzählen sollte.

Er kniff die Augen zu Schlitzen zusammen und starrte sie an. »Wo ist Black?«

Zara wusste, dass ihr Englisch im Laufe der Jahre gelitten hatte, doch obwohl sie seine Worte verstand, wusste sie nicht, was er meinte. Sie starrte zu ihm hinab und runzelte die Stirn.

»Mein Freund. Wo ist mein Teamkamerad?«

Ah. Sie zuckte mit den Schultern. Sie hätte ihm gern gesagt, dass Mags und die anderen ihn auch gerettet hatten, aber da Ruben und seine Freunde wiedergekommen waren, hatten sie wohl keine Gelegenheit dazu gehabt. Sie hoffte, dass seine anderen Teamkameraden eingegriffen hatten, aber sie hatte keine Ahnung, was passiert war, nachdem sie weggefahren war.

Der Mann runzelte die Stirn, dann atmete er scharf ein, als Daniela seinen rechten Knöchel abtastete. Er hob den Kopf und zuckte zusammen, während er sie böse ansah.

»Verstaucht«, erklärte Daniela Zara. »Und zwar ziemlich schlimm. Ich glaube nicht, dass er gebrochen ist, aber er sollte ihn mehrere Tage lang schonen.«

»Verdammt«, fluchte der Mann. »Was hat sie gesagt? Verstehst du mich? Ich kann kein Spanisch ...« Er seufzte.

»Das ist wirklich blöd«, murmelte er. »Ich werde Gray gegenüber zugeben müssen, dass er recht gehabt hat, als er gesagt hat, es würde mir guttun, eine Fremdsprache zu lernen.«

Zara konnte den Mann gut verstehen. Früher hatte sie auch kein Spanisch gekonnt. Und das war ziemlich angsteinflößend und frustrierend gewesen. Sie drückte seine Hand und sagte leise: »Sie hat gesagt, dass dein Knöchel wahrscheinlich verstaucht und nicht gebrochen ist.«

Schnell wandte der Mann den Blick wieder ihr zu – und er schien ihr in diesem Augenblick geradezu in die Seele sehen zu können. »Du sprichst Englisch.«

Zara nickte schwach.

»Wie heißt du?«

Sie zögerte. Zum ersten Mal seit fünfzehn Jahren zog sie es in Betracht, jemandem ihren Geburtsnamen zu verraten, wusste aber, dass sie das nicht konnte. Und ganz besonders deshalb nicht, weil Daniela direkt neben ihr stand.

»Zed.«

Der Mann runzelte die Stirn. »Zed? Aber das ist doch ein Jungenname.«

Zara nickte erneut, blickte ihn aber weiterhin an.

Er schien noch verwirrter zu sein. »Aber ...«

Daniela unterbrach ihn und erklärte, was sie bei ihrer Erstuntersuchung herausgefunden hatte. »Ich nehme an, dass er ein paar gebrochene oder angebrochene Rippen hat. Eine Gehirnerschütterung, eine gebrochene Nase. Seine Schulter ist ausgerenkt und natürlich ist da noch die Sache mit seinem Knöchel. Zusätzlich hat er wahrscheinlich noch ein paar Hämatome und andere Kratzer, aber insgesamt gesehen hatte er wohl großes Glück. Was ist passiert?«

Zara erklärte, was im Barrio geschehen war. Als sie schilderte, wie das amerikanische Einsatzkommando versucht hatte, eine Gruppe von Jungen zu retten, auf die Roberto del Rio es abgesehen hatte, wurde Danielas Gesichtsausdruck hart.

»So sehr ich auch die bestechlichen Politiker und Polizisten in dieser Stadt hasse, so hasse ich *diesen* Mann noch um einiges mehr.«

Zara auch. Jede Frau und jedes Kind in den Slums der Stadt kannte Roberto del Rio. Er hatte kein einziges Gramm Mitgefühl in seinem Körper. Er nahm sich, was er wollte, wann und wo er wollte, und wenn jemand es wagte, sich ihm in den Weg zu stellen, brachte er ihn einfach um. Das Militär und die Polizei wussten, was in seiner großen Villa vor sich ging, aber sie unternahmen nichts dagegen, weil del Rio ihnen mehr Geld zahlte, als sie legal verdienen konnten.

Es war abscheulich und verwerflich, und niemand konnte etwas dagegen tun.

»Was sagt sie?«, fragte der Mann und blickte zwischen ihr und Daniela hin und her.

Zara antwortete nicht, weil Daniela weitersprach. »Ich nehme an, dass er bald zu seinen Kameraden zurückkehren will, doch mit seinen Verletzungen wird er nicht weit kommen. Er wird ein paar Tage hierbleiben müssen.«

Zara verzog das Gesicht. Das würde ihm nicht gefallen und daraus konnte sie ihm keinen Vorwurf machen. Sie drehte sich zu ihm um und fragte: »Wie heißt du?«

»Meat«, entgegnete er, ohne zu zögern.

Und erneut nahm Zara an, dass ihr Englisch einfach nicht mehr gut genug war, obwohl sie so viel mit Mags geübt hatte. Sie musste ihn wohl falsch verstanden haben. Das konnte nicht sein wirklicher Name sein. Sie runzelte die Stirn und versuchte, in ihrem Gedächtnis zu ergründen, was er wirklich gemeint haben könnte.

»Ich heiße eigentlich Hunter. Hunter Snow. Aber alle nennen mich Meat. Es ist ein Spitzname.«

Ah, *das* ergab einen Sinn. Aber jetzt kam Zara nicht umhin, sich zu fragen, warum er so einen merkwürdigen Spitznamen hatte. Sie wollte ihn fragen, doch da er ihre Hand so schmerzhaft zusammendrückte, ging sie davon aus, dass jetzt vielleicht nicht der richtige Zeitpunkt dazu war.

»Sie sagt, dass dein Knöchel verletzt ist. Und dein Kopf, deine Rippen und deine Schulter auch. Du musst hierbleiben, bis es dir besser geht.«

Bevor sie zu Ende gesprochen hatte, schüttelte er bereits mit dem Kopf. »Nein, ich muss zu meinem Team zurückkehren. Zu Black. Die anderen machen sich sicher Sorgen um mich. Gib mir dein Handy. *Sofort.*«

Zara wandte sich an Daniela, um ihr Meats Bitte zu übersetzen, aber er bewegte sich, bevor sie ein Wort sagen konnte.

Er setzte sich auf und schlang seinen guten Arm um ihren Hals, zog sie nach hinten und drückte sie an seine Brust. Die Bewegung musste wehtun, aber sein Griff war fest.

Zara griff mit den Händen instinktiv nach seinem Arm und sie grub ihre kurzen Fingernägel in seine Haut, aber es schien ihm überhaupt nichts auszumachen. Sie konnte seinen schnellen Atem an ihrem Hals spüren, aber trotz seiner offensichtlichen Angst und Wut hatte sie nicht das Gefühl, dass ihr Leben wirklich in Gefahr war. Ja, er hatte seinen Arm um ihren Hals gelegt und sie wusste ohne Zweifel, dass er ihr leicht die Luft abschneiden konnte. Aber er tat es nicht.

Daniela schrie den Mann an, er solle »Zed« loslassen,

aber da Meat sie nicht verstehen konnte, waren die Worte nutzlos.

»Sag ihr, sie soll mir ein Telefon bringen«, befahl er. »*Teléfono!*«

Daniela schüttelte bereits den Kopf, als Zara zum Sprechen ansetzte. »Hier gibt es kein Telefon. Es gibt nicht mal Telefonleitungen. Die Regierung hat sie alle abgerissen.«

»Dann ein Handy«, knurrte Meat. »Mittlerweile hat doch jeder ein Handy.«

Zara schüttelte in seinem Griff so gut sie konnte den Kopf. »Vielleicht in Amerika. Hier allerdings nicht. Sie sind teuer. Sieh dich doch mal um. Sieht das hier nach einem wohlhabenden Haus aus? Das ist es nicht. Du bist in den Slums. Im Barrio. Nur Leute, die mit der korrupten Polizei und dem Militär arbeiten, haben Handys. Wir anderen sind den ganzen Tag über damit beschäftigt, genügend zu essen zu finden und denen aus dem Weg zu gehen, die uns Böses wollen.«

Das war die längste Rede, die sie seit sehr langer Zeit gehalten hatte, doch sie wollte, dass er sie verstand. Dass er wusste, dass sie ihn nicht belog.

»Warum bin ich hier? Und wo bin ich?«, wollte Meat wissen.

»Ruben und seine Bande wollten zurückkommen und euch töten. Sie werden jedes Haus im Barrio durchsuchen, um dich zu finden. Um zu beenden, was sie angefangen haben.«

»Warum hast du mich nicht zu meinem Team gebracht? Die anderen hätten mich beschützt.«

Zara schluckte schwer. Sie wusste nicht, ob er ihr bezüglich der Handys glaubte, aber es würde ihm wahrscheinlich extrem schwerfallen, ihr zu glauben, wenn sie ihm sagte, dass das Militär, mit dem sie in Peru zusammenarbeiteten, gekauft war. »Die Männer, mit denen sie zusammen waren, hätten dich *auf keinen Fall* beschützt.«

Meat schwieg, nachdem sie das gesagt hatte, und Zara wusste nicht, ob das ein gutes Zeichen war oder nicht.

Daniela nutzte die Gelegenheit, um mit Zara zu sprechen, leise und eindringlich. »Schlage ihm schnell und fest auf seine verletzte Schulter, Zed. Dann lässt er dich los und du kannst dich in Sicherheit bringen.«

Zara wusste, dass sie recht hatte, aber sie konnte sich nicht dazu überwinden. Sie hätte es tun sollen. Meat hatte sich aufgesetzt und drückte sie unbeholfen gegen sich. Sie konnte nicht nur seine verletzte Schulter erreichen, sondern auch ihren Ellbogen in seine Rippen rammen oder gegen seinen Knöchel treten, damit er sie losließ.

Stattdessen blieb sie stocksteif. Sie gab ihm Zeit, über ihre Worte nachzudenken.

»Willst du damit etwa behaupten, die peruanische Spezialeinheit ist korrupt?«, fragte er und die Wut in seiner Stimme war verraucht.

Zara nickte, so gut sie konnte. »Wahrscheinlich nicht alle von ihnen, aber die meisten.«

»Verdammt.« Meat lockerte seinen Griff um ihren Hals. Trotzdem bewegte Zara sich nicht. »Und mein Freund? Was ist mit ihm passiert?«

»Ich weiß es nicht«, gab Zara zu. »Mags wollte ihn holen, aber dann ist Ruben zurückgekommen.«

»Mags?«

»Eine Freundin von mir. Sie ist quasi die Anführerin einer Gruppe von Leuten, die ich Freunde nenne.«

»Ich muss es wissen«, erklärte Meat und Zara konnte die Dringlichkeit in seiner Stimme hören. »Zu Hause wartet eine Frau auf ihn. Sie wird am Boden zerstört sein, wenn er nicht zurückkommt.«

Damit rührte er etwas in Zara an. Sie traute Männern nicht, nicht nach dem, was vor fünfzehn Jahren geschehen war – und was sie seitdem gesehen hatte –, aber etwas in Meats Tonfall erinnerte sie daran, wie ihr Vater sich um ihre Mutter gesorgt hatte.

Wie er an jenem Tag vor so langer Zeit um *ihr* Leben, nicht um sein eigenes, gefleht hatte.

»Ich werde es für dich herausfinden«, sagte sie leise. »Aber falls es eine Möglichkeit gegeben hat, deinen Kameraden zu retten, wird Mags sie genutzt haben.«

»Ich vertraue dieser Mags nicht«, erwiderte Meat.

Wut stieg in Zara auf. Und es war schon lange her, dass sie sich irgendeine Art von Gefühlsregung erlaubt hatte. »*Ich* aber schon. Und wenn sie kann, wird sie ihn retten.«

Sie spürte mehr, als dass sie hörte, wie Meat gegen ihren Rücken seufzte. Sie spürte, wie sich sein Arm um sie entspannte, als Daniela sich bewegte. Offensichtlich hatte sie es satt, zuzusehen und zu warten, und jetzt machte sie kurzen Prozess.

Daniela verpasste Meat einen Karateschlag gegen den Knöchel, woraufhin er vor Schmerz aufbrüllte und Zara sofort losließ. Aber anstatt sie wieder zu packen und als Geisel zu benutzen, tat er etwas, das sie nicht verstand.

Er stieß sie von sich *weg*.

Und anstatt sich nach vorn zu stürzen und seine riesige Faust in Danielas Gesicht zu schlagen, versuchte er, von ihr wegzukommen. Aber er bewegte sich nicht schnell genug.

Aufgrund von Situationen mit früheren Patienten, die vor Schmerzen völlig außer sich gewesen waren, wollte sie nicht nachgeben und war mehr als bereit, sich und Zara zu verteidigen.

Sie traf erneut seinen Knöchel und Zara sah, wie Meat

vor Schmerz keuchte, dann rollten seine Augen in seinem Kopf zurück und er fiel nach hinten um.

Zara konnte sie nur anstarren, als Daniela aufstand, während ihre Brust sich vor Aufregung hob und senkte. »Alles in Ordnung?«

Sie nickte.

»Gut. Es tut mir leid. Damit habe ich nicht gerechnet. Hilf mir, ihn wieder auf den Anhänger zu schaffen, damit wir ihn im nächsten Barrio zurücklassen können.«

Zara keuchte überrascht auf.

»Komm schon! Sitz da nicht einfach rum, hilf mir.«

Zara stellte fest, dass sie sich vor Meat gestellt hatte, um Daniela davon abzuhalten, ihn anzufassen. »Nein.«

»Wie bitte?«

»Er ist verletzt. In seinem Zustand überlebt er den Tag nicht, wenn wir ihn dort absetzen. Er hat mir nicht wehgetan. Er hat mich nur festgehalten und versucht, die Situation zu verstehen.«

Daniela sah sie lange an und seufzte schließlich. »Das Ganze gefällt mir nicht, Zed. Wenn er dich verletzt, denk dran, dass ich es dir gleich gesagt habe. Ich mag es nicht, bedroht zu werden.«

Zara konnte das verstehen, aber sie zählte auf Danielas angeborenes Bedürfnis, anderen zu helfen. Und sie war erleichtert festzustellen, dass sie sich nicht geirrt hatte.

»Gut, dann hilf mir, seine Wunden zu reinigen. Eine Infektion ist das Letzte, was er gebrauchen kann. Wir werden seinen Knöchel schienen, seine Schulter wieder einrenken und ihn wegen seiner Gehirnerschütterung jede Stunde aufwecken müssen. Ich habe keine Schmerzmittel für ihn, also wird er ohne auskommen müssen, bis es ihm gut genug geht, um selbst aufzustehen. Wir werden ihn so schnell wie möglich loswerden. Ich schätze, in zwei oder drei Tagen.«

Zaras Herz machte einen Sprung, als sie das hörte, obwohl sie nicht verstand warum.

Meat war eine Verbindung zu einer Vergangenheit, an die sie sich nicht wirklich erinnerte, an die sie sich nicht erinnern *wollte*. Sie verstand nicht, warum sie *irgendeine* Art von Mitgefühl für ihn oder seine Situation empfand. Vor allem, da ihr klar war, dass er, sobald er dazu in der Lage war, zu seinen Freunden und nach Amerika zurückkehren würde.

KAPITEL DREI

Meat wachte wieder einmal unter unerträglichen Schmerzen auf. Aber dieses Mal war er sich bewusst, was passiert war und wo er sich befand. Nachdem er aufgewacht war, hielt er die Augen geschlossen und versuchte, so viele Informationen wie möglich über seine Umgebung zu bekommen. Er war dumm gewesen und hatte die peruanische Ärztin unterschätzt.

Außerdem hatte ihn der englischsprachige Helfer des Arztes auf seltsame Weise abgelenkt.

Er hatte gesagt, sein Name sei Zed, aber der Name passte nicht zu dem, was Meats Sinne ihm sagten. Ja, er war klein und dünn, wie es sich für einen Jugendlichen gehört. Er hatte kurzes, unordentliches braunes Haar und eine Verhaltensart, mit der er zu den meisten Jugendlichen in den Staaten passen würde.

Meat war zunächst verwirrt gewesen, als er gehört hatte, dass der Assistent Zed hieß – aber sein Verdacht hatte sich bestätigt, als er seinen Arm um den Hals des Jungen gelegt hatte.

Als Zed an ihn gedrückt worden war, hatte Meat ohne

den geringsten Zweifel gewusst, dass *er* in Wirklichkeit eine *Frau* war.

Obwohl sie mit Schmutz bedeckt war und ein T-Shirt trug, das drei Nummern zu groß war, und eine Jogginghose, die jeden Zentimeter ihrer Beine verdeckte, hatte er es gewusst.

Er wollte die Augen öffnen, ihr in die Augen sehen und sie fragen, warum sie so tat, als wäre sie ein Junge, aber er verhielt sich ganz ruhig und nahm so viele Informationen auf, wie er konnte, bevor er jemandem verriet, dass er wach und bei Bewusstsein war.

Er hörte die Ärztin reden und spürte dann etwas, von dem er instinktiv wusste, dass es »Zeds« Hand an seiner Stirn war. Sie wusch sein Gesicht mit einem Waschlappen. Sie redete nicht viel – das war ihm schon in den wenigen Augenblicken aufgefallen, die er in ihrer Gegenwart verbracht hatte –, aber ihre Stimme, wenn sie sprach, verriet sie ebenfalls. Sie war tief, aber nicht tief genug für die meisten jungen Männer. Sie sprach Englisch nur mit einem leichten Akzent, und er war sich nicht einmal sicher, ob sie spanische Muttersprachlerin war.

Nichts an ihr passte zusammen und sie machte ihn, gelinde gesagt, neugierig.

Da ihm klar war, dass er durch Zuhören nichts Neues erfahren würde, da er kein Spanisch verstand, tat Meat so, als würde er langsam aufwachen. Als er die Augen öffnete, hatten sowohl Zed als auch die Ärztin sich auf die andere Seite des Raumes begeben. Offensichtlich hatten sie ihre Lektion gelernt, ihm nicht zu nahe zu kommen.

»Ich muss hier weg«, sagte er leise.

Er bemerkte, wie Zed Daniela ansah, bevor sie sich wieder ihm zuwandte. »Du bist zu verletzt. Daniela sagt, dass es ungefähr drei Tage dauern wird, bis du wieder gesund genug bist, um allein für dich zu sorgen.«

»Drei Tage? Kommt überhaupt nicht infrage, verdammt«, erklärte Meat kopfschüttelnd. »Bringt mich einfach irgendwo in die Nähe meines Teams und die anderen kümmern sich dann schon um mich.«

Er sah, wie sie die Augen zu Schlitzen verengte und die Arme vor der Brust verschränkte. Meat ließ den Blick nach unten gleiten und er war nicht überrascht, nichts zu sehen. Er hatte die Bandagen um ihren Körper gespürt. Er fragte sich, ob es wehtat, ihre Brüste so flach wie die eines Jungen zu machen.

»Steh auf und geh durchs Zimmer, um zu beweisen, dass du das schaffst, und dann bring ich dich zu ihnen zurück.«

Meat starrte sie an und fragte sich, ob sie die Wahrheit sagte. Er beschloss, zu tun, was sie gesagt hatte, und nickte. Er setzte sich ganz langsam auf und rutschte nach hinten, bis er mit dem Rücken an der Wand saß. Er zog sein gutes Bein hoch und drückte seine Hände gegen den bröckelnden Putz.

Als er sich auf die Füße hievte, schwankte Meat. Er schloss die Augen und versuchte, sein Gleichgewicht wiederzufinden. Sein Kopf pochte so stark, dass ihm schwarz vor Augen zu werden drohte. Mit zwei tiefen Atemzügen schaffte er es, sich zu beherrschen.

Als er die Augen öffnete, sah er, dass sowohl die Ärztin als auch Zed ihn immer noch beobachteten.

Die Ärztin, Daniela, sah selbstgefällig aus, und Zed wirkte nervös. Sie kaute auf ihrer vollen Unterlippe und rang die Hände vor sich.

Er bewegte sein rechtes Bein ganz langsam nach vorn, um einen Schritt zu machen – und in dem Moment, in dem er es belastete, sackte er auf den Boden.

Seine Rippen und seine Schulter kreischten vor Schmerz auf und er konnte nicht verhindern, dass ihm übel wurde. Er übergab sich auf den Boden und erstarrte dann in einer Mischung aus Verlegenheit, Schmerz und Frustration.

»Ich mache das sauber«, hörte er Zed leise sagen, doch er sah nicht, wie sie auf ihn zukam, bis er ihre Hände auf seinen Schultern spürte.

»Komm schon, setz dich auf deinen Hintern. So, gut. Und jetzt leg dich hin. Ich werde dir helfen.«

Da er wusste, dass er seine Situation wahrscheinlich nur verschlimmert und nicht verbessert hatte, überließ er sich ihrer Fürsorge. Er erlaubte ihr, ihm zu helfen, und lag ruhig da, während er versuchte, die unerträglichen Schmerzen in seinem Kopf, seinem Knöchel und seinen Rippen in den Griff zu bekommen.

Er war sich bewusst, dass Zed sein Erbrochenes aufwischte, und schämte sich, dass er nichts tun konnte, um zu helfen. Aber sie schimpfte nicht mit ihm. Sie sagte ihm nicht, dass sie sich vor ihm ekelte, oder machte ihm in irgendeiner Weise ein schlechtes Gewissen wegen des Vorfalls.

Als sie fertig war, schob sie die Palette zu ihm rüber und brachte ihn wieder ins Bett. Meat öffnete schließlich die Augen und schaute sich im Zimmer um. Daniela war nirgends zu sehen. Es gab nur ihn und Zed.

Er brauchte Antworten, und sie war die Einzige, die sie ihm geben konnte.

»Sag mir deinen richtigen Namen«, bat er leise.

»Zed.«

Er schüttelte den Kopf. »Nein, deinen *richtigen* Namen«, erklärte er nachdrücklich. »Ich schätze, die meisten Leute schauen dich nicht zweimal an, weil du dich so präsentierst, aber es ist offensichtlich, dass du genauso wenig ein ›Zed‹

bist wie ich eine ›Huntress‹.«

Sie blinzelte. Dann fuhr sie sich mit der Zunge über die Lippen und senkte den Blick.

»Ich weiß, dass du keinen Grund hast, mir zu vertrauen, aber ich werde es niemandem sagen. Es ist kein Geheimnis, dass ich nicht freiwillig hier bin. Aber ich tue Frauen und Kindern nicht weh. Punkt.« Er starrte sie an und hoffte inständig, dass sie sehen konnte, wie ehrlich er es meinte.

Nach einigen Minuten, als er schon dachte, dass sie nichts mehr sagen würde, überraschte sie ihn.

»Ich heiße Zara.«

»Zara und wie weiter?«

Sie blinzelte erneut überrascht.

»Wie heißt du mit Nachnamen?«, hakte Meat nach. Er war sich auch nicht sicher, warum er es so wichtig fand, dass sie es ihm sagte, aber aus irgendeinem Grund war er sich dessen sicher.

»Layne.«

»Zara Layne. Das ist ein schöner Name«, erklärte Meat ihr.

Sie errötete nicht und wandte auch nicht den Blick ab. Stattdessen sagte sie: »Es ist doch nur ein Name.«

»Ich würde dich ja fragen, warum du ihn nicht benutzt, aber das ist wahrscheinlich keine gute Idee.«

Sie schluckte seinen Köder nicht und fing nicht an, sich zu erklären, also sprach er weiter. »Ich nehme an, das Leben hier ist nicht so leicht. Besonders für eine Frau. Du bist ziemlich dünn, deswegen fällt es dir leicht, dich als Junge auszugeben, aber die, die dich näher kennen, wissen Bescheid, oder?«

Sie zuckte mit den Achseln.

»Danke, dass du mir das anvertraut hast. Du wirst es nicht bereuen, dass du es mir erzählt hast.« Er bewegte sich ein wenig und zuckte vor Schmerz zusammen, als er aus Versehen seinen Knöchel belastete.

»Halt still«, schalt Zara ihn.

»Ich hasse das. Meine Freunde drehen bestimmt durch, weil sie mich nicht finden können.«

»Die Soldaten, mit denen ihr zusammen wart ... sie wussten über die Jungen Bescheid.«

Er kniff die Augen zu Schlitzen zusammen. »Die wussten Bescheid? Wie meinst du das?«

»Wir haben sie schon früher im Barrio gesehen. Sie bezahlen für die Kinder. Und wenn die Eltern nicht verkaufen wollen, nehmen sie sie trotzdem mit. Es würde mich nicht wundern, wenn sie Ruben dafür bezahlt haben, dich und deinen Freund anzugreifen. Es würde nicht gut aussehen, wenn die Amerikaner die Wahrheit darüber herausfinden, was sie tun.«

Meats Gedanken überschlugen sich. Ihr Kontaktmann Rex arbeitete seit einiger Zeit mit dem peruanischen Militär und der Polizei zusammen, und die Informationen, die sie über diese Razzia erhalten hatten, waren zuverlässig gewesen. Aber wenn das, was Zara sagte, stimmte, war klar, warum alles schiefgegangen war, sobald sie im Land waren.

Die Männer, die sie bei der Razzia begleitet hatten, schienen nicht viel über das Barrio zu wissen, in das sie eindringen wollten, und sie hatten nicht viel darüber verraten, wie viele Jungen in der Hütte vermutet wurden, als sie dort ankamen. Die Dinge hatten sich von einem Moment zum anderen so sehr verändert, dass das gesamte Team äußerst beunruhigt war. Aber da sie bereits in Peru waren und die Genehmigung der Regierung hatten, hatte das Team beschlossen weiterzumachen.

Und die beiden Mitglieder der Truppe schienen von Anfang an überhaupt nicht besorgt zu sein. Sie hatten gelacht und gescherzt, bis sie das heruntergekommene Haus betreten hatten.

Es waren nicht nur Jungen drin gewesen, sondern auch Frauen.

Rex und das Team hatten von der Korruption innerhalb der peruanischen Polizei gehört, aber sie hatten niemanden von der Spezialeinheit im Verdacht.

Sie hatten sicher nicht damit gerechnet, dass sie mitten in einem verdammten Chaos enden würden.

Zara und ihre Freunde hatten ihm nichts getan, und sie hatte gesagt, dass sie auch vorhatten, Black zu helfen. Sie hatte ihn aus dem Barrio herausgeholt. Zumindest nahm er an, dass sie nicht mehr dort waren, wenn er sich daran erinnerte, wie er herumgezerrt worden und in einer Art Kiste unterwegs gewesen war.

Und sie und Daniela hatten seinen Knöchel verbunden und seine Schnitte und Wunden gereinigt. Sie hatten ihm keine Medikamente gegeben, aber er glaubte ihnen, als sie sagten, sie hätten einfach keine. Er hatte nicht vor, drei Tage lang herumzuliegen, aber im Moment konnte er mit seinem Kopf und seinem Knöchel in dem Zustand, in dem sie sich befanden, nichts unternehmen, also würde er diesen Frauen vertrauen müssen.

»Wenn du die Wahrheit sagst, schulde ich dir und deinen Freunden meinen Dank.«

Zara nickte nur.

Er schloss die Augen, aber dann zwang er sich, sie wieder zu öffnen. »Ich muss wissen, wie es Black geht.«

»Ich werde versuchen, es herauszufinden.«

Er schloss die Augen wieder und öffnete sie mit einer herkulischen Anstrengung ein weiteres Mal.

»Grays Frau müsste jeden Tag ihr Baby bekommen. Er wird nicht abreisen, solange ich vermisst werde. Er wird die

Geburt verpassen. Arrows Frau erwartet ebenfalls ein Kind. Sie hat noch etwa anderthalb Monate vor sich, aber der Stress durch seine Abwesenheit könnte dazu führen, dass sie vorzeitig Wehen bekommt. Chloe und Everly machen sich wahrscheinlich auch Sorgen, und Harlow wird außer sich sein, wenn sie erfährt, dass Black angegriffen wurde. Sie sind meine Freunde, Zara. Meine Brüder. Ich ertrage den Gedanken nicht, dass sie sich Sorgen um mich machen.«

»Schlaf«, erklärte Zara leise. »Ich werde dich in einer Stunde wecken, um sicherzugehen, dass es dir gut geht, wegen deines Kopfes.«

»Bitte«, bat Meat und schämte sich nicht dafür, dass er bettelte. »Ich will nur wissen, dass es meinem Freund gut geht ...«

Als Letztes erinnerte er sich daran, dass Zara seine Hand ergriffen hatte und sie drückte.

Nach gefühlten zwei Minuten, aber wahrscheinlich war es eine Stunde, wurde Meat durch ein festes Rütteln an seiner guten Schulter abrupt geweckt.

In der Erwartung, Zara zu erblicken, war er überrascht, Daniela über ihm stehen zu sehen. Sie hielt ein Messer in der Hand und es war mehr als deutlich, dass sie ihm nicht traute.

Sie sagte etwas auf Spanisch und streckte dann ihre freie Hand mit drei Fingern in die Höhe.

»Drei. *Tres*«, erklärte Meat ihr.

Sie nickte, dann wich sie von ihm zurück und ging zur Tür.

»Warte!«, sagte er und stützte sich auf einen Ellbogen. Er zuckte zusammen, als ihm schon bei dieser kleinen Bewegung schlecht wurde. Er schluckte und fragte: »Wo ist Zed?«

Aber Daniela antwortete nicht, sondern ließ ihn einfach

auf dem Boden liegen und fragte sich, ob er etwas gesagt hatte, das Zara zur Flucht veranlasst hatte.

Meat war sich nicht sicher, wie viel Zeit vergangen war, aber jede Stunde rüttelte Daniela ihn unsanft wach und hielt eine Hand hoch, forderte ihn auf, ihr zu sagen, wie viele Finger sie hochhielt, bevor sie ging, ohne weiter mit ihm zu sprechen, nicht dass sie einander verstehen konnten.

Er wünschte sich, er hätte eine Uhr, um zu wissen, wie lange er im Haus auf dem Boden gelegen hatte und wie lange Zara weg gewesen war. Er wusste, dass es mindestens zehn oder zwölf Stunden gewesen sein mussten, denn als er dieses Mal geweckt wurde, war es weit nach Sonnenaufgang, vielleicht am späten Vormittag.

Und Zara war wieder an seiner Seite.

Sie hatte ihn sanft geweckt – im Gegensatz zu ihrer Freundin, die sich nicht die Mühe gemacht hatte, freundlich zu sein, als sie sich um ihn gekümmert hatte. Meat war so froh, sie zu sehen, so froh, mit jemandem reden zu können, dass er lächelte. »Du bist zurückgekommen.«

Sie nickte und holte eine Flasche Wasser, zwei Schokoriegel und einen Plastikkrug hervor. Die Lebensmittel und das Wasser sahen fantastisch aus. Meat hatte bis zu diesem Moment gar nicht gemerkt, wie hungrig er gewesen war. Er betrachtete den Krug stirnrunzelnd und fragte sich, wofür er war, als Zara sprach.

»Toilette.«

Sie wurde nicht rot und es schien ihr nicht peinlich zu sein, dass er in den Krug pinkeln und sie es für ihn entsorgen musste. Aber wenn Meat darüber nachdachte, wurde ihm klar, dass sie, wenn sie schon länger in den Barrios lebte, wahrscheinlich nichts schockierte.

Erleichtert, weil er *wirklich* pinkeln musste, griff er danach. Sie gab ihm den Krug, stand dann auf und verließ den Raum, um ihm seine Privatsphäre zu lassen. Dankbar dafür erledigte Meat schnell sein Geschäft und stellte den Krug beiseite.

Nach wenigen Minuten kam sie zurück und trug den Behälter weg. Sie kehrte kurz darauf zurück und stellte den nun leeren Krug neben ihn. Sie setzte sich neben ihn und hielt ihm das Wasser und die Schokoriegel hin.

»Woher hast du die?«, fragte er.

Sie starrte ihn an, ohne etwas zu sagen.

»Hast du schon was gegessen?«

Zum ersten Mal ließ sie den Blick sinken und nickte dann.

Und die Tatsache, dass genau in diesem Moment ihr Magen knurrte, war nicht das Einzige, was ihm verriet, dass sie log.

Er hielt ihr einen der Schokoriegel hin. »Hier. Nimm.«

Sie sah ihn ungläubig an und Meat gefiel nicht, wie schockiert sie dabei aussah. »Hat dir noch nie jemand einen Schokoriegel geschenkt?«

Diesmal ließ sie ihn nicht aus den Augen, während sie den Kopf schüttelte.

»Es gibt eben für alles ein erstes Mal«, erklärte Meat so leichthin, wie es ihm möglich war. Doch innerlich war er bestürzt. Er wusste, dass es Armut gab. Hatte auf der ganzen Welt genug davon gesehen. Aber das Barrio hatte selbst ihn schockiert. Er wusste nicht, wie es Zara gelungen war, die Schokoriegel oder das Wasser zu organisieren, aber er hatte sofort die Entscheidung getroffen, so wenig wie möglich zu essen. Daniela und sie brauchten die Lebensmittel und das Wasser sicher dringender als er.

»Morgen besorge ich dir etwas Besseres zu essen«, erklärte sie zwischen den einzelnen Bissen.

»Ist schon in Ordnung.« Und das war es wirklich. Er

hatte schon früher tagelang nichts gegessen, also war er nicht allzu besorgt. Er machte sich eher Gedanken darüber, ob sein Knöchel soweit heilen würde, dass er darauf laufen konnte. Seinem Kopf ging es schon besser, aber er war immer noch nicht hundertprozentig fit. Wenigstens konnte er sich aufsetzen, ohne sich zu übergeben. Das war immerhin schon ein kleiner Erfolg.

Sie saßen zusammen und aßen schweigend ihre Schokoriegel. Schließlich konnte Meat es nicht mehr aushalten. Er war mehr als neugierig auf die junge Frau, die neben ihm saß. Wenn das, was sie ihm erzählt hatte, stimmte, hatte sie ihm buchstäblich das Leben gerettet. Allein deshalb wollte er alles über sie wissen.

»Also, Zara ... erzähl mir von dir.«

KAPITEL VIER

Zara erstarrte. Sie war nicht dazu bereit, über sich selbst zu reden. Verdammt, sie hatte noch *nie* über sich selbst geredet. So war es sicherer. Aber sie wollte auch nicht aufstehen und weggehen. Aus irgendeinem Grund fühlte sie sich bei Meat wohl.

Das ergab eigentlich keinen Sinn. Aber andererseits ... war sie es leid. Sie war es leid, ständig über ihre Schulter sehen zu müssen. Sie war es leid, alles tun zu müssen, um einen Happen zu essen aufzutreiben. Und sie war es leid, sich ständig unauffällig zu verhalten. Sie war viel zu praktisch veranlagt, um sich in ihrem Leben ständig zu fragen »was wäre gewesen, wenn«, aber jetzt, da sie mit Meat sprach, spürte sie, wie ihr Schutzwall bröckelte.

Natürlich würde sie trotzdem nicht über sich selbst reden. Noch nicht. Schließlich kannte sie diesen Mann eigentlich erst seit ein paar Stunden. Aber sie konnte etwas sagen, um ihn zu beruhigen. »Ich bin ins Barrio zurückgekehrt und habe mich über deine Freunde erkundigt.«

Er machte große Augen und setzte sich aufrechter hin. Aufgeregt lehnte er sich näher zu ihr. »Ja?«

Zara nickte. »Mags hat gesagt, dass die Amerikaner gekommen sind und den Mann, mit dem du zusammen gewesen bist, geholt haben, und zwar sofort, nachdem ich mit dir aufgebrochen war.«

Meat atmete erleichtert auf. »Gott sei Dank! Hattest du die Möglichkeit, ihnen mitzuteilen, dass es mir gut geht?«

Zara biss sich auf die Unterlippe und schüttelte den Kopf.

Meat runzelte die Stirn.

Da er sie so ansah, merkte sie, dass sie das Bedürfnis hatte, sich zu rechtfertigen. »Das Team der peruanischen Spezialeinheit war noch immer bei ihnen. Wir können es nicht riskieren, mit den Amerikanern zu reden. Damit würden wir nur die Aufmerksamkeit auf uns ziehen. Und das wäre gefährlich.« Zara war sich nicht sicher, ob Meat sie verstand. »Es ist immer am besten, sich nicht blicken zu lassen«, sagte sie. »Wenn wir ihnen auffallen, fangen sie an, Fragen zu stellen, und dann können wir niemandem mehr helfen, so wie wir es jetzt tun.«

Meat sah sie lange an, bevor er schließlich nickte. »Das verstehe ich.«

»Mags hat gesagt, sie würde versuchen, ihnen eine Nachricht zukommen zu lassen. Aber hoffentlich geht es dir bald wieder gut genug, dass du zu ihnen zurückkehren kannst, sodass es nicht nötig ist.«

»Ich hatte mich schon gefragt, wo du heute gesteckt hast«, erklärte Meat. »Ich hatte nicht erwartet, dass du das für mich tust.«

»Du hast dir Sorgen um sie gemacht.«

»Das habe ich. Aber trotzdem. Wie weit ist es zu dem Barrio, wo ihr mich gefunden habt?«

Sie zögerte. Sie wollte Daniela auf keinen Fall in Schwierigkeiten bringen und sie wollte auch nicht, dass

Meat allzu neugierig wurde. Je weniger sie sagte, desto besser.

Doch bevor sie sich eine gute Antwort einfallen lassen konnte, ergriff er wieder das Wort.

»Egal. Ich lerne gerade, dass es viele Dinge gibt, die ich besser nicht wissen sollte, stimmt's?«

Zara nickte.

»Habe ich mich eigentlich schon bei dir bedankt?«, fragte Meat.

Zara sah ihn erneut mit einem anscheinend ziemlich schockierten Ausdruck an.

»Wohl nicht. Es ist offensichtlich, dass du die Gegend sehr viel besser kennst als ich. Black und ich hätten nie erwartet, so aus dem Hinterhalt angegriffen zu werden. Ich bin froh und dankbar, dass du und deine Freunde eingegriffen habt, um uns zu helfen, besonders weil ihr euch dadurch offensichtlich in große Gefahr gebracht habt.«

Zara fuhr sich mit der Zunge über die Lippen und erklärte nichts.

»Du hast gar nicht gefragt, was wir dort gemacht haben.«

Sie wusste bereits über die Jungen Bescheid, die sie gefunden hatten, zuckte aber trotzdem mit den Achseln.

»Meine Freunde und ich gehören zu einer Geheimorganisation namens Mountain Mercenaries. Wir haben es uns zur Aufgabe gemacht, Frauen und Kinder vor all denjenigen zu retten, die ihnen Böses wollen. Die Frau unseres Kontaktmannes Rex, der Mann, der die Gruppe ins Leben gerufen hat, ist vor Jahren verschwunden und er geht davon aus, dass sie dem Menschenhandel zum Opfer gefallen ist. Er hat nie aufgehört, nach ihr zu suchen. Und seitdem widmet er sich der Aufgabe, anderen wie ihr zu helfen, die von ihren Familien entführt worden sind. Gemeinsam mit der Regierung arbeiten wir an einer Mission gegen den

Menschenhandel. Wir erfuhren, dass mehrere Jungens kurz davor standen, in ein Leben verkauft zu werden, von dem ein Kind eigentlich nicht mal wissen sollte, dass es existiert. Eigentlich stimmten alle grundlegenden Informationen ... aber sobald wir da eintrafen, ging alles schief. Eigentlich hätten wir den Einsatz sofort abbrechen sollen, hatten uns aber dazu entschlossen, trotzdem weiterzumachen. Und das war unser Fehler.«

Zara starrte Meat an. Sie und die anderen hatten bereits vermutet, dass die Amerikaner dort waren, um die Kinder zu retten, aber sie hatten nichts über ihre Motive gewusst. Sie hatten sich gefragt, warum sich eine Gruppe aus den Vereinigten Staaten dafür interessierte, was mit einem Haufen armer Barrio-Kinder geschah. Und es war offensichtlich, dass es Meat *nicht* egal war. Er sorgte sich um einen Haufen Kinder, die er nie kennengelernt hatte.

Einen Moment lang fragte sich Zara, wie ihr Leben wohl verlaufen wäre, wenn Meat und seine Freunde da gewesen wären, als *sie* sie gebraucht hatte.

Aber in dem Moment, in dem sie den Gedanken hatte, verwarf sie ihn auch direkt wieder. Sie wusste nicht, wie alt Meat war, aber vor fünfzehn Jahren war er wahrscheinlich nicht in der gleichen Branche tätig gewesen wie heute.

Dann fiel ihr noch etwas ein, was er gesagt hatte, und sie erklärte: »Ein großer Teil des Militärs ist korrupt. Nicht alle Soldaten, aber viele. Geld ist hier knapp und es ist schwer, an der Moral festzuhalten, wenn die eigene Familie im Dreck lebt und hungert, also fangen einige an, für die Drogenkartelle zu arbeiten. Oder für del Rio. Die Männer, mit denen deine Freunde zusammen sind, sind nicht gut. Ich habe dir schon gesagt, dass sie del Rio helfen, Frauen und Kinder für seine Bordelle zu finden. Seit Kurzem sind sie auf der Suche nach viel jüngeren Kindern. Ich vermute, dass alles schiefgeht, weil sie dafür sorgen *wollen*, dass eure Mission scheitert.«

Meat erklärte ihr nicht, dass sie verrückt sei. Er sagte nicht zu ihr, dass sie sich irren musste. Er verzog einfach nur das Gesicht. »Das würde einiges erklären. Darf ich dich etwas fragen?«

Zara nickte.

»Sind meine Freunde in Sicherheit? Ich weiß, dass sie nicht ohne mich abreisen werden und sie arbeiten wahrscheinlich gemeinsam mit dem hiesigen Militär daran, mich wiederzufinden. Wenn ihnen allerdings Gefahr von diesen korrupten Soldaten droht, muss ich so schnell wie möglich zu ihnen zurückkehren, selbst wenn ich dadurch meine Gesundheit aufs Spiel setze.«

Zaras Respekt für Meat stieg um das Zehnfache.

»Sie sollten in Sicherheit sein«, erklärte sie mit dem Brustton der Überzeugung. »Sie haben es auf Frauen und Kinder abgesehen, nicht auf starke Männer. Und nicht auf Amerikaner. Vielleicht haben Ruben und seine Freunde sie bezahlt, damit sie vorher eingreifen und versuchen, eure Mission, die Kinder zu retten, vereiteln, aber wenn sie das getan haben, ist das eindeutig nicht passiert. Mags sagte, dass die Kinder nach der Razzia wieder mit ihren Eltern zusammengeführt und in ein Gruppenheim irgendwo in Lima gebracht worden sind. Aber del Rio und die von ihm geschmierten Militärangehörigen wollen nicht, dass ihr länger als nötig hierbleibt. Sie wollen zu ihrer normalen Tagesordnung zurückkehren.«

»Und wie genau sieht die aus?«, wollte Meat wissen.

Zara zuckte mit den Achseln. »Einschüchterungstaktiken. Sie entführen Kinder von ihren Müttern und bringen sie zu del Rio. Sie halten die ehrlichen Polizisten davon ab, den Drogenkartellen auf die Spur zu kommen. Sie entführen Frauen von den Straßen, um sie in ihre Bordelle zu stecken.«

Meat beugte sich vor und Zara hörte, wie er scharf einatmete. Es erinnerte sie daran, dass er immer noch nicht wieder ganz bei Kräften war und seine Rippen noch sehr schmerzten.

Er legte ihr eine Hand auf die Schulter und fragte mit fast unheimlicher Scharfsicht: »Deswegen läufst du so rum, richtig? Deswegen ist dein Haar so kurz und du bindest dir deine Brüste an den Körper.«

Es schockierte sie, wie leicht er ihre Verkleidung durchschaut hatte, die sie ihr ganzes Leben lang in Peru wie einen Schild getragen hatte. Sie geriet einen Moment lang in Panik und wäre am liebsten davongelaufen und hätte sich versteckt. Um dem Blick von Meats stechenden grauen Augen zu entkommen, die sie direkt zu durchschauen schienen.

»Du brauchst nicht in Panik zu geraten«, erklärte er, als könnte er ihre Gedanken lesen, »dein Geheimnis ist bei mir sicher. Ich bin sogar ziemlich beeindruckt. Es gibt nicht viele, die das durchziehen könnten, obwohl ich ziemlich überrascht davon bin, dass jemand länger als fünf Minuten mit dir zusammen sein kann, ohne festzustellen, dass du ein Mädchen bist. Wie alt bist du, Zara? Sechzehn? Siebzehn?«

Sie schüttelte langsam den Kopf.

»Achtzehn?«

»Fünfundzwanzig«, gab sie schließlich leise zu.

Meat ließ sich nach hinten fallen und starrte sie schockiert an. »Im Ernst?«

Sie nickte.

»Wow. Okay, jetzt bin ich sogar noch mehr beeindruckt. Und wo hast du Englisch gelernt? Mir ist aufgefallen, dass im Barrio nicht viele Englisch sprechen.«

Zara überlegte, wie viel sie preisgeben sollte. Sie hätte ihm gern alles gesagt. Mags hatte sie gebeten herauszufinden, ob die Amerikaner ihr helfen konnten. Sie wollte Meat alles erzählen und ihn dann fragen, ob er ihr helfen würde, zurück nach Amerika zu kommen, aber sie war sich nicht sicher, wie sie mit einer Zurückweisung umgehen sollte. Eine Zurückweisung von ihm und nach all dieser Zeit wäre besonders schlimm.

Sie träumte von Amerika, aber mehr war es nie gewesen – nichts weiter als ein Traum.

Sie beschloss, sich ganz vorsichtig vorzuwagen: »Ich bin dort zur Welt gekommen.«

Meat sah sie verwirrt an. »Wo? Im Barrio?«

»Nein. In Amerika. Ich habe in Colorado gelebt.«

»*Im Ernst?* Unglaublich! Daher kommen meine Freunde und ich! Colorado Springs. Und wo wurdest du geboren?«

»Denver«, flüsterte Zara. Eine Gänsehaut hatte sich auf ihren Armen gebildet und sie wusste, dass sie zu schnell atmete. Das konnte doch kein Zufall sein ... oder doch? So lange hatte sie sich verloren und verlassen gefühlt. Sie war nicht ganz damit einverstanden gewesen, als Mags beschlossen hatte, den Amerikanern zu helfen ... aber vielleicht, nur vielleicht war das Schicksal.

Meat öffnete den Mund, um etwas zu sagen, und in diesem Moment platzte Daniela in den Raum und sagte Zara, dass sie ihre Hilfe mit einem Patienten benötige.

Zara stand sofort auf, aber Meat griff nach ihrer Hand. Es musste ihm Schmerzen bereiten, aber er ließ sie nicht los. »Was ist los?«

»Ein Patient für Daniela. Jemand, der eine Ärztin braucht.«

»Ich möchte unser Gespräch fortsetzen. Ich will mehr über dich erfahren.«

Zara spürte bei seinen Worten Schmetterlinge im Bauch, aber sie unterdrückte sie gnadenlos. Er lebte in Amerika. Hatte tonnenweise Freunde und keine Ahnung von der harten Welt, in der sie lebte. Sie war kein guter Mensch. Und selbst wenn sie den Mut aufbrächte, ihn zu bitten, sie zurück in die Vereinigten Staaten zu bringen, was sollte sie dort machen? Wohin sollte sie gehen?

Das Leben in den Barrios war alles, was sie kannte. Wenigstens hatte sie hier Mags und Daniela und die anderen Frauen.

»Zed!«, rief Daniela aus dem anderen Zimmer.

Zara zog ihre Hand aus Meats und wandte sich von ihm ab.

»Falls ich euch irgendwie helfen kann, sagt mir Bescheid«, rief Meat ihr nach. »Ich bin Sanitäter, und selbst wenn ich nicht aufstehen oder mich schnell bewegen kann, kann ich doch Ratschläge geben.«

Sie nickte und zwang sich, sich von ihm abzuwenden. Je länger sie mit Meat zusammen war, desto mehr mochte sie ihn. Er war ein guter Mann – das war offensichtlich.

Zara war nicht sonderlich überrascht, als sie die hochschwangere Frau in Danielas Wohnzimmer vorfand. Sie hatte ein kleines Kind an ihrer Seite, ein Mädchen, vielleicht vier oder fünf Jahre alt. Die Frau keuchte und erzählte Daniela, dass sie schon seit fast zwölf Stunden in den Wehen lag und dass etwas nicht stimmte. Das Baby wollte einfach nicht kommen.

Zara war auch nicht überrascht, dass die Frau es geschafft hatte, zu Daniela nach Hause zu kommen. Es hatte wirklich keine andere Möglichkeit gegeben. Es war ja nicht so, dass sie ein Telefon in die Hand nehmen und um Hilfe rufen konnte. Sie wusste nicht, wo der Mann der Frau war, wahrscheinlich war er unterwegs, um Geld zu erbetteln oder Arbeit zu suchen – falls sie überhaupt einen Mann hatte. So war das Leben im Barrio nun einmal.

Daniela ließ die Frau auf einem Laken in der Mitte des Wohnzimmers Platz nehmen, denn das Zimmer, in dem sie normalerweise entbanden, war derzeit von Meat belegt. Das kleine Mädchen schniefte und sah zu Tode verängstigt aus. Wahrscheinlich hatte sie ihrer Mutter stundenlang dabei zugesehen, wie sie sich abmühte, ihr Geschwisterchen auf die Welt zu bringen.

Ohne weiter darüber nachzudenken, ergriff Zara die kleine Hand des Mädchens und führte sie in Meats Zimmer. Als sie eintrat, setzte er sich auf und starrte auf die Tür.

»Was ist los?«, fragte er besorgt.

»Ihre Mutter ist hier, damit wir ihr helfen zu entbinden«, erklärte Zara. »Könntest du auf die Kleine hier aufpassen?«

»Natürlich«, erklärte Meat, ohne zu zögern, und streckte die Hand aus.

Zara führte das Mädchen zu Meat hinüber und erklärte ihr auf Spanisch, dass Meat ein netter Kerl sei und auf sie aufpassen würde, während Daniela und sie ihrer Mutter halfen.

»Meat?«, fragte das Mädchen.

Zara lächelte. »Das ist sein Spitzname.«

Sie nickte. »So wie Mamá mich *Bonita* nennt, obwohl ich in Wirklichkeit Natalia heiße.«

»Genau«, sagte Zara. »*Bonita,* weil du so ein hübsches kleines Mädchen bist.«

Natalia kicherte, fragte dann aber wieder ernst: »Kommt meine Mamá wieder in Ordnung?«

»Daniela wird alles tun, um ihr zu helfen.«

Das kleine Mädchen nickte.

»Also bleibst du hier bei Meat?«

Sie nickte erneut.

Zara wandte sich an Meat. Ihr war bewusst, dass er sie genau beobachtet hatte, während sie mit dem kleinen Mädchen gesprochen hatte. »Sie heißt Natalia.«

Er nickte. »Ich werde gut auf sie aufpassen. Und jetzt geh und hilf Daniela. Wir bleiben hier und warten.«

Zara hatte nicht oft die Gelegenheit, jemandem zu danken. Die Menschen hier waren nicht besonders darauf bedacht, anderen zu helfen, was hauptsächlich daran lag, dass sie zu beschäftigt damit waren, sich selbst und ihre Familien am Leben zu halten. Aber in jenem Moment fühlte sie eine riesige Welle der Dankbarkeit für Meat. »Vielen Dank.«

»Es ist nicht nötig, dass du dich bei mir für etwas bedankst, das selbstverständlich ist«, erwiderte er. »Und jetzt geh. Wir kommen schon miteinander zurecht.«

Zara nickte und drehte sich zur Tür zurück. Bevor sie den Raum verließ, warf sie noch einen Blick zurück. Meat lehnte sich zu Natalia. Er zuckte zusammen, als täte die Bewegung weh, aber er rief sie nicht zurück und sagte, dass er zu große Schmerzen hatte, um ihr zu helfen. Er klopfte sich auf die Brust und sagte: »Ich bin Meat.« Dann zeigte er auf das kleine Mädchen und sagte: »Du bist Natalia.«

Das kleine Mädchen nickte und bevor Zara zu sehr mit der jungen Frau beschäftigt war, die versuchte, ihr Baby zur Welt zu bringen, hörte sie noch, wie das kleine Mädchen leise kicherte.

KAPITEL FÜNF

Meat war erschöpft, und sowohl sein Knöchel als auch seine Rippen pochten heftig. Seine Schulter fühlte sich jedoch ziemlich gut an; die Schmerzen, die er hatte, weil sie wieder eingerenkt worden war, waren im Vergleich zu seinen anderen Verletzungen nicht sehr beunruhigend. Er musste auch auf die Toilette, aber er blieb stocksteif an die Wand gelehnt sitzen und starrte zur Tür. Er hatte keine Ahnung, wie viel Zeit vergangen war, aber es mussten Stunden gewesen sein.

Er hatte sein Bestes getan, um Natalia zu beschäftigen, indem er ein Spiel ins Leben gerufen hatte, bei dem er ein Wort auf Englisch sagte und sie es ihm auf Spanisch erklärte. Sie hatten Zahlen, Farben und Körperteile durch-genommen. Meat konnte nicht sagen, dass er jetzt besser sprach als noch ein paar Stunden zuvor, aber er hatte sich halb in das kleine Kind verliebt, das jetzt in seinen Armen schlief. Sie war müde geworden, und da es in dem Zimmer kein Bett gab und er auf der Palette saß, war sie auf seinen Schoß gekrochen, hatte ihren Kopf auf seine Brust gelegt und war fast sofort eingeschlafen.

Sie war nicht sehr schwer, aber selbst das leichte Gewicht gegen seine Rippen war schmerzhaft. Meat ignorierte, dass es sich anfühlte, als hätte er ein Elefantenbaby auf der Brust, und konzentrierte sich auf die Geräusche, die er aus dem anderen Zimmer hörte. Es war frustrierend, nicht zu wissen, was vor sich ging, und nicht helfen zu können. Er war daran gewöhnt, sich nützlich zu machen. Daran, in Notsituationen zu helfen. Aber er konnte nur den drei Frauen zuhören, die in leisen Tönen Spanisch sprachen, und dem gelegentlichen Stöhnen der Frau lauschen, die versuchte, ihr Baby zur Welt zu bringen.

Er war selbst noch im Halbschlaf, als er spürte, dass Zara zurückgekommen war. Er fragte sich nicht einmal, woher er wusste, dass sie den Raum betreten hatte; er wusste es einfach. Die Nacht war hereingebrochen und das einzige Licht im Raum kam von der anderen Seite der Tür. Zaras Silhouette wurde von dem Licht angestrahlt und ihr Körper verdeckte das Licht, wobei Meat praktisch durch ihr abgewetztes Hemd und ihre Hose hindurchsehen konnte, so dünn waren sie.

»Wie geht es ihr?«, fragte Meat leise.

»Sehr gut«, entgegnete Zara und sprach ebenfalls mit leiser Stimme.

»Und wie geht es ihrem Baby?«

Zara zuckte mit den Achseln. »Eine Zeit lang ist es noch ziemlich brenzlig, aber immerhin haben wir ihn aus ihr rausbekommen. Er lag falsch rum, aber es ist mir gelungen, ihn umzudrehen, und sie sind beide eingeschlafen.«

Als Meat klar wurde, was sie da gesagt hatte, sah er sie mit offenem Mund an. »*Du* hast das Baby umgedreht?«

Sie nickte.

»Und wie?«

Zara hielt ihre Hände hoch. »Ich habe ausgesprochen

kleine Hände, also konnte ich in sie hineingreifen und ihn tatsächlich einfach umdrehen. Das ist alles andere als ideal und ziemlich schmerzhaft für die Frau, aber es hat funktioniert ... zumindest dieses Mal.«

Meat war von ihren sachlichen Erklärungen überwältigt. Zu Hause wurde eine Frau mit einem Baby in Steißlage in den Operationssaal gebracht, um einen Kaiserschnitt vornehmen zu lassen. Aber Zara hatte buchstäblich ihre eigenen Hände benutzt, um in die Gebärmutter der Frau zu greifen und das Baby zu drehen, damit es eine Chance hatte.

Mein Gott, je mehr er über Zara erfuhr, desto mehr beeindruckte sie ihn.

Aber er konnte auch sehen, welchen Tribut die Arbeit von ihr gefordert hatte.

»Sie sollte nicht so auf dir liegen. Das tut doch sicher weh«, schimpfte sie ihn leise und zeigte mit einem Finger in Richtung der schlafenden Natalia.

»Es geht mir gut«, entgegnete Meat und die Schmerzen, auf die er sich vorher so sehr konzentriert hatte, erschienen ihm nun oberflächlich im Vergleich zu dem Martyrium, das die Frau im Nebenraum hinter sich gebracht haben musste.

»Ich bringe sie zu ihrer Mutter«, sagte Zara, trat in den Raum und nahm das schlafende Kind.

»Solange du wieder zurückkommst, wenn sie eingeschlafen ist«, sagte Meat und hielt eine Hand auf Natalias Rücken, bis Zara es ihm versprach.

Sie starrte ihn lange an und nickte dann schließlich. Sie griff nach dem leeren Krug, den er vorher benutzt hatte, und stellte ihn neben ihn. »Du kannst auf die Toilette gehen, während ich weg bin. Gibt es sonst noch etwas, was du brauchst? Vielleicht kann ich losziehen und etwas Aspirin auftreiben, falls du es brauchst. Oder etwas Stärkeres. Wie geht es deinem Knöchel? Muss er neu verbunden werden?«

Meat schüttelte verzweifelt den Kopf. Er würde auf keinen Fall etwas sagen, das Zara dazu veranlasste, mitten in der Nacht loszuziehen, um ihm eine verdammte Aspirin zu besorgen. »Es geht mir gut«, entgegnete er und ließ Natalia los, damit Zara sie hochheben konnte.

Sie sahen sich einen Moment lang an und etwas ging zwischen ihnen vor. Eine Art von Zusammengehörigkeitsgefühl, das es vorher nicht gegeben hatte, bevor er sich bereitwillig um Natalia gekümmert hatte, während Zara und Daniela der Mutter des kleinen Mädchens bei der Geburt halfen. Vorher war er nur ein weiterer Patient gewesen, aber jetzt schien es eher so, als wären sie ein Team. Sie arbeiteten zusammen auf ein gemeinsames Ziel hin, nämlich einem anderen Menschen zu helfen.

Das gefiel ihm. Sehr sogar.

Zara drehte sich um und ging mit dem kleinen Mädchen zur Tür, und Meat ging auf die Toilette, während sie weg war. Er streckte sich ganz langsam auf dem Boden aus. Es tat weh, aber es fühlte sich auch verdammt gut an, nachdem er so lange an der Wand gesessen hatte. Vorsichtig drehte er seinen Knöchel und zuckte bei dem Schmerz, der ihm ins Bein schoss, aber er stellte fest, dass es zwar wehtat, aber nicht mehr ganz so schmerzhaft war wie am Tag zuvor. In ein paar Tagen, so dachte Meat, würde er ihn belasten können, und sobald er das könnte, würde er von hier verschwinden. Zu seinen Freunden zurückkehren und dieses verdammte Land verlassen.

Zara kam ein paar Minuten später zurück, schnappte sich den Behälter, den er zum Pinkeln benutzt hatte, und verschwand wieder durch die Tür. Kurz darauf war sie wieder da, der Krug leer.

»Gute Nacht«, wünschte sie ihm leise.

Doch bevor sie wieder gehen konnte, griff Meat nach ihrer Hand und hielt sie fest. Überrascht zog sie an ihrer Hand, woraufhin ein schmerzhaftes Stechen durch seine Rippen fuhr. Meat achtete gar nicht darauf.

»Bleib heute Nacht hier«, bat er sie.

Als sie zögerte, fügte er einfach hinzu: »Bitte?«

Er sah dabei zu, wie sie tief durchatmete, und schließlich nickte sie. Langsam ging sie in die Knie und legte sich dann neben ihn auf den harten Boden.

»Das sieht aber nicht sehr gemütlich aus«, bemerkte er schließlich.

Sie zuckte mit den Achseln. »Ich bin es gewohnt.«

Bei seinen Worten runzelte er verärgert die Stirn. Ohne nachzudenken, legte Meat seinen Arm um ihre Schultern und zog sie an sich. Sie kam bereitwillig, aber er nahm an, dass das eher daran lag, dass sie ihm nicht wehtun wollte, als an dem Wunsch, ihm nahe zu sein.

Er drängte sie, ihren Kopf auf seine gute Schulter zu legen. Sie lag steif und unbeholfen neben ihm und Meat wünschte sich nichts sehnlicher, als dass sie sich entspannte. »Du bist bei mir in Sicherheit, Zara«, versicherte er ihr. »Ich habe hier viel zu große Schmerzen, als etwas anderes zu tun, als einfach nur neben dir zu liegen. Und ich werde nicht mitten in der Nacht über dich herfallen. Du musst völlig erschöpft sein; es kostet eine Menge Kraft, ein Leben zu retten.«

Er hörte ein kleines, amüsiertes Schnauben, aber er spürte, wie sie einen Hauch nachgab.

»So ist es richtig. Entspann dich einfach.« Er wollte sie mehr über ihr Leben in den Vereinigten Staaten fragen. Er wollte sie fragen, wie sie nach Peru gekommen war und wie sie das Leben, das sie jetzt führte, ertragen konnte. Dann dachte er daran, wie abhängig er von seinen Computern geworden war. Wenn er etwas wissen wollte, schlug er es einfach nach. Ohne elektronische Hilfsmittel musste er sich darauf verlassen, dass er Informationen auf die altmodische Art und Weise erhielt ... nämlich durch Nachfragen. Er war nicht der beste Kommunikator, aber es hatte etwas an sich, Zara dabei zu beobachten, wie sie sich ihm langsam öffnete, ihm vertraute, was jedes kleine Stückchen Information, das er herausfand, noch befriedigender machte.

»Wenn ich dir wehtue, sag mir Bescheid«, murmelte sie.

»Alles in Ordnung«, versicherte er ihr.

Er spürte den genauen Moment, in dem sie einschlief. Sie hatte sich angespannt an ihn gepresst, aber in dem Moment, in dem sie einschlief, entspannte sich ihr ganzer Körper. Und nichts hatte sich je besser angefühlt als dieses Vertrauen, das sie ihm entgegenbrachte.

Meat war nie jemand gewesen, der mit den Frauen, mit denen er schlief, kuschelte. Andererseits war es Jahre her, dass er überhaupt mit einer Frau zusammen gewesen war. Er war so sehr mit den Mountain Mercenaries und mit der Arbeit hinter den Kulissen am Computer beschäftigt gewesen, dass er keine Zeit gehabt hatte, um auszugehen und jemanden kennenzulernen. Er war nie ein Typ für One-Night-Stands gewesen – das war ihm einfach zuwider. Aber mit Zara in seinen Armen dazuliegen, erinnerte ihn daran, was er verpasste.

Ging es seinen Freunden mit ihren Frauen auch so? Dieses Gefühl der Ruhe? Das Gefühl der Geborgenheit?

So ein Mist. Er musste sich verdammt noch mal zusammenreißen. Er wusste so gut wie nichts über Zara Layne. Nur ihren Vor- und Nachnamen und dass sie in Colorado geboren war und offenbar der hiesigen Ärztin half. Das war alles.

Aber je mehr er versuchte, sich daran zu erinnern, dass er sie nicht kannte, desto mehr wurde ihm klar, wie falsch er lag. Er mochte nicht die gängigen Dinge über sie wissen, aber er wusste, dass sie ein guter Mensch war. Bis hin zu ihren zierlichen kleinen Zehen. Sie tat ihr Bestes, um andere zu beschützen, wie ihn und Natalia, und sie verlangte keine Gegenleistung für diese Hilfe. Sie war loyal gegenüber ihren Freunden und angewidert von der zügellosen Korruption um sie herum. Sie würde für jemand anderen ihre Nahrungsmittel aufgeben, selbst wenn es bedeutete, dass sie hungern musste. Sie war still, aber das bedeutete nicht, dass sie nicht genau aufpasste.

Mit jeder Stunde, die er damit verbrachte, sie kennenzulernen, wuchs seine Neugier.

Zum ersten Mal in seinem Leben hoffte Meat, dass er nicht zu schnell wieder gesund werden würde. Je schneller es seinem Knöchel besser ging, desto eher würde er abreisen können.

Dann kam ihm ein verrückter Gedanke. Wenn Zara in den Staaten geboren worden war, war sie amerikanische Staatsbürgerin.

Was hinderte sie daran zurückzukehren?

Sie konnte doch nicht wirklich hier in Peru bleiben wollen, oder? In bitterer Armut leben, nach Essensresten betteln? Sie war erwachsen – er konnte immer noch nicht glauben, dass sie fünfundzwanzig war; mit ihrem Haarschnitt und ihrer geschnürten Brust sah sie eher wie ein Teenager aus – also konnte sie verschwinden, ohne die Eltern um Erlaubnis bitten zu müssen.

Meat freute sich darüber, dass er vielleicht mehr Zeit haben würde, die Frau in seinen Armen kennenzulernen, und schloss die Augen. Er hatte sich an den Schmerz gewöhnt, oder vielleicht war er jetzt auch nur nicht mehr so schlimm.

So sehr er es auch genoss, mit Zara im Arm zu schlafen, er musste sich so schnell wie möglich erholen und zu seinen Freunden zurückkehren, damit sie alle nach Hause zurückkehren konnten. Gray musste bei Allye sein, wenn sie ihr Baby bekam. Meat würde sich schrecklich fühlen, wenn Gray es verpasste, weil sie nach ihm gesucht hatten.

Jedes Mal wenn Meat in dieser Nacht aufwachte, geriet er für den Bruchteil einer Sekunde in Panik, weil er dachte, Zara hätte ihn verlassen, aber dann öffnete er die Augen und stellte fest, dass sie noch genau da war, wo sie eingeschlafen war. Ihr Kopf ruhte auf seiner Schulter, ihr Arm lag jetzt leicht um seinen Bauch.

Sie waren beide verschwitzt und er musste sich rasieren und sich die Zähne putzen, aber Meat wollte sie auf keinen Fall gehen lassen. Sie fühlte sich zu gut an seiner Seite an. Viel zu gut.

KAPITEL SECHS

Gray fuhr sich besorgt mit der Hand durchs Haar. Sie hatten ihr Quartier vom Barrio in ein nahe gelegenes Hotel verlegt. Es entsprach nicht gerade den Standards der meisten Amerikaner, aber das interessierte niemanden im Team. Sie waren zu sehr um Meat besorgt.

Black war von der Gruppe von Männern, die ihn und Meat im Barrio überfallen hatten, brutal zusammengeschlagen worden. Und Gray und die anderen Männer waren sauer, dass die beiden peruanischen Soldaten, mit denen sie zusammengearbeitet hatten, sich nicht sonderlich darum kümmerten, die Verantwortlichen zu finden. Sie waren eher darauf erpicht gewesen, Türen einzutreten und den Bewohnern des Armenviertels eine Heidenangst einzujagen.

Es war Ro, der das Thema zur Sprache brachte, nachdem Meat fast zwei Tage lang verschwunden gewesen war. Sie waren alle erschöpft, nachdem sie einen zweiten ganzen Tag lang erfolglos nach ihrem Teamkameraden gesucht hatten. Das Team hatte sich von den zusätzlichen Mitgliedern der Brigade verabschiedet, die sich der Gruppe nach Meats Verschwinden angeschlossen hatten, und sich dann in Grays Hotelzimmer versammelt.

»Geht es nur mir so oder waren diese Männer mehr daran interessiert, die Frauen anzuglotzen und die Leute einzuschüchtern, als mit den Einwohnern zu sprechen, um Informationen über Meat zu erhalten?«, fragte Ro.

Gray seufzte bei seinen Worten erleichtert auf. »Gott sei Dank bin ich nicht der Einzige, der das Gefühl hat.«

»Ich verstehe, dass man sichergehen will, dass die eigene Autorität anerkannt wird, aber es schien, dass sie mehr daran interessiert waren, alle, selbst die Kinder, zu verängstigen, als die Suche tatsächlich zu unterstützen«, stimmte nun auch Arrow zu.

»Meat kann doch nicht einfach wie vom Erdboden verschluckt sein«, bemerkte Ball frustriert. »Irgendjemand hat ihn weggeschafft.«

»Es tut mir leid, dass ich nicht mehr gesehen habe«, erklärte Black vom Bett aus. Sie hatten ihm jede Menge Schmerzmittel verabreicht und er sah immer noch ziemlich schlimm zugerichtet aus. Doch abgesehen von einem verstauchten Handgelenk und ein paar schlimmen blauen Flecken war er ziemlich glimpflich davongekommen. Anscheinend war sein Kopf doch härter, als sie alle angenommen hatten.

»Das ist nicht deine Schuld«, beschwichtigte Gray ihn. »Aber Ball hat recht. Irgendjemand hat etwas gesehen und ich wette, sie wollten es uns nicht sagen, solange unsere Freunde vom hiesigen Militär dabei sind. Und daraus kann ich ihnen wirklich keinen Vorwurf machen. Von dem Moment an, seit wir in Peru gelandet sind, stinkt dieser Einsatz zum Himmel und so langsam wird mir auch klar warum.«

»Korruption«, mutmaßte Arrow.

»Ganz genau. Und deswegen wird es umso schwerer werden, Meat zu finden.«

»Können wir unsere Eskorte irgendwie abschütteln?«, wollte Ro wissen.

Gray zuckte mit den Achseln. »Das könnten wir schon, allerdings wäre es keine gute Idee. Als wir hergekommen sind, wurde uns klar zu verstehen gegeben, dass wir uns immer in ihrer Nähe aufhalten müssen. Wenn ich ehrlich bin, überrascht es mich sogar, dass wir alleine in diesem verdammten Hotel übernachten dürfen.«

»Wir sollten ins Barrio zurückkehren und im Schutz der Nacht anfangen, Fragen zu stellen«, bemerkte Ball.

»So gern ich das auch tun würde, keiner von uns spricht fließend Spanisch – und ich habe vor, das zu ändern, sobald wir zurück in Amerika sind. Es ist wirklich lächerlich, dass nicht einer von uns dazu in der Lage ist, es zu sprechen oder zu verstehen. Jedenfalls könnten wir schon heute Abend ins Barrio zurückkehren, aber ich habe das Gefühl, dass wir die Einwohner nur verschrecken würden. Und nicht nur das, wir sollten eigentlich auch mit der Regierung zusammenarbeiten. Rex hat uns gebeten, unser Bestes zu tun, um zu kooperieren und niemanden zu verärgern.«

»Was wirklich lächerlich ist, denn ich habe die Vermutung, dass ihre eigenen Soldaten mit genau den Leuten zusammenarbeiten, die aufzuhalten wir hier sind«, erklärte Black vom Bett aus.

»Genau«, sagte Gray. »Würde jemand von uns Spanisch sprechen, würde ich nicht zögern, dorthin zurückzukehren und an jede einzelne Tür zu klopfen, bis wir jemanden finden, der mit uns spricht. So leid es mir tut, aber so wie es aussieht, müssen wir vorerst die Füße stillhalten und bis morgen früh warten.«

»Hast du mit Allye gesprochen?«, fragte Arrow nach einer Weile.

Gray seufzte. »Ja. Sie hat gesagt, sie hat ein wenig Schmerzen und dass die Ärztin es für Vorwehen hält.«

»Mist«, murmelte Ball.

»Wenn du die Heimreise antreten willst, bleiben wir hier und suchen nach Meat«, bot Arrow ihm an.

Gray machte einen Moment lang die Augen zu, gerührt von der unglaublichen Geste seiner Waffenbrüder. Er öffnete die Augen erneut und sah Arrow an. »Was würdest *du* tun, wenn es um Morgan ginge?« Sie alle wussten, dass Morgans Schwangerschaft fast genauso weit fortgeschritten war wie Allyes. Sie hatte allerdings noch etwa anderthalb Monate vor sich.

»Ich weiß genau, was ich *wollen* würde, aber ich weiß genauso gut, dass sie mir vorschreiben würde, erst zurückzukommen, wenn wir Meat gefunden hätten, um ihn mit nach Hause zu bringen«, erklärte Arrow.

Gray nickte und schnaubte. »Das hört sich genau nach dem Gespräch an, das ich vorhin mit Allye geführt habe.«

»Meat würde nicht wollen, dass du die Geburt deines ersten Kindes verpasst«, sagte Ro zu Gray.

»Ich weiß, aber es ist so ...«, erklärte Gray, »... ich muss immer daran denken, wie wir Morgan gefunden haben. Sie war seit über einem Jahr verschwunden und niemand hat überhaupt nach ihr *gesucht*. Ich könnte es mir niemals vorstellen, ohne Meat von hier zu verschwinden. Er *weiß,* dass wir nach ihm suchen. So wie ich es an seiner Stelle wüsste. Da kann ich nicht einfach ohne ihn abhauen. Als SEAL wurde mir beigebracht, dass wir einfach niemanden zurücklassen. Niemals. Und obwohl Meat kein SEAL ist, gilt das Gleiche für ihn.«

»Dann sollten wir uns beeilen, ihn zu finden«, bemerkte Arrow nachdrücklich.

Die anderen Männer nickten zustimmend.

»Rex hat stundenlang Satellitenfotos begutachtet und nichts Ungewöhnliches bemerkt«, informierte Gray die anderen. »Er hat ein paar Fotos von den Männern, die auf der Straße auf Black und Meat einprügeln, aber die Satellitenbilder werden nur alle dreißig Sekunden aufgenommen. Auf einem Foto liegen Black und Meat auf der Straße, auf dem nächsten ist nur Black zu sehen. Was auch immer passiert ist, geschah also innerhalb von dreißig Sekunden.«

»Verdammt. Es muss doch mehr geben«, beschwerte sich Ro.

»Schon möglich, aber wie wir alle wissen, ist Meat unser Hacker und Computerexperte. Rex ist zwar kein Anfänger, doch wenn es hart auf hart kommt, ist Meat nicht zu übertrumpfen«, erklärte Gray.

»Außerdem sind hier auch nirgendwo Überwachungskameras, in die er sich einhacken könnte«, bemerkte Black.

»Alles an dieser Situation stößt mir sauer auf«, sagte Ball leise. »Und zwar nicht nur die Korruption. Es ist die Bande, die Black und Meat angegriffen hat. Die Tatsache, dass die Frauen jeden Blickkontakt vermeiden und vor uns zurückschrecken, wenn wir versuchen, mit ihnen zu reden. Es ist die unglaubliche Armut und dass niemand von den Soldaten sich dafür zu interessieren scheint.«

»Wir können ja keine ganze Kultur verändern«, gab Ro zu bedenken.

»Das weiß ich, doch das Verhalten der Soldaten der Brigade verstößt gegen alles, wofür wir stehen«, bemerkte Ball. »Seit Jahren versuchen wir, Frauen und Kindern ein besseres Leben zu verschaffen. Ich weiß selbst, dass es auf der Welt noch viel zu viele Orte gibt, an denen Männer denken, sie seien mehr wert als Frauen, und alles dafür tun, um ganz oben an der Nahrungskette zu stehen, aber es macht mich immer noch wütend, jedes Mal, wenn ich es sehe.«

»Mein Bruder Lance – ihr wisst schon, der Fotograf – hat mir genau das Gleiche erzählt, als er mit der Filmcrew hier unterwegs war«, sagte Black vom Bett aus. »Sie haben eine Reportage über Prostitution gedreht und als er zurückkam, sagte er, es sei eines der deprimierendsten Dinge, die er je gesehen und getan habe. Alle Frauen hätten einen niedergeschlagenen Eindruck gemacht. Anders als in Amerika, wo einige Frauen sich tatsächlich freiwillig verkaufen, haben die Frauen hier unten keine Wahl. Sie werden entweder von ihren eigenen Eltern verkauft oder gewaltsam von zu Hause weggeholt und ihnen wird gesagt, dass sie gehen können, wenn sie ihre Schulden abgearbeitet haben.«

»Schulden, die es eigentlich überhaupt nicht gibt«, murmelte Gray.

»Genau. Lance sagte auch, dass es hier viele ausländische Frauen gibt, die in die Zwangsprostitution geraten. Einige sprechen nicht einmal Spanisch. Er und sein Team durften allerdings mit keiner dieser Frauen sprechen oder sie filmen. Jedes Mal wenn Lance einen Blick auf eine erhaschte, verschwand sie in einem Raum oder wurde von einem der Zuhälter aus dem Blickfeld geschoben. Er sagte, einige der Frauen sähen amerikanisch aus, aber ohne mit ihnen gesprochen zu haben, konnte er sich nicht sicher sein. Der Name del Rio wurde oft erwähnt, und ich habe mich erkundigt. Er ist offenbar *der* Mann hier unten. Er hat die meiste Kontrolle über das Sexgewerbe und er hat jeden, der irgendwie etwas zu sagen hat, auf seiner Gehaltsliste.«

Nach Blacks Erklärung herrschte Schweigen im Raum. Jeder war in seine eigenen Gedanken versunken. Schließlich sagte Gray: »Wir müssen es morgen einfach besser machen. Etwas Bargeld mitnehmen. Wenn sie schon nicht aus reiner Gutherzigkeit mit uns reden wollen, dann vielleicht mit einem kleinen Anreiz. Gott weiß, dass die Leute hier Geld brauchen. Ich gehe nicht, bevor wir Meat haben. Wir haben noch nie jemanden zurückgelassen, und damit fangen wir jetzt nicht an.«

Einer nach dem anderen stimmten die anderen Männer Gray zu. Ro und Arrow gingen in ihr Zimmer nebenan, während Ball sich auf einer Pritsche auf dem Boden niederließ. Keiner sagte ein Wort, aber Black, Ball und Gray schliefen definitiv nicht. Es war zu viel passiert und sie machten sich zu viele Sorgen um ihren Freund und Teamkameraden.

Der dritte Tag verlief, was die Suche im Barrio betraf, ähnlich wie der Tag davor. Keiner wusste etwas und niemand hatte etwas gesehen. Die Militärangehörigen waren genauso arrogant wie am Tag zuvor und es war ihnen egal, dass sie den Bewohnern Angst einjagten, die vielleicht hilfreicher gewesen wären, wenn sie sich nicht so bedroht gefühlt hätten.

Selbst als Gray jedem, der ihnen helfen könnte, Meat zu finden, Geld anbot, kamen sie nicht weiter. Aber Gray hatte das sichere Gefühl, dass einige der Leute in der Gegend mehr wussten, als sie sagten. Besonders diejenigen, die in der Straße wohnten, in der Black und Meat verprügelt worden waren. Gray nahm an, dass er es ihnen nicht verübeln konnte, dass sie misstrauisch waren, aber es war verdammt frustrierend.

Das Einzige, was Gray auch nur den Hauch einer Hoffnung gab, dass sie Meat wiedersehen würden, war gegen Ende des Tages passiert. Sie hatten sich in einer der Hütten auf der Straße befunden, in der Meat zuletzt gesehen worden war, und der Soldat, der bei ihm und Ro gewesen war, war herausgekommen. Dort waren zwei Frauen, die auf alles Mögliche schworen, nichts von einem vermissten Amerikaner gesehen, gehört oder gewusst zu haben.

In dem Moment, in dem ihre Eskorte gegangen war, hatte eine von ihnen in gebrochenem Englisch gesagt: »Vielleicht jemand hat den Freund zum Arzt gebracht. Kommt er zurück, wenn es ihm besser geht.«

Gray hatte den Mund geöffnet, um nach weiteren Informationen zu fragen, aber ihr Begleiter hatte seinen Kopf wieder in die Hütte gesteckt und den Frauen etwas auf Spanisch zugebellt. Sie hatten genickt und Gray und Ro sofort den Rücken zugewandt und begonnen, den Boden zu fegen, als hinge ihr Leben davon ab.

Die Mountain Mercenaries hatten sich angesehen und waren frustriert gewesen, aber es waren mehr Informationen, als sie den ganzen Tag über erhalten hatten. Die Frau hatte nicht bestätigt, dass jemand Meat zu einem Arzt gebracht hatte, aber das war die Schlussfolgerung.

In der Hoffnung, dass die Frau ihn nicht auf den Arm genommen hatte, war Gray Ro nach draußen gefolgt, aber bevor er ging, hatte er das Geld, mit dem er den ganzen Tag versucht hatte, jemanden zu bestechen, auf ein kleines Regal neben der Tür gelegt.

An diesem Abend trafen sie sich erneut in Grays Hotelzimmer, um Black über den Stand der Suche zu informieren, da er noch immer im Bett lag. Gray und Ro erzählten den anderen, was die Frau gesagt hatte, und sie waren sich einig, dass die Vermutung der Frau berechtigt war, da sie im eigentlichen Barrio kein einziges Anzeichen von Meat gefunden hatten. Zumindest hofften sie das.

Allerdings hatten sie wenig Hoffnung, ihn auf eigene Faust zu finden. Es gab Tausende von Quadratmetern an Armenvierteln wie das, in dem sie gesucht hatten. Ganz zu schweigen von den Häusern außerhalb der ummauerten Barrios. Wenn jemand Meat aus dem Barrio verschleppt hatte, wäre das wie die Suche nach einer Nadel im Heuhaufen. Sie konnten nur warten und beten, dass Meat zu ihnen zurückgebracht wurde. Oder, falls er als Geisel festgehalten wurde, dass er einen Weg zur Flucht finden würde.

KAPITEL SIEBEN

Drei Tage waren vergangen, seit Meat in das Haus der Ärztin gebracht worden war. Der Abend des dritten Tages brach gerade an, und obwohl er sich nicht in der Lage fühlte, gegen eine weitere Bande anzutreten, ging es ihm viel besser als noch am Tag zuvor. Von Zara hatte er heute nicht viel gesehen, aber er hoffte, dass sie bald zurückkommen würde. Mit Daniela konnte er sich nicht verständigen und obwohl sie jetzt netter war, schien sie nicht gerade erfreut darüber zu sein, dass er immer noch dort war.

Meat war heute Morgen mit Zara in seinen Armen aufgewacht. Er war eigentlich überrascht, denn er hatte gedacht, dass sie wahrscheinlich ein Frühaufsteher war wie er selbst. Erst als Daniela mit der Hand an die Tür gehämmert hatte, war Zara aufgeschreckt. Sie war rot geworden, als sie merkte, wo sie war, und hatte etwas zu Daniela gesagt, die daraufhin verschwunden war und sie allein gelassen hatte.

Zu Meat hatte sie nicht viel gesagt, nur gemurmelt, dass

sie gehen müsse, und bevor er sie aufhalten konnte, war sie gegangen.

Meat hatte den Tag damit verbracht, seinen Knöchel vorsichtig und wiederholt zu bewegen, um zu versuchen, seine volle Beweglichkeit wiederzuerlangen und die Heilung zu beschleunigen. Seine Rippen taten immer noch höllisch weh, aber er hatte in der Vergangenheit schon gebrochene Rippen gehabt und versuchte, den Schmerz zu ignorieren. Die blauen Flecke am ganzen Körper pochten, und hin und wieder wurde ihm so übel, dass ihm schwindelig wurde. Er schlief viel, denn das Haus heizte sich in der Nachmittagssonne schnell auf und machte ihn schläfrig.

Als er das nächste Mal aufwachte, war die Sonne bereits untergegangen und er hatte Hunger. Meat wusste, dass seine Zeit, in der er unbeweglich und hilflos war, fast vorbei war. Morgen würde er sehen, ob er sein eigenes Körpergewicht tragen konnte, und darüber nachdenken, wie er von dort, wo er sich gerade befand, zu seinen Team-kameraden zurückkehren konnte. Es wäre besser, es nachts zu versuchen, denn dann könnte er sich unauffällig bewegen, aber es wäre auch gefährlicher. Er war kein Idiot; er wusste, dass es nicht gerade klug war, im Dunkeln in den ärmsten Gegenden Limas unterwegs zu sein, aber da er nichts weiter anhatte als sein Unterhemd und seine Boxershorts, konnte er nicht bei Tageslicht herum-schleichen.

Seine Gedanken wurden durch Zaras Rückkehr unter-brochen. Sie trug immer noch dasselbe weite T-Shirt und die schmutzige, zerschlissene Jogginghose, die sie angehabt hatte, als er sie zum ersten Mal gesehen hatte, aber als er sie in der Tür stehen sah, fragte er sich wieder einmal, wie man sie mit einem Jungen verwechseln konnte. Ihr Haar war kurz, ja, aber ihre Hüften waren ein bisschen zu breit, um männlich zu sein, und auch an ihrer Zartheit konnte man feststellen, wie weiblich sie war.

Ihre Wangen waren gerötet. Er wusste nicht, ob es an der Anstrengung oder an der Hitze lag, aber er musste daran denken, wie sie wohl nach einer wundervollen Liebesnacht aussah.

Sie stand da und starrte ihn an, ohne ein Wort zu sagen, und schließlich bemerkte Meat, dass sie eine Plastiktüte in der Hand hielt. Sie war vollgestopft.

»Was hast du da?«, fragte er mit einem Kopfnicken in Richtung der Tüte.

Zara schlenderte herein und zuckte mit den Achseln. »Ich habe heute ein paar Sachen für dich gesucht. Vielleicht gefallen sie dir nicht.«

Meat hatte keine Ahnung, was sie für ihn besorgt hatte, aber er wusste zweifellos, dass sie den ganzen Tag gebraucht hatte, um die Sachen zu besorgen. Er wollte nicht darüber nachdenken, wie sie an die Gegenstände gekommen war, aber er würde sich trotzdem über alles freuen, was sie ergattert hatte.

»Gut, dann komm mal her und lass mich sehen, was du hast.«

Sie nickte und kam näher. Meat hätte sich gefreut, wenn in der Tüte etwas zu essen gewesen wäre, aber er rechnete eigentlich nicht damit. Er konnte noch einen weiteren Tag ohne etwas zu essen auskommen; bei einigen seiner früheren Missionen für die Armee hatte er länger durchhalten müssen. Daniela hatte ihm den ganzen Tag über Wasser gebracht, also war er damit gut bedient.

Zara stellte die Tasche ab und biss sich auf die Lippe, während sie ihn anstarrte.

Meat klopfte auf den Boden neben sich. »Setz dich, Zara. Du siehst müde aus.«

Sie blinzelte ihn überrascht an und Meat fragte sich, ob sich überhaupt schon einmal jemand um sie gekümmert hatte. Sich um sie gesorgt hatte. Wahrscheinlich nicht, vermutete er, und das machte ihn sowohl traurig als auch wütend.

Sie setzte sich langsam auf, während Meat in die Plastiktüte schaute. Seine Augen wurden groß, als er das erste Kleidungsstück herauszog. Es war ein schwarzes T-Shirt, neu, mit den Etiketten noch dran. Als Nächstes kam eine Jeans, auch hier waren die Etiketten noch dran. Außerdem hatte sie ihm nagelneue Socken und ein Paar leicht abgetragene, aber nicht zerfledderte Turnschuhe besorgt. Die Jeans hatte ungefähr die richtige Größe und die Schuhe waren etwas zu groß, aber er konnte Zeitungspapier oder etwas anderes in die Zehen stopfen, damit sie besser passten.

Am Boden der Tasche befanden sich eine Dose Cola, ein Apfel, etwas in Wachspapier Eingewickeltes und ein weiterer Schokoriegel.

Er schaute sie überrascht an. »Woher hast du das alles?«

Zara zuckte erneut mit den Achseln.

Doch diesmal würde er sie nicht davonkommen lassen. »Ich meine es ernst. Die Kleider sind ganz neu. Du hast gesagt, du hättest kein Geld, woher hast du sie also?«

»Ich war in Miraflores, dem Touristenviertel, und habe gebettelt«, erklärte sie und streckte trotzig das Kinn vor, als wollte sie ihm verdeutlichen, dass er es nicht wagen solle, sie dafür zu verurteilen.

Meat war fassungslos. Ihm fiel nichts ein, was er sagen konnte, und anscheinend verstand sie sein Schweigen als Missbilligung.

»Die Touristen werden einem obdachlosen Jungen eher Geld geben als irgendjemand in dieser Gegend. Außerdem *hat* in dieser Gegend niemand Geld zu verschenken. Ich musste bei den Größen raten. Ich hoffe, es passt alles. Ich bin davon ausgegangen, dass du nicht in deiner Unterwäsche herumlaufen willst, wenn du gehst. Und du brauchst Schuhe.« Sie zuckte mit den Achseln. »Den Hamburger habe ich mit meinem letzten Geld gekauft und das restliche Essen gestohlen.« Sie sah ihn trotzig an.

»Gestohlen?«, fragte Meat und ihm gefiel der Gedanke nicht, dass sie dabei vielleicht hätte erwischt werden können. Aber sonst machte es ihm nicht viel aus. Natürlich war es falsch zu stehlen, aber er hatte während der letzten Tage gesehen, wie die Menschen hier lebten. Er wäre ein Heuchler, wenn er sie verurteilen und dann ihre Geschenke annehmen würde. Vor allem, wenn sie sich solche Mühe gab, um ihm zu helfen.

»Ja. Ich bin gut darin. Ich würde mich niemals erwischen lassen, falls du das denkst. Die Touristenläden sind immer überfüllt und hektisch. Es ist einfacher, als in einem einheimischen Laden etwas zu stehlen. Taschendiebstahl wäre sogar noch einfacher gewesen, aber als ich genügend Geld erbettelt hatte, um die Kleidung zu kaufen, wurde es schon dunkel und die meisten Touristen hatten sich bereits hinter ihren Hoteltüren verbarrikadiert.«

In Meats Kopf drehte sich alles. Er konnte sich nicht erinnern, wann er jemals von jemandem so überrascht worden war. Er war abgestumpft, hatte so ziemlich alles gesehen, was die Menschheit zu bieten hatte, aber im Moment konnte er nur fassungslos die kleine Frau vor sich anstarren.

Sie stand auf und sagte: »Es tut mir leid, dass es so lange gedauert hat. Ich weiß, dass du sicher Hunger hast.«

Meat streckte die Hand aus und hielt sie am Oberarm

fest, bevor sie aufstehen konnte. »Bleib bei mir«, sagte er in viel rauerem Ton, als er ursprünglich vorgehabt hatte.

Sie sah ihn ein wenig ängstlich an.

»Ich war den ganzen Tag mit meinen Gedanken allein. Es würde mir helfen, mit jemandem zu reden«, bat er sie.

Erst war sie hin- und hergerissen, doch dann setzte sie sich im Schneidersitz auf den Boden neben ihm.

»Du bist doch sicher müde, weil du den ganzen Tag auf den Beinen warst«, bemerkte er.

Sie zuckte mit den Achseln.

»Hast du dir selbst auch etwas zu essen besorgt?«

Sie schüttelte den Kopf.

Dafür hätte Meat sie jetzt gern gerügt. Ihr gesagt, sie müsse besser auf sich achten, aber er wusste, dass das ungerechtfertigt gewesen wäre. Ganz offensichtlich war sie ziemlich gut darin, sich in dieser unwirtlichen Umgebung um sich zu kümmern, und hatte keinen Bedarf dafür, sich von ihm belehren zu lassen.

Er nahm den Schokoriegel, brach ihn in zwei Hälften und reichte ihr eine.

Sie blickte von dem Schokoriegel zu seinem Gesicht und dann wieder zum Schokoriegel, griff aber nicht danach.

»Nimm schon«, drängte er sie. »Ich kann zumindest die Mahlzeit mit dir teilen, für die du so hart gearbeitet hast.«

»So hart musste ich gar nicht arbeiten«, widersprach sie und starrte dabei noch immer die Schokolade an, griff aber nicht danach. »Viele Menschen bemitleiden mich, wenn ich bettle, und ich bin ziemlich gut im Stehlen.«

Daran hatte er keinen Zweifel. Und wenn sie versuchte, unleidlich zu wirken, funktionierte das nicht. Stattdessen war er noch beeindruckter von ihrem Einfallsreichtum und ihrer Anpassungsfähigkeit. Er winkte mit der Schokolade. »Bitte? Lass uns zusammen essen?«

Zara leckte sich die Lippen und griff schließlich nach dem Schokoriegel. Sie aßen schweigend und Meat wusste, dass er nie vergessen würde, wie erstaunlich gut diese Schokolade schmeckte. Er öffnete die Schachtel mit dem Hamburger und obwohl er sich kurz Gedanken machte, ob es klug wäre, ihn kalt zu essen, riss er ihn ebenfalls in zwei Hälften und reichte Zara erneut eine Portion. Diesmal starrte sie die Lebensmittel nur kurz an, bevor sie danach griff.

Ihre Finger berührten sich ... und Meat hätte schwören können, dass er diese Berührung noch lange spürte, nachdem sie mit dem Essen des Hamburgers fertig waren.

Sie teilten sich auch den Apfel, und nachdem er einen großen Schluck von der warmen Limonade genommen hatte, hielt er ihr die Dose hin. Sie schüttelte den Kopf.

»Warum nicht?«, wollte Meat wissen.

»Die ist voller Zucker«, erwiderte Zara.

Daraufhin lachte Meat erst leise. Doch dann begann er, so heftig zu lachen, dass er sich eine Hand auf die Rippen legen musste, damit sie vom Lachen nicht zu sehr wehtaten. Aber er konnte nicht aufhören.

Glücklicherweise verzog auch Zara den Mund zu einem Grinsen. Sie wusste vielleicht nicht, worüber er lachte, aber immerhin hatte sie nicht fluchtartig das Zimmer verlassen.

»Es tut mir leid«, sagte Meat schließlich, als er sich wieder unter Kontrolle hatte. »Ich sollte darüber nicht lachen. Du hast recht. Dieses Zeug ist wirklich nicht besonders gesund. Aber das alles hier«, er deutete mit einer Handbewegung auf den Raum um sie herum, »vermittelt nicht den Eindruck, als würdest du dir große Gedanken darüber machen, was du isst und trinkst.«

Einen Moment lang befürchtete er, zu weit gegangen zu sein und sie beleidigt zu haben, aber sie zuckte nur mit den

Achseln, was typisch für sie war. »Als ich klein war, haben meine Eltern mir immer gesagt, dass Cola ungesund ist. Anscheinend habe ich mich immer daran erinnert und das Zeug gemieden.«

Ihre Worte trafen Meat. »Deine Eltern?«, fragte er, bevor er schnell den Rest trank. Sie hatte recht – es war wirklich völlig ungesund –, aber er brauchte die Kalorien und das Koffein sorgte für einen hilfreichen Energieschub.

»Chad und Emily Layne.«

Als sie ihm keine weiteren Informationen gab, wurde Meat klar, dass er alles fragen musste, was er wissen wollte. Er ging vorsichtig vor, um sie nicht zu erschrecken, legte den Müll von seinem seltsamen Abendessen beiseite und legte eine Hand zur Beruhigung leicht auf ihr Knie. »Und wo sind sie jetzt?«

»Tot«, erklärte Zara neutral.

Meat zuckte zusammen. »Wie? Und seit wann?«

Zara sah zu ihm auf und er hatte noch nie so viel Traurigkeit in den Augen eines Menschen gesehen. Es war, als hätte sie sie erst gestern verloren, aber er hatte das Gefühl, dass es schon lange her war. Er glaubte nicht, dass Zaras Eltern ihre Tochter in den Barrios von Lima sich selbst überlassen hätten, so wie sie es offensichtlich getan hatten. Nicht, wenn sie es hätten verhindern können. Natürlich kannte er die Laynes nicht, aber wenn sie mit ihrer Tochter zum Urlaubmachen in dieses Land gekommen waren, war es unwahrscheinlich, dass sie sie absichtlich dort zurückgelassen hatten.

»Sie wurden vor fünfzehn Jahren auf ihrem Weg zurück zum Hotel, nachdem sie in Miraflores zu Abend gegessen hatten, umgebracht.«

Meat sah sie einen Moment lang fassungslos an. »Und

du warst bei ihnen? Was hast du gemacht?«, fragte er schließlich.

Zara zuckte die Achseln und senkte den Blick. »Die Männer nahmen mich mit, weil ich sie identifizieren konnte. Sie hatten offenbar nicht den Mut, ein zehnjähriges Kind zu töten, also setzten sie mich mitten in der Nacht in einem der Barrios aus ... und seitdem bin ich hier.«

KAPITEL ACHT

Zara hielt den Atem an und wartete auf Meats Reaktion auf die Geschichte, die sie bisher nur ein paar andere Male in ihrem Leben erzählt hatte. Die anderen Menschen, denen sie sich in jungen Jahren geöffnet hatte, hatten sie nicht verstanden oder einfach gedacht, sie hätte sich etwas Neues ausgedacht, um Geld zu erbetteln, und ihr gesagt, sie solle nach Hause gehen.

Aber sie hatte sich das nicht ausgedacht, und sie hatte kein Zuhause, zu dem sie gehen konnte.

Wenn Meat ihr nicht glaubte, war das auch nicht weiter schlimm. Sie würde weiterhin das tun, was sie jeden Tag tat, Daniela helfen und ihr Bestes tun, um sich mit Mags und den anderen Frauen im Barrio durchzuschlagen.

Womit sie mehr zu kämpfen hatte, war die Tatsache, dass sie sich zu Meat hingezogen fühlte. Er war seit Langem der erste Mensch außer Mags, der sie ansah, als wäre sie ein echter Mensch. Die Touristen schauten normalerweise einfach an ihr vorbei oder warfen ihr etwas Geld zu und setzten ihren lustigen Urlaub fort. Die anderen Bewohner des Barrios waren zu sehr mit ihren eigenen Problemen beschäftigt, mit der Nahrungsbeschaffung und damit, unbemerkt zu bleiben, als dass sie sich um die anderen kümmerten.

Zara hasste es, um Geld zu betteln, aber ihr war klar gewesen, dass sie nie in der Lage sein würde, die Kleidung zu stehlen, die er brauchte, also hatte sie den ganzen Tag vor den Touristenläden gesessen und versucht, so erbärmlich wie möglich auszusehen, damit die Leute ihr Geld gaben. Und das taten sie auch. Sie hatte jeden Cent für die Kleidung ausgegeben und den größten Teil des Essens gestohlen.

Sie hatte keine Ahnung, ob Meat ihr tatsächlich glauben oder ob er ihr den Kopf tätscheln und Mitleid heucheln würde, bevor er sich umdrehte und seinem Glücksstern dankte, dass er bald von hier verschwinden konnte ...

»Erzähl mir mehr«, erklärte er schließlich.

Zara biss sich auf die Lippe und versuchte zu entscheiden, was sie ihm sagen wollte. Als sie ins Barrio zurückgekehrt war, um etwas über Meats Freund herauszufinden, hatte Mags Zara alles erzählt, was sie über Black wusste, und dann unmissverständlich gesagt, dass Zara dem Amerikaner ihre Geschichte erzählen solle, wenn sich die Gelegenheit dazu ergeben würde. Sie hatte darauf bestanden, dass dies Zaras Chance sein könnte, dorthin zurückzukehren, wo sie hingehörte. Zurück nach Amerika.

Aber Zara war sich nicht sicher, ob sie überhaupt noch irgendwo hingehörte. Sie hatte die Straßen von Lima zu ihrem Zuhause gemacht. Sie hatte nur einen Schulabschluss der vierten Klasse, war mittellos und war sich nicht sicher, ob die Verwandten, an die sie sich vage erinnerte, noch etwas mit ihr zu tun haben wollten. Sie war kein Kind mehr und sie war schon länger hier, als sie in Amerika gewesen war.

Wenigstens wurde sie hier gebraucht. Zara und die anderen halfen den einheimischen Kindern, taten ihr Bestes, um sie aus den Fängen von Männern wie del Rio und Ruben im Barrio herauszuhalten.

Aber irgendetwas in Mags' Tonfall war zu ihr durchgedrungen, und als sie auf dem harten Beton saß und um Kleingeld bettelte, stellte sie sich vor, nach Colorado zurückzukehren und ihre Verwandten vorzufinden, die überglücklich waren, sie wiederzuhaben.

Das, und heiße Duschen und Tische voller leckerer Speisen.

Zara wusste nicht, ob Meat ihr die Geschichte abnehmen würde. Sie wusste nicht, ob er ihr bei der Rückkehr nach Amerika helfen konnte. Sie war sich nicht einmal sicher, ob das überhaupt möglich war, denn sie hatte keinen Ausweis, keinen Beweis dafür, dass sie diejenige war, die sie vorgab zu sein. Sie hatte buchstäblich nur die Kleider, die sie am Leib trug. Aber wie Mags schon gesagt hatte, wenn sie es nicht versuchte, würde es *definitiv* nicht passieren.

Also holte sie tief Luft und begann, ihre Geschichte zu erzählen. Die ganze Geschichte, zum ersten Mal seit fünfzehn Jahren.

»Ich war zehn Jahre alt, als meine Eltern beschlossen, in den Ferien nach Lima zu kommen. Ich wollte nach Disney World, aber sie dachten, ich würde mehr lernen, wenn wir hierher kämen. Wir wohnten in einem Hotel in der Gegend von Miraflores. Ich weiß nicht mehr, wie es hieß, aber ich erinnere mich an die riesige Badewanne im Badezimmer und daran, dass das Wasser in der Dusche aus kleinen Löchern in der Decke kam und nicht aus einem Duschkopf.«

Angesichts der merkwürdigen Kleinigkeiten, an die sie sich erinnerte, schüttelte sie den Kopf.

»Wir waren eines Abends essen gegangen und ich glaube, wir sind zu lange geblieben. Jeder weiß, dass man nach Einbruch der Dunkelheit nicht mehr herumlaufen sollte, selbst in der gehobenen, touristischen Gegend. Ich erinnere mich, dass mir mein Abendessen nicht geschmeckt hat. Ich habe mich während des ganzen Essens beschwert und geschmollt. Mein Vater schimpfte mit mir und sagte, ich solle mich nicht wie eine Vierjährige aufführen. Ich war wütend auf ihn, wütend darüber, dass sie lachend am Tisch saßen und Wein tranken, während ich einfach nur zurück ins Hotel wollte, um etwas von den Süßigkeiten zu essen, die sie mir an diesem Tag gekauft hatten.«

Zara atmete tief ein und schämte sich, wie oberflächlich sie damals gewesen war. Sie war auf das Leben, das vor ihr lag, völlig unvorbereitet gewesen.

Sie spürte Meats Hand auf ihrem Bein und stellte überrascht fest, dass es ihr nicht unangenehm war, dass ein Mann sie berührte. Er betatschte sie nicht, sah sie nicht mit Lust in seinen Augen an. Selbst wenn sie wie ein Junge aussah, war sie den lüsternen Blicken und Berührungen von Männern ausgesetzt gewesen, die meinten, sie hätten das Recht, sie zu streicheln und zu sagen, was sie wollten, nur weil sie obdachlos und allein auf der Straße war.

»Sprich weiter«, ermutigte Meat sie leise.

Ihre Kehle war trocken. Zara hatte schon lange nicht mehr so viel geredet, aber sie leckte sich nervös über die Lippen und fuhr fort: »Ich ging ein paar Schritte hinter meiner Mutter und meinem Vater. Ich war immer noch wütend auf sie und wusste, dass sie meinen kleinen Wutanfall für amüsant hielten. Sie sprachen über das Boot, das sie für den nächsten Tag gechartert hatten, und darüber, wie schön der Ausflug werden würde, als zwei Männer aus einer Gasse kamen, an der wir vorbeigingen. Sie zerrten meine

Mutter hinein und hielten ihr den Mund zu, damit sie nicht schreien konnte. Mein Vater versuchte alles, um sie zu befreien, aber er wurde niedergestochen, bevor er viel mehr tun konnte, als um ihr Leben zu flehen. Ich wusste nicht, was ich tun sollte ... vielleicht stand ich unter Schock. Also bin ich ihnen einfach in die Gasse gefolgt. Ich bin mir nicht sicher, ob die Männer überhaupt wussten, dass ich dort war oder dass ich mit meiner Mutter und meinem Vater zusammen war. Sie ließen die Leiche meines Vaters am Ende der Gasse im Schatten liegen und zogen meine Mutter weiter in die Dunkelheit. Sie versuchte, sich zu wehren, aber der Kerl hatte seine Hand über ihrem Mund und sie konnte nicht viel tun. Sie war klein, so wie ich. Sie konnte es mit den beiden nicht aufnehmen.

Der zweite Mann bemerkte mich schließlich und packte mich. Er hielt mir die Hand vor den Mund, während der andere Typ meine Mutter vergewaltigte. Dann tauschten sie die Plätze und der zweite Kerl vergewaltigte sie auch. Als er fertig war, sah meine Mutter mir in die Augen ... und ich sah die Erleichterung in ihnen. Dass es vorbei war, dass sie jetzt gehen würden und wir Hilfe bekommen könnten.«

Zara blieb stehen und machte die Augen zu. Dieser Moment würde sich für immer in ihr Gedächtnis einprägen. Sie konnte alles sehen, als wäre es erst gestern passiert. Sie hasste es, nach Miraflores zu gehen, sie wusste genau, wo diese Gasse war, aber da sie dort das meiste Geld beim Betteln bekam, ging sie trotzdem dorthin.

Sie hatte gar nicht bemerkt, dass sie ihre Hände rang, bis Meat eine davon in die seine nahm. Er sagte nichts, worüber sie froh war. Jetzt, wo sie diese Geschichte begonnen hatte, wollte sie sie nur noch zu Ende bringen. Einem anderen Menschen erzählen, was an jenem schicksalhaften Abend geschehen war, der ihr Leben für immer verändert hatte.

»Aber anstatt zu gehen, nahm der Mann, der meine Mutter vergewaltigt hatte, ein Messer und schnitt ihr die Kehle durch. Sie hatte keine Zeit, etwas zu sagen oder zu tun – es ging alles so schnell. Er ließ sie auf dem Boden liegen, die Unterwäsche um die Knie, und obwohl ich damals kein Spanisch verstand, wollte er offensichtlich, dass der Typ, der mich festhielt, mich erledigte. Aber anscheinend hatte er ein seltsames Ehrgefühl oder so etwas, denn er weigerte sich.«

Sie lachte freudlos. »Einen Mann zu ermorden und eine Frau zu vergewaltigen und ihr die Kehle durchzuschneiden war in Ordnung, aber ein Kind zu töten ging zu weit. Sie stritten sich, und ich schätze, keiner wollte derjenige sein, der mich umbrachte. Also nahmen sie mich mit. Ich war zu Tode verängstigt. Ich hatte keine Ahnung, was sie vorhatten. Jetzt weiß ich, was für ein Glück ich hatte. Sie hätten mich an jemanden wie del Rio verkaufen können, aber das taten sie nicht.«

Als sie einen langen Moment innehielt und nicht weitersprach, fragte Meat: »Was haben sie dir denn angetan, Zar?«

Zar. Das gefiel ihr. Er war viel besser als der Name Zed, den sie sich vor vielen Jahren ausgesucht hatte, als sie merkte, dass es von Vorteil war, sich als Junge auszugeben.

Als sie spürte, wie Meat ihre Hand sanft drückte, beschloss sie, ihre Geschichte so schnell wie möglich zu Ende zu erzählen. »Die Fahrt kam mir wie eine Ewigkeit vor, aber ich weiß jetzt, dass es wahrscheinlich nur etwa dreißig Minuten waren. Sie hielten in einem Barrio, das demjenigen ähnelte, in dem ihr angegriffen wurdet, und stießen mich buchstäblich aus dem Wagen. Sie schrien mich an und drohten mir wahrscheinlich, wiederzukommen und mich zu töten, wenn ich irgendjemandem erzählte, was passiert war, dann fuhren sie weg. Es war stockdunkel und ich hatte keine Ahnung, wo ich war.«

»Verdammt, Zar.«

Ja. Verdammt. »Ich hatte große Angst. Ich konnte niemanden verstehen und niemand konnte *mich* verstehen. Es gelang mir, ein Versteck am hinteren Ende einer Betonmauer in diesem Barrio zu finden. An der Mauer stapelten sich tonnenweise Müll und Betonreste, und ich grub mich buchstäblich so weit ein, bis mein Körper in das Loch hineinpasste. Ich versteckte mich dort tagelang, hungriger als je zuvor in meinem Leben und voller Angst, dass einer der großen, Furcht einflößend aussehenden Männer, die durch das Viertel zogen, mich finden würde. Manchmal kam ich nachts heraus und stahl ein paar Essensreste, aber die meiste Zeit über blieb ich in diesem Loch, und zwar wochenlang.«

»Mein Gott, Zara. Hat denn niemand nach dir gesucht? Was ist mit deinen Verwandten in Amerika?«

Zara zuckte mit den Achseln. »Ich weiß es nicht. Ich sprach kein Spanisch und es war nicht so, dass es im Barrio Fernseher gab, in denen Nachrichten liefen. Ich hatte Todesangst, dass die Männer zurückkommen und mich umbringen würden, wenn ich es jemandem erzählte. Nach einer Weile erschien es mir gar nicht mehr so schlimm. Ich hatte meinen eigenen kleinen Raum und niemand störte mich mehr. Schließlich schnitt ich mir die Haare ab, weil sie so schmutzig und eklig waren, aber auch, weil ich sah, dass Mädchen viel mehr Aufmerksamkeit bekamen als Jungen. Unangenehme Aufmerksamkeit. Ich wollte, dass mich alle in Ruhe ließen, und das schien mir der beste Weg zu sein, das zu erreichen.«

Meat sah sie mit seinen grauen Augen lange an. »Wie hießen deine Eltern noch mal?«

»Chad und Emily.«

Meat nickte. »Ich wünschte, ich hätte meinen Computer dabei, aber ich schwöre dir, Zara, dass ich alles tun werde, um deine Verwandten zu finden, falls du welche hast, und ihnen mitzuteilen, dass du am Leben bist und es dir gut geht.«

Sie nickte und plötzlich überkam sie ein Gefühl, das sie fast zu überwältigen drohte und das sie schon seit Jahren nicht mehr gespürt hatte.

Hoffnung.

»Aber davon abgesehen möchte ich dich mit nach Amerika nehmen. Es steht außer Frage, dass du das Beste aus deiner Situation gemacht hast, aber du gehörst nicht hierher, Zara. Lässt du es zu, dass ich dir helfe, nach Hause zu kommen?«

Sie starrte ihn ungläubig an. Mags hatte sie gedrängt, Meat zu fragen, ob er ihr helfen würde, mit der amerikanischen Botschaft in Kontakt zu treten und ihren Fall vorzutragen. Sie hatte es schon einmal versucht, aber die Wachen hatten einen Blick auf sie geworfen – in ihrer schmutzigen Kleidung und mit dem Aussehen eines Straßenkindes – und sie vom Gelände begleitet. Sie hatten ihre Geschichte nicht hören wollen, hatten ihr nicht einmal die Chance gegeben zu beweisen, dass sie nicht log.

Aber Meat glaubte ihr. Sie hatte ihm nicht einmal die wenigen Dinge erzählen müssen, an die sie sich aus ihrer Kindheit in den Staaten erinnerte, um ihn zu überzeugen.

Da er ihr Schweigen für Widerwillen hielt, tat Meat sein Bestes, um sie zu überreden, mit ihm zu kommen.

»Ich bin der Computerexperte in meinem Team. Sobald ich meinen Laptop habe, kann ich alle verfügbaren Informationen über deine Familie abrufen, die sicher überglücklich sein wird, wenn sie erfährt, dass du am Leben und wohlauf bist. Schließlich bist du eine US-Bürgerin, und selbst wenn wir Blut für einen DNA-Test zur Verfügung stellen müssen, wird Rex das beschleunigen können, damit wir einen Pass bekommen und dich hier rausholen können.«

»Bei dir klingt das so einfach«, flüsterte Zara.

Meat lachte leise. »Das ist es nicht, aber meine Freunde haben Verbindungen. Rex wird von seiner Seite aus alles Erdenkliche tun und wir sorgen dafür, dass du in Sicherheit bist, bis wir von hier verschwinden können.«

»König?«, fragte Zara.

Als Meat verwirrt aussah, erklärte sie: »*Rey* bedeutet *König* auf Spanisch, aber ich glaube, auf Lateinisch ist es *Rex*.«

Er lachte erneut. »Ich weiß wirklich nicht, woher du das weißt, aber du hast recht. Irgendwie ist er sozusagen der Anführer unseres Teams. Er besorgt alle Informationen über die Einsätze, auf die wir gehen, und hat überall Verbindungen.«

Zara biss sich auf die Lippe, weil dieser König sie verunsicherte.

Meat beugte sich vor und führte seine Hand langsam zu ihrem Gesicht. Er löste ihre Lippe von den Zähnen und strich ihr sanft mit den Fingerrücken über die Wange.

Zara erstarrte. Sie hatte noch nie solche Gefühle erlebt, wie sie jetzt durch ihren Körper strömten, als Meat sie berührte. Sie waren beängstigend und aufregend zugleich. Sie war sich nicht sicher, ob sie sich an ihn anlehnen oder sich zurückziehen sollte. Also tat sie weder das eine noch das andere, sondern saß einfach wie erstarrt da und versuchte, ihre Gefühle zu verarbeiten.

»Zara?«

Sie blickte zu ihm auf.

»Kommst du mit mir? Nach Amerika?«

Konnte sie das? War sie mutig genug, darauf einzugehen?

Sie nickte einmal knapp.

Meat strahlte. »Sehr gut. Bringst du mich morgen zu meinen Freunden zurück?«

Eine Million Ausreden fielen ihr ein, warum sie es nicht tun konnte. Er hatte immer noch eine Gehirnerschütterung. Sein Knöchel war immer noch nicht verheilt. Es wäre besser, nachts zu gehen, wenn weniger Leute unterwegs waren.

Aber sie hatte die Sorge in seiner Stimme gehört, als er gesagt hatte, sein Team würde sich Sorgen um ihn machen. Dass sein Freund wahrscheinlich die Geburt seines ersten Kindes verpassen würde. Und sie konnte hören, wie sehr er sich danach sehnte, wieder mit ihnen zusammen zu sein. Hatte sie nicht genauso gefühlt, als ihr die Eltern geraubt worden waren? Würde sie nicht immer noch alles tun, um zu dem zurückzukehren, was ihr vertraut war?

»Ja«, sagte sie einen Moment später und es gefiel ihr, dass er sie nicht hetzte. Dass er sie immer erst nachdenken ließ, ohne sofort eine Antwort zu verlangen.

»Danke«, erwiderte er einfach. »Es ist schon spät und du bist sicher müde. Bleibst du heute Nacht wieder bei mir?«

Zara nickte. Sie war tatsächlich müde. Erschöpft. Von dem Stress, wieder in Miraflores zu sein, vom Betteln um Geld, von der Angst, beim Stehlen erwischt zu werden. Davon, Meat ihre Geschichte zu erzählen und möglicherweise von ihm zurückgewiesen zu werden, wie es andere vor ihm getan hatten.

Sie legte sich langsam hin, und wie zuvor zog Meat sie an sich. Sie legte ihren Kopf auf seine Schulter und schlang vorsichtig ihren Arm um seinen Bauch. »Wie geht es deinen Rippen?«

»Sie sind angebrochen«, erwiderte er sofort.

Zara verdrehte die Augen. Sie hatte das Gefühl, dass er seine Verletzungen herunterspielte. Sie war schon einmal in seiner Lage gewesen. Nun, nicht ganz, aber sie war in der Vergangenheit verletzt worden und hatte trotzdem ihr Leben weiterleben müssen, also verstand sie es. Er wollte sich nicht von seinen Rippen, seinem Kopf oder seinem Knöchel davon abhalten lassen, zu seinen Freunden zurückzukehren.

Einen Moment lang machte sie sich Gedanken darüber, wie sie es anstellen sollten, Meat in das Barrio zurückzubringen. Es würde schwierig werden und sie würden sich eine Erklärung ausdenken müssen, wo er gewesen war und wer ihm geholfen hatte. Auf keinen Fall wollte sie Mags und die anderen Frauen oder Daniela auffliegen lassen, also mussten sie sich eine glaubwürdige Geschichte ausdenken.

Sie glaubte auch nicht, dass er in der Lage war, den ganzen Weg zurück ins Barrio zu laufen, also würde sie wieder das Fahrrad und die Kiste als Versteck benutzen müssen, was Meat wahrscheinlich nicht gefallen würde. Außerdem würde sie das Fahrrad irgendwo verstecken müssen, damit die einheimischen Soldaten es nicht sahen. Sie hatte ihn rausgeschmuggelt, als es dunkel gewesen war. Jetzt waren wegen Meats Verschwinden noch mehr Soldaten unterwegs, und sie wollte nicht, dass sie herausfanden, wie sie Leute – darunter auch Kinder – direkt vor ihrer Nase aus dem Viertel schmuggeln konnten.

»Denk nicht so viel nach«, sagte Meat leise.

»Ich kann aber nicht aufhören«, erwiderte Zara ehrlich.

Sie spürte sein Lachen mehr, als dass sie es hörte. »Wir können uns morgen darüber Gedanken machen, was alles passieren kann«, erklärte er mit Nachdruck. »Ruh dich jetzt lieber aus.«

Erst zum zweiten Mal in den letzten fünfzehn Jahren schlief Zara mit dem Gefühl der Sicherheit ein. Das erste Mal war es in der Nacht zuvor gewesen, als sie in der gleichen Weise neben Meat geschlafen hatte.

Sie wusste, dass es gefährlich war, dass sie sich auf niemanden verlassen sollte, aber für einen Moment wollte sie einfach nur schwach sein. Jemand anderes sollte sich um umherstreifende Männer kümmern, die auf der Suche nach Ärger waren, oder um die korrupte Polizei oder um jemanden, der ihr das Wenige, das sie für sich selbst hatte erwerben können, wegnehmen wollte.

Als könnte er ihre Gedanken lesen, sagte Meat: »Schlaf nur ein, Zara. Ich werde nicht zulassen, dass dir etwas passiert.«

KAPITEL NEUN

Meat war alles andere als glücklich.

Er hatte sich nicht wirklich daran erinnert, wie er zu Danielas Haus gekommen war, aber als er die kleine, als Müllberg getarnte Holzkiste gesehen hatte, in die er sich legen sollte, kamen die Erinnerungen ziemlich schnell wieder zurück. An den Schmerz. Die Verwirrung. Die Dunkelheit.

Jetzt befand er sich wieder in dieser Kiste und wurde von Zara durch die Seitengassen und Straßen Limas in Richtung des Viertels geschleppt, in dem er zuletzt gesehen worden war. Er hasste es, dass er nicht sehen konnte, was vor sich ging. Nicht in der Lage zu sein, Zara zu beschützen. Was lächerlich war, denn sie war offensichtlich die Expertin hier in ihrem Heimatrevier.

In der Nacht zuvor hatte er nicht viel geschlafen, weil er über all die Dinge nachgedacht hatte, die erledigt werden mussten, um Zara zurück in die Vereinigten Staaten zu bringen. Es juckte ihn in den Fingern, sich an seinen Computer zu setzen. Wenn es stimmte, was sie sagte, und er hatte keinen Anlass, daran zu zweifeln, würde die Presse in den USA einen großen Tag haben.

Ihr Leben würde sich grundlegend ändern, und die Dinge würden für eine Weile extrem hektisch und wahrscheinlich verwirrend für sie sein. Aber Meat würde sie nicht im Stich lassen. Er schuldete ihr nicht nur etwas, von dem er nicht wusste, ob er es zurückzahlen konnte, weil sie ihm das Leben vor der Bande im Barrio gerettet hatte, sondern er fühlte sich auch zu ihr hingezogen. Sie war anders als alle anderen Frauen, die er je kennengelernt hatte. Sie war unverwüstlich. Stark. Schüchtern. Freundlich. Und all das zusammen war unwiderstehlich.

Meat spürte, wie das Fahrrad langsamer wurde, und er spannte sich an, weil er nicht wusste, was ihn erwartete. Um ihn herum hörte er viele Kinderstimmen und Kichern. Da er keine Gefahr witterte, spähte er durch das kleine Loch, das Zara ihm gezeigt hatte, bevor sie den Deckel geschlossen hatte.

Zara war vom Fahrrad gestiegen und unterhielt sich lachend mit einer Gruppe von Kindern im Alter von etwa fünf bis zwölf Jahren, wie er vermutete. Sie unterhielt sich mit jedem von ihnen und sie lächelten sie an. Nach ein paar Augenblicken sagte sie etwas zu der Gruppe, woraufhin sie ihr alle zuwinkten und davonliefen. Meat sah einen Ausdruck der Traurigkeit auf ihrem Gesicht, bevor sie sich umdrehte und wieder auf das Fahrrad stieg.

In diesem Moment wurde ihm klar, was für eine große Sache es für sie sein würde, diesen Ort zu verlassen. Sie lebte auf der Straße, seit sie zehn war. Fünfzehn Jahre. Sie schlug sich durch, freundete sich mit anderen an, die in der gleichen Situation waren. Sie kümmerte sich um die Schwächeren, wie die Gruppe von Kindern, von der sie sich anscheinend gerade verabschiedet hatte. Vielleicht konnte er sie retten, aber wie viele andere mussten zurückbleiben? Nicht unbedingt amerikanische Staatsbürger, die entführt und dem Tod überlassen wurden, sondern ganz allgemein Kinder in Not?

Meat zwang sich, sich darauf zu konzentrieren, wohin sie fuhren, und versuchte, seine deprimierenden Gedanken abzuschütteln.

Zara hatte ihm erklärt, dass sie in der Nähe des Barrios, wo sie hoffte, dass seine Freunde noch waren, das Fahrrad verstecken würde und er den Rest des Weges zu Fuß gehen müsste. Damit hatte er kein Problem. Die Kleidung, die sie ihm besorgt hatte, passte größtenteils, abgesehen von den Schuhen. Sein Knöchel tat immer noch weh, aber er hatte ihn am Morgen so fest wie möglich eingepackt. In der Vergangenheit war er schon mit mehr Schmerzen weitergelaufen. Sein Kopf pochte nur noch leicht und zum Glück war die Übelkeit, die er verspürt hatte, verschwunden.

Zara dorthin zu bringen, wo das Team untergebracht war, würde schwieriger werden. Die Soldaten wären immer noch da, um seine Kameraden zu unterstützen, und sie würden es wahrscheinlich nicht gut finden, wenn Zara bei ihm auftauchte und feststellte, dass sie ihn im Grunde genommen entführt hatte. Meat hatte keine Ahnung, wo sich seine Freunde aufhielten oder wie sie sich in der Stadt fortbewegten, aber er und Zara hatten mehrere Möglichkeiten besprochen, wie sie verhindern konnten, dass das Militärteam sie sah. Er hatte auch versprochen, dass er zurückkommen würde, um sie zu holen, wenn es nicht sofort klappte.

Und das würde er auch tun. Auf keinen Fall sollte sie noch eine Nacht allein in dem Viertel verbringen, in dem sie bereits fünfzehn Jahre verbracht hatte. Den Gedanken, dass sie auf dem Boden schlafen musste, fand er grauenhaft.

Nach weiteren fünf Minuten oder so spürte Meat, wie das Fahrrad wieder langsamer wurde. Er beobachtete, wie Zara abstieg und das Fahrrad in eine Gasse schob. Sie wartete ein oder zwei Minuten, dann hob sie endlich den Deckel der Kiste an. Wie besprochen kletterte er schnell hinaus und atmete erleichtert auf. Aber die Gasse, in der sie sich befanden, roch so ekelhaft, dass er sich fast an dem tiefen Atemzug verschluckte, den er gerade genommen hatte.

Als er sich wieder unter Kontrolle hatte, half Meat Zara, das Fahrrad im Müll zu verstecken. Als er fertig war, trat er zurück und war beeindruckt, denn niemand, der vorbeikam, wäre je auf die Idee gekommen, dass dort ein Fahrrad mit Anhänger versteckt war.

»Werden deine Freunde es finden können?«, fragte er, nur um sicherzugehen. Er wollte auf keinen Fall, dass diese offensichtlich wichtige und notwendige Fortbewegungsmethode für die verloren ging, die sie am meisten brauchten.

Zara nickte. »Das ist unser normales Versteck für das Fahrrad. Und Mags weiß, wo sie danach suchen muss, wenn ich nicht wiederauftauche. Dann ist ihr klar, dass ich mit dir gegangen bin.«

Ihre Erklärung war einleuchtend und er war beeindruckt, wie gut sie und ihre Freundinnen die Hindernisse, mit denen sie in ihrem täglichen Leben konfrontiert waren, überwunden hatten. Seine Brust schwoll mit etwas an, das sich wie Stolz anfühlte.

Meat hatte keine Ahnung, warum ihn diese unscheinbare Frau so sehr beeindruckte. Er hatte sie erst vor ein paar Tagen kennengelernt, aber sie hatte es geschafft, ihn schwer in ihren Bann zu ziehen. Trotzdem wollte er derjenige sein, der sie vor allem beschützte, was sie in der Vergangenheit verletzt hatte.

Stockholm-Syndrom? Er glaubte das nicht. Ja, sie hatte ihn im Grunde genommen entführt, aber er wusste jetzt, dass sie und ihre Freunde dies mit den besten Absichten getan hatten. Sie hatten ihn nicht angekettet und er hätte das Haus der Ärztin jederzeit verlassen können. Er war sich nicht sicher, wie seine Freunde die Situation sehen würden, aber Meat war das egal. Er fühlte eine Verbindung zu Zara, die er noch nie für jemanden empfunden hatte.

»Wie geht es deinem Knöchel? Kannst du einigermaßen laufen?«, fragte Zara.

Meat nickte, ohne darüber nachzudenken. Er wusste, dass er keine andere Wahl hatte. Er konnte sich nicht auf sie stützen, denn es würde seltsam aussehen, wenn ein erwachsener Mann sich auf jemanden stützte, von dem alle dachten, es wäre ein Jugendlicher. Es würde unerwünschte Aufmerksamkeit erregen. Er sah nicht wie der knallharte amerikanische Soldat aus, für den er sich hielt, nicht mit seiner schlecht sitzenden Kleidung, seinem Dreitagebart und seinem fettigen Haar.

»Denk daran, mich Zed zu nennen«, murmelte Zara, während sie die Gasse entlang zurück zur Straße gingen.

Als sie endlich die Straße erreichten und in Richtung Barrio gingen, wurden Meats Sinne überlastet. Stimmen, die schnell Spanisch sprachen, erklangen überall um ihn herum. Der Geruch von Müll und Rauch von Bränden stieg ihm in die Nase. Er war schon einmal im Barrio gewesen, aber das Wissen, dass Zara dort so viele Jahre gelebt hatte, ließ die Gegend noch bedrückender erscheinen.

Die Sonne tat ihm gut, aber er spürte, wie ihm der Schweiß von den Schläfen tropfte und das Hemd am Rücken durchnässte. Die Haare auf seinen Armen standen ihm zu Berge, und Meat fühlte sich nackt und völlig unbewaffnet. Er war nicht in seinem Element, und das gefiel ihm überhaupt nicht.

Dann kam ihm ein Gedanke in den Sinn.

Wie würde er sich fühlen, wenn er *zehn Jahre alt* gewesen und hier wie ein Stück unerwünschter Müll abgeladen worden wäre? Wäre er in der Lage gewesen zu überleben, so wie Zara es getan hatte?

Er bezweifelte es.

Seine Bewunderung stieg noch eine Stufe höher. Es war eine Sache, ihre Geschichte zu hören, während sie an einem relativ sicheren Ort saßen; es war etwas ganz anderes, die Welt, die sie zu der ihren gemacht hatte, mit eigenen Augen zu sehen.

»Okay, wir nähern uns dem Hintereingang. Dort stehen zwei Soldaten, die wahrscheinlich nach dir suchen. Du erinnerst dich an unseren Plan?«

»Ja«, erklärte Meat und war nicht verärgert darüber, dass sie ihn gefragt hatte. Sie hatten den Plan mindestens zehnmal besprochen, aber sie hatte viel mehr zu verlieren als er. Am liebsten hätte er ihre Hand genommen, wagte es aber nicht. »Bitte sei vorsichtig, Zara«, bat er sie leise. »Egal was während der nächsten halben Stunde passiert, denk daran, dass ich immer bei dir bin. Ich werde dir helfen.«

»Und du gerate nicht in Panik, wenn hier gleich alles verrücktspielt«, erwiderte sie. »Es ist nur ein Ablenkungsmanöver.«

Meat nickte.

Er hörte etwas zu seiner Linken und reckte den Hals, um nachzusehen. Als er nichts entdeckte, drehte er sich noch einmal um, um Zara zu beruhigen – aber sie war nicht mehr da. In einem Moment war sie noch an seiner Seite gewesen und im nächsten war sie weg.

Er atmete tief durch und versuchte, sich keine Sorgen zu

machen, und näherte sich dem Durchbruch in der Mauer, die das Viertel umgab. Die Militärangehörigen blickten desinteressiert auf, aber als sie ihn sahen, wurden sie sofort aufmerksam.

Einer griff sofort nach dem Funkgerät an seiner Seite, während der andere auf ihn zuging. »Hunter Snow?«, fragte er.

Meat nickte. »Das bin ich.«

Innerhalb weniger Minuten schien es, als wäre er von einem Dutzend Männer der Ersten Spezialeinheit umringt.

Vor drei Tagen hätte er sich in ihrer Gegenwart noch wohl und erleichtert gefühlt, aber nachdem er von der grassierenden Korruption erfahren hatte und davon, dass die meisten Bewohner des Barrios Angst vor dem Militär hatten, konnte er es kaum erwarten, seine Teamkameraden wiederzusehen.

Die peruanischen Soldaten unterhielten sich, und gerade als Meat sich fragte, was da vor sich ging, sah er aus dem Augenwinkel einen Tumult.

Als er sich umdrehte, konnte Meat sich ein breites Grinsen nicht verkneifen.

Gray, Ro, Arrow und Ball rasten in vollem Tempo auf ihn zu. Black folgte ihnen, so schnell er konnte, aber es war offensichtlich, dass der Mann unter seinen Verletzungen litt.

Meat drehte den herumstehenden Militärs den Rücken zu und lief auf seine Freunde zu.

Gray war der Erste, der ihn erreichte, und er umarmte ihn ohne auch nur einen Funken Befangenheit. Meats Rippen schmerzten in der Umarmung, aber er spürte den Schmerz kaum.

Die anderen schlossen sich gleich darauf an und Meat fühlte sich so erleichtert wie noch nie in seinem Leben. Eine

Zeit lang war er sich nicht sicher gewesen, ob er diese Männer jemals wiedersehen würde.

Und wieder einmal schlichen sich Gedanken an Zara in sein Bewusstsein. Wie sie wahrscheinlich von genau diesem Wiedersehen mit ihren eigenen Verwandten geträumt hatte, aber es war ihr verwehrt geblieben. Umso entschlossener war er, sie zurück in die liebevolle Umgebung der Familie zu bringen, die sich all die Jahre gequält haben musste, weil sie sich fragte, wo sie war.

Alle traten zurück, als Black sie erreichte. Meat drehte sich zu ihm um und die beiden Männer umarmten sich lange. Black löste sich als Erster wieder von ihm. »Du siehst wirklich schlimm aus.«

Meat lachte und stöhnte dann und legte sich eine Hand an die Rippen. »Verdammt, tut das weh. Und ich nehme an, dass ich dir ziemlich ähnlich sähe, wenn ich in einen Spiegel schauen würde.«

»Also, wir waren hier und konnten uns rasieren, du allerdings nicht, deswegen siehst du jetzt eher aus wie der schreckliche Yeti«, neckte Arrow ihn.

Meat konnte nicht mal die Energie aufbringen, sich dafür zu schämen, dass er schmutzig war und wahrscheinlich ziemlich übel roch, dringend seine Zähne putzen musste und einen ruppigen Dreitagebart hatte. Er war so glücklich, wieder mit seinen Freunden zusammen zu sein, dass es ihm völlig egal war, wie sehr sie ihn wegen seines Aussehens verschaukelten.

»Wo hast du denn gesteckt?«, stellte Gray die Frage, von der Meat wusste, dass sie alle interessierte.

»Das erzähle ich euch später. Ich nehme an, ihr seid nicht hier untergekommen?«, fragte Meat.

»Wohl eher nicht«, schnaubte Ro.

»Auf keinen Fall«, sagte Arrow.

Mit einem Blick auf die Soldaten, die sich in der Nähe aufhielten, senkte Meat die Stimme zu einem Flüstern. »Seid ihr selbst hergefahren, um nach mir zu suchen, oder was?«

Gray folgte Meats Blick und begutachtete ebenfalls die Brigade. Dann sagte er leise: »Wir haben unseren eigenen Wagen, stehen aber immer unter Beobachtung. Warum?«

Meat war nicht überrascht. »Ich würde gern duschen und mich hinlegen«, sagte er laut genug, dass die umstehenden Männer ihn hören konnten. Dann fügte er leise für Gray hinzu: »Es gibt hier jemanden, von dem ich möchte, dass er bei uns unterkommt, und diese Person muss heimlich mitkommen.«

Gray reagierte fantastisch und zuckte nicht einmal mit der Wimper. Er nickte einfach nur und murmelte: »Dann brauchen wir eine Ablenkung.«

Meat wollte gerade den Mund öffnen, um zu erklären, dass er das für unnötig hielt, weil die eben erwähnte Person dafür sorgen würde, als irgendwo in der Nähe ein Tumult ausbrach. Menschen begannen durcheinanderzurufen, und dann hörte Meat einen Schuss.

Ein halbes Dutzend Soldaten lief auf das Geräusch zu, das anscheinend aus einer Gasse ein paar Straßen weiter zu kommen schien. Drei Männer liefen auf die Mountain Mercenaries zu, die beisammenstanden, ihr Wiedersehen feierten und sich unterhielten.

»Wir müssen von hier verschwinden. Sofort! Hier ist es nicht sicher.«

Meat fiel auf, dass die Männer sich nicht um die vielen Frauen, Kinder und älteren Menschen zu kümmern schienen, die umherhuschten und versuchten, sich in die zweifelhafte Sicherheit ihrer Hütten und Baracken im Barrio zu retten. Aber er behielt seine Gedanken für sich, während er und seine Kameraden zu einem Ausgang eilten, der etwa hundert Meter von dem entfernt war, den er Minuten zuvor betreten hatte.

Gray war an Meats Seite, und als sie sich einem schwarzen Kleinlaster näherten, flüsterte er: »Und wo steckt die Person, die mitkommen soll?«

»Ich bin mir nicht sicher«, erwiderte Meat.

Ro öffnete die Tür und legte Meat eine Hand auf die Schulter, um ihn zu stützen, als dieser in das Fahrzeug stieg.

Ein Paar dunkelblauer Augen starrte ihn vom Boden zwischen der zweiten und dritten Sitzreihe an.

Er war mehr als nur erleichtert, dass Zara schon da war, und schob sich in die dritte Reihe, um sich zwischen sie und die Tür zu bringen. Er hatte keine Ahnung, woher sie wusste, in welchem Fahrzeug sie mitfahren würden, aber er nahm an, dass einer ihrer Freunde im Barrio gesehen hatte, wie die Mountain Mercenaries bei ihrer Ankunft aus dem Fahrzeug gestiegen waren.

Obwohl sie Zara nicht übersehen haben konnten, sagten sie kein Wort über ihren blinden Passagier, was er seinen Kameraden sehr zugutehalten musste. Sie stiegen einfach in den Wagen und Ball schloss die Tür, sobald sie alle drin waren.

»Wir haben uns zwei Zimmer im nächsten Hotel genommmen«, erklärte Gray, als er sich auf den Fahrersitz gleiten ließ. »Normalerweise parken wir auf dem geschlossenen Parkplatz hinter dem Gebäude. Dorthin folgen uns die Soldaten nicht, da sie nicht im Hotel wohnen. Allerdings haben sie einen ganzen Mannschaftswagen voll Wachen am Tor postiert, anscheinend zu unserer Sicherheit.«

Meat nickte geistesabwesend. Äußerlich schien Zara ruhig und gesammelt, doch er spürte an seinem Bein, wie sehr sie zitterte, und außerdem hielt sie sich so sehr an seinem Hosenbein fest, dass ihre Fingerknöchel ganz weiß waren. Sie keuchte, als sie hörte, dass die Soldaten Wachen platziert hatten, sagte aber nichts.

»Hast du irgendwelche Neuigkeiten über unsere Freunde beim hiesigen Militär?«, wollte Ro von Meat wissen.

»Ich kann nicht mit Sicherheit sagen, ob sie dafür verantwortlich sind, dass Black und ich verprügelt wurden, aber sie sind auf jeden Fall der Grund dafür, warum bei diesem Einsatz alles von Anfang an schiefging«, erklärte Meat seinen Teamkameraden. »Im Grunde genommen sind sie total korrupt und lassen sich von jedem und wirklich jedem bestechen. Wahrscheinlich wurden sie dafür bezahlt, die Mission von Anfang an zu sabotieren, und als die Einheimischen beschlossen, dass wir leichte Beute seien, nutzten sie mein Verschwinden, um uns von unserem eigentlichen Einsatz abzulenken.«

»Menschenhandel mit Kindern«, erklärte Gray traurig hinter dem Steuer.

»Genau«, stimmte Meat zu.

»Und was ist mit deinem Bekannten?«, fragte Ball mit einem Kopfnicken in Richtung Zara, die immer noch hinter dem Sitz hockte.

»Zed ist keine Bedrohung«, erklärte Meat kurz angebunden.

»Das habe ich ja auch nicht behauptet«, erklärte Ball beruhigend. »Ich frage mich nur, welche Rolle er bei all dem gespielt hat.«

»Ich werde alles erklären, wenn wir an einem sichereren Ort sind«, erklärte Meat seinen Freunden. Alle fünf nickten und er atmete erleichtert auf. »Gray?«

»Ja?«

»Wie geht es Allye?«

Gray versuchte zu lächeln, aber Meat sah den Schmerz in seinen Augen. »Gut. Darby James ist gestern zur Welt gekommen und ist ein ganz gesundes Baby.«

»Mit einem Kopf voller Haare«, fügte Ro hinzu. »Mit einer weißen Strähne, genau wie die Mama.«

Meat senkte den Kopf und atmete tief ein. Schmerz erfüllte seine Brust, und das nicht nur wegen seiner gebrochenen Rippen. »Es tut mir leid, Mann«, sagte er leise.

»Das ist nicht deine Schuld«, erklärte Gray fest.

»Aber merkwürdigerweise fühlt es sich so an«, konterte Meat. »Wenn ich mich geschickter angestellt hätte, hättest du die Geburt deines Sohnes nicht verpasst.«

»Nein, ich hätte dem Kind nicht hinterherlaufen sollen«, erklärte Black vom Beifahrersitz. »Ich habe Mist gebaut, weil ich meinen Posten verlassen habe.«

Meat schüttelte den Kopf. »Jeder Einzelne von uns wäre dem Jungen nachgelaufen«, versuchte er seinem Freund zu versichern. Ihm war klar, dass Black sich offensichtlich immer noch Selbstvorwürfe darüber machte, so impulsiv gehandelt zu haben.

»Und wir haben den Jungen nicht mehr gefunden«, erklärte Black. »Stattdessen wurden wir überfallen und jetzt hat sich der Junge bestimmt verlaufen und ist völlig verängstigt.«

»Ist er nicht«, erklärte Zara leise aus dem Fußraum von Meat.

Bei ihren Worten füllte ein angespanntes Schweigen den Wagen. Alle wandten sich um und starrten Zara an.

Sie schien zuerst in sich zusammenzusacken, bevor sie sich aufrichtete und die Schultern straffte. »Seine Mutter befürchtete schon, ihn für immer an del Rio verloren zu haben. Sie wurden wiedervereint, als die Luft rein war, und sind aus dem Barrio an einen anderen Ort gezogen. Von nun an wird er viel vorsichtiger sein. Er wird sich seiner Umgebung bewusster sein, damit er nicht wieder von Männern geschnappt wird, die auf del Rios Gehaltsliste stehen.«

Als niemand etwas erwiderte, sprach sie weiter: »Ich will ja gar nicht behaupten, dass die Tatsache, dass Mr. Gray die Geburt eines Kindes verpasst hat, oder dass Meat und Sie, Mr. Black, verprügelt wurden, etwas Gutes ist. Aber es hat immerhin dafür gesorgt, dass José sich verstecken und dann zu seiner Mutter zurückkehren konnte.«

Meat vermutete, dass Zara von dem Jungen erfahren hatte, als sie zurückgegangen war, um mit Mags und ihren anderen Freundinnen zu reden, während er immer noch im Haus der Ärztin feststeckte. Er freute sich für den Jungen, war aber immer noch verärgert darüber, dass Gray nicht für Allye da gewesen war, als die Wehen einsetzten.

Als ob er seine Gedanken lesen könnte, sagte Gray: »Alle anderen waren bei ihr. Chloe, Morgan, Harlow und Everly. Sie sind ihr nicht von der Seite gewichen. Allye sagte, dass das Krankenhauspersonal ein wenig überrascht war von all den Leuten, die bei der Geburt dabei sein wollten, aber keiner von ihnen wollte das Ereignis verpassen. So kam Darby auf die Welt, umgeben von seinen Ehrentanten und viel Liebe. Und Zed ... nenn mich einfach nur Gray. Nicht Mr. Gray.«

»Ich glaube, ich würde mich am liebsten so schnell wie möglich mit dir unterhalten«, erklärte Arrow und betrachtete dabei Zara.

»Und wie bekommen wir ihn ins Hotel?«, wollte Black wissen. »Er ist zwar klein, aber *so* klein nun auch wieder nicht.«

»Glaubst du, er würde in eine unserer Reisetaschen passen?«, wollte Ball wissen.

»Nein!«, erklärte Meat mit Nachdruck. »Wir werden niemanden in eine verdammte Reisetasche stecken.«

»War ja nur Spaß«, murmelte Ball. Meat war davon überzeugt, dass es nicht nur Spaß gewesen war.

»Das wird sowieso nicht zum Problem werden«, bemerkte Ro. »Unsere Schatten folgen uns nicht bis auf den Parkplatz. Gray kann auf der Rückseite des Hotels parken. Dann steigen wir alle aus und dein Freund – Zed, stimmt's? – kann zwischen uns gehen. Er ist so klein, dass niemand ihn sehen wird, selbst wenn man *uns* beobachtet. Dann gehen wir ins Hotel und die Treppe hinauf, wie wir es immer machen. Kein Problem.«

»Wir haben zwei Zimmer bekommen. Du und dein Freund könnt bei Ro und mir wohnen«, sagte Gray. »Arrow, Black und Ball können sich das andere Zimmer teilen.«

Meat sah, wie Zara heftig den Kopf schüttelte.

Ohne darüber nachzudenken, legte er ihr eine Hand auf die Schulter, um sie zu beruhigen.

»Was ist denn los?«, fragte Ball, dem offensichtlich aufgefallen war, wie nervös Zara plötzlich war.

»Falls das Militär für eure Zimmer bezahlt, sind sie bestimmt verwanzt«, erklärte sie.

Meat presste die Lippen zusammen. Er wusste nicht, ob Zara einfach nur paranoid war oder ob ihre Vermutung berechtigt war. Jedenfalls wollte er kein Risiko eingehen. »Ich zahle für ein drittes Zimmer, wenn wir im Hotel sind«, sagte Meat. »Ihr könnt Zed mit nach oben nehmen. Sobald ich den Schlüssel habe, können wir in meinem Zimmer reden.«

Arrow beugte sich über Meats rechte Schulter und sah »Zed« erneut lange an, dann hob er den Blick zu Meat. »Anscheinend hast du uns einiges zu erzählen.«

Er nickte. »Allerdings.«

»Und alles, worüber wir reden, darf dein neuer Freund mitkommen?«

Meat nickte erneut. »Ja.«

Er hielt den Atem an. Im Allgemeinen waren die Mountain Mercenaries kein vertrauensvoller Haufen. Aber seit die Frauen in ihr Leben getreten waren, waren sie etwas lockerer geworden. In ihrem engen Kreis teilten sie fast alles. Seine Freunde wussten vielleicht nicht, dass Zara eine Frau war, aber sie vertrauten auf Meats Instinkt.

Andererseits hatte Meat das Gefühl, dass Zara niemandem etwas vormachte. Arrow hatte einen sanften Blick in den Augen, der wahrscheinlich bedeutete, dass er bereits herausgefunden hatte, dass sie keinen Jugendlichen beherbergten, sondern ein Mädchen oder eine Frau. Wie in aller Welt sie es geschafft hatte, so viele Leute so lange zu täuschen, war Meat ein Rätsel.

Er hasste den Gedanken, dass Gray Darbys Geburt verpasst hatte, aber Meat würde sich später noch einmal bei seinem Freund entschuldigen ... und bei Allye, wenn er sie sah. Egal was irgendjemand sagte, Meat konnte sich des Gefühls nicht erwehren, dass sie bereits zu Hause wären und Gray seinen Sohn kennengelernt hätte, wenn es ihm gelungen wäre, sich ein wenig besser gegen ihre Angreifer zu wehren.

Das würde natürlich bedeuten, dass er Zara nicht kennengelernt hätte und sie immer noch auf der Straße leben würde. Er war hin- und hergerissen, und das war für Meat ein seltsames Gefühl. Die Mountain Mercenaries hatten so lange seine Loyalität genossen, dass es sich falsch anfühlte, froh zu sein, dass die Dinge so gelaufen waren, wie sie gelaufen waren.

Ein Blick auf Zara, die zu seinen Füßen kauerte, ließ dieses Gefühl jedoch verblassen. Er bereute nichts von dem, was er getan hatte, wenn es bedeutete, sie nach Hause zu bringen, wo sie hingehörte.

Gray fuhr auf den umzäunten Parkplatz und winkte dem Militärfahrzeug zu, das außerhalb des Parkplatzes auf der Straße parkte.

Als hätten sie das Manöver geübt, bildeten Ball, Ro und Arrow eine Wand aus Körpern, die Zara verbarg, als sie aus dem Wagen stieg. Sie schmiegte sich an Meat und er legte seinen Arm um sie, als sie zum Eingang gingen. Black und Gray bildeten das Schlusslicht und verbargen ihren blinden Passagier vor den Blicken der Soldaten auf der Straße. Meat wagte nicht zu atmen, bis sie sicher im Hotel angekommen waren.

»Ich besorge uns ein drittes Zimmer«, erklärte Ball und machte sich auf den Weg zur Rezeption. Die anderen gingen zur Treppe und fingen an hinaufzusteigen.

Meat fluchte, als jede Stufe ihm Schmerzen wegen seiner angebrochenen Rippen bereitete. Auch sein Knöchel pochte vor Schmerz. Zu gehen war eine Sache, aber eine Treppe hinaufzusteigen war noch mal etwas völlig anderes.

Er spürte, wie Zara ihren Arm um seine Taille legte, und sie stützte ihn ein wenig, gerade so viel, dass er die Treppe trotz seines Knöchels erfolgreich bewältigen konnte, ohne zu stürzen.

»Verdammt, diese Stufen nerven wirklich«, beschwerte Black sich.

Meat hätte am liebsten gelacht, wusste aber, dass es zu sehr wehtun würde, also nickte er einfach nur zustimmend.

»Vielleicht tut es nicht so weh, wenn du beim nächsten Mal nicht nur einfach daliegst, wenn eine Gruppe Männer beschließt, auf deiner Brust herumzutrampeln«, neckte Ro ihn.

»Ach, leck mich doch«, sagte Black, allerdings ohne Schärfe im Ton.

Verdammt, wie Meat seine Freunde vermisst hatte.

Sie gingen den Flur entlang zu einem Raum, den Gray mit einem echten Schlüssel öffnete und nicht mit den Plastikkarten, an die sie sich in den Staaten gewöhnt hatten. Sie traten ein und standen unbeholfen im Raum und starrten einander an. Sie durften nicht sprechen, nur für den Fall, dass der Raum verwanzt war.

Meat sagte schließlich: »Ich gehe auf die Toilette. Sagt mir Bescheid, wenn das andere Zimmer fertig ist.«

Dann legte er eine Hand auf Zaras Rücken und schob sie sanft in das kleine Badezimmer. Sobald sich die Tür hinter ihnen geschlossen hatte, stellte er sowohl die Dusche als auch das Waschbecken an, denn er wusste, dass das Geräusch des fließenden Wassers alles überdecken würde, was sie sagten, für den Fall, dass es im Bad ein Abhörgerät gab.

»Alles okay?«, fragte er leise.

Sie nickte.

»Und was ist mit deinen Freunden im Barrio? Geraten sie nicht in Schwierigkeiten, weil sie für Verwirrung gesorgt haben?«

Sie sah ihn lange an und Meat wusste nicht, was in ihrem Kopf vorging.

»Was ist?«, fragte er schließlich.

»Warum interessierst du dich dafür?«

Meat wusste einen Moment lang nicht, was er darauf sagen sollte. Warum er sich dafür interessierte? Hielt sie ihn wirklich für so gefühlskalt? »Es sind schließlich deine Freunde. Sie haben alles getan, um mir zu helfen, obwohl es eigentlich keinen Grund dafür gab. Und sie hätten sogar dabei verletzt werden können.«

»Entschuldige«, sagte sie leise. »Ich bin es eben einfach nicht gewohnt, dass Männer mir helfen, außer sie wollen irgendetwas von mir.«

»Hör mir zu«, sagte Meat ernst und legte ihr leicht die Hände auf die Schultern. »Ich helfe dir nur, weil ich es möchte. Weil jemand dir schon vor langer Zeit hätte helfen sollen. Weil du so lange so viel durchmachen musstest und es langsam mal an der Zeit ist, dass jemand dich fair behandelt und dir all die Dinge gibt, die dir zustehen. Aber ganz besonders helfe ich dir, weil ich dich *mag*, Zara Layne. Du faszinierst mich. Ich bin erstaunt über deine Stärke und dein Durchhaltevermögen. Ich hasse, was dir widerfahren ist, aber ich bin so verdammt dankbar dafür, dass du das Risiko eingegangen bist und du mir geholfen hast.«

Sie blinzelte. »Du magst mich?«

Meat konnte einfach nicht anders. Er lachte laut und stöhnte dann, als dabei seine Rippen wehtaten. »Ja, Zara. Ich kann dich verdammt gut leiden.«

Sie sah noch immer verblüfft darüber aus.

»Hat dir noch nie jemand gesagt, dass er dich mag?«

»Nicht, seit ich hier gelandet bin«, erklärte sie ihm ehrlich.

»Dann werde ich dafür sorgen, dass ich dich von jetzt an jeden einzelnen Tag daran erinnere.«

»Ich glaube, deine Freunde mögen mich nicht.«

»Sie kennen dich nicht.«

Sie sahen einander lange an, bevor Meat versuchte, die Stimmung etwas aufzuheitern. »Beim Geräusch der Dusche habe ich Lust, mich darunter zu stellen ... komplett angezogen.«

Zaras Mundwinkel zuckten amüsiert. »Ich kann mich nicht mal mehr daran erinnern, wann ich das letzte Mal geduscht habe. Im Regen stehen zählt ja wohl nicht.«

Meat wurde bei dem Gedanken an das Leben, das sie auf der Straße geführt hatte, ganz traurig zumute. »Wenn du noch ein paar Minuten aushältst, kannst du anschließend so lange duschen, wie du willst.«

»Über wie viel Wasser verfügt das Hotel wohl, was glaubst du?«, fragte sie ihn lächelnd.

Meat war noch nicht dazu bereit, sich aufheitern zu lassen. »Hoffentlich sehr viel.«

Er sah sie an, während sie nach etwas suchte, was sie sagen könnte. »Ich bin mir sicher, dass deine Freunde mit uns reden wollen.«

»Die können warten, bis du fertig bist«, versicherte Meat ihr.

»Eins hast du mir bisher nicht erzählt«, sagte Zara, ohne ihn anzusehen. »Warum wirst du Meat genannt?«

»Ich war auf einer Ausbildungsmission der Armee. Als Scherz hatte jemand dafür gesorgt, dass all unsere Feldnahrung vegetarisch war. Wir waren vier Tage im Einsatz und hatten nur Gemüse dabei. Ich war nicht glücklich darüber. Ich habe mich die ganze Zeit darüber beschwert. Ich sagte, ich sei so verzweifelt, dass ich ein Pferd essen würde, um etwas Protein zu bekommen. Die Jungs in meinem Trupp fingen an, mich damit aufzuziehen und mich ›Meat‹ zu nennen.«

Die Geschichte zu erzählen, wie er zu seinem Spitznamen kam, war ihm nie besonders peinlich gewesen ... bis jetzt. Sich über Fertiggerichte zu beschweren, die mindestens zweitausend Kalorien pro Portion hatten, schien ihm jetzt reichlich arrogant und dumm in Anbetracht der Tatsache, wie wenig die Leute in den Barrios hatten. Sie würden wahrscheinlich töten, um diese vegetarischen Fertiggerichte zu bekommen.

Aber Zara tadelte ihn nicht dafür, dass er ein rücksichtsloser Idiot war – sie lächelte einfach wieder.

Er öffnete den Mund, um sich für seine Ignoranz zu entschuldigen, dafür, dass er nicht wirklich verstand, wie schlecht es manchen Menschen ging, als es leise an der Tür klopfte.

»Ja?«, rief er.

»Ball ist wieder da und hat dir den Schlüssel zu deinem Zimmer mitgebracht«, sagte Gray.

»Ich komme gleich«, erklärte Meat seinem Freund. Dann wandte er sich an Zara. »Bereit?«

Sie schüttelte den Kopf, sagte aber: »Ja.«

Meat lächelte sie an. »Du wirst sehen, es ist alles in Ordnung. Und was noch besser ist, Gray bringt mir meinen Computer.«

»Deinen Computer?«

»Ja. Es ist unglaublich, wie sehr ich den vermisst habe. Ich bin so daran gewöhnt, dass ich alles auf Anhieb nachschlagen kann. Ich will so viel wie möglich über deinen Fall herausfinden. Außerdem muss ich mich mit Rex in Verbindung setzen und ihn bitten, sich um deine Papiere zu kümmern, damit du das Land verlassen kannst. Wir können dich nicht so einfach aus Peru herausschmuggeln, wie wir dich in dieses Hotel geschmuggelt haben.« Er lächelte sie an, doch sie erwiderte sein Lächeln nicht.

»Was, wenn du es nicht schaffst?«, fragte sie.

»Ich werde es schaffen«, erwiderte Meat. Er hielt ihr eine Hand hin. »Ich lasse dich nicht zurück. Und jetzt komm. Lass mich dich meinen Freunden vorstellen. Und dann bekommst du endlich deine schöne, lange Dusche.«

Sie nickte und obwohl er merkte, dass sie zögerte, nahm sie seine Hand, was Meat das Gefühl gab, über sich hinauszuwachsen. Er schwor sich, dass er sein Bestes tun würde, um sie niemals zu enttäuschen. Sie war im Laufe der Jahre von so vielen Menschen enttäuscht worden – von den Männern, die ihre Eltern umgebracht hatten, von den Menschen, die ihr nicht geglaubt hatten – und er wollte nicht, dass sie sich jemals wieder so fühlen musste.

KAPITEL ZEHN

Zara stand unbeholfen mitten in dem Zimmer, in das Meat sie gebracht hatte. Sie wollte sich nicht auf das Bett setzen und es schmutzig machen. Sie war sich mehr als bewusst, wie furchtbar sie wahrscheinlich aussah und roch. Das Hotelzimmer mochte für den Geschmack dieser Männer nicht schick sein, aber für sie war es das luxuriöseste, in dem sie seit ihrer Kindheit gewesen war.

Allein der Gedanke an die saubere Bettwäsche und Handtücher reichte aus, um sie hyperventilieren zu lassen. Und eine Dusche? Noch dazu eine *heiße* Dusche? Nackt an einem Ort zu sein, an dem sie sich keine Sorgen machen musste, dass jemand hereinstürmte oder ihre Kleidung stahl, während sie mit sich selbst beschäftigt war? Das war der Himmel.

Meat hatte gewollt, dass sie duschte, bevor sie mit seinen Freunden sprach, aber sie wollte das Unvermeidliche auf keinen Fall hinauszögern. Wenn sie ihr nicht glaubten und sie hinauswarfen, wollte sie nicht das Glück erleben, wirklich sauber zu sein, und dann wieder in den Schmutz und Dreck des Viertels zurückkehren. Außerdem half der Dreck, der ihre Haut bedeckte, ihr dabei, zu verbergen, dass sie eigentlich ein Mädchen war.

»Leute, ich möchte, dass ihr Zara Layne kennenlernt.«

Sie zuckte zusammen, weil sie nicht wirklich erwartet hatte, dass Meat sie gleich mit ihrem richtigen Namen vorstellte, aber als keiner der Männer schockiert wirkte, wurde ihr klar, dass sie wahrscheinlich von Anfang an gewusst hatten, dass sie eine Frau war. Sie verstand nicht warum. Niemand sah sie je zweimal an. Jeder nahm sie für das, was sie darzustellen versuchte. Sie sahen ihr kurzes Haar, ihre kleine Statur und nahmen einfach an, sie wäre ein Junge.

Jeder der Männer nickte höflich und respektvoll. Als hätten sie sich zu einem formellen Anlass versammelt und sie stünde in einem verdammten Ballkleid oder so vor ihnen. Es war seltsam. Sie war sich nicht sicher, ob es ihr gefiel, im Mittelpunkt der Aufmerksamkeit zu stehen.

»Nur für den Fall, dass du dir vorhin im Wagen nicht alle Namen merken konntest ... das hier ist Gray. Seine Verlobte hat gerade ein Baby bekommen, Darby. Rechts von ihm ist Ro. Und die anderen sind Arrow, Ball und Black.«

Zara fiel es leicht, sich an Black zu erinnern, denn er und Meat hatten die gleichen blauen Flecke und Schrammen von ihrem Kampf mit Ruben und seinen Freunden im Barrio. Sie nickte allen zu, weil sie nicht wusste, was sie sagen sollte.

»Danke, dass du unserem Kameraden geholfen hast«, sagte Ball.

Die anderen stimmten zu und Zara nickte erneut.

»Willst du uns vielleicht mal verraten, was zum Teufel passiert ist und wo du gesteckt hast?«, fragte Gray Meat.

Ohne auf die Frage seines Freundes einzugehen, wandte Meat sich an Zara. »Bist du dir sicher, dass du nicht duschen möchtest, während ich den Jungs die ganze Geschichte erzähle?«

Einen Moment lang wollte Zara den Weg des geringsten Widerstandes nehmen, den Meat ihr anbot. Sie wollte nicht die Zweifel in den Gesichtern seiner Freunde sehen, wenn er ihnen von ihr erzählte. Sie wusste, dass die Geschichte verrückt klang. Wie konnte jemand allein im Barrio überleben, und dann noch als zehnjähriges kleines Mädchen? Aber sie hatte es getan, und von dem, was sie Meat erzählt hatte, war nicht ein Wort gelogen.

Sie reckte ihr Kinn vor und schüttelte den Kopf.

Sie konnte den Gesichtsausdruck von Meat nicht deuten. Sie hatte nicht viel Erfahrung mit Männern. Sie wusste nicht, ob er sich freute, dass sie hierblieb, oder ob er sauer auf sie war. Aber als er die Hand ausstreckte und ihr eine kurze Haarsträhne aus der Stirn strich, konnte sie nicht anders, als innerlich ein wenig weich zu werden.

Er drehte sich wieder zu seinen Freunden um. »Also, das hier ist Zara. Sie ist fünfundzwanzig Jahre alt. Als sie zehn war, ist sie zusammen mit ihren Eltern hier nach Lima gekommen, um Urlaub zu machen. Eines Nachts wurden ihre Eltern ermordet und die Mörder nahmen Zara mit. Offenbar hatten sie eine Art Gewissenskrise, denn anstatt sie zu vergewaltigen und zu töten, setzten sie sie in einem Barrio aus, das dem uns bekannten sehr ähnlich ist. Seitdem lebt sie hier.«

»Sie ist Amerikanerin?«, fragte Arrow. Dann sah er Zara an. »Bist du Amerikanerin?«

Sie nickte.

»Verdammt noch mal«, murmelte Arrow und fuhr sich mit der Hand durchs Haar. »Was für ein Zufall.«

Zara war von dieser Aussage verwirrt und anscheinend konnte man ihr die Verwirrung am Gesicht ablesen, denn

Black erklärte: »Als wir vor nicht allzu langer Zeit auf einem Einsatz in der Dominikanischen Republik waren, haben wir zufällig eine Frau gefunden, die in Georgia entführt und in der Dominikanischen Republik gefangen gehalten worden war.«

Zara starrte ihn schockiert an. »Wirklich?«, flüsterte sie. »Und was habt ihr mit ihr gemacht?«

»Wir haben sie nach Hause gebracht und sie und Arrow haben sich ineinander verliebt. Und dann hat er ihr ein Baby gemacht«, erklärte Ro lächelnd.

Zara fiel es schwer, das zu verarbeiten. »Also ist es eure Aufgabe ... vermisste Amerikaner aufzuspüren oder so was?«

Alle sechs Männer lachten. »Eigentlich nicht«, erklärte Meat ihr. »Ich habe dir ja bereits gesagt, dass wir unser Leben der Hilfe von Frauen und Kindern gewidmet haben. Und dabei haben einige von uns das Glück gehabt, während unserer Einsätze Frauen zu treffen und sich in sie zu verlieben.«

Sie blickte von einem Mann zum nächsten. Keiner sah sie mit Misstrauen oder Ekel an. Es war ... merkwürdig.

»Jedenfalls«, sprach Meat weiter, »haben Zara und ihre Freundinnen beobachtet, was mit Black und mir geschah. Sie wussten, dass die Bande jeden Moment zurückkommen würde, also kamen sie und holten mich da raus, und als sie bereit waren, Black zu holen, tauchten zwei der Verbrecher wieder auf und sie hatten nicht mehr die Möglichkeit. Zara schmuggelte mich aus dem Barrio zu einer Ärztin, wo ich blieb, bis es mir gut genug ging, um wieder herzukommen. Ich hatte eine Gehirnerschütterung, die so schlimm war, dass ich den ersten Tag nicht aufstehen konnte, und mein Knöchel war auch so kaputt, dass ich eine Zeit lang nicht laufen konnte.«

»Warum bist du nicht gekommen, um uns Bescheid zu sagen, dass er in Sicherheit ist?«, fragte Gray Zara, die Augen misstrauisch zusammengekniffen.

Diesen Blick kannte sie nur zu gut. »Die Soldaten, mit denen ihr zusammen wart, stehen auf del Rios Gehaltsliste. Sie patrouillieren regelmäßig die Barrios auf der Suche nach Frauen und Kindern, die sie zu ihm bringen können. Ich wollte nicht riskieren, dass sie sich gegen euch wenden ... oder gegen meine Freundinnen, die noch immer im Barrio sind.«

»Was kannst du uns sonst noch über diesen del Rio erzählen?«, wollte Ro wissen. »Wir wissen ein paar grundlegende Dinge, würden uns aber über jegliche Informationen freuen, die du uns geben kannst.«

»Er ist ...« Zara wusste nicht genau, wie sie es ihm erklären sollte. Aber sie musste es versuchen. »Er beherrscht so ziemlich das gesamte Prostitutionsgewerbe in Lima. Er kontrolliert und betreibt die meisten Bordelle und ist dafür bekannt, völlig skrupellos zu sein. Hier unten verschwinden ständig Frauen und er schließt sogar Verträge mit dem Ausland ab, um auch ausländische Frauen zu bekommen ... ob sie nun für ihn arbeiten wollen oder nicht. Und er hat seine Aktivitäten auch breiter gefächert, indem er sich immer jüngere Mädchen schnappt, die für ihn arbeiten müssen. Und mittlerweile auch Jungen.« Sie sah die Wut auf den Gesichtern der Männer. »Er ist das reine Böse und niemand kann ihn aufhalten.«

»Und was ist mit der Polizei?«, wollte Ball wissen.

Zara schüttelte den Kopf. »Er bezahlt sie. Genau wie das Militär. Zwar nicht alle, aber sehr viele. Viele der Männer, mit denen ihr arbeitet, werden dafür bezahlt, dass sie ihm Kinder und Frauen aus den Barrios bringen. Sie werden von den wenigsten Menschen beachtet oder vermisst. Niemand außer ihren Freunden und Familien, die nicht genügend Geld haben, um sich mit ihm anzulegen«, erklärte sie verbittert.

Plötzlich wurde es ganz still im Raum, aber nicht, weil sie ihr nicht glaubten. Zumindest erschien es ihr nicht so. Sie konnte die unterschwellige Wut der Männer spüren, und es war offensichtlich, dass sie sich sehr beherrschen mussten, um die Kontrolle über ihre Gefühle zu behalten.

»Jedenfalls hielt Mags, meine Freundin und jemand, zu dem wir alle aufschauen und den wir respektieren, es nicht für eine gute Idee, euch direkt über Meat zu informieren, und zwar aufgrund der simplen Tatsache, dass ihr immer mit mindestens einem der Soldaten zusammen wart. Wir befürchteten, dass sie eventuell gegen das Barrio insgesamt vorgehen oder del Rio etwas von einer Widerstandsbewegung erzählen würden. Wir wussten ja nicht einmal, ob ihr uns überhaupt glauben würdet. Mags vermutet, dass die Brigade Ruben und seine Bande bezahlt hat, um euch aufzulauern. Wäre der kleine Junge nicht weggelaufen und ihr wärt ihm nicht gefolgt, hätten sie sich wahrscheinlich was anderes einfallen lassen, um euch von den anderen wegzulocken.«

»Verdammt«, sagte Ro, während Black gleichzeitig leise fluchte.

»Und was jetzt?«, wollte Gray wissen und blickte Meat an.

»Ich hole meinen Computer, finde Zaras Familie und informiere dann Rex, damit er uns mit dem Papierkram helfen kann, um sie verdammt noch mal von hier wegzuschaffen«, entgegnete Meat.

»Wie lange wird es dauern? Einen Tag? Zwei?«, wollte Arrow wissen.

Meat zuckte mit den Achseln. »Es wird so lange dauern, wie es eben dauert.«

»Moment, ihr könnt doch nicht ...«, begann Zara.

Die Männer hörten sie entweder nicht oder ignorierten sie. »Ich werde Allye anrufen und ihr die gute Nachricht überbringen, dass wir dich gefunden haben, und sie wissen lassen, dass es noch ein paar Tage dauern kann, bis wir wieder zu Hause sind«, sagte Gray.

»Morgan hat noch etwa anderthalb Monate bis zur Geburt, aber ich bin mir sicher, dass es sie in den Wahnsinn treibt, dass ich nicht da bin, um für ihre abendlichen Gelüste einzukaufen«, erklärte Arrow mit nachsichtigem Lächeln.

»Chloe sorgt schon dafür, dass sie alles hat, was sie braucht«, erklärte Ro seinem Freund und schlug ihm auf die Schulter.

»Wartet mal«, sagte Zara hektisch. »Ihr müsst nicht hier bei mir bleiben. Ihr solltet zu euren Frauen und Freundinnen heimkehren. Es macht mir nichts aus, hier zu warten.«

»Wenn du denkst, dass wir dich im Stich lassen, liegst du falsch«, sagte Gray nachdrücklich.

Zara runzelte die Stirn.

»Wir sind nicht so naiv, wie du vielleicht denkst«, erklärte Ball. »Wir wussten, dass bei dieser Mission etwas nicht stimmte, aber natürlich nicht in diesem Ausmaß. Wir hatten schon geahnt, dass die Männer, mit denen wir zusammenarbeiten, nicht ganz sauber sind. Du und deine Freundinnen habt einiges riskiert, um Meat und Black zu retten, und wir nehmen das nicht auf die leichte Schulter.«

»Hätten wir von dir gewusst, wären wir gekommen, um dich zu retten«, fügte Arrow hinzu. »Niemand – weder

Mann, Frau noch Kind – sollte von seinen Liebsten weggenommen und im Stich gelassen werden, aber jetzt bist du unsere neue Mission. Keiner von uns wird ohne dich gehen.«

Zum ersten Mal seit Jahren spürte Zara, wie ihr die Tränen kamen. Sie hatte schon vor langer Zeit gelernt, dass Weinen nicht hilft. Es gab sogar eine Menge Leute, die Tränen gern sahen, weil es bedeutete, dass sie dich gebrochen hatten. »Aber ich bin ein Niemand«, flüsterte sie.

»*Falsch*«, entgegnete Meat nachdrücklich. »Du bist Zara Layne. Du hast dein Leben für mich riskiert, und das werde ich nicht vergessen. Niemals.«

»Ich auch nicht«, sagte Ro.

»Genauso wenig wie ich«, fügte Gray hinzu.

Die anderen stimmten alle zu.

»Aber vielleicht lüge ich doch«, erklärte Zara. Unsicher, warum sie widersprach.

»Und, lügst du?«, fragte Black.

Sie starrte ihn an. Er sah gut aus. Mit seinem schwarzen Haar und den braunen, stechenden Augen hätte er auf dem Cover eines der Hochglanzmagazine sein können, die Zara in Miraflores in den Touristenläden gesehen hatte. Die blauen Flecke in seinem Gesicht schmälerten sein gutes Aussehen nicht im Geringsten.

Es war ihr eigentlich egal, wie er aussah. Während der letzten zehn Jahre hatte sie viele gut aussehende Männer mit einer schwarzen Seele kennengelernt.

Aber sie konnte unschwer erkennen, dass dieser Mann sich um seinen Freund sorgte. Und aus irgendeinem Grund anscheinend auch um sie.

Sie schüttelte den Kopf.

Black nickte. »Gut, dann bleiben wir alle hier, bis Rex seine Beziehungen spielen lässt und dir einen Pass besorgt hat. Wir werden uns hier verschanzen, bis das passiert.«

»Und was sagen wir den Soldaten vom hiesigen Militär?«, fragte Ball.

»Wir werden Rex auch darauf ansetzen. Er ist derjenige, der mit den Beamten zusammenarbeitet. Wir haben ihm bereits gesagt, dass wir einige der Leute, mit denen er kooperiert, für korrupt halten, aber jetzt haben wir die Bestätigung. Er muss vorsichtig sein, aber er kann uns helfen herauszufinden, wie wir sie loswerden«, sagte Gray.

»Wir sollten wahrscheinlich unsere Zimmer wechseln, nur für den Fall, dass die anderen verwanzt sind«, schlug Ro vor.

Gray nickte erneut. »Während Zara und Meat sich frisch machen, werden wir daran arbeiten. Meat, abgesehen von ein paar allgemeinen Verletzungen scheint es dir gut zu gehen, aber ich würde mir deine Verletzungen trotzdem gern ansehen, wenn das in Ordnung ist.«

Meat nickte. »Ein verstauchter Knöchel, gebrochene Rippen und die Gehirnerschütterung, wie ich schon sagte. Zaras Ärztin hat meine Schulter wieder eingerenkt. Ich hätte nichts dagegen, etwas gegen die Schmerzen zu nehmen, aber sonst geht es mir gut.«

Gray nickte seinem Freund zu und sah dann sie an. »Zara? Was ist mit dir?«

Sie runzelte die Stirn, da sie die Frage nicht verstand.

Er lächelte. »Brauchst du auch einen Arzt?«

Zara wollte lachen. Sie war seit ihrem neunten Lebensjahr nicht mehr beim Arzt gewesen, seit sie sich damals in der Pause einen Finger gebrochen hatte. Sie und ihre beste Freundin Renee hatten auf der Schaukel im Kreis geschaukelt und waren mit dem Finger in den Ketten hängengeblieben, die sie umeinandergewickelt hatten. »Nein.«

Man musste Gray zugutehalten, dass er sie nicht drängte.

»Ich bringe deine Tasche vorbei, wenn wir fertig sind«, erklärte Ball Meat. »Was wir mit Zara machen sollen, weiß ich allerdings nicht.«

»Mir reichen die Sachen, die ich anhabe«, erklärte Zara schnell.

Alle sechs Männer sahen sie an, als wäre sie verrückt geworden.

»Ich meine ... ich werde sie natürlich unter der Dusche waschen, und wenn sie trocken sind, sind sie wieder in Ordnung«, erklärte sie ihnen.

»Ich gehe einkaufen und finde etwas Passendes«, sagte Arrow.

Zara hasste die Panik, die sie durchströmte, aber der Gedanke, Frauenkleidung anzuziehen, war ihr zuwider. Sie konnte kein Mädchen sein. Das war zu gefährlich.

Meat drehte sich zu ihr um und legte ihr einen Finger unter das Kinn, sodass sie keine andere Wahl hatte, als ihn anzusehen. »Du kannst uns vertrauen«, sagte er leise. »Arrow wird dir schon kein großes, rosa Cocktailkleid besorgen, Zar.«

Sie nahm einen tiefen Atemzug. Natürlich würde er das nicht. Diese Männer wollten genauso unter dem Radar bleiben wie sie selbst. Besonders nachdem sie gehört hatten, wie korrupt die Leute waren, die die Regierung bildeten. Sie nickte.

»Hast du Hunger?«, fragte Gray.

Meats Magen knurrte in diesem Moment so laut, dass es niemandem entgehen konnte. Alle lachten, und sogar Zara musste lächeln.

»Damit wäre diese Frage wohl beantwortet«, bemerkte Meat ohne das geringste Anzeichen von Scham.

»Ich kann etwas besorgen, wenn ich für Zara einkaufen gehe. Ich weiß nicht, wie es dir während der letzten Tage ergangen ist ... soll ich etwas finden, das satt macht, aber fade ist, oder soll ich auf den Putz hauen?«, fragte Arrow.

Zu ihrer Überraschung drehte Meat sich zu ihr um. »Und was möchtest du, Zara?«

Ohne mit der Wimper zu zucken, antwortete sie: »Irgendetwas.«

Meat verengte die Augen zu Schlitzen und sie war sich nicht sicher, was er dachte. Dann drehte er sich wieder zu seinem Freund um. »Sättigend, aber fade. Und viele Schokoriegel. Keine Softdrinks. Obst und Gemüse, wenn du welches finden kannst.«

»Verstanden. Ich komme sobald wie möglich wieder zurück«, sagte Arrow, ohne sich von der merkwürdigen Bestellung verwirren zu lassen.

»Lasst euch Zeit. Wir gehen nirgendwohin«, versicherte Meat ihm.

Zara spürte wieder die lästigen Tränen. Meat hatte sich daran erinnert, dass sie keine Erfrischungsgetränke trank, und er hatte offensichtlich mitbekommen, dass Schokoriegel ihre Schwäche waren. Und es war wahrscheinlich für keinen von ihnen eine gute Idee, sich mit reichhaltigem, scharfem Essen vollzustopfen. Sie konnte sich auch nicht daran erinnern, wann sie das letzte Mal eine ganze Portion Gemüse gegessen hatte. Als Kind hatte sie über alles Grüne auf ihrem Teller die Nase gerümpft, aber jetzt würde sie dafür töten, zu jeder Mahlzeit gesundes Gemüse zu essen.

Die Männer begannen, den Raum zu verlassen, und Meat rief: »Gray?«

Er drehte sich um, nachdem die anderen gegangen waren. »Ja?«

»Bringst du mir bitte jetzt gleich meinen Computer?«

»Ich bin in zwei Minuten wieder da«, versicherte Gray ihm und dann waren Zara und Meat alleine im Zimmer.

»Du kannst zuerst gehen«, erklärte Meat und zeigte aufs Badezimmer.

Zara zögerte. Sie hatte nichts, was sie nach der Dusche anziehen konnte, und obwohl sie gesagt hatte, dass sie die Kleidung, die sie trug, wieder anziehen konnte, wollte sie das eigentlich auf keinen Fall.

Wieder einmal schien Meat ihre Gedanken lesen zu können. »Ich gebe dir eins von meinen T-Shirts und eine Jogginghose, damit du was zum Anziehen hast, bis Arrow mit ein paar Sachen für dich zurückkommt.«

Zara biss sich auf die Lippe. Sie wünschte sich eine Dusche mehr als alles andere auf der Welt – mal abgesehen von der Tatsache, ihre Eltern wären noch am Leben. Aber sie wollte weder gierig noch unhöflich erscheinen. »Das war nicht wirklich ein Witz, als ich mich gefragt habe, wie viel heißes Wasser es wohl gibt.« Sie versuchte erneut, ihre Situation ins Lächerliche zu ziehen. »Es ist schon sehr lange her, dass ich eine heiße Dusche hatte. Wenn ich einmal da drin bin, dauert es sicher ziemlich lange, bevor ich wieder rauskomme.«

Anstatt sie für ihren misslungenen Witz auszulachen, sah er sie mit gerunzelter Stirn an und trat auf sie zu. Zara wich nicht zurück, sondern starrte zu ihm hoch. Meat ragte hoch über ihr auf. Mit seinen breiten Schultern verdunkelte er sogar das Licht der Deckenlampe. Er trug einen ungepflegten dunkelbraunen Bart, trotzdem konnte sie den ernsten Ausdruck in seinen Augen sehen. »Es ist mir wirklich völlig egal, ob du eine Stunde da drinbleibst, Zara. Lass dir Zeit. Von mir aus kann es ruhig die ganze Nacht dauern; das macht mir nichts aus.«

»Aber du willst doch sicher auch duschen«, protestierte sie schwach.

»Und das werde ich. Wenn du fertig bist.«

Eine flüchtige Vision von ihnen, wie sie *gemeinsam* unter der Dusche standen, schoss ihr durch den Kopf.

Zara hatte keine Ahnung, woher das plötzlich gekommen war. Sie hatte eigentlich gedacht, dass sie kein Interesse an Sex hatte. Die meiste Zeit ihres erwachsenen Lebens über hatte sie versucht, Männer zu meiden und sich so weit wie möglich von ihnen fernzuhalten.

Doch hier war sie nun, allein in einem Hotelzimmer mit einem sehr gut aussehenden Mann.

Sie sollte Angst vor ihm haben. Sollte alles in ihrer Macht Stehende tun, um von ihm wegzukommen. Aber da er sie mit Respekt, Bewunderung und Zärtlichkeit ansah, konnte sie an nichts anderes denken als daran, wie groß er war und dass er in der Lage sein würde, sich zwischen sie und alles oder jeden zu stellen, der ihr vielleicht etwas antun wollte.

Es war verrückt. Wahnsinnig. Aber sie konnte ihre rasenden Gedanken nicht aufhalten.

»Okay«, entgegnete sie schließlich.

»Okay«, wiederholte er lächelnd. »Und während du da drin bist, versuche ich, ein wenig mehr über deine Situation und Familie in Erfahrung zu bringen. Ist dir das recht?«

Zara konnte nicht sprechen. Dieser Mann hatte in ein paar Tagen mehr für sie getan, als irgendjemand für sie getan hatte, seit sie zehn war. Schließlich nickte sie.

Sie wollte ihm erklären, dass ihre Eltern vor fünfzehn Jahren wenig mit der Familie ihrer Mutter zu tun hatten. Sie erinnerte sich daran, dass ihre Großeltern mütterlicherseits kalt und distanziert waren, und an ihre Großeltern väterlicherseits konnte sie sich überhaupt nicht erinnern. Ihr Vater war ein Einzelkind gewesen und seine Eltern waren gestorben, als Zara noch klein war. Aber ihre Mutter hatte einen Bruder, Alan. Er war zehn Jahre älter und irgendwie gemein und jemand, zu dem ihre Mutter überhaupt keinen Kontakt gehabt hatte.

Aber sie sagte nichts davon. Vielleicht waren sie jetzt anders. Vielleicht hatte der Verlust ihrer Tochter und die Tatsache, dass ihr Onkel seine Schwester verloren hatte, sie verändert. Vielleicht hatte das Wissen, dass ihre Enkelin in einem fremden Land vermisst wurde, sie dazu veranlasst, generell mitfühlender gegenüber anderen zu sein.

Sie wollte wissen, ob sie nach ihr gesucht hatten. Ob sie sich immer noch fragten, was mit ihr geschehen war – oder ob sie sich das überhaupt jemals gefragt hatten.

Aber sie konnte den Mund nicht aufmachen, um Meat zu bitten, es herauszufinden. Sie hatte Angst davor, die Wahrheit zu erfahren.

Vor fünfzehn Jahren, als sie sich vor lauter Angst im Barrio versteckt hatte, war sie bei klarem Verstand geblieben, indem sie sich eingeredet hatte, dass eine riesige Suchaktion nach ihr lief und es nur eine Frage der Zeit war, bis die Polizei durch das Barrio marschieren und ihren Namen rufen würde.

Als sie das erste Mal einen Polizisten im Barrio gesehen hatte, war sie aus ihrem Versteck gekommen und wollte ihm unbedingt sagen, dass er sie gefunden hatte. Sie wollte unbedingt nach Hause. Aber er hatte seinen Schlagstock erhoben und geschwungen, als sie sich ihm genähert hatte, und sie auf Spanisch angeschrien.

Erschrocken hatte sie sich weggedreht, war gestolpert und gefallen, und er hatte es geschafft, ihr mit dem Schlagstock auf die Unterseite der Füße zu schlagen. Das hatte wehgetan. Sehr sogar. Sie lief zurück in ihr Versteck und kam tagelang nicht wieder heraus.

Langsam, aber sicher wurde ihr klar, dass die große Suche, die sie sich ausgemalt hatte, nicht stattgefunden hatte. Oder wenn doch, dann war sie nicht dorthin gelangt, wo die Männer sie abgesetzt hatten. Das war erschreckend und niederschmetternd zugleich gewesen.

All diese Jahre später wollte Zara wissen, ob ihre Verwandten eine Suche organisiert hatten. Sie wollte glauben, dass sie es getan hatten ... aber würde sie damit leben können, wenn sie erfuhr, dass sie es nicht getan hatten?

Sie richtete sich auf. Natürlich konnte sie das. Sie hatte es allein so weit gebracht – sie würde auch ohne sie zurechtkommen, wenn es sein müsste.

»Hinter deinen schönen Augen verbirgt sich eine Menge, Zara. Ich will nicht neugierig sein, wenn du das nicht willst, aber nachdem ich den Medienrummel um Morgans Rückkehr aus der Dominikanischen Republik gesehen habe, nachdem sie ein Jahr lang vermisst worden war, habe ich das Gefühl, dass deine Geschichte noch größer sein wird. Du warst noch ein Kind, als du verschwunden bist, und irgendwie hast du trotz aller Widrigkeiten überlebt. Jeder wird deine Geschichte hören wollen. Wir werden unser Bestes tun, um alles unter Verschluss zu halten, aber sobald Rex seine Beziehungen spielen lässt, um deinen Pass und deine Papiere zu bekommen, wird es sich herumsprechen. So sind die Dinge nun mal. Ich muss wissen, womit wir es in Bezug auf deine Familie und deine Vergangenheit zu tun haben werden, okay?«

Zara nickte. Sie wollte nicht im Rampenlicht stehen. Fast ihr ganzes Leben lang hatte sie versucht, sich im Hintergrund aufzuhalten, sodass allein der Gedanke daran, vor der Kamera stehen zu müssen oder ihr Foto in den Zeitungen zu sehen, schrecklich für sie war.

Meat nahm ihre Hand und hob sie sich ans Gesicht. Er drückte ihre Handfläche an seine Wange. Zara spürte den kratzenden Bart an ihrer Haut ... und wollte wissen, ob sich sein Haar auch so anfühlte.

»Von nun an bist du nicht mehr allein, Zar. Ich bin bei dir. Und die anderen auch. Und ihre Frauen. Du wirst schon sehen. Du passt perfekt dazu.«

Dessen war sie sich nicht sicher, doch sie widersprach ihm nicht.

Es klopfte an der Tür und Zara erschrak heftig. Meat hielt weiterhin ihre Hand und versuchte, sie zu beruhigen. »Ganz ruhig. Es ist nur Gray mit meinem Computer und wahrscheinlich auch meiner Tasche.«

Sie nickte und er sah sie noch einmal lange an, bevor er ihre Hand losließ. Er ging zur Tür und nahm Gray seine Reisetasche und einen Rucksack ab. Er bedankte sich bei ihm und sagte, dass er sich mit ihm und den anderen Team-kameraden treffen würde, sobald Arrow mit den Lebensmit-teln zurück war.

Meat schloss die Tür, verriegelte das Schloss und legte die Kette vor, dann stellte er seine Reisetasche auf das Bett. Er zog ein T-Shirt und eine graue Jogginghose heraus. Dann durchstöberte er seine Tasche weiter und hielt eine kleine Tasche mit Reißverschluss hoch. »Da ist ein Kamm, Sham-poo, Zahnpasta, Deo und Bodylotion drin. Das alles ist zwar nicht besonders feminin, aber ich dachte, vielleicht ...« Er beendete den Satz nicht.

Bei seinem Angebot wurden Zaras Augen immer größer. Bei Gott, sie hatte schon so lange kein Deo mehr benutzt. Und echte Zahnpasta? Fantastisch! Es war ihr sogar egal, dass sie nicht mal eine Zahnbürste hatte. Sie würde ihren Finger benutzen, wie sie es während der letzten Jahre auch getan hatte.

»Vielen Dank«, flüsterte sie.

Meat tat so, als wäre es keine große Sache. Aber er hatte

keine Ahnung, wie viel ihr das bedeutete. Saubere Kleidung, ein Kamm und Deo ... das war für die Leute im Barrio wie eine Goldmine.

»Nur zu. Geh duschen. Du bist hier in Sicherheit. Niemand wird reinkommen und dich belästigen.«

Natürlich nicht. Das war auch nicht möglich, wenn Meat die Tür bewachte. Und Zara hatte keinen Zweifel daran, dass er die Tür gegen jeden verteidigen würde, der ihr etwas antun wollte.

Sie nahm die Kleider und den Kulturbeutel und presste sie an ihre Brust. Es gab so viel, was sie sagen wollte, aber sie konnte die Worte nicht herausbringen. Sie hatte im Laufe der Jahre kleine Taten der Freundlichkeit erlebt, aber nichts hatte sie so sehr berührt wie das, was Meat und seine Freunde für sie getan hatten und noch *immer* taten.

Wieder nickend drehte Zara sich um und stürmte ins Bad. Sie schloss die Tür etwas fester, als sie beabsichtigt hatte, und zuckte zusammen. Sie hoffte, Meat würde sie nicht für unhöflich halten.

Sie starrte lange auf das kleine Schloss am Türknauf.

Sie brauchte nicht abzuschließen. Meat würde sie nicht belästigen. Sie vertraute ihm.

Aber sie ertappte sich trotzdem dabei, wie sie die Hand hob und die Tür verriegelte.

Zara versuchte, die Scham zu ignorieren, die sie empfand, weil sie Meat nicht völlig vertraute, und legte ihr Bündel auf dem Waschbecken ab. Einen Moment lang starrte sie auf die frischen, sauberen weißen Handtücher, die auf dem Ständer hingen. Sie schaute auf die Waschlappen und auf die saubere Kleidung neben dem Waschbecken.

Sie beugte sich vor, steckte ihre Nase in den Stoff und schluckte schwer bei dem Geruch von Seife, Waschmittel und dem, was sie für den Duft von Meat selbst hielt. Seine Essenz war in den Stoff der Kleidung eingewoben, die er ihr gegeben hatte.

So musste es im Paradies sein.

Saubere Kleidung, Zahnpasta und heißes Wasser.

Es war lange her, dass sie so glücklich gewesen war.

Und damit stellte Zara das Wasser in der Wanne an und hielt ihre Hand unter den Strahl, bis es heiß wurde. Dann schaltete sie die Dusche ein, zog den Vorhang zu und zog die schmutzigen, ekligen, stinkenden Klamotten aus, die sie schon viel zu lange trug, einschließlich des Tuchs, mit dem sie sich die Brust an den Körper gebunden hatte. Sie ließ alles auf einem Haufen in der Mitte des Badezimmers liegen, vermied es, sich im Spiegel zu betrachten, nahm das kleine Stück Seife vom Waschbecken und trat unter das brühend heiße Wasser.

KAPITEL ELF

Meat saß auf der Stuhlkante des kleinen Schreibtisches im Hotelzimmer, ein Ohr auf das Badezimmer gerichtet, während er das Internet nach Informationen über die Familie Layne durchforstete.

Er hatte gehört, wie Zara die Tür verschlossen hatte, und war ehrlich gesagt nicht überrascht gewesen. Er hatte zwar das Gefühl, sie ziemlich gut zu kennen, aber in Wirklichkeit kannten sie sich überhaupt nicht.

Sein Knöchel und seine Rippen pochten, als er durch die Suchergebnisse scrollte, und erinnerten ihn daran, wie und warum er Zara kennengelernt hatte.

Dreißig Minuten später lief die Dusche immer noch, und Meat lehnte sich zurück und seufzte. Was er über Chad und Emily Layne herausgefunden hatte, veränderte die Dinge. In mancher Hinsicht machte das, was er erfahren hatte, Zaras Leben leichter, in anderer Hinsicht aber auch sehr viel schwieriger.

Das Paar war stinkreich gewesen.

Vor fünfzehn Jahren hatten sie etwa zehn Millionen Dollar gehabt. Jetzt ... war diese Zahl auf etwa zwanzig

Millionen angestiegen. Und wenn seine Schnüffelei stimmte, war Zara die Alleinerbin. Sie würde sich nie wieder Sorgen um einen sicheren Platz zum Schlafen machen müssen oder darum, genügend Geld für saubere Kleidung und eine verdammte Zahnbürste zu haben.

Aber mit dem Geld kamen auch Schwierigkeiten, von denen Zara nichts ahnte.

Es sah so aus, als wäre das Geld nach dem Tod ihrer Eltern in einen Treuhandfonds für Zara eingezahlt worden. Sie sollte einen monatlichen Betrag erhalten, sobald sie achtzehn wurde, und den Rest des Geldes, wenn sie achtundzwanzig war.

Einmal hatte ihr Onkel Alan versucht, an das Geld heranzukommen, indem er behauptete, Zara sei verstorben, aber da ihre Leiche nie gefunden worden war, hatte sich der Anwalt ihrer Eltern gegen ihn durchgesetzt und ein Richter hatte sich geweigert, das Geld freizugeben. Das war ein kluger Schachzug, wenn man bedachte, dass Alan praktisch sein ganzes Leben lang in der Reha und im Gefängnis gewesen war.

Nach den Fotos zu urteilen, die er finden konnte, war Zara ein bezauberndes Kind gewesen. Ihr braunes Haar war auf den Online-Fotos oft zerzaust und ihre Augen schienen vor Glück zu funkeln. Kurz gesagt, sie war glücklich und sorglos gewesen. In der Zara, die er kannte, sah er nichts von diesem Menschen, was traurig war. Er hasste es, dass sie auf die harte Tour hatte lernen müssen, wie ungerecht und hart das Leben sein konnte.

Was Meat bei seiner schnellen Online-Suche am meisten störte, war das Fehlen von Presseberichten über Zaras Verschwinden. Als ihre Eltern ermordet aufgefunden worden waren, gab es ein paar Artikel über ihre vermisste Tochter und Spekulationen darüber, was mit ihr passiert war, aber das war buchstäblich alles. Es gab keine Folge von *Aktenzeichen XY ... ungelöst* über den Vorfall, keine Sondersendungen zum Jahrestag, keine Mahnwachen an Zaras Geburtstag, keine aktuellen Skizzen, wie Zara als Erwachsene aussehen könnte.

Es war, als hätte es niemanden interessiert, dass sich die kleine Zehnjährige in Luft aufgelöst hatte, nicht mal ihre Großeltern.

Verglichen mit dem Aufruhr, den Morgans Vater verursacht hatte, als *sie* verschwunden war, waren die Informationen über Zara erbärmlich. Es war sogar herzzerreißend. Ihre Großeltern väterlicherseits waren bei einem Autounfall ums Leben gekommen, als Zara fünf Jahre alt war. Aber ihre Großeltern mütterlicherseits hatten keine ausführlichen Interviews über ihr Verschwinden geführt. Auf den wenigen Fotos, die er gesehen hatte, hatten sie stoisch gewirkt. Das einzige Zitat, das er gefunden hatte, stammte von ihrem Großvater und besagte, dass sie dem Paar geraten hatten, nicht nach Lima in den Urlaub zu fahren, da es dort gefährlich sei.

Es war fast so, als würde er sagen: »Das habe ich ja gleich gesagt«, anstatt Suchtrupps zusammenzustellen, die nach seiner vermissten Enkelin suchten.

Meat schwor sich, alles zu tun, um Zara zu helfen, sich wieder an das Leben in den Vereinigten Staaten zu gewöhnen. Sie nicht im Stich zu lassen, so wie ihre Großeltern es offenbar getan hatten.

Er hatte das Gefühl, dass aufgrund ihres Erbes plötzlich ziemlich viele Leute auftauchen würden, um ihr zu »helfen«. Und obwohl sie den Großteil ihres Geldes erst in ein paar Jahren erhalten würde, würde sie eine hübsche Summe von den Zahlungen bekommen, die sie eigentlich hätte erhalten sollen.

Alles in allem war Zara nun eine sehr wohlhabende Frau. Und mit dem Geld kam der Ärger.

Als Meat hörte, wie die Dusche abgestellt wurde, warf er einen Blick auf die Uhr. Fünfundvierzig Minuten. Er lächelte, weil ihm der Gedanke gefiel, dass Zara sich unter der heißen Dusche vergnügte. Er missgönnte ihr diesen Genuss nicht. Wenn er so gelebt hätte wie sie, würde er sich auch Zeit lassen.

Da er nicht riskieren wollte, das Telefon des Hotels zu benutzen, falls es abgehört wurde, führte Meat einen kurzen Sofortnachrichten-Chat mit Rex über eine sichere App, die sie regelmäßig benutzten. Ihr Kontaktmann hatte bereits mit Gray gesprochen und arbeitete daran, die Dokumente zu beschaffen, die Zara brauchte, um das Land legal verlassen zu können. Es würde ein paar Tage dauern; selbst mit seinen Beziehungen konnte er nicht über Nacht einen Pass nach Lima bringen lassen.

Rex war empört darüber, dass er dafür ein paar peruanische Regierungsbeamte hatte bestechen müssen, aber nach allem, was beide Männer über die Korruption in Peru erfahren hatten, war keiner von ihnen überrascht.

Rex hatte gefragt, ob Zara bereit wäre, sich einem DNA-Test zu unterziehen, um zu beweisen, dass sie tatsächlich Zara Layne war, und Meat hatte ihm gesagt, dass er nicht den geringsten Zweifel daran hätte. Aber er wisse ohne jeden Zweifel, dass Zara diejenige sei, die sie behauptete zu sein.

Rex sagte zu Meat, er sei froh, dass er einen harten Kopf habe und dass er mit ihm und dem Rest des Teams reden würde, sobald sie wieder in Colorado seien.

Meat hatte gerade seinen Laptop weggeschoben, als er hörte, wie die Badezimmertür geöffnet wurde. Er drehte sich um und grinste, als er die riesige Dampfwolke aus der Tür aufsteigen sah, gefolgt von Zara.

Der Dampf umrahmte sie, sodass es aussah, als käme sie aus einem kitschigen Raumschiff-Film oder so. Ihr kurzes Haar war nass und hing ihr ein wenig über die Stirn. Ihre Wangen waren gerötet und seine Kleidung wirkte riesig an ihrem zierlichen Körper.

Meat setzte sich in Bewegung, bevor er überhaupt darüber nachdachte, was er da tat. Er ging auf sie zu, ein wenig hinkend, denn sein Knöchel schmerzte nach der Anstrengung des Tages. Er blieb vor ihr stehen, der frische, saubere Geruch der Seife, die sie benutzt hatte, wehte zwischen ihnen hoch und machte ihm mehr als bewusst, wie schmutzig *er* war.

Er war sich nicht sicher, was er sagen wollte – wenn überhaupt etwas. Er wusste nur, dass er sich zu ihr hingezogen fühlte. Dass er in ihrer Nähe sein wollte.

»Fühlst du dich besser?«, fragte er schließlich.

Sie nickte und kaute auf ihrer Unterlippe.

Er wusste nicht, ob sie nervös war, weil sie in seiner Nähe war, oder ob etwas anderes sie beschäftigte. Sie sah so unsicher aus, dass Meat sie am liebsten in die Arme genommen und ihr gesagt hätte, dass alles gut werden würde. Dass er dafür sorgen würde. Aber wie sie da so stand, barfuß und in seinen Klamotten, wirkte sie irgendwie noch verletzlicher.

Draußen auf der Straße, in ihren »Jungen«-Klamotten, mit Schmutz im Gesicht, war sie in ihrem Element. Sie passte sich an und war durchaus in der Lage, auf sich selbst aufzupassen. Aber wenn jemand sie in diesem Augenblick sehen könnte, wüsste er, dass sie nicht der Jugendliche war, der sie vorgab zu sein.

Meat ließ den Blick für den Bruchteil einer Sekunde an

ihrem Körper hinunterwandern und er stellte erschrocken fest, dass sie tatsächlich Kurven hatte. Sie hatte es irgendwie geschafft, etwas zu verbergen, das sich als ziemlich üppige Brüste herausstellte, und obwohl er unter den vielen Bahnen Stoff nicht viel erkennen konnte, gab es keinen Zweifel daran, dass Zara eine Frau war.

Sie bewegte sich von ihm weg, als würde sie sich bei seiner Betrachtung unwohl fühlen. »Ich habe meine Kleider gewaschen, aber ich konnte meine ... Unterwäsche nicht wieder anziehen, weil sie nass ist«, sagte sie hastig.

Meat atmete tief ein und versuchte, sich zu beherrschen. Er trat einen Schritt zurück, weil er dachte, dass er sie wahrscheinlich einschüchtern würde, und das wollte er auf keinen Fall. »Ich bin sicher, Arrow wird passende Unterwäsche finden.« Er war sich da nicht sicher und eigentlich gefiel ihm der Gedanke nicht, dass Arrow so intime Dinge für Zara aussuchte. Aber das war lächerlich – erstens, weil Arrow total in Morgan verknallt war, und zweitens, weil Zara etwas zum Anziehen unter ihrer Kleidung haben musste.

Sie nickte nur und zog die Schultern nach vorn, als könnte sie dadurch ihre Figur irgendwie vor ihm verbergen. Meat trat einen weiteren Schritt zurück und hasste die Vorstellung, was sie durchgemacht haben mochte, dass sie so befangen und unsicher in Bezug auf ihren eigenen Körper war.

Zara sah auf, als er sich wieder bewegte, und sie runzelte die Stirn. »Tut dein Knöchel weh?«

»Ja«, erklärte Meat ihr aufrichtig und ohne nachzudenken.

Sie sah noch besorgter aus. »Du solltest ihn nicht belasten.«

Er zuckte mit den Achseln. »Ich wollte mich nicht auf das saubere Bett setzen, bis ich geduscht habe.«

Sie betrachtete ihn und er sah, dass ein wenig von ihrem Selbstbewusstsein zurückkam. »Warum weichst du immer vor mir zurück?«

Meat war überrascht, dass sie ihn das gefragt hatte, und antwortete erneut ehrlich. »Ich mache dich nervös und ich will dich auf keinen Fall einschüchtern.«

»Ich habe keine Angst vor dir«, erwiderte sie und Meat sah keine Anzeichen einer Lüge in ihrem Blick. Er atmete lange aus.

»Gut. Denn ich würde dir nie wehtun, Zara.«

»Ich weiß. Du hattest definitiv viele Gelegenheiten. Selbst am ersten Abend, als du mich am Hals gepackt hast, hast du darauf geachtet, dass du mich nicht zu fest hältst, und du hast mir nie auch nur annähernd die Luft abgeschnitten. Du hattest vielleicht eine Gehirnerschütterung, gebrochene Rippen, einen verstauchten Knöchel und eine kaputte Schulter, aber ich wusste von Anfang an, dass dich das alles nicht aufhalten würde, wenn du mich wirklich verletzen ... oder verschwinden wolltest.«

Da hatte sie recht. Selbst an jenem ersten Abend hatte er etwas in ihr gesehen, das dafür gesorgt hatte, dass er ihr vertraute und ihr gegenüber seinen Schutzschild senkte.

»Dafür sollte ich mich bei dir entschuldigen«, erklärte er ihr. »Ich wusste nicht, ob Daniela oder du mir wehtun wolltet.«

»Sie *hat* dir wehgetan«, sagte Zara. »Und mir hat sie gesagt, ich solle dir auf die Schulter schlagen und dass du mich dann loslassen würdest, aber ich konnte mich einfach nicht dazu durchringen ... und ich wusste, dass du mir niemals wehtun würdest.«

»Ihr Schlag war ziemlich effektiv«, bemerkte Meat reumütig, als er sich daran erinnerte, wie schmerzhaft der Schlag gewesen war, den die Ärztin seinem Knöchel verpasst hatte.

»Es tut mir leid, dass ich so lange in der Dusche gebraucht habe«, erklärte Zara und wechselte damit das Thema.

Meat schüttelte den Kopf. »Ist völlig in Ordnung.«

»Es ist nur ... es ist schon so lange her, seit ich ...«

»Du musst dich mir gegenüber nicht rechtfertigen, Zara. Mir ist es egal, ob du für den Rest deines Lebens täglich eine Stunde unter der Dusche bleibst. Du kannst tun, was du möchtest, wann du es möchtest, und es kann dir ganz egal sein, was die anderen davon halten.«

Ihre Lippen zuckten amüsiert. »Ist das dein Lebensmotto?«

Meat zuckte erneut mit den Schultern. »Nein, eigentlich nicht, ich habe nur am eigenen Leib erfahren, wie kurz das Leben ist. Nachdem ich aus der Armee entlassen worden war und bei Rex zu arbeiten angefangen hatte, brauchte ich etwas, das ich in meiner Freizeit tun konnte. Ich fing an, mit Holz zu arbeiten, und stellte fest, dass es mir wirklich Spaß macht, Möbel zu bauen. Das entspannt mich. Manche Männer jagen gern oder basteln an Fahrzeugen herum; ich arbeite gern mit Holz. Es ist befriedigend, aus einem Haufen Schrottteile eine einzigartige Kommode oder einen Tisch zu bauen. Es ist nicht sehr sexy oder aufregend, aber das ist mir egal. Wenn lange Duschen dich entspannen und glücklich machen, dann solltest du jeden Tag duschen.«

Sie starrte ihn so lange an, nachdem er versucht hatte, sie zu beruhigen, dass Meat sich unwohl zu fühlen begann. »Ich hingegen stehe nicht gern so lange unter der Dusche. Ich glaube, das liegt daran, dass ich mich da drin zu verletzlich fühle und weil wir in der Armee keine Zeit hatten zu trödeln. Apropos, wenn ich neben dir stehe, wird mir erst recht bewusst, wie dringend ich mich waschen sollte. Arrow ist noch nicht zurück, aber es sollte bald so weit sein. Wir können essen, und dann erzähle ich dir, was ich bei meinen Recherchen herausgefunden habe.«

Sie sah ihn erneut verunsichert an und am liebsten hätte Meat sich selbst geohrfeigt.

»Okay.« Sie ging zu einem der Doppelbetten und setzte sich auf die Bettkante.

Meat ging zu ihr und hockte sich vor ihr hin, wobei er auf seinen Knöchel achtgab. »Was ist denn los?«, wollte er wissen.

»Hat überhaupt jemand nach mir gesucht?«, flüsterte sie.

Obwohl er wusste, dass er schmutzig war, hob Meat eine Hand und strich ihr über das Gesicht. Ihre Haut war warm und glatt und leicht feucht vom Dampf des Badezimmers und vom Schwitzen. Er strich mit dem Daumen sanft über ihre Wange. »Ja, Zar, sie haben nach dir gesucht. Zwar meiner Meinung nach nicht lange genug und auch nicht ausgiebig genug ... aber sie haben nach dir gesucht.«

»Haben sie die Typen gefunden, die für den Mord an meinen Eltern verantwortlich waren? Bitte sag mir, dass sie wenigstens das getan haben und dass sie hinter Gittern stecken.«

Meat hasste, was er sagen musste. Doch anscheinend hatte sie es schon an seinem Gesichtsausdruck erraten.

»Das haben sie nicht, nicht wahr?«, fragte sie.

Er presste die Lippen zusammen und schüttelte langsam den Kopf. »Es gab keine Zeugen und vor fünfzehn Jahren gab es in diesem Teil der Stadt noch keine Kameras. Die Polizei hatte keinerlei Anhaltspunkte. Es tut mir so leid.«

Zara seufzte, dann blickte sie ihn an und fragte: »Und

wie geht es jetzt weiter? Ich habe nichts, Meat. Soll ich in die USA zurückkehren und mit anderen Obdachlosen auf der Straße leben, während ich versuche, mein Leben in den Griff zu bekommen? Ich bin nur bis zur vierten Klasse zur Schule gegangen, ich habe keinen Abschluss und ich kann mir nicht vorstellen, dass irgendjemand sonderlich begeistert wäre, mich ohne Berufserfahrung und mit meinem Hintergrund einzustellen. Wahrscheinlich kann ich eine Zeit lang mit Taschendiebstahl überleben, aber bei meinem Glück würde ich erwischt werden und im Gefängnis landen. Vielleicht sollte ich einfach hierbleiben.«

Meat begann, den Kopf zu schütteln, bevor sie zu Ende gesprochen hatte. »Es wird sicher nicht leicht für dich werden, dich umzugewöhnen – es wäre unfair von mir, das zu behaupten. Aber, Zara, du wirst dir nie wieder Gedanken darüber machen müssen, obdachlos zu sein. Erstens, weil du jederzeit bei *mir* unterkommen kannst, und zwar solange du willst. Ich habe kein riesiges Haus, aber es ist ein schönes Holzhaus auf ein paar Hektar Land nordwestlich von Colorado Springs. Ich habe zwei Gästezimmer und ein zusätzliches Zimmer über meiner Werkstatt, und du bist dort *immer* willkommen. Und zweitens ... du musst dir über solche Sachen, wie und wo du wohnen wirst, nie wieder Sorgen machen, denn du hast mehr Geld, als ich in meinem ganzen Leben verdienen werde.«

Sie zog ungläubig die Brauen zusammen.

»Süße ... deine Eltern hatten Geld. *Und zwar haufenweise.* Und du bist die Alleinerbin. Es gehört alles dir. Nun, nicht alles, nicht bevor du achtundzwanzig bist. Aber so viel, dass du leben kannst, wo du willst, und so viele heiße Duschen nehmen kannst, wie dein Herz begehrt.«

Sie starrte ihn an, als würde er eine Sprache sprechen, die sie nicht verstand.

»Ich weiß, es ist viel auf einmal, aber du bist nicht mehr allein, Zara. Und du kannst dir alles leisten, was du willst, wann immer du willst. Kleidung, Essen, ein Haus ... sogar *mehrere* Häuser. Du musst nicht mehr arbeiten und du kannst entscheiden, ob du wieder zur Schule gehen oder den ganzen Tag herumliegen und Schokoriegel essen willst. Du bist frei, Zar. Das Leben, das du bisher geführt hast, ist nicht das Leben, das du für immer führen wirst.«

Sie weinte nicht und schrie auch nicht vor Freude oder tanzte im Zimmer herum. Sie starrte ihn einfach nur weiterhin an.

»Zara?«

»Ich habe Angst.«

Meat wusste das. Er sah, wie angespannt sie war. Wie stocksteif sie sich hielt. Wie hastig sie atmete. »Ist schon okay. Wenn du willst, helfe ich dir dabei, alles zu verkraften.«

Sie nickte sofort.

Das seltsame Gefühl in ihm schwoll wieder an. Er war froh, dass sie ihn nicht gleich nach ihrer Rückkehr in die Staaten aus ihrem Leben streichen würde. Er wollte sie besser kennenlernen. Beobachten, wie sie das Fliegen lernte. Irgendwann, da war er sich sicher, würde sie über ihn hinauswachsen. Sein einfaches Leben auf seinem kleinen Stück Land würde sie langweilen. Aber er würde alles in seiner Macht Stehende tun, dass sie bereit war, sich der Welt zu stellen, wenn sie sich ihr schließlich stellte.

Er strich noch einmal mit dem Daumen über ihre gerötete Wange und sagte: »Ich sollte mich jetzt auch mal langsam frisch machen. Es wird nicht lange dauern. Mach es dir gemütlich.« Dann stand er auf und keuchte vor Schmerzen, als sich bei der Bewegung seine Rippen meldeten.

Sofort war Zara an seiner Seite, um ihm beim Aufstehen zu helfen.

»Danke.«

»Das war dumm. Eigentlich solltest du im Bett bleiben«, schalt sie ihn.

Meat konnte einfach nicht anders. Er grinste.

»Was gibt es denn da zu grinsen?«, fragte sie irritiert.

»Ich lache über dich. Du hast *wirklich* keine Angst vor mir.« Es war eine Feststellung.

»Warum sollte ich auch?«, fragte sie, stemmte die Hände in die Hüften und sah zu ihm hoch.

»Weil ich größer bin als du. Stärker. Ein Fremder. Ein Mann. Und ich könnte dir noch hundert weitere Gründe aufzählen.«

»Fast jeder ist größer als ich«, entgegnete sie. »Ich habe dein Erbrochenes aufgewischt, dir ein paar Dinge über mich erzählt, die ich sonst niemandem erzählt habe, und du hast nicht einmal mit der Wimper gezuckt. Du hast mir geglaubt, als ich dir meine Geschichte erzählt habe, und hast mir keinen Grund gegeben zu glauben, dass du mich plötzlich angreifen wirst. Du hast mir Kleidung zum Anziehen gegeben und dich nicht über mich lustig gemacht, als ich eine sehr lange Dusche genommen habe.«

Dann senkte sie die Stimme. »Du hast mich gefunden, Meat. Mich wie ein menschliches Wesen behandelt und nicht wie ein Insekt, das man loswerden möchte. Ich habe Daniela geholfen, aber manchmal hat es sich so angefühlt, als stünde ich nur im Weg herum. Du hast dafür gesorgt, dass ich mich nützlich und gebraucht fühle, und zwar zum ersten Mal seit sehr, sehr langer Zeit. Also nein, ich habe keine Angst vor dir. Ich habe Angst vor dem, was auf mich zukommt, das schon ... aber nicht vor dir.«

»Verdammt, Zara«, sagte Meat und bei ihren Worten tat

ihm das Herz weh. »Nachdem ich mich geduscht habe, darf ich dann ... Mist. Vergiss es.«

»Darfst du dann was?«, fragte sie und neigte den Kopf zur Seite.

»Nichts.«

»Meat. Was denn?«, fragte sie erneut.

»Ich ... ich würde dich einfach gern in den Arm nehmen, aber ich weiß nicht, ob das in Ordnung wäre.«

Sie schwieg sehr lange und Meat wusste, dass er Mist gebaut hatte. Er wollte gerade zurückrudern, doch Zara legte ihre Hände auf seine Hüfte.

»Niemand hat mich mehr in den Arm genommen, seit ich ein Kind war«, flüsterte sie.

Meat brach das Herz bei ihren Worten.

Dann sprach sie weiter. »Ich würde mich über eine Umarmung sehr freuen ... aber erst, wenn du dich umgezogen hast. Ich kann das Erbrochene immer noch an dir riechen.«

Einen Moment lang wusste Meat nicht, was er darauf erwidern sollte. Doch als sie schließlich schüchtern zu grinsen begann, schloss er erleichtert die Augen und lachte leise. »Wenn du willst, dass ich mich dusche, musst du mich loslassen.«

Ihr Griff wurde einen Moment lang stärker, doch schließlich ließ sie die Hände sinken und scheuchte ihn zum Badezimmer. »Na los, dann mach schon. Vielleicht ist ja sogar noch ein bisschen heißes Wasser übrig, aber man kann sich nicht sicher sein.«

Meat beschloss kurzerhand, seinen Warmwasserboiler zu Hause aufzurüsten. Es spielte keine Rolle, ob sie einen Tag oder ein Jahr bei ihm blieb. Sie würde so viel heißes Wasser haben, wie sie wollte, solange er ein Wörtchen mitzureden hatte.

»Geh nicht an die Tür«, warnte er sie. »Falls es klopft, ignoriere es einfach. Derjenige wird später einfach noch mal wiederkommen.«

»Was, wenn es Arrow mit dem Essen ist?«, fragte sie.

»Ich frage bei Gray nach, sobald ich fertig bin. Mach dir keine Sorgen, du bekommst schon etwas zu essen«, neckte er sie.

»Obwohl es nicht *mein* Magen war, der vorhin geknurrt hat«, erwiderte sie.

Meat lachte leise. »Das stimmt. In zehn Minuten bin ich wieder da«, erklärte er ihr. Er schnappte sich die Sachen zum Umziehen, die er vorhin aus seiner Tasche genommen hatte, und huschte ins Bad. Der Spiegel war immer noch beschlagen und Meat war sich ziemlich sicher, dass er gar nicht wissen wollte, wie er im Moment aussah. Er hatte schon genügend in dem Spiegel im anderen Zimmer gesehen. Sein Gesicht war zerschrammt und wenn er sich den Bart abrasierte, würde er sicher noch schlimmer aussehen. Vielleicht würde er den Bart erst einmal stehen lassen und ihn abnehmen, wenn er wieder in Colorado war und nicht mehr so viel mit Menschen zu tun hatte.

Als er mit einer Hand über sein Gesicht fuhr, gefiel ihm das Gefühl irgendwie. Vielleicht würde er den Bart noch länger behalten.

Zara hatte ihr Hemd und ihre Hose über den Handtuchhalter gehängt, und sie tropften langsam auf den Boden. Er würde sie in die Dusche hängen, wenn er fertig war.

Aber es waren nicht ihr Hemd oder ihre Hose, die seine Aufmerksamkeit erregten. Es war der winzige Fetzen schwarzer Baumwollunterwäsche, bei dem ihm ganz traurig ums Herz wurde. Das Höschen hatte zwei Löcher, soweit er sehen konnte, und der Gummizug war ausgeleiert.

Er war verärgert, weil diese Unterhose ihm vor Augen zu

führen schien, wie hart ihr Leben gewesen war. Sie hatte sich alles erkämpfen müssen. Sie sollte etwas aus Spitze tragen, das ihr das Gefühl gab, sexy zu sein, um sich ihrer selbst und ihrer Weiblichkeit sicher sein zu können. Aber stattdessen hatte sie sich mit einem abgetragenen Baumwollhöschen begnügt. Das machte ihn traurig und wütend zugleich.

Neben ihrer Hose hing auch eine lange Bandage. Offensichtlich hatte sie sie benutzt, um ihre Brüste zu bandagieren, sie platt zu drücken, um ihre Verkleidung als Junge glaubwürdiger zu machen.

Am liebsten hätte er sie mit bloßen Händen zerfetzt und in den Müll geworfen. Er wollte aus dem Bad stürmen und ihr sagen, dass sie sich das nie wieder antun sollte.

Stattdessen holte er tief Luft und beherrschte sich.

Er war stolz auf Zara, dass sie tat, was sie tun musste, um zu überleben. Welche Art von Unterwäsche sie trug, machte keinen Unterschied in ihrem täglichen Leben. Aber er musste sich fragen, ob sie in der Zeit, in der sie auf sich allein gestellt war, verletzt oder angegriffen worden war. Wahrscheinlich war sie das ... und der Gedanke machte ihn fast wahnsinnig. Niemand sollte Gewalt ausgesetzt sein, aber da er so starke Gefühle für Zara hegte, hasste er es besonders, dass ihr das passiert war.

Er konnte ihre Vergangenheit nicht ändern, aber er konnte ganz sicher ihre Zukunft beeinflussen. Niemand würde sie dazu bringen, etwas zu tun, was sie nicht mehr tun wollte. Dafür würde er sorgen.

Schnell entledigte er sich der Kleidung, die Zara für ihn gekauft hatte, und trat unter die Dusche, wobei er sich weigerte, an die Tatsache zu denken, dass sie vor nicht einmal zehn Minuten genau an dieser Stelle gestanden hatte, nackt, wie Gott sie geschaffen hatte. Er nahm das

Stück Seife in die Hand – und versuchte erneut, nicht daran zu denken, dass es vor Kurzem noch überall auf Zaras Körper gewesen war – und begann, sich zu waschen.

Je schneller er mit dem Duschen fertig war, desto schneller konnte er wieder in Zaras Nähe sein. Meat hatte noch nie diese … Dringlichkeit und dieses Verlangen verspürt, einfach einen anderen Menschen kennenzulernen. Er hasste es, auch nur zehn Minuten nicht bei ihr zu sein, denn das waren zehn Minuten, in denen er nicht mit ihr reden konnte. Um ihre Vorlieben und Abneigungen herauszufinden.

Meat ignorierte den stechenden Schmerz in seinem Körper und tat sein Bestes, um sich zu beeilen. Er musste jemanden in den Arm nehmen … und plötzlich war das viel wichtiger als alles andere auf der Welt.

KAPITEL ZWÖLF

Zara hatte auf der Bettkante gesessen und sich nicht getraut, irgendetwas von Meats Computerausrüstung anzufassen, weil sie sich nicht richtig entspannen konnte. Wie versprochen hatte Meat gerade mal zehn Minuten gebraucht, um zu duschen und sich umzuziehen.

Als er aus dem Bad kam, konnte sie ihn nur anstarren. Er hatte kein T-Shirt an, nur eine Jogginghose, die tief auf seinen Hüften saß.

»Entschuldige«, sagte er, als er wieder herauskam. »Gray wollte sich meine Rippen ansehen und es ist einfacher, wenn ich mir in der Zwischenzeit mein T-Shirt gar nicht erst anziehe. Falls es dich stört, würde ich es natürlich tun.«

Zara schüttelte einfach nur den Kopf. Sie stören? Nein, seinen geradezu perfekten Oberkörper zu sehen war alles andere als *störend*. Er hatte ein paar Haare auf der Brust und kein Gramm Fett zu viel am Körper. Die bösen Hämatome auf seinem Bauch und auf seiner Brust sahen ziemlich übel aus, doch sie taten der Tatsache keinen Abbruch, dass Hunter Snow perfekt gebaut und ein echter Schrank war.

Sie sahen einander lange an, bevor es an der Tür klopfte und Zara sich zu Tode erschreckte.

»Immer mit der Ruhe, Zar, es sind wahrscheinlich nur Arrow oder Gray.«

Tatsächlich waren es beide. Zusammen mit dem Rest seiner Freunde. Selbst Black war gekommen. Er legte sich sofort auf eines der Betten, nachdem Ro ihm befohlen hatte, sich »verdammt noch mal hinzulegen«, bevor er umkippte.

Die Männer waren ruppig und schroff zueinander, aber Zara stellte fest, dass ihr das seltsamerweise gefiel. Langsam fühlte sie sich in ihrer Nähe wohler.

Arrow stellte zwei große Tüten auf den Boden neben dem Bett und eine dritte auf den kleinen Tisch im Zimmer. Zara interessierte sich mehr für die Gerüche, die von dem, was in der dritten Tüte war, ausgingen, als für das, was in den beiden anderen war.

Er begann sofort, die Tüte mit den Lebensmitteln auszupacken, und Zara konnte nur ungläubig staunen. Sie hatte keine Ahnung, wo er in so kurzer Zeit so viele Lebensmittel gefunden hatte, aber ihr lief sofort das Wasser im Mund zusammen.

Er packte zwei Behälter mit Suppe aus, mehrere Styroporschachteln mit Brokkoli und Karotten und einen letzten großen Behälter mit irgendeinem Fleisch.

Zara hörte kaum, was um sie herum gesprochen wurde; ihre ganze Aufmerksamkeit galt ihrer Mahlzeit.

Arrow reichte ihr einen der Behälter mit Suppe und einen Löffel. Ohne zu zögern, nahm Zara den Behälter mit in eine Ecke und setzte sich langsam hin. Sie zog die Knie an und drückte ihren Schatz an die Brust, während sie den Deckel abnahm. Duftender Dampf stieg von der Suppe auf und sie atmete tief ein. Sie rührte um und sah zu, wie

Hühnerstücke und frisches Gemüse nach oben schwammen.

Ohne auf den Löffel zu achten, führte sie das Gefäß an ihren Mund und nahm einen zaghaften Schluck, ohne zu wissen, wie heiß die köstlich aussehende Flüssigkeit war. Ihr Blick wanderte nach oben.

Und sie erstarrte, als sie sah, wie alle sechs Männer sie mit unterschiedlichen Blicken der Besorgnis, des Ärgers und des Mitgefühls anstarrten.

Langsam senkte sie die Suppe und überlegte, was sie sagen könnte, um die angespannte Stimmung aufzulockern.

»Das gehört alles dir, Zara«, erklärte Arrow sanft. »Wir haben bereits gegessen.«

Sie hatte keine Ahnung, ob das stimmte oder nicht, aber sie schämte sich dafür, wie sie sich verhalten hatte. Sie hatte einfach das getan, was sie getan hätte, wenn sie im Barrio unterwegs gewesen wäre. Sie nahm das kostbare Essen und zog sich in eine kleine Ecke zurück, wo sich niemand anschleichen und ihr die Beute stehlen konnte, bevor sie Zeit hatte, sie zu verzehren.

Natürlich würden Meats Freunde ihr die Suppe nicht wegnehmen.

Sie schloss die Augen und versuchte, so zu tun, als hätte sie sich nicht gerade zu Tode blamiert.

Aber Meat war wie immer rücksichtsvoll und lenkte die Aufmerksamkeit von ihr ab und auf sich selbst. »Hast du vielleicht ein paar Schmerztabletten, Arrow? Die könnte ich nämlich gebrauchen.«

»Selbstverständlich. Und ja, du siehst tatsächlich so aus, als hättest du für ein oder zwei Runden im Ring gestanden, das ist offensichtlich«, erklärte Arrow ihm.

»Ich glaube, du siehst schlimmer aus als ich«, stellte Black fest.

»Wie fühlen sich deine Rippen an?«, fragte Gray. »Arrow hat ein paar Bandagen mitgebracht, die dir dabei helfen, die Rippen zu stabilisieren, damit du weniger Schmerzen hast.«

Die Gespräche um sie herum drehten sich um die Verletzungen von Meat und Black und alles, was Letzterer während der letzten Tage durchgemacht hatte, und alle ließen sie einfach in Ruhe. Irgendwann legte Meat sich auf das Bett und Gray untersuchte ihn kurz.

Währenddessen mischte Ro etwas von dem Fleisch und den beiden Gemüsesorten in einem Behälter zusammen. Dann ging er zu ihr hinüber, wo sie immer noch in der Ecke saß, und stellte den Behälter auf den Boden neben sie ... zusammen mit einem Karamell-Schokoriegel. Er sagte nichts, sondern zog sich auf die andere Seite des Raumes zurück, wo er sich an die Wand lehnte und die Aufmerksamkeit wieder auf Meat und Gray richtete.

Es dauerte nicht lange, bis Zara satt war. Das war so viel Essen, wie sie seit Monaten nicht mehr auf einmal gesehen hatte. Letzten November hatte sie mit dem Fahrrad und dem Anhänger an einem der Wohltätigkeitsessen teilgenommen, die in der Nähe von Miraflores angeboten worden waren. Sie hatte sich so vollgestopft, wie sie konnte, und dann so viele Reste, wie sie mitnehmen konnte, zu ihren Freunden im Barrio gebracht. Mags war nicht da gewesen, aber Teresa, Gabriella, Bonita, Maria und Carmen waren überglücklich, als sie das ganze Essen sahen. Sie hatten in der Dunkelheit mit nur einer Kerze in der Hütte gesessen und gegessen, bis sie sich fühlten, als würden sie platzen.

Es war ein guter Tag gewesen, aber sobald die Mahlzeit verputzt war, kehrte der Hunger unweigerlich zurück und der raue Alltag im Barrio ging weiter.

Zara setzte vorsichtig den Deckel auf den noch halb vollen Suppenbehälter und brachte ihn zusammen mit dem

Gemüse und dem Fleisch, das sie nicht aufessen konnte, zurück an den Tisch. Ball stand da und nahm es ihr ab, und Zara versuchte, das Gefühl des Bedauerns zu unterdrücken, dass sie die Speisen zurückgeben musste. Aber er brachte die Behälter nur zu etwas, das wie ein Schrank aussah, und öffnete ihn. Es war ein kleiner Kühlschrank.

Zara seufzte erleichtert auf. Er hatte nicht weggeworfen, was sie nicht hatte aufessen können. Sie konnte es später immer noch essen.

Der Gedanke, dass da eine Mahlzeit bereitstand und verfügbar war, wann immer sie essen wollte, war ihr fremd. Im Barrio gab es nur wenige Kühlschränke. Und es gab nie Essensreste.

Obwohl sie das Gefühl hatte, dass jeder der Männer im Raum sie beobachtete, taten sie ihr Bestes, damit sie sich so wohl wie möglich fühlte. Sie starrten sie nicht an, sagten nichts über ihre Essensmacken. Sie fuhren einfach fort, sich untereinander zu unterhalten.

Meat hatte auch etwas gegessen, und als er fertig war, brachte Arrow die nicht gegessenen Gerichte von Meat zum Kühlschrank und verstaute sie ebenfalls.

»Hast du mit Rex gesprochen?«, fragte Black Meat.

»Ja.« Dann blickte er zu Zara hoch. »Bist du bereit, das zu hören?«

Ihre Meinung über Meat stieg bei seiner Frage noch mehr, und sie war bereits ziemlich hoch. Sie traf schon seit Langem Entscheidungen über ihr Leben und obwohl sie Meat vertraute, wollte sie nicht, dass er einfach alles übernahm, ohne ihr ein Mitspracherecht einzuräumen. Sie nickte.

Er bedankte sich bei Ball, als dieser ihm seinen Computer reichte und ihn auf seinem Schoß öffnete. Er hatte sich mit dem Rücken an das Kopfende eines der

Betten gelehnt und die Beine vor sich ausgestreckt. Er hatte ein T-Shirt angezogen und Zara konnte sich fast vorstellen, wie er in seinem eigenen Haus aussah. Nicht dass sie wüsste, wie sein Haus aussah, aber er schien sich in seiner Haut wohlzufühlen, und er hatte offensichtlich schon einmal so mit einem Computer auf dem Schoß gesessen.

»Also ... Zara ist Multimillionärin«, erklärte er, ohne lange um den heißen Brei herumzureden. »Ihre Eltern waren reich und haben alles ihr hinterlassen.«

»Verdammt«, fluchte Arrow leise.

Zara sah ihn überrascht an. Er war verärgert, weil sie Geld hatte?

»Tut mir leid, Zara. Ich freue mich natürlich, dass du dir um Geld keine Gedanken zu machen brauchst, aber dadurch werden die Dinge für dich auch komplizierter.«

»Wirklich?«, fragte sie.

Er nickte. »Als meine Morgan nach ihrer Entführung in die USA zurückkehrte, war die Presse völlig aus dem Häuschen. Jeder liebt eine gute Geschichte über jemanden, der nach seinem Verschwinden wieder mit seiner Familie zusammenkommt. Und Morgan war erst seit einem Jahr verschwunden. Du bist seit *fünfzehn* Jahren verschwunden. Die Presse wird dich regelrecht jagen. Die Reporter werden unerbittlich sein. Und jetzt werden auch noch Leute auftauchen, die dich um Geld bitten. Sie werden dir alle möglichen rührseligen Geschichten erzählen, warum sie es brauchen. Ihr Kind hat Krebs, sie sind am Verhungern, sie sind obdachlos. Alles, was du dir vorstellen kannst, und noch mehr. Sie spielen mit deinen Gefühlen, benutzen das, was dir passiert ist, um dein Mitgefühl zu gewinnen und Geld von dir zu bekommen. Es wird die Hölle werden.«

Zara runzelte die Stirn. Ja, Mist, das hörte sich wirklich nicht gut an. »Ich bin nicht an dem Geld interessiert«, erklärte sie ehrlich. »Und ich werde einfach nicht mit den Reportern reden, sodass niemand das herausfindet.«

Arrow fuhr sich mit der Hand durchs Haar, sagte aber sonst nichts.

»So einfach ist das nicht«, erwiderte Gray sanft. »Sie werden es trotzdem herausfinden.«

»Aber wir werden uns darum kümmern«, erklärte Meat vom Bett aus. »Wir lassen nicht zu, dass sie belästigt wird.«

»Natürlich werden wir uns um sie kümmern«, entgegnete Gray, »aber wir wissen doch beide, dass sie trotzdem an sie herankommen werden. Du kannst sie schließlich nicht einsperren. Jemand wird sie beim Einkaufen erkennen und ihr auf die Nerven gehen. Sie wird Hunderte von Briefen aus dem ganzen Land bekommen, von Leuten, die sie um Hilfe bitten.« Gray wandte sich direkt an sie. »Du wirst dich abhärten müssen«, warnte er. »Du wirst Geschichten zu hören bekommen, die dir das Herz brechen. Du wirst wahrscheinlich jedem Bittsteller und jeder Organisation auf der Welt Geld geben wollen. Sie werden alles tun, damit du Schuldgefühle bekommst, als wärst du ein schrecklicher Mensch, wenn du kein Geld spendest.«

Und wieder war Zara sich nicht sicher, ob sie überhaupt nach Amerika zurückkehren wollte. Vielleicht sollte sie das Geld lieber einfach dazu nutzen, ein Haus hier in Lima zu kaufen, weit weg von den Barrios, in einer hübschen Wohngegend.

Als könnte er hören, was sie dachte, sagte Meat zu Gray: »Hör doch auf, ihr Angst zu machen, du Vollidiot.« Dann streckte er die Hand aus. »Komm mal her, Zara.«

Ohne nachzudenken, bewegte sie sich auf seine ausgestreckte Hand zu. Als sie nahe genug war, legte er eine Hand um ihre Taille und zog sie zu sich heran, bis ihre Hüfte die

Matratze berührte. Meat blickte vom Bett aus zu ihr auf und sagte sanft: »Uns wird schon was einfallen.«

Uns wird schon was einfallen, nicht *dir* wird schon was einfallen. Seine Worte beruhigten sie.

»Und was ist mit ihrer Familie?«, fragte Ball.

Ohne die Hand von ihrer Taille zu nehmen, erwiderte Meat: »Die könnte zum Problem werden.«

Zara wurde bange ums Herz, aber überrascht war sie nicht.

»Ihr Onkel Alan hat das Testament angefochten und versucht seit Jahren, an das Geld in ihrem Treuhandfonds heranzukommen. Ihre Großeltern scheinen sich für *nichts*, was mit ihrer verschwundenen Enkelin zu tun hat, sonderlich zu interessieren. Ich habe ein Interview gefunden, das vor etwa zehn Jahren, am fünften Jahrestag von Zaras Verschwinden, geführt wurde. Darin sagten ihre Großeltern mütterlicherseits, dass sie davon ausgingen, dass sie tot sei, genau wie ihre Tochter, und dass das Geld im Treuhandfonds an ihre nächsten lebenden Verwandten freigegeben würde, wenn ihr achtundzwanzigster Geburtstag endlich gekommen wäre und sie sich nicht gemeldet hätte, um es zu beanspruchen.«

Niemand sagte etwas. Die Männer hielten den Atem an und warteten auf ihre Reaktion.

Zara sah Meat an und zuckte mit den Achseln. »Sie mochten mich schon nicht sonderlich, als ich noch klein war. Ich war zu laut, zu nervig, zu sehr ... Kind für ihren Geschmack.«

»Aber du warst ja *tatsächlich* ein Kind«, entgegnete Gray ganz offensichtlich verärgert. »Ich habe meinen Sohn noch nicht einmal kennengelernt und meine Mutter auch nicht, aber ich weiß ohne jeglichen Zweifel, dass sie Himmel und Hölle in Bewegung setzen würde, um ihn zu finden, wenn

Allye und mir etwas zustoßen würde und er verschwunden wäre.«

»Aber so ist eben nicht jeder«, erklärte Zara ihm geradeheraus. Sie hatte hier in Peru schon viele schreckliche Dinge gesehen. Mütter, die eines ihrer Kinder verkauften, damit sie genügend Geld hatten, um die anderen zu ernähren, Männer, die ihre Frauen verprügelten, weil sie sich langweilten, Großeltern, die sich weigerten, irgendetwas mit ihren Kindern oder Enkeln zu tun zu haben, weil sie sie als unter ihrer Würde empfanden. Nichts überraschte sie mehr.

»Also, eigentlich sollte jeder so sein«, murmelte Gray. Dann atmete er tief durch. »Also nehmen wir eine Hürde nach der anderen. Zara ist reich und Rex arbeitet daran, ihr die Papiere zu verschaffen, die sie braucht, um wieder ins Land zu kommen. Wir müssen wenigstens eine Pressekonferenz organisieren, damit sie ihre Geschichte erzählen kann.« Daraufhin sah er sie an. »Wir wollen auf keinen Fall, dass die Presse sich irgendeine erfundene Geschichte einfallen lässt oder dass Leute, die keine Ahnung haben, wovon sie reden, erklären, was du denkst und fühlst. Es nervt, aber es ist wie bei einem Pflaster. Wenn man es schnell abreißt, tut es zwar weh, aber dann ist man durch und du kannst dich darauf konzentrieren, was du mit dem Rest deines Lebens anfangen möchtest.«

Die Sache gefiel ihr zwar nicht, aber sie hoffte, dass diese Männer wussten, was sie taten.

»In meinem Haus habe ich ein paar zusätzliche Zimmer«, erklärte Gray ihr. »Wenn du möchtest, kannst du bei Allye und mir unterkommen.«

»Du hast gerade erst ein Baby bekommen«, erwiderte Ro. »Sie kann bei Chloe und mir wohnen ...«

»Sie bleibt bei mir«, unterbrach Meat, bevor ihr sonst

noch jemand eine Unterkunft anbieten konnte. »Natürlich nur ... wenn sie das möchte.«

Zara war noch nie zuvor so gerührt gewesen. Sie war im Grunde genommen obdachlos gewesen und jetzt boten ihr innerhalb kürzester Zeit völlig Fremde an, sie bei sich wohnen zu lassen. Es war unglaublich und so unerwartet.

Ihr wurde klar, dass alle sie erneut anstarrten. Einen Moment lang geriet sie in Panik und fragte sich, warum alle sie ansahen, doch dann fiel ihr wieder ein, was Meat gesagt hatte.

Offenbar hatte sie genügend Geld, um zu leben, wo immer sie wollte, aber der Gedanke, allein zu leben und zu versuchen, sich an ein neues Leben und eine neue Welt zu gewöhnen, machte ihr verdammt viel Angst. Also nickte sie.

»Wem stimmst du jetzt zu, meine Süße?«, fragte Meat leise neben ihr. »Hier ist ein ganzes Zimmer voll mit Leuten, die dir helfen wollen. Ohne irgendeine Gegenleistung zu erwarten. Die anderen«, er zeigte mit einer Geste auf die Männer im Raum, »haben alle Frauen, die bei ihnen leben. Dort fühlst du dich sicher wohl, da du es gewohnt bist, hier mit Mags, Daniela und den anderen Frauen zusammen zu sein.«

Sie starrte ihn an und versuchte, zwischen seinen Worten zu lesen. Bereute er bereits, dass er sie eingeladen hatte, bei ihm zu bleiben? Es hatte lange gedauert, bis sie sich mit Mags und den anderen angefreundet hatte. Es war schwer, Freundschaften zu schließen, vor allem mit Frauen, die immer etwas voreingenommen zu sein schienen. Außerdem, was, wenn die anderen Frauen dachten, sie wolle ihnen die Männer wegnehmen? Das war im Barrio schon mehr als einmal passiert. Jemand nahm eine Verwandte oder Freundin auf, die einen Platz zum Leben brauchte, und schon bald betrog der Mann seine Frau mit der Neuen.

»Du hast gesagt, ich könne bei dir bleiben. Der Gedanke gefällt mir, wenn das für dich immer noch in Ordnung ist«, erklärte sie Meat.

Er sah erleichtert aus, und das beruhigte Zara sehr. »Natürlich ist das in Ordnung. Aber denk dran, ich bin nicht sonderlich aufregend ... ich bin eher der nachdenkliche Typ mit meinem Computer und meiner Werkstatt, in der ich Möbel mache. Ich gehe nicht viel aus.«

»Das stimmt allerdings«, erklärte Ball. »Er ist nicht gerade ein Partylöwe.«

Die anderen fingen an, Meat wegen seiner mangelnden Sozialkompetenz zu hänseln, aber er wandte den Blick nicht von ihr ab. Er war intensiv, aber Zara konnte nicht leugnen, dass es ihr gefiel, dass er immer zu wissen schien, wie sie sich fühlte und was sie dachte. Niemand in ihrem Leben, abgesehen von ihren Eltern vor all den Jahren, schien sie so gut zu verstehen.

Nach einer Weile hatten die Jungs genug davon, auf Meat herumzuhacken, und begannen, sich langsam aufzulösen. Gray ging als Erster, um Allye anzurufen und mit seinem Sohn zu »reden«. Arrow ging als Nächster und sagte, er wolle seine Frau anrufen und sich vergewissern, dass es ihr gut gehe. Zara hatte den Eindruck, dass sie erst seit Kurzem verheiratet waren und Morgan noch nicht so weit war, aber offenbar war Arrow sehr beschützend ihr und ihrem ungeborenen Kind gegenüber und nutzte jede Gelegenheit, um nach ihnen zu sehen.

Bevor er ging, stieß er die Tüten an, die er vorhin auf den Boden fallen gelassen hatte, und sagte: »Wenn dir etwas nicht passt, sag mir Bescheid, dann suche ich dir etwas anderes.«

Zara hatte die Kleider, die er für sie besorgt hatte, vergessen. Im Moment war es ihr egal, was er ihr gekauft hatte. Das T-Shirt und die Jogginghose, die sie trug, waren äußerst bequem, und da sie nicht die Absicht hatte, dieses Hotelzimmer zu verlassen, bis es unbedingt sein musste, war sie mit dem, was sie anhatte, zufrieden.

Die anderen gingen kurz nach Arrow und sagten, sie würden sich morgen früh melden, um zu sehen, was für den Tag geplant war.

Damit waren Zara und Meat wieder einmal allein.

»Bist du müde?«, fragte er.

Zara nickte.

»Ich schlafe heute hier. Das andere Bett gehört dir«, sagte er mit einem Nicken in Richtung des anderen Bettes. »Aber zuerst ...« Er sprach nicht zu Ende, sondern setzte seinen Computer ab und wandte sich ihr zu. Er setzte sich auf die Bettkante, womit sie größer war als er. Dann streckte er die Arme aus und bat: »Jetzt, da ich nicht mehr nach Erbrochenem rieche, nimmst du mich in den Arm?«

Er hatte es nicht vergessen. Zara wusste nicht, warum sie ihm gesagt hatte, dass sie seit ihrer Kindheit nicht mehr umarmt worden war, aber als er aus der Dusche gekommen war, hatte sie sich tatsächlich darauf gefreut, seine Arme um sich zu spüren. Dann waren seine Freunde gekommen und sie war davon ausgegangen, dass er es vergessen hatte.

Aber als sie ihn jetzt so ansah, wurde ihr klar, dass er wahrscheinlich nicht der Typ war, der viel vergaß.

Schüchtern nickend bewegte sie sich auf ihn zu. Er saß mit gespreizten Beinen da, sodass sie dazwischen genügend Platz hatte. Er rutschte auf dem Bett nach vorn und schlang langsam seine Arme um ihre Taille.

Zara atmete scharf ein, als Meat seinen Kopf auf ihre Brust legte.

Sie war sich nicht sicher, wohin sie ihre Hände legen sollte, also schlang sie ihre Arme locker um seine Schultern.

Obwohl er saß, schien er sie regelrecht zu umhüllen. Sie konnte die Wärme seiner Schenkel an ihren Beinen spüren und sogar seinen warmen Atem an ihrer Brust, wenn er ein- und ausatmete. Er fühlte sich so stark an, roch frisch und sauber, und sein Haar war noch ein wenig feucht.

Zara schloss die Augen und verlor sich in der sanften Berührung eines anderen Menschen. Es war schon so lange her, dass sie sich so gefühlt hatte. Sicher. Zufrieden.

Vor fünfzehn Jahren hatte ihr Leben eine drastische Wendung genommen, die sie aus der Bahn geworfen hatte. Es fühlte sich an, als hätte sie gerade einen weiteren Ruck bekommen, aber dieses Mal war es eine positive Veränderung. Zumindest hoffte sie das.

Meat streichelte mit dem Daumen sanft und langsam ihren Rücken. Selbst durch die Baumwolle ihres Hemdes hindurch fühlte es sich wie ein Brandmal an. Ein gutes.

Wie durch ein Wunder hatte Zara es geschafft, nicht sexuell missbraucht zu werden. Sie war untergetaucht, hatte sich als Junge ausgegeben und so gut wie jeden getäuscht. Sie war im wahrsten Sinne des Wortes eine Jungfrau. Sie hatte noch nie jemanden geküsst, hatte noch nie die Haut eines anderen Menschen an ihrer gespürt. Sie hatte nicht einmal sich selbst oft berührt.

Sie hatte es auch nicht vermisst. Sie hatte sich nicht auf jemanden einlassen wollen. Sie war zu sehr damit beschäftigt gewesen, Nahrungsmittel und ein Dach über dem Kopf zu finden, als dass sie über Jungs oder Sex nachgedacht hätte.

Aber als sie da stand, mit Meats Armen um sie herum, und sich sicher fühlte, dachte sie zum ersten Mal überhaupt darüber nach.

Wie würde es wohl sein? Wie würde es sich anfühlen, Meats Hände auf ihrem Körper zu spüren, ohne dass etwas zwischen seiner und ihrer Haut wäre? Würde er sich vor ihren Brüsten ekeln? War sie zu mager, zu jungenhaft?

Zara war immer noch verwirrt und unsicher, als Meat sich zurückzog. Seine großen Hände ruhten auf ihren Hüften, die Finger umspannten fast ihre gesamte Taille.

Sie verstand nicht, warum sie jetzt diese Gefühle hatte. War es, weil er ihr geholfen hatte? Weil sie ihn als eine Art Retter sah? Sie wusste, dass er ein guter Mann war. Normalerweise war sie eine Expertin darin, durch bloßes Anschauen zu erkennen, wer gut war und wer nicht, aber ihr Radar war vielleicht kaputt, weil er sie so nett behandelt hatte. Vielleicht hatten die heiße Dusche, die Lebensmittel und die Unterkunft sie umgestimmt und sie davon abgehalten, seine gefährliche Seite zu sehen.

Als wüsste er, dass sie kurz davor stand, in Panik auszubrechen, schob Meat sie sanft einen Schritt zurück und nahm seine Hände von ihrem Körper. Er ließ sich auf das Bett fallen und nahm seinen Laptop in die Hand. Ohne sie anzusehen, sagte er: »Geh schon und klettere dort drüben ins Bett. Ich werde aufbleiben und sehen, was ich noch über dich und deine Familie herausfinden kann. Wir reden morgen früh weiter, Zara.«

Zara, die sich seltsam verlassen fühlte und sich für ihre Gedanken über Meat schämte, nickte nur und ging zum anderen Bett hinüber. Sie kroch unter die saubere Decke und blieb steif wie ein Brett liegen. Sie hatte ihn beleidigt, und das war nicht ihre Absicht gewesen. Sie war nur einen Moment lang über seine Motive im Unklaren gewesen. Aber jetzt wurde ihr klar, dass er gar keine Motive gehabt hatte. Er hatte nur eine Umarmung gewollt, und das hatte sie irgendwie vermasselt.

Seufzend rutschte Zara unbehaglich hin und her. Die Matratze war zu weich. Sie war es gewohnt, auf dem harten

Boden zu schlafen. Durch das Kissen lag ihr Kopf in einem seltsamen Winkel und ihr Nacken tat weh. Aber sie wusste, dass sie das mögen sollte. Normale Menschen schliefen auf weichen Matratzen und benutzten Kissen. Sie würde sich einfach daran gewöhnen müssen.

Zara drehte sich auf die Seite, legte sich mit dem Rücken zu Meat und starrte an die Wand vor sich. Sie hatte Angst davor, nach Amerika zurückzukehren. Mags hatte ihr gesagt, sie solle dem Amerikaner die Wahrheit sagen und ihn anflehen, ihr zu helfen. Aber jetzt war sie sich nicht mehr so sicher, ob das eine gute Idee war. Anscheinend hatte sie niemanden, der auf ihre Rückkehr wartete. Ihre Großeltern interessierten sich nicht für sie und es klang, als wollte ihr Onkel nur ihr Geld. Viele Leute würden so tun, als wären sie nett zu ihr, um an ihr Geld zu kommen. Es klang wie die Hölle.

Vielleicht würde sie warten, bis Meat einschlief, aufstehen, sich wieder anziehen und sich davonschleichen. Zu dem zurückkehren, was sie kannte.

Zara schloss die Augen und wartete darauf, dass Meat das Licht löschte und einschlief, damit sie entscheiden konnte, was sie tun sollte.

KAPITEL DREIZEHN

Meat wusste, dass Zara nicht schlief, als er seinen Computer ausschaltete und das Licht neben dem Bett ausknipste. Die Umarmung, die er ihr gegeben hatte, war nicht gut verlaufen, und er hatte keine Ahnung warum. Irgendetwas war in ihrem Kopf passiert und er hatte nicht das Gefühl, dass er das Recht hatte, danach zu fragen.

Er wusste auch nicht, was ihn mitten in der Nacht geweckt hatte, aber er wusste sofort, dass es etwas mit Zara zu tun hatte.

Schnell setzte er sich auf und unterdrückte ein Stöhnen, weil die Bewegung in seinen Rippen schmerzte. Als er zu dem Bett neben sich hinübersah, stellte er fest, dass es leer war.

Vorsichtig schwang er seine Beine aus dem Bett, in der Absicht, zur Tür zu gehen und ihr nachzujagen. Das Geräusch, das ihn geweckt hatte, musste die Tür gewesen sein, die sich hinter ihr schloss, als sie sich hinausschlich.

Aber er hielt inne, als er den kleinen Haufen auf dem Boden zu seinen Füßen sah. Zara.

Sie war nicht gegangen.

Sie hatte die Bettdecke vom Bett genommen und sie auf die andere Seite seines Bettes geschleppt, so weit wie möglich von der Tür entfernt. Sie hatte es sich auf dem Boden bequem gemacht und sich zu einem kleinen Ball zusammengerollt.

Sein Herz raste noch immer vom Adrenalin, doch Meat stand vorsichtig auf. Er zog die Bettdecke von seinem eigenen Bett und ging in die Knie. Ganz langsam, immer auf seine Rippen achtend, legte er sich hinter sie und breitete seine Decke über sie beide aus. Er legte einen Arm um sie und kuschelte sich mit der Vorderseite an ihren Rücken.

Sie bewegte sich nicht, drehte sich nicht um, sondern fragte leise: »Was machst du da?«

»Das sollte ich eigentlich *dich* fragen«, entgegnete er.

»Das Bett ist zu weich«, erwiderte sie. »Und das Kissen auch.«

Meat nickte. Natürlich waren sie das. Wenn man beides seit fünfzehn Jahren nicht mehr benutzt hatte, musste es extrem merkwürdig sein, in einem richtigen Bett zu schlafen.

»Ich glaube nicht, dass das Ganze funktionieren wird«, sagte sie traurig.

»Doch, wird es«, konterte er sofort.

Sie schüttelte den Kopf. »Ich weiß nicht, wer ich als Zara Layne bin. Ich bin nicht mehr jenes zehnjährige Mädchen. Ich bin Zed. Danielas Gehilfe, ein Taschendieb.«

Meat verstärkte den Griff um ihre Hüfte. »Du *bist* Zara Layne«, erklärte er.

»Ich weiß nicht mal, wer das ist«, flüsterte sie.

»Sie ist, wer immer du möchtest. Und ich kann dir nicht versprechen, dass von nun an alles leichter wird. Denn das wird nicht der Fall sein. Aber du musst nicht alles an ihr verändern, nur weil du denkst, du *solltest* jemand anderes sein. Du schläfst lieber auf dem Boden, weil es gemütlicher ist? Gut. Dann tu das. Wer sollte sich daran stören? Du willst weiterhin Kranken helfen? Dann finden wir eben heraus, welche Voraussetzungen du erfüllen musst, um als Freiwillige im Krankenhaus oder so was zu arbeiten. Ich will damit sagen, dass du dazu in der Lage warst, dich anzupassen und zu Zed zu werden. Und das hast du ganz fantastisch hinbekommen. Und nun wirst du dich auch daran gewöhnen. Und diesmal bist du nicht allein. Du hast mich und den Rest des Teams an deiner Seite. Und auch deren Frauen. Wenn wir erst in Amerika sind, wirst du neue Freunde finden.«

»Bei dir hört sich das alles so leicht an«, erwiderte sie.

»Aber das ist es nicht. Es wird verdammt schwer werden«, sagte er. »Es wird Zeiten geben, in denen du dich fragst, warum zum Teufel du zurückgekommen bist. Dann verwünschst du die Welt und findest sie unglaublich unfair. Aber du wirst es schaffen. Dessen bin ich mir sicher.«

»Wie kannst du dir da so sicher sein?«

»Du hättest heute Abend durch diese Tür gehen und wieder verschwinden können. Du kennst die Barrios viel besser, als ich es je könnte. Ich hätte dich nie gefunden. Aber das bist du nicht. Du bist geblieben. Du bist hierhergekommen und hast dich hinter *mir* versteckt. Tief in dir drin vertraust du mir. Auch wenn du noch nicht weißt warum.

Ich weiß nicht, warum deine Großeltern oder dein Onkel sich nicht mehr Mühe gegeben haben, dich zu finden, und es ist mir momentan auch egal. Es zählt nur, *dass* ich dich gefunden habe. Oder besser gesagt, dass du *mich* gefunden hast. Und jetzt, wo du hier bist, werde ich alles tun, was nötig ist, um dir das Leben zurückzugeben, das dir vor fünfzehn Jahren genommen wurde. Du musst nur die Kraft und den Mut haben, es auch zu wollen.«

Sie erwiderte daraufhin nichts, widersprach ihm aber auch nicht.

»Wir können erst in ein oder zwei Tagen abreisen. Wir werden hier im Zimmer bleiben und einfach reden. Ich erzähle dir von Colorado Springs, von mir, von den Frauen meiner Freunde ... alles, was du willst. Ich zeige dir, wie man den Computer benutzt, richte dir vielleicht ein E-Mail-Konto ein, und wir überlegen uns eine Strategie für den Umgang mit der Presse. Wir können sogar den Anwalt benachrichtigen, der deinen Treuhandfonds verwaltet, und ihm Bescheid sagen, dass du gefunden wurdest, damit er die notwendigen Dokumente vorbereiten kann, damit du dein Geld bekommst. Das mag hart sein, aber dieses Mal bist du nicht allein, verstanden?«

Sie nickte ... und er spürte, wie sie sich ein wenig fester an ihn drückte, um ihm näher zu sein.

Meat schlang seinen Arm fester um sie und schloss die Augen. Der Boden grub sich unangenehm in seine Hüfte und seine Rippen waren definitiv nicht glücklich darüber, auf der harten Oberfläche zu schlafen, aber das war ihm egal. Wenn Zara sich hier unten sicherer fühlte, würde er seine eigenen Schmerzen ertragen, um für sie da zu sein.

Ein oder zwei Minuten vergingen, ohne dass einer von ihnen sprach, bevor Zara zaghaft sagte: »Ich kann nicht so gut lesen. Wirst du mir dabei helfen, all die juristischen Dokumente zu verstehen, die der Anwalt mir zum Unterschreiben schickt?«

»Ja.«

»Ich bin nicht dumm«, erklärte sie mit Nachdruck. »Aber da ich nicht die Möglichkeit hatte, meine Ausbildung fortzusetzen, gibt es vieles, was ich nicht weiß.«

»Natürlich bist du nicht dumm«, entgegnete Meat entsetzt bei dem Gedanken, dass jemand das von ihr denken könnte. Das war ihm nicht einmal in den Sinn gekommen. Sie war für ihr Alter wahnsinnig schlau. Sie hatte die Art von Gewitztheit, die man nur auf der Straße und auf die harte Tour lernte. Weil es eine Notwendigkeit gewesen war. »Und dieses Fachchinesisch der Anwälte ist auch nicht meine Stärke. Aber wir können Rex um Hilfe bitten oder einen zweiten Anwalt anheuern, der alles für uns übersetzt.«

Sie lachte kurz auf. »Das kann ich mir ja wohl anscheinend jetzt leisten, nicht wahr?«

Meat lächelte. »Allerdings.«

»Weißt du, was ich unbedingt tun möchte?«

»Was denn?«

»Die Harry-Potter-Bücher lesen. Ich habe die Bücher in den Geschäften und auf den Plakaten gesehen, die für die Serie werben, aber ich hatte noch nie die Gelegenheit, sie selbst zu lesen. Als ich zehn Jahre alt war, hat mich das aus irgendwelchen Gründen nicht interessiert und ich bin sicher, dass es mir zu hoch ist, aber ich möchte es versuchen.«

Meat war noch nie so beeindruckt von jemandem gewesen. Und bei ihren Worten wurde ihm nur umso klarer, wie viel sie in all den Jahren verpasst hatte. »Einer der Jungs soll morgen eine englische Ausgabe besorgen.«

Sie schüttelte den Kopf. »Nein, ich meinte nicht jetzt sofort, aber eben, wenn wir in Amerika sind.«

»Besser jetzt als nie«, erklärte Meat ihr. »Wir haben etwas Zeit totzuschlagen und du kannst mir glauben, dass du dich wahrscheinlich sehr langweilen wirst, wenn du mit mir in diesem Raum festsitzt. So hast du etwas anderes zu tun, als dich mit der Rückkehr nach Colorado und dem Wiedersehen mit deiner Familie zu beschäftigen.«

»Glaubst du, meine Verwandten wollen mich überhaupt sehen?«, flüsterte sie.

Da war Meat sich nicht so sicher. Schließlich hatte es nicht so ausgesehen, als würde es ihnen sehr viel ausmachen, dass sie vermisst wurde. Allerdings wollte er auch nichts sagen, was Zara wehtat. »Ich denke, dass sie neugierig sind«, erklärte er schließlich. »Sie wollen sicher Beweise dafür, dass es wirklich du bist, und wahrscheinlich werden sie dir eine Menge Fragen stellen. Also ja, ich denke schon, dass sie dich sehen wollen.«

»Aber wollen sie wirklich *mich* sehen?«, fragte sie erneut.

»Ich weiß es nicht«, erwiderte Meat wahrheitsgemäß, da er genau wusste, was sie ihn eigentlich fragte. Sie wäre etwas Besonderes, aber würden ihre Großeltern tatsächlich wissen wollen, was für ein Mensch Zara jetzt war? Würden sie sie mit offenen Armen empfangen? Er wusste es nicht.

»Meat?«

»Ja?«

»Eigentlich hatte ich vor, mich wieder anzuziehen und heute Abend rauszuschleichen.«

Alles in Meat lehnte sich gegen diesen Gedanken auf, doch er zwang seine Muskeln dazu, sich nicht anzuspannen. »Als ich aufgewacht bin und gesehen habe, dass dein Bett leer war, habe ich genau das vermutet«, gab er zu. »Und warum hast du dich dagegen entschieden?«

»Ich stand neben dem Badezimmer und habe mich umgedreht und dich schlafen gesehen. Dein Computer lag auf der Matratze neben dir und im Mülleimer sah ich einige Abfälle von unserem Abendessen. Ich dachte an alles, was du für mich getan hast, und an alles, was du für andere Frauen und Kinder getan hast, die Hilfe brauchten ... und ich konnte es einfach nicht tun. Aber du sollst wissen, dass ich es immer noch will. Ich bin mir nicht sicher, ob es die richtige Entscheidung ist zurückzugehen. Ich glaube nicht, dass ich nach Amerika passe. Hier passe ich auch nicht hin, aber wenigstens weiß ich, was mich in Lima erwartet.«

»Wenn du verschwunden wärst, hätte ich nach dir gesucht«, gab Meat zu.

»Du hättest mich nicht gefunden«, bemerkte Zara, ohne anzugeben. »Dazu kenne ich die Barrios zu gut.«

»Das ist mir klar.«

Meat spürte, wie Zara sich drehte, bis sie auf dem Rücken lag und zu ihm aufsah. Er hatte sich nicht bewegt und lag immer noch auf der Seite. Er stützte seinen Kopf auf seine Hand und starrte auf sie hinunter.

»Warum würdest du dir dann die Mühe machen, nach mir zu suchen?«

»Weil du nicht hierhergehörst. Dein Leben wurde dir genommen, und das war nicht fair. Denn obwohl die Erwachsenen in deinem Leben und die peruanische Polizei schon vor fünfzehn Jahren alles hätten tun müssen, um dich zu finden, haben sie sich nicht die Mühe gemacht. Du bist es wert, dass man sich die Mühe macht, Zara. Und ...« Er hielt inne und war sich nicht sicher, ob er sagen sollte, was er dachte, aber er beschloss, alle Vorsicht in den Wind zu schlagen. »Und weil ich, obwohl ich erst seit ein paar Tagen in deinem Leben bin, tief in meinem Inneren weiß, dass du etwas Besonderes bist. Du wirst es zu etwas Großem bringen, Zara Layne. Das weiß ich einfach.«

Er konnte nicht an ihrem Gesicht ablesen, was sie dachte; sie sah ihn einfach an, ohne zu blinzeln.

»Und außerdem«, sprach Meat weiter, »mag ich dich, wie du weißt. Irgendwie ist es dir gelungen, meine Schutzschilde zu durchbrechen, die ich normalerweise aufgestellt habe. Ich habe bei der Rettung von Hunderten von Frauen geholfen, aber irgendetwas ist anders ... du faszinierst mich und ich möchte dich besser kennenlernen. Ich würde am liebsten alles über dich erfahren.«

»Ich halte mich nicht für etwas Besonderes«, flüsterte sie.

»Und genau aus diesem Grund *bist* du es«, entgegnete Meat. »Die meisten echten Helden halten sich auch nicht für etwas Besonderes. Thomas Edison, Martin Luther King, Neil Armstrong, Anne Frank, Harriet Tubman ... um nur ein paar zu nennen.«

Meat hob seine freie Hand und strich ihr sanft das Haar aus dem Gesicht. Er konnte sie nicht sehr deutlich sehen, da es mitten in der Nacht war, aber das schwache Licht, das von einer Laterne auf dem Parkplatz vor dem Fenster kam, reichte aus, um sie gerade noch zu erkennen. Er erinnerte sich daran, wie glatt ihre Haut nach der Dusche gewesen war. Die Tatsache, dass sie sich den Schmutz und den Dreck abgewaschen hatte, hatte sie buchstäblich zum Strahlen gebracht, und er konnte gar nicht anders, als sie jetzt zu berühren.

»Ich glaube fest daran, dass alles aus einem bestimmten Grund geschieht. Ich weiß nicht, aus welchem Grund deine Eltern getötet wurden. Oder warum du das Leben führen musstest, das du bis jetzt geführt hast. Aber eins weiß ich sicher – du *hast* bereits Großartiges vollbracht.«

Sie schüttelte den Kopf. »Nein, habe ich nicht.«

»Was ist mit der Frau bei Daniela? Vermutlich hast du sowohl ihr Leben als auch das Leben ihres Babys gerettet. Und die kleinen Kinder, mit denen du dich unterhalten hast, als wir auf dem Weg zurück ins Barrio waren? Und ich ... du und deine Freunde haben mich gerettet. Ich bin sicher, dass es Hunderte anderer Leben gibt, die du hier unten berührt hast, und ich habe keinen Zweifel daran, dass du das Gleiche tun wirst, wenn wir wieder in Colorado sind.«

Zara erwiderte nichts, sondern drehte sich einfach wieder vor ihm auf die Seite. Meat schmiegte sich erneut an sie. Lange sagte keiner von beiden ein Wort, bis sie schließlich fragte: »Hättest du wirklich nach mir gesucht?«

»Ja«, erwiderte er einfach.

Daraufhin sprachen sie nicht mehr miteinander. Und erst als Meat spürte, wie sich ihr Körper völlig entspannte, und er ihre langen, langsamen Atemzüge hörte, die darauf hindeuteten, dass sie eingeschlafen war, wagte er es, seine eigenen Augen zu schließen.

Er hätte sie heute Abend beinahe verloren. Das wussten sie beide. *Er* wusste, dass sie stark genug war, um zu ertragen, was ihr jetzt bevorstand, aber er hoffte, dass sie es irgendwann auch verstehen würde.

KAPITEL VIERZEHN

Drei Tage später saß Zara nervös in ihrem Sitz neben Meat, als sie auf dem Flughafen von Colorado Springs landeten. Es hatte zwei Tage gedauert, bis Rex einen amerikanischen Reisepass in ihr Hotel liefern lassen konnte. Sie hatte keine Ahnung, welche Beziehungen er hatte spielen lassen müssen, um das zu bewerkstelligen, aber er hatte es geschafft.

Sie hatte etwas mehr über den geheimnisvollen Kontaktmann der Mountain Mercenaries erfahren und obwohl er ihr Interesse geweckt hatte, war sie zu sehr mit anderen Dingen beschäftigt, um ihm zu viel Aufmerksamkeit zu schenken.

Er hatte ihr gesagt, dass sie als Erstes eine DNA-Probe abgeben müsse, um zu beweisen, dass sie die vermisste Zara Layne sei, wenn sie nach Colorado komme. Sie war überrascht gewesen, dass sie das nicht brauchte, um ihren Pass zu bekommen, aber anscheinend hatte Rex etwas gezaubert und es geschafft, die Dokumente ohne diesen wichtigen Beweis zu besorgen. Sie hatte nicht vor, das zu kritisieren.

Meat hatte sich mit dem Anwalt in Verbindung gesetzt,

der für ihren Treuhandfonds zuständig war, und der Mann war verständlicherweise schockiert. Er hatte sich geweigert, Meat, Rex oder Zara irgendwelche Einzelheiten mitzuteilen, bevor nicht zweifelsfrei bewiesen war, dass sie diejenige war, die sie zu sein vorgab.

Arrow hatte bei der Auswahl der Kleidung für sie ganze Arbeit geleistet und nachdem er sie gedrängt hatte, ihm zu sagen, was ihr von der ersten Ladung Kleidung gefiel und was nicht, war er losgezogen und hatte einen Koffer und Kleidung gekauft, um ihn zu füllen. Sie hatte jetzt genügend Jeans, lang- und kurzärmelige T-Shirts, Unterwäsche, BHs und Socken, um jahrelang damit auszukommen, hätte sie noch auf der Straße gelebt.

Sie hatte auch herausgefunden, dass Arrow sich für besonders witzig hielt, denn die meisten der T-Shirts, die er gekauft hatte, waren von der Art, die Touristen kaufen würden. T-Shirts mit der Aufschrift I LOVE PERU und eines, auf dem ein Lama zu sehen war, mit einem Mann in traditioneller Inka-Kleidung und dem Wort PERU in großen Buchstaben darunter. Zara hatte noch nie in ihrem Leben ein Lama gesehen, und nachdem sie es Arrow erklärt hatte, hatte er nur gelächelt.

Eigentlich waren alle Jungs erstaunlich nett gewesen. Meat hatte Gray offensichtlich von ihrem Wunsch erzählt, die Harry-Potter-Bücher zu lesen, denn er war am Tag nach ihrem Geständnis mit einem brandneuen Taschenbuch des ersten Buches der Reihe aufgetaucht. Zara hatte kein nagelneues Buch mehr in der Hand gehalten, seit sie zehn war. Die Seiten waren glatt und der Einband war makellos. Es fiel ihr sehr schwer zu lesen, aber sie tat ihr Bestes, um dabeizubleiben, und als Meat gesehen hatte, wie sie sich abmühte, hatte er ihr angeboten, ihr jedes Wort zu erklären, das sie nicht kannte.

Zara hatte alles über die Frauen gelernt, die in Colorado warteten ... und war verdammt eingeschüchtert von ihnen. Die Männer hatten zwar keine genauen Einzelheiten über ihre Torturen erzählt, aber es war offensichtlich, dass sie alle durch die Hölle gegangen waren. Zara war sich nicht so sicher, ob sie Everly wirklich treffen sollte. Polizisten standen nicht gerade auf ihrer Liste der Menschen, mit denen sie gern zu tun hatte, aber sie konnte sich nicht vorstellen, dass Ball mit jemandem zusammen war, der korrupt war, wie fast alle Polizisten, die sie in Lima kennengelernt hatte, also tat sie ihr Bestes, um ihr einen Vertrauensvorschuss zu geben. Gray konnte es kaum erwarten, seinen Sohn zum ersten Mal zu Gesicht zu bekommen, und Zara hatte so viel über Baby Darby gehört, dass selbst sie gespannt war, den kleinen Kerl kennenzulernen.

Aber der Mensch, den sie am liebsten kennenlernen wollte, war Morgan. Ihre Geschichte schien ihrer eigenen am ähnlichsten zu sein und Zara hatte so viele Fragen an sie.

Als sie Lima verlassen hatten, hatte sie sich Sorgen gemacht, wie sie an den Soldaten vorbeikommen würden, die auf Meats Team »aufpassten«. Die Mitglieder der Brigade, die vor dem Hotel stationiert waren, hatten auf dem Parkplatz geparkt, in der Nähe des Kleinlasters des Teams. Vielleicht war es verdächtig, dass die Männer Lima nicht sofort verlassen hatten, nachdem sie Meat gefunden hatten.

Was auch immer der Grund war, das Team konnte nicht mehr einfach mit Zara aus dem Hotel spazieren. Die Soldaten hätten bemerkt, dass eine fremde Frau bei ihnen war. Und sie hätten Fragen gestellt. Sehr viele Fragen. Und obwohl sie nichts Unrechtes getan hatte, wollte sie dem Militär um jeden Preis aus dem Weg gehen.

Das gesamte Team hatte sich am Tag vor der geplanten Abreise unterhalten und überlegt, wie sie sich heimlich aus dem Staub machen könnte. Es war Zara selbst gewesen, die vorgeschlagen hatte, sich in einem Koffer zu verstecken. Meat hatte sofort sein Veto eingelegt, aber die anderen schienen es in Erwägung zu ziehen.

Am Ende hatte sie die Wahl: Entweder sie ging das Risiko ein, dass die Soldaten sie ausfragten, wer sie war, woher sie kam und warum sie bei den Mountain Mercenaries war, oder sie versteckte sich in einem Koffer, bis sie im Wagen saßen und auf dem Weg zum Flughafen waren.

Die Entscheidung war ihr nicht sonderlich schwergefallen.

Zara war noch nie so froh über ihre kleine Statur gewesen wie jetzt, als sie in den Rollkoffer gesteckt wurde, den Ball gekauft hatte. Sie nahm an, dass es nicht klaustrophobischer war als das, was Meat in der Kiste des Anhängers erlebt haben musste, mit dem sie ihn ins Barrio und wieder zurück transportiert hatte. Es war nicht bequem gewesen, aber auch nicht unerträglich.

Sie hatte gehört, wie Meat und die anderen sich von ein paar Soldaten verabschiedeten, und sie konnte nicht anders, als sich zu freuen, dass sie ihnen entkommen war.

Gray hatte den Koffer auf dem kleinen Platz im hinteren Teil des Wagens zu ihren anderen Taschen gestellt, und sobald sie sich von ihren Begleitern entfernt hatten – die so froh waren, dass sie endlich verschwanden, dass sie sich nicht die Mühe gemacht hatten, ihnen zum Flughafen zu folgen –, hatten Gray und Ro den Koffer über die Rückenlehne des dritten Sitzes gehoben, ihn geöffnet und ihr herausgeholfen.

Danach war es ein Kinderspiel gewesen, mit ihrem

brandneuen Pass durch die Sicherheitskontrolle und den Zoll zu gelangen.

Sie waren in der ersten Klasse nach Dallas/Fort Worth geflogen, und obwohl sie bei der Zollabfertigung in Amerika nervös gewesen war, hatte niemand einen zweiten Blick auf sie geworfen. Es war alles irgendwie unwirklich. Sie war es gewohnt, genau unter die Lupe genommen zu werden, meist waren es Ladenbesitzer, die befürchteten, dass sie nichts Gutes im Schilde führte, und es war ihr neu, ignoriert zu werden. Sie musste zugeben, dass es ihr gefiel.

Aber als sie am Ende ihrer Reise auf den kleinen Flughafen von Colorado Springs zurollten, schaute Meat aus dem Fenster und fluchte.

»Was ist?«, wollte Zara wissen.

Statt zu antworten, streckte er die Hand zwischen den Sitzen aus, stieß Ball an der Schulter an und zeigte aus dem Fenster.

»Meat, was ist denn los?«, fragte Zara erneut.

Er sah sie an und ihr gefiel der besorgte Ausdruck in seinen Augen nicht. »Wir dachten, wir hätten ein bisschen mehr Zeit, bevor wir uns damit herumschlagen müssen«, erklärte er ihr.

»Womit?«

»Sieh selbst«, sagte er und zeigte aus dem Fenster.

Zara drehte sich um und sah sich um, und zunächst hatte sie keine Ahnung, was er ihr zeigen wollte. Da war ein großer Berggipfel, auf dessen Spitze noch ein wenig Schnee lag und der absolut atemberaubend war. Sie hatte sich so sehr an die Barrios und Slums von Lima gewöhnt, dass der Anblick der wunderschönen Berge im Hintergrund ihr zweifelsfrei verdeutlichte, dass sie Peru ein für alle Mal hinter sich gelassen hatte.

Dann ließ sie den Blick tiefer wandern ... und sah, wie

sich Dutzende von Fahrzeugen, die meisten mit Nummern und Buchstaben versehen, entlang der Straße aufreihten, die zu dem Gebäude führte, zu dem sie rollten.

Sie drehte sich zu Meat um und zuckte mit den Schultern.

»Das ist die Presse, Zar. Ich habe keine Ahnung, woher die Reporter wissen, dass du heute hier ankommst, aber das ist eindeutig der Fall.«

Ihre Augen weiteten sich. Sie hatten viel über die Presse gesprochen, und sie war sich nicht sicher, ob sie jetzt schon mit ihr umgehen konnte. Sie war nicht bereit.

Sie hatte das schönste Outfit angezogen, das Arrow ihr mitgebracht hatte, eine hellbraune Hose mit einer kurzärmeligen dunkelvioletten Bluse. Sie trug einen BH, der sich seltsamerweise noch enger anfühlte als die Bandage, mit der sie jahrelang ihre Brust flach gehalten hatte. Sie war es nicht gewohnt, nach unten zu schauen und ihre Brüste zu sehen, aber sie hatte auch keinen Grund mehr, die Tatsache zu verleugnen, dass sie eine Frau war. Es war beängstigend, aber sie gewöhnte sich langsam daran.

Allerdings fühlte sie sich immer noch schäbig und schmutzig, nachdem sie den ganzen Tag unterwegs gewesen waren. Was ironisch war, denn sie hatte monatelang nicht geduscht, als sie im Barrio gewesen war, und gerade an diesem Morgen hatte sie noch einmal fünfundvierzig Minuten geduscht und sich mindestens viermal eingeseift. Sie war also keineswegs so schmutzig wie während der letzten fünfzehn Jahre, aber bei dem Gedanken an Kameras und Reporter erschauderte sie.

»Wir werden heute nicht mit der Presse reden«, erklärte Gray vom Sitz hinter Meat.

Zara war so in ihre Gedanken versunken, dass sie zusammenzuckte und sich dann zu ihm umdrehte. Sie spürte, wie Meat seine Hand auf ihr Knie legte, um sie zu beruhigen, und war überrascht, wie viel besser sie sich durch seine Berührung fühlte.

»Wir brauchen den DNA-Beweis, bevor du irgendeine Aussage machen kannst. Skepsis seitens der Presse ist das Letzte, was du gebrauchen kannst. Das FBI hat zugestimmt, zu Meats Haus zu kommen, um dich zu befragen. Die Agenten werden dort auf uns warten. Wie wir besprochen haben, werden sie einen Abstrich in deinem Mund machen, um deine DNA zu erhalten, und das Ergebnis sollte in ein oder zwei Tagen zur Verfügung stehen. Du wirst ihnen deine Geschichte erzählen, und fertig. Okay?«

Zara nickte. »Aber was ist mit denen?«, fragte sie mit einer Handbewegung in Richtung Fenster.

»Eigentlich sollte ich überrascht sein, dass jemand über deine Rückkehr Bescheid weiß, doch tatsächlich bin ich das nicht«, sagte Gray. »Wir bleiben im Flugzeug und gehen als Letzte raus. Black telefoniert gerade mit Rex und sorgt dafür, dass wir abgeholt werden. Wir gehen einfach an den Journalisten vorbei und weigern uns, einen Kommentar abzugeben. Mach dir keine Sorgen.«

»Warum hat er nicht dafür gesorgt, dass wir zur Hintertür hinausschlüpfen können, damit sie die Presse ganz vermeiden kann?«, fragte Meat verärgert.

»Darüber haben wir doch schon geredet«, erinnerte Gray seinen Freund. »Je mehr wir ein Geheimnis darum machen, umso verrückter wird die Presse. Zara muss von der Öffentlichkeit gesehen werden. Sie muss nicht lächeln oder winken oder so was, aber sich einfach sehen zu lassen ist nicht allzu schwer. Wir sagen einfach nichts, bis wir den Beweis dafür in der Hand halten, dass sie tatsächlich die Layne-Erbin ist.«

Zara blickte von Meats finsterem Blick zu Gray zurück.

Sie warf einen Blick nach vorn und sah, wie Arrow und Ball zwischen den Sitzen zu ihr zurückblickten. Auf der anderen Seite des Ganges schaute Black in ihre Richtung, und auch von hinten hatte sie die ungeteilte Aufmerksamkeit von Gray und Ro.

Sie war von Männern umgeben, die sich ohne Probleme selbst beschützen konnten und von denen sie ziemlich sicher war, dass sie das Gleiche für sie tun würden. Und sie glaubten ihr. Kein einziges Mal hatte einer von ihnen Zweifel daran geäußert, dass sie genau die war, die sie behauptete zu sein. Es war unglaublich und am liebsten hätte sie geweint ... auch wenn sie sonst nie weinte.

»Ball und ich sorgen dafür, dass alle Bescheid wissen, dass wir bald eine Pressekonferenz geben werden, doch dass Zara jetzt erst einmal Zeit braucht, um sich an ihre neue Lebenssituation zu gewöhnen«, sagte Gray.

Der Pilot machte eine Durchsage, dass sie sich dem Terminal näherten und dass sie sich bitte erst dann abschnallen sollten, wenn das Flugzeug zum Stillstand gekommen war und die Anschnallzeichen erloschen waren. Zara drehte sich wieder nach vorn und schaute zu Meat hinüber. Er hatte den Blick nicht von ihr gelassen.

»Alles okay?«, fragte er sie leise. »Wenn es dir nämlich lieber wäre, rufe ich Rex an und sage, dass er uns hier rausschleusen soll, ohne dass du auch nur einen einzigen Reporter zu Gesicht bekommst.«

Zara schluckte. Er meinte es ernst. Das wusste sie. »Ist schon okay«, sagte sie leise. »Ich bin noch nicht dazu bereit, mit jemandem zu sprechen, aber ich denke, ich schaffe es, an ihnen vorbeizugehen.«

»So verdammt stark«, murmelte er, dann griff er nach ihrer Hand und verschränkte seine Finger mit ihren.

Zara hatte keine Ahnung, was in den nächsten zehn

Minuten auf sie zukommen würde, aber sie wusste, dass Meat an ihrer Seite wäre ... und das machte es irgendwie weniger beängstigend.

Nachdem die Flugzeugtür geöffnet worden war, saß Zara still da, während der Rest der Passagiere ausstieg. Dann stand Meat auf und sie schnappte sich ihren kleinen Rucksack mit ihrem Harry-Potter-Buch und den Snacks, die Meat für sie eingepackt hatte, nur für den Fall, dass sie hungrig wurde. Sie fragte sich kurz, was mit ihrem Koffer passierte, dachte aber, dass Gray oder einer der anderen sich darum kümmern würde.

Ro und Ball gingen zuerst und verschwanden schnell in der Menge, sobald sie das Flugzeug verlassen hatten. Sie wollten dafür sorgen, dass ein Wagen auf sie wartete, wie Rex es versprochen hatte. Meat hatte ihre Hand losgelassen, als sie von ihren Sitzen aufgestanden waren, und sie vermisste das Gefühl seiner großen Hand in ihrer. Sie mochte es beim besten Willen nicht, im Mittelpunkt der Aufmerksamkeit zu stehen, und sie wusste, dass es schrecklich werden würde, vor all den Kameras zu stehen.

»Du bleibst zwischen uns, egal was passiert«, erklärte Gray ihr. »Falls jemand fragt, sagen wir einfach, wir sind deine Leibwächter. Du musst einfach nur gehen, okay?«

Zara nickte. Sie fühlte sich noch winziger, als die vier Männer sie umringten. Sie wünschte sich fast, sie könnten sie in dem Koffer verstecken, wie sie es beim Verlassen des Hotels in Lima getan hatten, aber sie wusste, dass sie sich früher oder später der Presse stellen musste, und sie würde das Unvermeidliche nur hinauszögern. Meat war hinter ihr, und ab und zu spürte sie seine Hand an ihrem Rücken, um sie zu lenken, da sie mit Arrow vor sich nicht wirklich sehen konnte, wohin sie ging.

Als sie sich dem Sicherheitsbereich zwischen den Flugsteigen und denjenigen, die keine Tickets hatten, näherten, begannen sie, schneller zu gehen. Zaras Herz pochte in ihrer Brust und sie tat ihr Bestes, um selbstbewusst und sicher zu wirken, obwohl sie innerlich einfach nur weglaufen und sich verstecken wollte, um sich nicht mit dieser Sache beschäftigen zu müssen.

In dem Moment, in dem die Reporter sie sahen, wurde der Lärm auf dem kleinen Flughafen fast ohrenbetäubend laut. Die Reporter schrien Fragen und drängten sich an sie heran, bis Black, Meat, Gray und Arrow buchstäblich an sie gedrückt wurden.

Sind Sie wirklich Zara Layne?

Warum haben Sie so lange damit gewartet, sich zu melden?

Wissen Sie, wie viel Geld Sie besitzen?

Haben Sie gesehen, wie Ihre Eltern getötet wurden?

Warum haben Sie sich so lange versteckt?

Wer hat Ihnen geholfen, sich zu verstecken?

Wurden Sie vergewaltigt?

Was ist vor fünfzehn Jahren passiert?

Zara zuckte zusammen, als ständig neue Fragen gestellt wurden. Sie waren nicht nur beleidigend, sondern auch ziemlich dumm. Es war ja nicht so, dass sie sich *versteckt* hätte. Sie hätte sich gefreut, wenn jemand sie gefunden und sie vor all den Jahren aus dem Barrio geholt hätte.

Und dass jemand sie ganz offen fragte, ob sie gesehen hatte, wie ihre Eltern ermordet wurden? Was war das für eine Frage?

Jemand in ihrer Nähe drängte sich etwas zu weit vor und Black stolperte und stieß mit ihr zusammen. Zara wäre zur Seite gefallen, aber Meat war da, um sie zu stützen. Als sie wieder normal ging, nahm er seine Hand nicht von ihrer Taille. Zara tat ihr Bestes, um das Stirnrunzeln zu verbergen, aber sie war sich nicht sicher, wie gut ihr das gelang.

Sie konnte nur auf den Boden blicken und sich mit aller Kraft an ihrem Rucksack festhalten.

Nach vielleicht zwei Minuten, die ihr wie eine Stunde vorkamen, öffneten sich die Türen des Flughafens und sie waren draußen. Die Luft war kühler und trockener, als Zara es gewohnt war, und es fühlte sich seltsam und wunderbar zugleich an. Ein schwarzer Geländewagen wartete am Straßenrand und Arrow zögerte nicht. Er riss die Tür auf und stieg auf den Rücksitz. Zara wurde nach ihm hineingedrängt, Meat dicht hinter ihr. Ro saß bereits auf dem Beifahrersitz und kaum war die Tür hinter Meat geschlossen, fuhr der Fahrer los und überfuhr dabei fast einen Kameramann, der sich vor den Wagen gestellt hatte, um eine letzte Aufnahme von Zara zu machen.

»Alles okay?«, fragte Meat.

Zara nickte und sie konnte nicht sprechen, weil ihr Mund so trocken war.

»Das war gar nicht so schlimm«, sagte Ro schließlich.

Zara starrte ihn ungläubig an.

Er drehte sich um und grinste, als er den Ausdruck auf ihrem Gesicht sah. »Erinnere mich daran, dass ich dir von der Pressekonferenz erzähle, an der meine Chloe teilnehmen musste.«

»Nein«, erwiderte Meat sofort.

Ro grinste einfach nur.

Meat beugte sich vor und blickte Zara tief in die Augen. »Im Ernst, alles okay?«

Sie nickte erneut und leckte sich über die Lippen. »Glauben die wirklich, dass ich mich all diese Jahre über *versteckt* habe? Dass ich nicht wollte, dass ich gefunden und gerettet werde?«

Er presste die Lippen zusammen. »Ein paar Leute glauben das wahrscheinlich, ja, aber die kennen dich nicht.

Sobald du deine Seite der Geschichte erzählt hast, werden sie ihre Meinung ändern.«

Zara schluckte und versuchte, ihr rasendes Herz zu beruhigen. Das war wirklich schlimm gewesen. Es gefiel ihr definitiv nicht, im Rampenlicht zu stehen, und ihr graute davor, so etwas noch mal tun zu müssen.

»Mach dir keine Sorgen«, erklärte Meat leise, griff nach ihrer Hand und verschränkte seine Finger wieder mit ihren. »Wenn wir eine Pressekonferenz veranstalten, wird sie viel weniger hektisch sein als das gerade. Es wird immer noch viele Kameras geben, aber die Reporter werden dich nicht verfolgen. Du wirst mehr Kontrolle haben, versprochen.«

Sie fühlte sich besser, weil er gesagt hatte, dass es eine Pressekonferenz geben würde, aber sie war nicht dumm. Sie wusste, dass sie früher oder später eine Erklärung abgeben musste. Oh, sie könnte wahrscheinlich jemand anderen für sie vor die Kamera treten lassen, aber sie hatte das Gefühl, wenn sie sich den Reportern nicht stellte, würden sie sie monatelang, vielleicht sogar jahrelang verfolgen. Es war besser, ihre Fragen einfach zu beantworten, damit sie mit ihrem Leben weitermachen konnte.

Sie fuhren eine ganze Weile, bis der Wagen auf einen unbefestigten Weg abbog, der fast versteckt zwischen den Bäumen neben der Landstraße lag, auf der sie zuvor gefahren waren. Sie wurden eine Weile auf der Straße herumgeschaukelt und Arrow sagte aufgebracht: »Du solltest die Straße wirklich mal pflastern lassen, Meat.«

Er lachte leise und entgegnete: »Wenn die Straße so schlecht ist, kommen weniger ungebetene Gäste vorbei.«

Zara hatte nicht bemerkt, dass sie sich auf einer Einfahrt befanden, bis sie sich einer Lichtung näherten, und plötzlich tauchte ein Haus vor dem Wagen auf. Es war nicht groß, aber es war auch keine kleine Behausung.

»Hier lebst du?«, fragte sie Meat, als der Wagen haltmachte.

»Trautes Heim, Glück allein«, antwortete er und drehte sich um, um auszusteigen. Vor dem Haus waren bereits drei weitere Wagen geparkt, sodass der Bereich mit Fahrzeugen überfüllt war. Und als ein Wagen mit den drei anderen Mitgliedern der Mountain Mercenaries hinter ihnen hielt, schüttelte Zara nur den Kopf.

Kaum war Meat ausgestiegen, stiegen auch schon Männer aus den anderen Fahrzeugen aus. Sie trugen alle dunkle Anzüge und selbst Zara konnte erkennen, dass sie vom FBI waren. Meat hatte ihre Hand nicht losgelassen, also folgte sie ihm, als er die Männer ignorierte und auf die kleine Veranda ging. Die Männer in den Anzügen folgten ihm, aber Meat hielt eine Hand hoch, damit sie nicht weitergingen.

»Geben Sie uns bitte zehn Minuten«, sagte er. Dann steckte er, ohne eine Antwort abzuwarten, einen Schlüssel ins Schloss und öffnete seine Tür. Er zog Zara hinein und schloss die Tür hinter ihnen. Dann ging er zu einer Schalttafel an der Wand und drückte auf ein paar Knöpfe. Er kam sofort zu ihr zurück und nahm wieder ihre Hand.

»Ich dachte, ich sollte mit ihnen reden«, sagte Zara.

»Das sollst du und das wirst du. Aber du brauchst kurz Zeit, um dich zu entspannen nach den Geschehnissen am Flughafen. Ich dachte, ich zeige dir erst mal mein Zuhause und du kannst das Badezimmer benutzen und dir die Hände und das Gesicht waschen, bevor du deine Geschichte erneut erzählen musst.«

Das war aufmerksam. Ausgesprochen aufmerksam und Zara war ihm sehr dankbar. Die Geschehnisse am Flughafen hatten sie nervös gemacht und sie fühlte sich unwohl. Selbst zehn Minuten, in denen sie sich keine Gedanken darum machen musste, was sie sagen oder tun sollte, fühlten sich himmlisch an.

»Vielen Dank«, sagte sie zu Meat.

»Komm schon. Das Haus ist nicht groß, aber es ist mein Zuhause«, sagte er und begann, sie herumzuführen.

Das Erdgeschoss war völlig offen. Die Küche befand sich auf der linken Seite, als sie den großen Raum betraten. Die Geräte waren weiß und eine Kücheninsel mit einer langen Theke trennte die Küche von der Sitzecke. Dort standen drei Barhocker und sie fragte sich, ob Meat sie selbst gemacht hatte.

»Die Küche müsste mal erneuert werden«, erklärte Meat ihr. »Aber mir gefallen die weißen Elektrogeräte anstatt solcher aus Edelstahl.«

Zara hatte keine Ahnung, wovon er sprach. Für sie war die Küche perfekt. Es war so lange her, dass sie überhaupt in einer Küche gewesen war, dass ihr alles unverschämt teuer und übertrieben vorkam. Sie erinnerte sich vage an die Küche in dem Haus, in dem sie aufgewachsen war, aber das war schon so lange her, dass sie sich nicht mehr an allzu viele Details erinnern konnte.

»Komm, ich zeige dir den Rest vom Haus«, sagte Meat und wandte sich zu dem großen Zimmer hinter ihnen um.

In der Mitte des Raumes stand ein großes Sofa, flankiert von einem großen Sessel und einigen anderen Holzstühlen, die im Raum verteilt waren. In einer Ecke stand ein mit Büchern vollgestopftes Regal und an der Wand über dem Kamin hing ein großer Fernseher. Zara fühlte sich sofort zu dem Bücherregal hingezogen und sie ließ Meat los, um darauf zuzugehen.

Bücher waren das, was sie während der letzten Jahre am meisten vermisst hatte. Sie hatte ein paar auftreiben können, aber die waren auf Spanisch und die Seiten waren meist halb zerrissen oder nass geworden. Ehrfürchtig fuhr sie mit den Fingern über die Buchrücken. Sie erkannte keinen der Titel, aber sie konnte sich die wunderbaren Geschichten, die darin standen, fast vorstellen.

Sie schloss die Augen und eine Erinnerung schoss ihr durch den Kopf, wie sie auf dem Schoß ihres Vaters saß, während er ihr vorlas. Die Geschichte war schon lange verloren, aber das Gefühl von Trost und Geborgenheit ließ ihr Herz schmerzen.

Hände legten sich auf ihre Schultern und Zara lehnte sich instinktiv gegen Meat zurück. Es war überraschend, aber sie fühlte sich in seiner Nähe genauso wohl und sicher. Sie wusste, dass es wahrscheinlich an dem lag, was er für sie getan hatte, und es war unwahrscheinlich, dass er jemals etwas anderes als berufliche Verpflichtung für sie empfinden würde, aber sie fühlte sich wohl, weil er in diesem Moment bei ihr war.

»Du magst Bücher.«

Es war eine Feststellung. Zara nickte.

»Dann werden wir die übrigen Harry-Potter-Bücher für dich besorgen und auch sonst alles, was dir gefällt.«

»Als ich klein war, habe ich gern gelesen«, gab Zara zu.

»Danach zu urteilen, wie schnell du Harry Potter fertig hattest, liest du anscheinend immer noch gern«, stellte Meat fest.

Zara nickte erneut und zwang sich, sich von dem Bücherregal abzuwenden. Sie folgte Meat durch das Haus und war fast überwältigt von der Größe. In Peru wäre dieses Haus eine Villa und sie konnte nicht umhin, sich vorzustellen, wie sehr Mags, Teresa, Bonita und die anderen das Haus lieben würden.

Sie war traurig, dass sie die Frauen, die ihre Freundinnen waren und ihr geholfen hatten, den Verstand zu bewahren, wahrscheinlich nie wiedersehen würde, aber sie gab ihr Bestes, um Meat zuzuhören.

Sie gingen die Treppe hinauf in den ersten Stock und er zeigte ihr das große Schlafzimmer, die beiden Gästezimmer und die beiden Badezimmer. Sie fragte ihn nach den Möbeln, den Betten und Kommoden, und er gab zu, dass er das meiste davon selbst gemacht hatte. Er tat es lässig ab, aber Zara war beeindruckt, wie schön und stabil alles war.

Sie wollte nicht, dass ihr Rundgang endete, aber als sie im Flur vor dem großen Schlafzimmer standen, wusste sie, dass es an der Zeit war.

»Geht es dir besser?«, fragte Meat.

Zara nickte. Das tat es tatsächlich. Er hatte sie erfolgreich von den verrückten Geschehnissen am Flughafen abgelenkt. Natürlich musste sie nun erneut ihre Geschichte erzählen und wahrscheinlich mehr Fragen beantworten, als Meat und seine Freunde gestellt hatten.

»Du bist hier in Sicherheit«, erklärte Meat ihr leise. »Lass dir von ihnen nicht das Gefühl geben, du seist nicht in Sicherheit.«

»Und wenn sie mir nicht glauben, werden sie mich dann festnehmen und einsperren?«, wollte sie wissen.

»Nein!«, erklärte Meat nachdrücklich. Dann atmete er tief durch und erklärte ruhiger: »Nein, sie nehmen dich nirgendwohin mit. Du bist Zara Layne und du hast nichts falsch gemacht. Wahrscheinlich werden sie dir sagen, dass du den Staat nicht verlassen sollst, bis das Ergebnis des DNA-Tests feststeht, aber mehr können sie nicht machen.«

Zara lachte leise. »Und wohin soll ich auch gehen? Ich meine, ich bin hier aufgewachsen und jetzt bin ich wieder da, aber ich kenne niemanden außerhalb von Colorado. Ich habe weder ein Fahrzeug noch einen Führerschein. So schnell gehe ich nirgendwohin.«

»Wir haben uns nicht viel über deine Kindheit unterhalten, was?«, fragte Meat sanft. »Keiner wollte schreckliche Erinnerungen bei dir wecken.«

»Ich hatte eine schöne Kindheit«, gab Zara zu. »Ich habe schon lange nicht mehr darüber nachgedacht, es irgendwie verdrängt, aber nun, da ich wieder hier bin, tut es nicht mehr weh, mich daran zu erinnern. Ich weiß jetzt wieder, dass wir Geld hatten, doch damals habe ich nicht viel darüber nachgedacht.«

»Und du bist in Denver aufgewachsen?«, wollte Meat wissen.

Zara wusste, dass sie wieder nach unten gehen und die FBI-Ermittler und Meats Freunde hereinlassen sollten, aber sie genoss das hier. Nur sie beide, die sich unterhielten. Sie hatte das Gefühl, dass er wahrscheinlich genau wusste, wo das Haus ihrer Kindheit lag, da er so viel in ihrer Vergangenheit nachgeforscht hatte vor Kurzem in dem Hotel in Lima. Sie nickte. »Ich glaube, damals wurde es die Hilltop-Gegend genannt, aber ich habe keine Ahnung, wie sie jetzt heißt.«

»Die Gegend heißt immer noch so. Ich habe gesehen, dass euer Haus verkauft wurde und dass der Erlös und alle Gegenstände, die deine Verwandten nicht haben wollten, deinem Treuhandfonds hinzugefügt wurden.«

Zara seufzte. Es war schade, dass sie nichts hatte, das sie an ihre Eltern erinnerte. Nicht einmal ein Bild. Aber hoffentlich würde sie etwas von ihren Großeltern oder ihrem Onkel bekommen. Die hatten doch sicherlich ein paar Gegenstände aus dem Haus ihrer Kindheit aufgehoben, oder nicht?

»Entschuldige«, sagte Meat und strich ihr sanft mit den Fingern in einer kaum spürbaren Liebkosung über den

Arm, bevor er die Hand wieder sinken ließ. »Ich wollte keine schmerzhaften Erinnerungen wecken.«

»Das ist es nicht. Es ist nur ... ich habe fast das Gefühl, dass das Ganze jemand anderem passiert ist. Ich bin jetzt ein anderer Mensch, als ich es als Kind war, und ich habe ständig das Gefühl, dass ich betroffener sein sollte, als ich es bin.«

»Du hast einen Großteil deines Lebens als Zed, der kleine Junge, in Peru verbracht und nicht als Zara«, erklärte Meat. »Gib dir ruhig mehr Zeit.«

Sie hörten, wie es unten an der Tür klopfte, und Zara seufzte. Anscheinend war ihre Zeit abgelaufen. »Meat?«, sagte sie schnell, bevor der Mut sie verließ.

»Ja?«

»Ich weiß, dass ich es beim letzten Mal vermasselt habe, aber glaubst du, du könntest mich vielleicht ... in den Arm nehmen, bevor wir nach unten gehen?«

»Du hast nichts vermasselt, Zar«, erklärte Meat ihr und breitete die Arme aus.

Ohne zu zögern, trat Zara in die Umarmung.

Und diese Umarmung fühlte sich ganz anders an als ihre erste. Vor allem, weil Meat jetzt stand und sie überragte. Diesmal ruhte Zaras Kopf an *seiner* Brust, und sie konnte das stetige Pochen seines Herzens an ihrer Wange spüren, während er sie festhielt.

Keiner von beiden sagte ein Wort, aber langsam spürte sie, wie die Anspannung aus ihren Gliedern wich.

Es war unglaublich, wie sehr sich ihr Leben in einer Woche verändert hatte, aber die Konstante in all dem war dieser Mann.

Da sie wusste, dass sie sich zu sehr an Meat klammerte, dass er auf keinen Fall mehr als Mitleid für die ungebildete

Frau empfinden konnte, die er gefunden hatte, zwang Zara sich, ihn loszulassen und einen Schritt zurückzutreten.

»Danke«, sagte sie leise. »Das habe ich gebraucht.«

»Ich auch«, erklärte Meat ihr. »Komm, wir gehen besser nach unten, bevor sie zu nervös werden und durch die Fenster einbrechen.«

Einen Moment lang dachte sie, dass er es ernst meinte, aber dann lächelte er sie an und sie musste lachen. Sie machte sich keine Sorgen wegen des DNA-Tests; sie wusste, dass sie diejenige war, die sie vorgab zu sein. Aber sie hatte Angst vor dem, was *danach* kam. Sie konnte nicht für immer mit ihm in Meats Haus leben, so verlockend das auch klingen mochte. Sie musste herausfinden, was sie mit dem Rest ihres Lebens anfangen wollte, und dieser Teil war überwältigend.

Sie beschloss, dass sie die Dinge nur Schritt für Schritt angehen konnte, mit derselben Einstellung, die sie im Barrio angenommen hatte, und folgte Meat, als sie die Treppe hinuntergingen. Der erste Schritt, um ihre Unabhängigkeit wiederzuerlangen, bestand darin, mit dem FBI zu reden und den Agenten alles zu sagen, was sie wissen wollten. Und dann? Sie würde abwarten und sehen, was passierte.

KAPITEL FÜNFZEHN

Meat saß in einem der vielen Sessel, die für das Team und dessen Frauen in seinem Wohnzimmer standen, und hörte stocksteif zu, wie die FBI-Agenten Zara befragten. Er war so stolz auf sie. Sie hatte in seinen Armen so zerbrechlich gewirkt, aber nachdem sie den Agenten zwei Stunden lang ihre Geschichte erzählt hatte, wirkte sie nicht im Geringsten müde oder nervös.

Er wusste, dass das alles nur eine Fassade war. Er konnte sehen, wie sie die Hände in ihrem Schoß zusammenpresste und wie sie sich unmerklich in ihrem Stuhl wand.

Er wusste, dass die Agenten das auch bemerkten, aber es schien sie nicht zu kümmern. Wahrscheinlich waren sie zu sehr an den Umgang mit hartgesottenen Kriminellen gewöhnt. Gegen Zara wurde nicht ermittelt und das FBI versuchte lediglich, so viele Informationen wie möglich über eine vermisste Amerikanerin und einen Jahrzehnte alten Mordfall zu sammeln. Aber nach Meats Meinung hätten sie mehr Feingefühl für ihre Situation an den Tag legen können.

Als Erstes hatten die Agenten den DNA-Abstrich von

ihrer Wangeninnenseite genommen. Der Agent, der den Abstrich gemacht hatte, hatte ihn eingepackt und war sofort wieder gegangen, wahrscheinlich um ihn möglichst schnell in ihrem Büro in Denver zu bearbeiten. Meat war froh darüber. Je schneller alle wussten, wer sie war, desto schneller konnte sie mit ihrem Leben weitermachen.

Aber Meat wusste bereits, wer sie war. Sie war Zara Layne. Er war kein Experte, aber selbst er konnte anhand des Bildes einer zehnjährigen Zara erkennen, dass sie und die Frau, die an seinem Küchentisch saß, ein und dieselbe waren. Sie hatten die gleichen blauen Augen, das gleiche kleine Muttermal in der Nähe des Mundes. Ihre Nase hatte immer noch die gleiche Form und jede Information, die sie den Agenten über ihr Leben in Denver erzählt hatte, stimmte mit dem überein, was er im Internet gefunden hatte ... bis hin zum Namen ihrer Grundschule, den Namen ihrer Lehrer und einigen der Kinder, mit denen sie damals befreundet war.

Gray und die anderen Mountain Mercenaries waren vor Kurzem gegangen, abgesehen von Black, der sich geweigert hatte zu gehen, da er bei demselben Vorfall wie Meat verletzt worden war. Beide hatten dem FBI erzählt, woran sie sich von dem Angriff im Barrio erinnerten und dass sie beide tot sein könnten, wenn Zara und ihre Freunde nicht eingegriffen hätten.

»Warum haben Sie sich während der letzten fünfzehn Jahre keine Hilfe gesucht?«, fragte einer der FBI-Agenten – und das schon zum zweiten Mal. Er hatte das Gespräch mit genau dieser Frage begonnen und Zara hatte ihm ganz ruhig erklärt, dass sie es versucht hatte, aber sie war so jung gewesen, dass sie nicht wusste, wohin sie sich wenden oder wen sie hätte fragen sollen.

Bis zu diesem Zeitpunkt hatte Zara sich so gut geschlagen, aber er merkte, dass die erneute Frage, als würde der Beamte ihr vorwerfen, sich nicht genügend um Hilfe bemüht zu haben, die innere Ruhe zerriss, die sie versucht hatte aufrechtzuerhalten.

Sie war so geduldig gewesen und hatte alle Fragen so gut sie konnte beantwortet. Sie hatte sogar so detailliert wie nur möglich beschrieben, wie es war, mit anzusehen, wie ihre Eltern ermordet wurden. Wie sie sich gefühlt hatte, als sie weggeschleppt und mit einer Hand über dem Mund festgehalten wurde, als die Mörder sie in ein Fahrzeug gestopft hatten und weggefahren waren. Wie sie, auch wenn sie ihre Worte nicht verstand, verstanden hatte, dass sie zurückkommen und *sie* töten würden, wenn sie jemandem erzählte, was passiert war.

Aber mit dieser Frage des Agenten, die er bereits gestellt hatte, war Zara endgültig fertig.

Sie schob ihren Stuhl zurück und stand auf. Sie schaute jedem der Agenten in die Augen und sagte dann: »Warum ich nicht um Hilfe gebeten habe? Das habe ich Ihnen doch schon gesagt – ich war *zehn*. Und ich habe *sehr wohl* Hilfe gesucht, aber niemand hat mich verstanden und um ehrlich zu sein, hat es niemanden auch nur im Entferntesten interessiert. Wenn man damit beschäftigt ist, genügend zu essen zusammenzukratzen, um die Familie durchzubringen, und dabei ständig auf der Hut sein muss, um nicht getötet zu werden, kann man eben keinen Gedanken an ein kleines Mädchen verschwenden, das sich verlaufen hat. Ich habe Ihnen alles erzählt, woran ich mich erinnere. Ich *bin* Zara Layne. Und momentan ist mir völlig egal, ob Sie mir glauben oder nicht. Schließlich weiß *ich*, wer ich bin. Und ich bin müde. Falls Sie also ein paar *neue*, etwas weniger beleidigende Fragen haben, nachdem meine Identität sich bestätigt hat, wissen Sie ja, wo Sie mich finden. Aber jetzt gehe ich nach oben und ruhe mich aus.«

Damit hob sie ihr Kinn und ging aus dem Esszimmer und die Treppe hinauf.

Meat hätte ihr gern applaudiert, als sie ging, aber das wäre wohl nicht ganz angemessen gewesen.

Die Agenten waren nicht begeistert, dass sie das Gespräch so abrupt beendet hatte, aber da Zara nicht verhaftet war, hatten sie keine andere Wahl, als ihre Sachen zu packen und zu gehen. Natürlich gaben sie Meat eine letzte Warnung mit auf den Weg, dass Zara Colorado Springs nicht verlassen dürfe, bevor ihre Identität überprüft sei.

Nachdem sie gegangen waren, sagte Black: »Ich mag sie. Sehr sogar.«

Meat nickte. »Auf den ersten Blick wirkt sie zerbrechlich. Sehr jung und zu Tode verängstigt. Aber tief drinnen ist sie verdammt stark.«

Black nickte. »Die Männer, die uns angegriffen haben, haben nicht herumgealbert«, sagte er und wechselte ein wenig das Thema.

»Nein, haben sie wirklich nicht«, stimmte Meat ihm zu. Er erinnerte sich daran, wie die einzelnen Bandenmitglieder im Barrio genau gewusst hatten, wo sie ihn schlagen mussten, um ihn möglichst schnell außer Gefecht zu setzen. Und mit welcher Geschwindigkeit sie ihm seiner Waffen und Klamotten entledigt hatten. Es war fast unwirklich gewesen.

»Wenn sie uns noch mal erwischt hätten, wären wir heute nicht mehr hier«, stellte Black fest.

Meat nickte.

»Ich hatte keine Zeit, viel darüber nachzudenken, während es geschah, aber als Gray und die anderen kamen, um mich zu holen, und ich wieder zu Bewusstsein kam, habe ich zuallererst an Harlow gedacht und daran, wie traurig sie wäre, wenn mir etwas zustößt.«

Meat starrte seinen Freund an und fragte sich, wohin dieses Gespräch wohl führen würde. Er musste nicht lange warten, um es herauszufinden.

»Ich überlege, Rex darum zu bitten, mich von jetzt an nur noch im Inland einzusetzen.«

Meat war einen Moment lang sprachlos. Aber ... sein Freund hatte durchaus recht.

»Gray hat die Geburt seines Sohnes verpasst. Nur dank Zara und ihrer Freunde wurdest du gefunden und ich wurde nicht getötet. Während der Suche nach dir konnten wir niemanden richtig befragen, weil wir die Sprache nicht beherrschten. Das Team ist schon ein paarmal nur knapp mit dem Leben davongekommen und ich glaube nicht, dass wir uns allzu viele Gedanken darüber gemacht haben. Das gehörte einfach dazu, wenn man Soldat und Mountain Mercenary ist. Aber jetzt, wo wir alle jemanden haben, der zu Hause auf uns wartet, haben sich die Dinge geändert, würde ich sagen.«

Meat nickte. Was das betraf, war er immer noch außen vor. Er war nicht verheiratet und hatte auch keine Lebenspartnerin, doch er war sich der Tatsache sehr wohl bewusst, dass er nur knapp mit dem Leben davongekommen war. »Hast du schon mit den anderen darüber gesprochen?«, fragte er.

Black schüttelte den Kopf. »Nein, aber ich denke, sie werden nicht diskutieren. Ich weiß, dass Arrow sich Sorgen um Morgans Schwangerschaft macht. Sie hat in letzter Zeit einige Schmierblutungen und Schmerzen, obwohl sie noch etwa fünf Wochen vor sich hat. Ro macht sich Sorgen darüber, dass die zwielichtigen Freunde von Chloes Bruder sie nach all der Zeit für ein gutes Ziel halten könnten. Ball muss sich sowohl um Everly als auch um ihre Schwester Sorgen machen, und ich mache mir natürlich immer Sorgen um Harlow. Ich finde eben, dass die Zeit gekommen ist. Wir werden alle nicht jünger und eines Tages werden wir vielleicht nicht mehr so viel Glück haben. Wenn wir nur noch Einsätze im Inland übernehmen, bedeutet das nicht, dass wir uns keiner Gefahr mehr aussetzen, aber um ehrlich zu sein, haben wir dort bessere Ressourcen, und falls zu Hause etwas passiert, können wir leichter dorthin zurückkehren.«

»Falls du mich als Ersten fragst, weil ich keine Partnerin habe, versichere ich dir, ich bin dabei«, erklärte Meat. »Nach unserem letzten Einsatz in Peru, als mir klar wurde, dass alle um uns herum korrupt waren, ist es ohnehin ein Wunder, dass wir alle nur mit ein paar Schrammen zurückgekehrt sind.«

Black atmete erleichtert auf. »Dann will ich mal mit den anderen reden. Damit wir eine geschlossene Einheit bilden, bevor ich es Rex gegenüber anspreche.«

»Glaubst du, er wird uns alle feuern?«, fragte Meat nur halb im Scherz.

»Nein. Ich glaube, er ist ebenfalls ziemlich müde«, entgegnete Black. »Seine Frau ist jetzt seit über zehn Jahren verschwunden und ich denke, dass er sich langsam damit abgefunden hat, dass sie nie wieder zurückkommt. So hart es auch ist ... ich denke, es ist an der Zeit, dass wir uns nur noch Missionen widmen, die in unserer Heimat sind.«

»Ich stimme dir zu«, versicherte Meat ihm und nickte.

»Gut. Und jetzt fahre ich nach Hause. Ich weiß, dass Harlow es kaum erwarten kann, sich mit eigenen Augen davon zu überzeugen, dass es mir gut geht«, sagte Black.

»Brauchst du vielleicht noch eine Schmerztablette, bevor du gehst?«

»Nein. Ich habe vor Kurzem erst welche genommen.« Black blickte zur Treppe und dann wieder zu Meat. »Lass es langsam mit ihr angehen«, sagte er leise. »Selbst wenn es den Anschein hat, sie hätte den Agenten alles erzählt, was sie durchgemacht hat, werde ich das Gefühl nicht los, dass sie einiges ausgelassen hat.«

»Ja, das glaube ich auch. Und selbst falls das nicht der Fall sein sollte, werden wir nie wirklich verstehen, was sie wirklich durchgemacht hat. Sie war zehn Jahre alt, Black. *Zehn.* Fast noch ein Baby. Schon allein die Tatsache, dass sie noch am Leben ist und nicht in die Irrenanstalt muss, ist ein kleines Wunder.«

»Vergiss nur nicht, dass sie *kein* Baby ist. Sie ist eine erwachsene Frau und uns erfahrungsmäßig um Jahre voraus. In vielerlei Hinsicht ist sie sicher erwachsener als wir. Ich rufe dich später an, dann können wir alles für unser Gespräch mit Rex besprechen.«

Meat stimmte ihm zu und verabschiedete Black, indem er ihm zunickte. Nachdem er gegangen war, schloss Meat die Tür hinter sich und machte sich auf den Weg zur Treppe. Er würde die Gläser und alles andere vom Besuch der Agenten später aufräumen. Jetzt wollte er erst einmal nach Zara sehen.

Wenn er ehrlich zu sich selbst war, erwartete er, sie in Tränen und völlig aufgelöst vorzufinden. Extrem aufge-bracht und emotional nach ihrer Tortur mit dem FBI.

Als er an die Tür des Gästezimmers klopfte und sie öffnete, nachdem sie »herein« gerufen hatte, sah er, dass sie aufgeregt und emotional war, aber sie weinte definitiv nicht. Zara ging im Gästezimmer mit schnellen, wütenden

Schritten auf und ab. Sie ging vom Fenster zur Tür und dann wieder zurück.

Als sie sah, dass er sie anstarrte, fragte sie unwirsch: »Sind sie weg?«

»Ja, Zar, sie sind weg.«

»Gut«, zischte sie. »Das ist doch wirklich unglaublich! Ich meine, ich verstehe, dass sie meine Geschichte erfahren müssen, um sicher zu sein, dass ich nicht lüge, aber einen Moment lang dachte ich, sie würden mich ins Gefängnis bringen oder so. Ich bin hier nicht diejenige, die im Unrecht ist, Meat. Ich bin das Opfer – auch wenn ich dieses Wort hasse. Ich bevorzuge ›Überlebende‹. Ich habe überlebt, was mit mir passiert ist.«

Meat hatte sie noch nie so aufgeregt gesehen. So wütend, so ... stark. »Ich weiß«, stimmte er ihr leise zu.

Sie schien ihn gar nicht gehört zu haben. »Ernsthaft, wie können sie es *wagen*, mein Handeln infrage zu stellen? Weißt du eigentlich, wie oft ich versucht habe, Hilfe zu bekommen? Sehr oft! Die Leute haben mich entweder nicht verstanden oder es hat sie nicht interessiert. Sie hatten ihre eigenen Probleme, und dazu, sich um ein zehnjähriges Kind zu kümmern, das so offensichtlich nicht dorthin gehörte, hatten sie weder die Zeit noch die Energie. Ich wäre ein zusätzliches Maul gewesen, das sie hätten stopfen müssen. Das konnte sich dort niemand leisten.

Eines Tages, nicht allzu lange, nachdem ich in diesem ersten Barrio gelandet war, beschloss ich, zurück nach Miraflores zu gehen. Ich machte mich auf den Weg, fest entschlossen, mich in Sicherheit zu bringen. Ich bin den ganzen Tag gelaufen. *Den ganzen Tag*, Meat. Meine Füße hatten nichts als Blasen, denn die süßen kleinen Schuhe, die ich an diesem Abend getragen hatte, an dem sich mein Leben änderte, waren nicht gerade zum Wandern geeignet.

Ich weiß nicht, wo ich gelandet bin, aber es war nicht in der Nähe des »schönen« Teils der Stadt. Ich drehte mich um in der Hoffnung, zu dem Loch in der Wand zurückzufinden, in dem ich mich versteckt hatte, aber ich hatte mich verlaufen. So *schrecklich* verlaufen. Es wurde dunkel und ich hatte Angst. Ich sah ein paar Leute, aber anstatt Mitleid mit einem armen kleinen weißen Mädchen zu haben, das offensichtlich nicht wusste wohin, machten sie anzügliche Bemerkungen. Sie sagten, wenn ich mich um *sie* kümmerte, würden sie sich auch um mich kümmern. Ein Mann zog sogar seine Hose herunter und begann, seinen Schwanz zu reiben, während er versuchte, mich zu überreden, näher zu kommen! Ich hatte noch nie zuvor einen nackten Mann gesehen und war zu Tode erschrocken!

Also lief ich los. Ich hatte keine Ahnung, in welche Richtung ich lief, ich lief einfach. Ich habe meine Schuhe irgendwo verloren. Obwohl sie nicht mehr passten und mir die Füße wehtaten, war *das* der Punkt, der mich endgültig gebrochen hat. Ich fand einen Wagen und kroch darunter, rollte mich neben dem Vorderreifen zusammen und versuchte, mich zu wärmen und mich vor allen zu verstecken, die mir etwas antun wollten.«

»Mein Gott, Zara«, sagte Meat und er hätte sie gern in den Arm genommen, um das kleine, verängstigte Mädchen, das sich verlaufen hatte und das sie einst gewesen war, zu trösten. Doch genau in jenem Moment sah sie so aus, als wäre eine Umarmung das Letzte, was sie gebrauchen konnte. Sie war *richtig* wütend – und ihre Wut stand ihr ausgezeichnet.

»Diese FBI-Agenten hatten kein Recht, solche Vermutungen anzustellen. Sie hatten kein Mitgefühl für das verängstigte Kind, das ich einmal war; sie sahen nur eine Frau, die vielleicht lügt, vielleicht auch nicht. Ich weiß, dass sie diese Möglichkeit in Betracht ziehen müssen, weil meine Eltern mir so viel Geld hinterlassen haben, aber es fühlte sich an, als würden sie mich für mein Verhalten als *Kind* verurteilen. Das war nicht fair, und wenn andere mich so sehen, will ich nichts mit ihnen zu tun haben.«

Zara atmete nun so schwer, als wäre sie drei Kilometer gejoggt, und sie sah ihn unglaublich wütend an, sodass Meat einfach beeindruckt von ihr sein musste. »Du musst nie wieder etwas tun, das du nicht willst«, erklärte er ihr ruhig.

Sie zog skeptisch eine Augenbraue hoch.

»Das meine ich ernst«, sagte er. »Wenn du keine Pressekonferenz geben möchtest, musst du das nicht. Sobald das Ergebnis des DNA-Tests eintrifft und belegt, dass du genau diejenige bist, die zu sein du behauptest, haben das FBI und die Polizei keinen Grund mehr, jemals wieder mit dir zu reden. Und selbst falls sie das tun wollten, ist es *deine* Entscheidung, ob du ihnen noch einmal eine Chance geben möchtest. Wenn du willst, kannst du dich einfach hier in meinem Haus verstecken und die ganze Welt ignorieren.«

Bei seinen Worten schien sie sich ein klein wenig zu entspannen und sie ließ die Hände sinken, die sie in die Hüften gestemmt hatte. »Das klingt ausgesprochen verführerisch. Warum bist du überhaupt so nett zu mir? Ist es, weil ich dich gerettet habe? Ich brauche weder dein Mitgefühl noch deine Dankbarkeit«, erwiderte sie noch immer ein wenig verstimmt.

»Ich bemitleide dich ganz sicher nicht, aber du hast meine Dankbarkeit, ob du sie willst oder nicht. Du hast mich gerettet. Und ich bewundere dich, Zara. Du bist eine Überlebenskünstlerin. Eine Kämpferin. Und ich respektiere dich verdammt noch mal. Wenn ich an mich mit zehn Jahren zurückdenke, weiß ich genau, dass ich das, was du getan hast, nicht geschafft hätte. Alles, was mich interessiert hat, waren Trickfilme und Essen.«

Sie schluckte und seufzte. »Wahrscheinlich hättest du dich gar nicht erst von den Männern mitnehmen lassen.«

Meat schüttelte den Kopf und machte vorsichtig einen Schritt auf sie zu. Als sie nicht zurückwich, machte er noch einen. Dann noch einen, und er ging weiter, bis er direkt vor ihr stand. Sanft legte er einen Finger unter ihr Kinn und hob ihren Kopf, bis sie ihm in die Augen sah. »Ich bin so wahnsinnig beeindruckt von dir, Zara. Du hast so viel Unglaubliches und Schreckliches durchgemacht und trotzdem ... stehst du jetzt hier. Du lässt dich nicht unterkriegen, bist stark und verlangst Rechenschaft. Lass dich bloß nicht von den unsensiblen Fragen und Bemerkungen von anderen, die das nicht verstehen – die *niemals* dazu in der Lage sein werden zu verstehen –, beeinflussen. Sei einfach *du selbst*.«

»Aber was, wenn ich nicht weiß, wer ich bin?«, fragte sie leise.

»Dann nimm dir so viel Zeit, wie du brauchst, um es herauszufinden«, erklärte Meat ihr. »Also ... hast du Hunger?«

Sie nickte ein klein wenig.

»Warum gehen wir dann nicht runter und machen uns ein Omelett oder so was?«

»Könntest du ... würdest du *mir* beibringen, wie man das macht?«, bat sie ihn. »Ich hatte nämlich, wie du weißt, keine Möglichkeit, im letzten Jahrzehnt oder so kochen zu lernen ... und ich denke mal, rohes Fleisch über einem Lagerfeuer zu braten, zählt nicht.«

Meat riss sich zusammen, um kein Mitleid mit ihr zu haben. Wenn es ihr gelang, das Ganze auf die leichte Schulter zu nehmen, so konnte er mindestens mit ihr gemeinsam darüber lachen. »Das könnte sich als ausgesprochen nützlich erweisen, falls wir jemals zelten gehen, aber natürlich bringe ich dir gern das Kochen bei. Obwohl Harlow dir sicher mehr beibringen kann. Sie ist ausgebildete Köchin.«

Zara sah entsetzt aus. »Nein! Neben ihr würde ich mir völlig unfähig vorkommen.«

Meat schüttelte den Kopf. »Sie ist eine fantastische Lehrerin und würde dir nie das Gefühl geben, dass du unfähig bist oder deine Fähigkeiten nicht ausreichen.«

Zara schüttelte den Kopf. »Nein. Ich möchte, dass *du* es mir beibringst.«

Meat konnte nicht anders, als von ihren Worten gerührt zu sein. Das sollte er nicht. Er war im Moment einfach das Vertrauteste für sie. Irgendwann würde sie begreifen, dass es da draußen noch mehr Leute gab, die viel besser geeignet waren, ihr bei der Eingewöhnung in ihre brandneue Welt zu helfen, aber im Moment genoss er es, dass es nur sie beide gab. Ohne zu fragen und ohne nachzudenken, zog Meat Zara in seine Arme. Sie wehrte sich nicht und zog sich auch nicht zurück, sondern legte nur ihre Wange an seine Brust und schlang ihre Arme um seine Taille. So standen sie ein oder zwei Minuten da, bevor er sich widerwillig von ihr löste. »Komm schon«, forderte er sie auf und nahm ihre Hand. »Es ist Zeit für deine erste Lektion im Kochen.«

Zara Layne. Verdammt. Es war schwer zu glauben, dass sie noch am Leben war. Alle hatten angenommen, dass sie vor Jahren getötet worden war, obwohl ihre Leiche nie gefunden worden war.

Sie war ein kleines, schüchternes Kind gewesen. Sie

hatte nie die Initiative ergriffen, sondern sich lieber zurückgehalten und mitgemacht. Sie war nicht hübsch, aber auch nicht hässlich. Sie fügte sich in den Hintergrund.

Damals hatten ihre Eltern viel Geld, aber man sah es ihnen nicht an. Die meiste Zeit taten sie so, als wäre es keine große Sache, und das war es wahrscheinlich auch nicht – für sie. Wenn Zara ein neues Spielzeug wollte, hatte sie es bekommen. Wenn sie sich ein neues Kleid gewünscht hatte, hatten ihre Eltern es ihr gekauft.

Nicht jeder hatte so viel Glück gehabt.

Die Person sah in den Nachrichten, wie Zara in einen großen, schicken Geländewagen einstieg, und beobachtete dann einen TV-Sprecher nach dem anderen, der über das Layne-Vermögen spekulierte ... und sie konnte nicht anders, als sich von Minute zu Minute mehr zu ärgern. Sie ärgerte sich mehr darüber, wie ungerecht das Leben war.

Zara Layne war nicht die Einzige, die ein schweres Leben hatte, aber *sie* war diejenige, die am Ende einen Haufen Geld besaß.

Und wieso? Sie hatte nichts getan, um es zu verdienen. Jeder Idiot kann sich in einem fremden Land verirren. Ja, ihre Eltern waren umgebracht worden ... na und? Jedem auf der Welt passiert so was. Warum war *sie* so verdammt besonders?

Das war sie nicht. Aber ...

Vielleicht gab es einen Weg, an etwas von diesem Geld zu kommen.

Irgendwie?

Es würde ein wenig Zeit und Geduld erfordern. Und hoffentlich würden die Männer, von denen Zara in den Nachrichten umgeben gewesen war, kein Problem darstellen ...

Aber das spielte keine Rolle. Es war gar nicht so schwer,

Menschen zu manipulieren – oder sie regelrecht zu verängstigen –, damit sie das taten, was man von ihnen wollte.

Lächelnd sah sich die Person in der beschissenen Wohnung um und dachte darüber nach, wie toll es wäre, das alles hinter sich zu lassen. Sich keine Gedanken mehr darüber machen zu müssen, ob der Warmwasserboiler am Morgen funktionieren würde, wäre das Paradies auf Erden.

Oder sich nicht mehr fragen zu müssen, ob auf dem Parkplatz jeden Moment ein verdammter Revierkampf ausbrechen würde.

Mexiko ... das klang nach dem perfekten Ort zum Leben. Sonne, Spaß und billige Drogen ...

Es würde einige Zeit dauern, einen Plan auszuarbeiten, und es gab keine Garantie, dass er funktionieren würde, aber mit ein wenig Einfallsreichtum und Geduld könnte Zara Laynes Geld – zumindest ein Teil davon – für etwas Besseres verwendet werden als für das, was *sie* wahrscheinlich damit geplant hatte.

KAPITEL SECHZEHN

Zara wachte auf dem Boden des Zimmers auf, in dem sie in Meats Haus wohnte, und starrte an die Decke. Sie hatte sich immer noch nicht daran gewöhnt, auf einer Matratze zu schlafen. Es war jedoch schön, einen sauberen Teppich unter sich zu haben statt des festgestampften Schmutzes, an den sie gewöhnt war.

Es war so still, dass es unheimlich war. Das Leben im Barrio war nie still gewesen. Ständig unterhielten sich Leute, lachten und schrien, Lastwagen fuhren vorbei, es wurde gehupt und in der Ferne hörte man häufig Schüsse.

Aber hier im Haus von Meat war es so still, dass Zara manchmal das Gefühl hatte, in einer ganz anderen Welt zu sein. Abends kamen die Grillen heraus und Meat beschwerte sich, wie laut sie waren, aber für Zara waren sie faszinierend. Sie hatte das Geräusch vergessen. Sie hatte eine Menge Dinge vergessen. Dinge, die für die meisten Menschen selbstverständlich waren. Das Geräusch einer Toilettenspülung. Das Geräusch von sauberem Wasser aus dem Wasserhahn. Das Rascheln des Windes in den Bäumen. Das Singen der Vögel.

Schnell stand sie auf und machte sich auf den Weg zum Gästebad im Flur. Die Tür zum großen Schlafzimmer stand offen und sie wusste, dass Meat bereits in seiner Werkstatt war. Sie wusste, dass er noch nicht viel tun konnte, da seine Rippen noch nicht verheilt waren, aber er war sehr verschwiegen, was er da draußen tat, und Zara hatte nicht das Gefühl, ihn gut genug zu kennen, um ihn darauf anzusprechen.

Außerdem war er ein Morgenmensch, was ihr sehr entgegenkam. Zara hatte noch nie die Gelegenheit gehabt auszuschlafen. Erstens, weil sie so verängstigt war und alles um sich herum überwachte, und zweitens, weil die beste Gelegenheit, etwas zu essen zu bekommen, morgens war, bevor alle auf den Beinen waren. Manchmal hatte sie Glück und ergatterte einen Platz in der Schlange vor einem Obdachlosenheim; ein anderes Mal konnte sie das abgestandene und halb aufgegessene Brot aus den Mülleimern hinter einigen der Restaurants ein paar Kilometer von den Barrios entfernt ausgraben.

Sie duschte immer noch extrem lange, aber Meat beklagte sich nie. Er sagte ihr sogar, sie solle sich Zeit lassen, er habe einen riesigen Warmwasserboiler, der ihr sicher reichte, und wenn nicht, würde er einen kaufen, der es täte. Zara versuchte, sich nicht schuldig zu fühlen, und sie würde es nie wieder als selbstverständlich ansehen, sauber zu sein. Nach mehr als einem Jahrzehnt, in dem sie Dreck unter den Fingernägeln hatte und ihr eigener Körpergeruch sie anwiderte, wollte sie die Vorteile des Duschens nutzen, wann und wo sie konnte.

Zara sah immer noch nicht gern in den Spiegel, aber sie zwang sich, ihren Körper jeden Morgen zu untersuchen. Es schien, als hätte sie ein wenig zugenommen, vor allem, weil Meat ihr mit großer Freude beibrachte, wie man so viele verschiedene Mahlzeiten wie möglich zubereitete, aber ihr Haar ließ sie immer noch erschaudern. Sie hatte es so lange mit allem, was sie finden konnte, abgeschnitten, dass es jetzt eine einzige Katastrophe war.

Zara versuchte, sich nicht zu viele Gedanken darüber zu machen, nahm sich Zeit unter der Dusche und zog sich dann die Kleider an, die Chloe mitgebracht hatte. Sie war immer noch zu nervös, um die Freundinnen und Ehefrauen der Männer richtig kennenzulernen, also hatte Zara, anstatt freundlich und einladend zu sein, die Kleider genommen, sich bedankt und war dann nach oben in ihr Zimmer gegangen und hatte sich versteckt, bis Chloe gegangen war.

Sie konnte sich nicht erklären, warum es ihr widerstrebte, die anderen kennenzulernen. Sie waren einfach nur nett gewesen, hatten ihr Kleidung gekauft und ihr angeboten, Zeit mit ihr zu verbringen, wenn Meat und der Rest der Männer sich zu Besprechungen trafen, die mit den Mountain Mercenaries zu tun hatten.

Vielleicht hatte sie zu viel Angst, wieder abgeurteilt zu werden. Die abschätzige Haltung der FBI-Agenten war ihr noch frisch in Erinnerung.

Das DNA-Ergebnis war zwei Tage nach ihrer Ankunft in Meats Haus eingetroffen und hatte bewiesen, was sie die ganze Zeit gesagt hatte. Sie war tatsächlich Zara Layne. Daran gab es keinen Zweifel. Sie hatte mit dem Anwalt gesprochen, der den von ihren Eltern hinterlassenen Treuhandfonds überwachte, und sie hatte bereits am Vortag ihre erste monatliche Zahlung erhalten. Zwanzigtausend Dollar waren mehr Geld, als sie je in ihrem Leben gesehen hatte – und es war nicht einmal annähernd das, was ihr für die letzten sieben Jahre zustand, die Zahlungen beliefen sich auf weit über eine Million. Die würde sie in den nächsten Tagen erhalten.

Allein der Gedanke, so viel Geld zur Verfügung zu haben, war unvorstellbar.

Meat hatte sie in die Stadt mitgenommen und sie hatten ein Bankkonto eröffnet, auf das der Rest direkt eingezahlt werden würde, und Zara wusste, dass sie erleichtert sein sollte, dass sie eine Möglichkeit hatte, sich selbst zu versorgen, dass sie nicht obdachlos sein würde. Aber sie konnte sich trotzdem nicht über das Geld freuen.

Heute kamen ihre Großeltern zu Meats Haus, um mit ihr zu sprechen, und sie freute sich darauf und fürchtete sich zugleich. Zuerst hatten sie keine Lust gehabt, von Denver nach Colorado Springs zu fahren, obwohl es nur eine Stunde Fahrt war. Aber Meat hatte ihnen unmissverständlich gesagt, dass Zara sich noch immer erholte, und wenn sie ihre Enkelin sehen wollten, mussten sie die Reise antreten.

Alles in allem hatte sie wenig Grund zur Klage. Sie hatte ein Dach über dem Kopf und Meat war ein erstaunlicher Mitbewohner, aufmerksam, obwohl er ihr gleichzeitig Freiraum ließ, wenn sie ihn brauchte.

Aber ... Zara konnte nicht leugnen, dass sie einsam war.

Auch wenn sie in Peru auf sich allein gestellt war, war sie nie *wirklich* allein gewesen. Besonders nachdem sie Mags, Bonita und die anderen gefunden hatte. Sie vermisste es, mit Frauen zu reden, die wussten, wie sie sich fühlte, die die gleichen Erfahrungen gemacht hatten wie sie. Zara hatte keinen Zweifel, dass Chloe, Everly, Allye, Morgan und Harlow nett waren, aber sie hatte wenig mit ihnen gemeinsam. Nun, vielleicht mit Ausnahme von Morgan.

Zara hätte nichts dagegen gehabt, sich mit Morgan zusammenzusetzen, um zu erfahren, wie *sie* sich gefühlt hatte, als sie nach ihrer Entführung in die Staaten zurückgekehrt war, aber sie war sich nicht sicher, wie sie darum bitten sollte, *nur* mit Morgan sprechen zu dürfen, ohne die anderen Frauen zu beleidigen. Sie standen sich alle sehr nahe und sie wollte sie auf keinen Fall verärgern.

Nach dem Duschen zog Zara eine schwarze Hose an, die Chloe ihr mitgebracht hatte, statt der Jeans, die sie sonst immer trug. Außerdem zog sie ein feminines rosa Oberteil anstelle eines von Meats T-Shirts an, die sie bisher im Haus getragen hatte. Sie fühlte sich unwohl in der förmlicheren Kleidung, der Stoff des Oberteils kratzte fast auf ihrer Haut, aber Zara versuchte, es zu ignorieren.

Sie bemühte sich, ihr Haar zu bürsten, damit es einigermaßen vorzeigbar aussah, gab aber auf, als ihr zu langer Pony ihr immer wieder auf die Stirn fiel und die Locken im Nacken etwas zu sehr abstanden.

Zara ging nach unten und überprüfte zuerst einmal ihre E-Mails. Meat hatte zwei Konten für sie eingerichtet – eines für Medienanfragen und die allgemeine Öffentlichkeit und ein weiteres für private Mitteilungen von ihrem Anwalt und ihm selbst ... und allen anderen, denen sie ihre E-Mail-Adresse geben wollte.

Jede Nachrichtenagentur zwischen Kalifornien und New York hatte sie angeschrieben. Sie erhielt täglich bis zu achtzig Interviewanfragen und die Journalisten flehten sie ständig an, ihre Geschichte erzählen zu dürfen.

Das war ärgerlich und schmeichelhaft zugleich.

Meat hatte angeboten, die E-Mails auf dem öffentlichen Konto zu prüfen, aber Zara hatte abgelehnt. Information ist Macht. So funktionierte es auch in den Barrios. Je mehr man über seine Feinde und Freunde wusste, desto besser war man dran.

Zara hatte von den meisten Leuten, die ihr geschrieben hatten, noch nie etwas gehört, aber sie recherchierte sorgfältig jeden einzelnen Namen, nur um zu sehen, was sie bereits über sie und ihren Leidensweg gesagt hatten. Sie wusste, dass sie irgendwann wahrscheinlich ihre Seite der Geschichte wiedergeben musste. Einige der Nachrichten, die sie bereits gesehen hatte, waren so sensationell und so abwegig, dass es lächerlich war.

Ein Mann behauptete, aus »sicherer Quelle« zu wissen, dass Zaras Eltern gesund und munter seien und sich in Kolumbien versteckten, weil die Mafia hinter ihnen her sei. Ein anderer behauptete, Zara sei von einem wohlhabenden peruanischen Ehepaar adoptiert worden, das für die Regierung arbeitete und sie als Geisel in seinem Haus festhielt, und es sei ihr erst jetzt gelungen zu entkommen. Ein Dritter behauptete, sie sei eine Spionin, die für die Kommunisten in Peru arbeite und ihnen streng geheime Informationen schicke, damit sie die Regierung der Vereinigten Staaten stürzen könnten.

Es war alles ziemlich bizarr und lächerlich, aber zu wissen, wer was sagte, und zu recherchieren, wer sie interviewen wollte, gab ihr etwas zu tun.

Als Zara an diesem Morgen ihre E-Mails öffnete, fand sie die üblichen unverschämten Anfragen von Reportern vor, die sie um ein Gespräch baten, aber es waren auch zwei E-Mails in ihrem persönlichen Konto, mit denen sie nicht gerechnet hatte.

Die erste war von ihrem Onkel Alan.

Zara,

hier ist dein Onkel Alan. Ich habe deine E-Mail-Adresse von meiner Mom bekommen. Ich bin froh, dass du am Leben bist. Wir wussten nicht, was wir denken sollten, als du nach dem Mord an meiner Schwester verschwunden warst.

Können wir über den Fonds reden? Du bist schon lange weg

und aus den Nachrichten weiß ich, dass du seit deinem Verschwinden nicht mehr in der Schule warst, also ist das alles wahrscheinlich sehr verwirrend für dich. Ich setze mich gern mit dir zusammen und erkläre dir, was das alles bedeutet.

In drei weiteren Jahren wäre das Geld an mich gegangen und ich hätte viel tun können, um meinen Eltern zu helfen und dafür zu sorgen, dass sie in ihren goldenen Jahren gut versorgt sind. Du weißt das vielleicht nicht, aber sie haben in letzter Zeit viel durchgemacht, und es ist nur fair, dass ein Teil des Geldes an deine engsten Angehörigen geht.

Du hast genügend Geld, um es zu teilen, und ich weiß, dass du nur das Beste für deine Familie willst. Ich freue mich darauf, dir bald alles erklären zu können.

Alan

Zara las die E-Mail dreimal und konnte immer noch nicht glauben, was sie da gelesen hatte. Wie konnte er es wagen, sich so herablassend zu verhalten? Ja, sie verstand vielleicht nicht alles über die Funktionsweise eines Treuhandfonds, aber dass er ihr so dreist unterstellte, sie sei eine Närrin, der er es »erklären« müsse, war beleidigend. Er hatte nicht einmal subtil darauf hingewiesen, dass er ihr nur wegen des Geldes geschrieben hatte. Wenn sie so mittellos gewesen wäre wie in Lima, hätte sich ihr *geliebter* Onkel bestimmt nicht einmal die Mühe gemacht, sich bei ihr zu melden.

Sie erinnerte sich nicht sehr gut an Onkel Alan, aber sie erinnerte sich an die Bemerkung ihrer Mutter, dass er immer um Geld bettelte und dass sie wusste, dass er es für Drogen ausgeben würde, wenn sie es ihm gäbe. Wenn er damals Drogen genommen hatte, dann war er wohl immer noch abhängig, vermutete Zara. Er klang, als könne er es nicht erwarten, an das Geld ihrer Eltern heranzukommen.

Zara machte sich eine mentale Notiz, um Meat die E-Mail später zu zeigen, und öffnete die andere von einer Adresse, die sie nicht kannte.

Liebe Zara,

ich weiß nicht, ob du dich an mich erinnerst, aber mein Name ist Renee Heller. Wir waren in der vierten Klasse beste Freundinnen, als du in die Ferien gefahren und nicht zurückgekommen bist. Ich weiß noch, dass du eigentlich nicht den ganzen Weg nach Lima fliegen wolltest, aber du hattest keine andere Wahl. Du sagtest, du würdest mir ein Geschenk mitbringen, und ich hatte mich so darauf gefreut, auf dem Schulhof zu spielen, wenn du zurückkommst, denn niemand schaukelte so gern mit mir wie du! Aber du bist nie zurückgekommen.

Ich erinnere mich an den Tag, an dem unsere Lehrerin uns sagte, dass du vermisst wurdest, als wäre es erst gestern gewesen. Ich habe es nicht wirklich verstanden und dachte lange Zeit, du seist einfach nach Peru gezogen.

Ich bin so froh, dass du wieder zu Hause bist. Ich bin mir sicher, dass die Dinge für dich im Moment verwirrend und verrückt sind, aber ich lebe immer noch in Denver und würde dich gern irgendwann sehen, wenn auch nur, um ein wenig zu plaudern. Ich habe noch nicht wirklich herausgefunden, was ich mit meinem Leben anfangen will. Zurzeit arbeite ich als Friseurin und obwohl es mir Spaß macht, kann ich mir nicht wirklich vorstellen, den Rest meines Lebens damit zu verbringen, Leuten die Haare zu schneiden.

Und um zu beweisen, dass das kein Schwindel ist, dass ich wirklich Renee bin, erinnerst du dich, als wir in der dritten Klasse waren und ich bei dir zu Hause übernachtet habe? Wir schlichen uns mit unseren Kissen und Decken in deinen Garten, weil wir so tun wollten, als würden wir campen. Wir haben uns gegenseitig

Gruselgeschichten erzählt und gerade, als wir eingeschlafen sind, hat es angefangen zu schütten. Wir waren völlig durchnässt und liefen ins Haus, vergaßen aber unsere Kissen und Decken. Deine Mutter war am nächsten Morgen SO wütend, als sie nach draußen schaute und das durchnässte Bettzeug in eurem Garten sah!

Jedenfalls hoffe ich, dass du diese E-Mail erhältst, und ich würde mich gern mal wieder mit dir treffen. Ich lasse dir meine Telefonnummer da und du kannst mich jederzeit anrufen oder mir einfach eine E-Mail schicken.

Liebe Grüße

Renee

Zara erinnerte sich sofort an Renee. Sie waren beste Freundinnen gewesen, als sie die schicksalhafte Urlaubsreise nach Peru angetreten hatte. Sie erinnerte sich vage an das Gespräch, das sie geführt hatten, darüber, dass es schien, als würden sie für immer getrennt sein, und dass Zara versprochen hatte, Renee etwas »Peruanisches« aus Südamerika mitzubringen. Aber sie war nie zurückgekommen.

Zara hatte nicht viel darüber nachgedacht, was die Menschen, die sie gekannt hatte, durchgemacht hatten, als sie verschwand. Aber jetzt dachte sie an ihre alte Freundin Renee und wie verwirrt sie gewesen sein musste, als Zara einfach nicht zurückgekehrt war. Wenigstens wussten die Freunde ihrer Eltern, was mit ihr geschehen war. Sie wussten, dass ihre Eltern umgebracht worden waren. Wenn jemand verschwand, war da nur eine Leere. Das Nichtwissen musste genauso schwer, wenn nicht sogar schwerer zu verkraften sein als ein konkreter Todesfall.

Zara hatte zwar nicht geplant, eine ihrer alten Freundinnen aufzusuchen, aber der Gedanke, Renee wiederzusehen, war verlockend. Sie kannte sie »von davor« und Zara hatte das Bedürfnis zu sehen, ob sie und Renee dort weitermachen konnten, wo sie aufgehört hatten. Ja, sie waren älter und ganz andere Menschen als mit zehn Jahren, aber sie und Renee hatten sich sehr nahegestanden. Vielleicht würden sie sich immer noch verstehen.

»Hey, gibt es irgendwas Neues und Aufregendes?«

Zara erschrak heftig, als Meat die Frage stellte, da sie ihn nicht ins Haus kommen gehört hatte.

»Du hast mich erschreckt«, erklärte sie ihm, eine Hand auf ihr Herz gelegt.

»Tut mir leid. Ich bin davon ausgegangen, dass du gehört hast, wie ich die Tür zugemacht habe. Alles in Ordnung?«

Zara nickte. »Ja. Ich bin heute nur ein wenig schreckhaft.«

»Das habe ich mir schon gedacht, deswegen bin ich heute früher aus der Werkstatt zurück. Gab es irgendwelche interessanten E-Mails?«

Zara zuckte mit den Achseln und nahm sich vor, ihm später von Alan und Renee zu erzählen. Zuerst einmal musste sie sich darauf konzentrieren, das Treffen mit ihren Großeltern zu überstehen.

»Hast du schon irgendwelche Journalisten gefunden, die du magst?«

Zara seufzte. »Es ist wirklich unglaublich, wie *falsch* alle die Situation auslegen. Es ist fast so, als würden sie die Fakten nicht kennen und deshalb einfach irgendeine Geschichte erfinden.«

Meat nickte. »Das umfasst die gesamte Nachrichtenerstattung in unserer heutigen Zeit.«

»Ist es denn allen egal? Ich meine, gibt es wirklich Leute, die glauben, ich hätte jemanden angeheuert, um meine Eltern ermorden zu lassen? Als ich *zehn Jahre* alt war?«

»Wahrscheinlich nicht, aber trotzdem werden viele Menschen sich an die Geschichte erinnern und sie weitergeben, weil sie so schockierend ist. Manche Menschen glauben auch noch, die Erde sei eine Scheibe«, bemerkte Meat achselzuckend.

Und in dem Moment hörten sie, wie draußen ein Wagen vorfuhr. Sofort blickte Zara zur Eingangstür und direkt danach wieder zu Meat. »Sind sie schon hier? Sie sind zu früh dran!«, zischte sie in fast panischem Ton.

Meat ging ruhig zu einem der Fenster rüber, die die Vorderseite des Hauses überblickten, und sah hinaus. Dann drehte er sich wieder zu ihr um. »Nein, es sind nicht deine Großeltern. Es ist eine Überraschung.«

Zara runzelte die Stirn. »Eine Überraschung?«

»Ja, ich habe in meiner Werkstatt etwas für dich gebaut und Ro hat mir geholfen, weil ich immer noch nicht ganz gesund bin. Und mit dieser Lieferung ist es jetzt ganz fertig. Komm her«, bat er sie und streckte seine Hand aus.

Ohne zu zögern, klappte Zara den Laptop zu und stand auf. Sie legte ihre Hand in seine und er begleitete sie zur Haustür.

Seit ihrer Rückkehr hatte sie festgestellt, wie sehr sie den Haut-zu-Haut-Kontakt mit einem anderen Menschen vermisst hatte. Während der letzten Woche hatte Meat mehrmals ihre Hand gehalten. Ab und zu hatte er sie auch umarmt. Bei jeder Berührung sehnte Zara sich nach mehr. Sie liebte es, dicht bei ihm auf dem Sofa zu sitzen, während sie die Nachrichten schauten und sich über die anhaltenden Spekulationen über ihr Wiederauftauchen lustig machten. Sie genoss es, mit ihm in der Küche zu sein, während er ihr beibrachte, wie man ein Steak »richtig« zubereitet, indem man es erst anbrät und dann im Ofen fertig gart.

Aber ganz besonders liebte sie es, spätabends mit ihm

im Garten zu sitzen und die Sterne anzusehen. Es waren dieselben Sterne, zu denen sie in so vielen Nächten hinaufgeblickt und gebetet hatte, dass jemand sie finden würde.

Jetzt war sie gefunden worden und sie war sicher, warm und größtenteils zufrieden zurück in ihrem Heimatstaat.

Auf der Seite des Lieferwagens in Meats Einfahrt stand »Furniture Row«. Meat schüttelte einem der Boten die Hand, ohne dabei Zaras Hand loszulassen. »Es muss nach oben, die dritte Tür am Ende des Ganges«, erklärte er ihm. »Und ich zahle euch etwas extra, wenn ihr auch noch das andere Teil hochbringt, das noch dazugehört. Es ist dort drüben in dem anderen Gebäude.« Er zeigte auf die Werkstatt. »Ich habe ein paar gebrochene Rippen, die noch nicht ganz verheilt sind, sonst könnte ich es selbst nach oben tragen.« Die Lieferanten stimmten zu und schon bald waren sie hinten im Lastwagen und machten sich bereit, das, was Meat gekauft hatte, hineinzutragen.

Zara hatte keine Ahnung, was er jetzt für sie gekauft hatte, aber als sie wieder im Wohnzimmer standen und beobachteten, wie die Männer mit einer großen Kiste die Treppe hinaufgingen und dann wieder herunterkamen, um zu seiner Werkstatt zu gehen und das zu holen, was *dort* wartete, sagte sie: »Du musst mir nichts kaufen, Meat. Jetzt, da ich Geld habe, kann ich mir eigentlich alles selber kaufen.«

»Das weiß ich, aber ich glaube, dass dir wirklich gefallen wird, was ich dir gekauft habe.«

Das sagte er immer. Ob es nun eine Schachtel Schokoriegel war, die er im Laden gekauft hatte, oder ein T-Shirt mit einem lustigen Spruch darauf, von dem er dachte, dass er sie zum Lachen bringen würde. Er schien sie nach nur einer Woche schon sehr gut zu kennen, was sie fast erschreckte.

»Ich weiß, dass dir heute ein harter Tag bevorsteht, also habe ich vor, dich wenigstens eine Zeit lang davon abzulenken«, erklärte Meat.

Zara versuchte, sich einzureden, dass er nur nett war, weil er sich für sie verantwortlich fühlte. Dass er all die netten Dinge, die er während der letzten Woche getan hatte, nicht getan hatte, weil er sie auf irgendeine romantische Weise mochte.

Aber sie hatte keine Ahnung, was all die Gefühle bedeuteten, die in ihrem Körper und ihrem Geist tobten. Es war lächerlich, fünfundzwanzig zu sein und immer noch Jungfrau, und noch verrückter, keine Ahnung zu haben, was Meat tatsächlich von ihr hielt.

Er hielt oft ihre Hand, berührte sie ständig, war unendlich nett ... aber war das heutzutage unter Männern üblich? War das eine normale Sache zwischen Freunden? Oder bedeutete es mehr?

Sie hatte keine Ahnung. Aber sie wusste, dass sie jedes Mal, wenn er sie berührte, eine Gänsehaut bekam. Sie wachte immer mit dem Wunsch auf, Meat zu sehen und mit ihm zu sprechen, und wenn sie sich abends trennten, um schlafen zu gehen, war sie ein wenig enttäuscht. Sie hatte nicht vergessen, wie gut es sich angefühlt hatte, wenn er sich an sie gekuschelt hatte, als sie in dem Hotel in Lima geschlafen hatten, und auch bei Daniela. Sie hatte sich sicher und geborgen gefühlt und hatte zum ersten Mal keine Angst gehabt, sich von einem Mann berühren zu lassen.

Zara war unendlich verwirrt über ihre Gefühle für Meat.

Und zum ersten Mal in ihrem Leben ... wollte sie jemanden küssen. Aber sie hatte keinen Schimmer, wie sie das anstellen sollte.

In ihre eigenen Überlegungen vertieft, hatte Zara nicht

bemerkt, dass die Männer das, was Meat gemacht hatte, die Treppe hinaufgeschleppt hatten und sich nun winkend verabschiedeten. Sie schlossen die Haustür hinter sich und Meat wandte sie zur Treppe um.

»Also, mach schon. Sieh es dir an.«

Zara sah ihn an, bevor sie langsam die Treppe hinaufging. Meat hatte ihre Hand losgelassen, aber sie spürte, dass er dicht hinter ihr ging. Sie war verdammt aufgeregt, weil sie wissen wollte, was er gekauft hatte, also öffnete sie langsam die Tür zu dem Zimmer, in dem sie untergebracht war.

Überrascht starrte sie auf das neue Möbelstück im Zimmer.

Die Lieferanten hatten die Matratze, die dort gelegen hatte, an eine der Wände gelehnt und auch den Rahmen des Bettes demontiert. An seiner Stelle stand ein kleineres, niedrigeres Bett, das sie offenbar zusammengebaut hatten.

Zara blickte von dem schön geschnitzten Kopfteil zur Matratze und wieder zu Meat. »Das verstehe ich nicht«, bemerkte sie. »Das Bett war doch völlig in Ordnung. Warum hast du mir ein neues besorgt?«

»Das ist ein Futon«, erklärte Meat sanft.

Zara runzelte verwirrt die Stirn. »Okay?«

Meat lächelte. »Ich weiß, dass du nicht im Bett schläfst, Zara.«

Sie errötete. Sie hatte Meat nicht sagen wollen, dass die Matratze zu weich oder die Kissen zu flauschig waren. Sie schlief immer noch auf dem harten Boden, und das war ihr verdammt peinlich. Sie war nicht mehr im Barrio. Sie sollte froh sein, einen weichen Platz zum Schlafen zu haben, aber stattdessen legte sie sich jeden Abend freiwillig auf den Boden, weil sie das gewohnt war.

»Ich habe dir nicht nachspioniert«, erklärte Meat ihr. »Ich bin nur eines Abends aufgestanden, weil ich nicht schlafen konnte, und wollte mir unten ein Glas Wasser holen. Als ich an deinem Zimmer vorbeigekommen bin, stand die Tür halb offen. Ich wollte sie zumachen und habe gesehen, dass du auf dem Boden liegst. Du hättest mir etwas sagen sollen, Zar.«

Sie zuckte mit den Achseln. »Tut mir leid.«

»Nein, du brauchst dich nicht zu entschuldigen. Ich möchte nur, dass du ehrlich bist. Und obwohl es mir egal ist, ob du auf dem Boden schläfst oder nicht, möchte ich, dass du es so bequem wie möglich hast, und ich weiß, dass es im Haus manchmal zieht. Also habe ich dir einen Futon besorgt. Die Matratze ist nicht so weich wie die eines normalen Bettes. Ich habe ein Gestell dafür angefertigt, damit es etwas höher ist und nicht direkt auf dem Boden liegt. Unter der Matratze ist ein zusätzliches Stück Holz, damit sie auch etwas fester ist. Wenn du dich eingewöhnt hast, können wir das Holz entfernen und dann vielleicht eine Schaumstoffmatratze auf den Futon und unter das Laken legen. Wenn du dich dann daran gewöhnt hast, können wir *die* Matratze gegen eine etwas weichere austauschen.

Aber ehrlich gesagt ist es egal, ob du für den Rest deines Lebens auf dem Futon schlafen möchtest. Solange du dich wohlfühlst und schlafen kannst, denn das ist das Wichtigste.«

Zara atmete scharf ein und tat ihr Bestes, um die Tränen zu unterdrücken. Gott, sie hatte nicht geweint, als sie von einer Gruppe hungriger Männer wegen des Stücks Fleisch, das sie aus einer Mülltonne gestohlen hatte, zusammenge-schlagen worden war. Sie hatte nicht geweint, als sie sich zum ersten Mal die Haare abgeschnitten hatte, weil sie endlich begriffen hatte, dass es sicherer war, so zu tun, als wäre sie ein Junge. Sie hatte nicht einmal Tränen vergossen, als der kleine Hund, mit dem sie sich angefreundet hatte, verschwunden war und sie feststellte, dass er von einer achtköpfigen Familie in dem Viertel, in dem sie sich versteckt hatte, gefangen und getötet worden war, damit sie ihn essen konnten.

Aber als sie sah, welche Mühe Meat auf sich genommen hatte, um es ihr bequemer zu machen, war das einfach zu viel für sie.

»Probier es aus und sag mir, was du davon hältst«, drängte Meat sie und schob sie nach vorn.

Zara ging langsam auf den Futon zu und setzte sich auf die Kante. Das Bett war viel niedriger als das andere und ihre Füße berührten sogar den Boden, wenn sie saß. Es war genau die richtige Höhe für sie. Sie schwang ihre Beine aufs Bett und legte sich auf den Rücken.

Zara schloss die Augen und stellte fest, dass es perfekt war. Es war nicht so hart wie der Boden, aber sie sank auch nicht in der Matratze ein.

Sie drehte den Kopf und sah Meat an. Er wirkte nervös und besorgt, als er beobachtete, wie sie ihr neues Bett ausprobierte.

»Es ist perfekt«, sagte sie schnell, um ihn zu beruhigen.

»Du musst das nicht sagen, weil du glaubst, dass ich es hören will«, erklärte er ihr. »Falls es dir immer noch zu weich ist, lasse ich mir etwas anderes einfallen.«

Sie setzte sich hin und schüttelte den Kopf. »Ich lüge nicht. Es ist wirklich toll. Vielen, vielen Dank. Ich weiß gar nicht, was ich ...«

Meat bewegte sich schneller, als sie es für möglich gehalten hätte, und legte ihr einen Finger auf die Lippen, bevor sie ihren Gedanken zu Ende bringen konnte.

»Sag das nicht«, erklärte er kopfschüttelnd. »Du wärst schon zurechtgekommen, wenn ich nicht verletzt worden wäre und wir uns nicht begegnet wären. Ich weiß, dass du es getan hättest. Du bist für Größeres bestimmt, Zara. Und vergiss das nicht. Unsere Erfahrungen machen uns zu dem, was wir sind. Ja, vielleicht wärst du ein anderer Mensch geworden, wenn die Dinge nicht so gelaufen wären, aber ich glaube nicht, dass ich *diese* Zara auch nur annähernd so gemocht hätte. Hast du jemals den Film *Ist das Leben nicht schön?* mit James Stewart gesehen, bevor du mit deinen Eltern nach Peru gereist bist?«

»Ist das so ein Schwarz-Weiß-Film mit einem Engel und irgendwelchen Glocken, die klingeln?«, fragte Zara.

Er nickte. »Genau. George Bailey macht eine schwere Zeit durch und wünscht sich, er wäre nie geboren worden. Ein Engel erfüllt ihm seinen Wunsch, und dann bekommt er einen Eindruck davon, wie das Leben derer, die er kennt und liebt, aussehen würde, wenn er nicht da gewesen wäre. Ich bin fest davon überzeugt, dass viele Menschen, allen voran ich, jetzt ganz anders leben würden, wenn du nicht dort gelandet wärst, wo du jetzt bist. Aber abgesehen von mir weiß ich, dass du bereits Dinge getan hast, die sich auf jemanden in der Zukunft auswirken werden, von denen wir noch nicht einmal wissen ... das glaube ich wirklich.«

Zara dachte über seine Worte nach. Sie wollte sie als Meats Versuch abtun, sie über das, was ihr widerfahren war, hinwegzutrösten. Aber sie musste an die Frau mit den Wehen denken, der sie geholfen hatte, als Meat bei Daniela war. Sie hatte buchstäblich in diese Frau hineingegriffen und ihr Baby umgedreht. Danielas Hände waren nicht klein genug, um das zu tun, und die Frau wäre sonst vielleicht gestorben.

Sie dachte an die vielen Kinder, denen sie im Laufe der Jahre geholfen hatte, indem sie ihnen Essen gab, das sie gefunden oder gestohlen hatte. Und auch an Frauen wie

Bonita, Carmen und Maria. Auch ihnen hatte sie unzählige Male geholfen.

Es bestand eine winzige Chance, dass Meat vielleicht nicht einfach nur nett war.

»Du brauchst dich nicht bei mir zu bedanken, Zara. So wie du meinen Dank nicht wolltest, will auch ich deinen nicht.«

»Was willst du *dann*?«, fragte sie, neugierig auf seine Antwort. Meat hatte alles getan, um ihr eine Bleibe zu geben. Damit sie sich wohlfühlte. Er half ihr mit ihrem Erbe und brachte ihr das Lesen bei, lehrte sie kochen. Er stellte keine Forderungen an sie und schien sich nicht im Geringsten darum zu sorgen, wann sie auszog.

»Ich möchte einfach, dass du glücklich bist«, erwiderte er und sah mit einem Blick zu ihr hinab, den sie nicht deuten konnte. »Dass du dich frei fühlst, die zu sein, die du sein möchtest, und zu tun, was du möchtest. Ich möchte dir einige der Jahre zurückgeben, die dir gestohlen wurden, und dir helfen vorwärtszukommen.«

Sie ließ die Schultern hängen. War das alles?

Als könnte er ihre Gedanken lesen, beugte Meat sich langsam herunter und hob ihr Kinn mit einem Finger an. Er senkte den Kopf – und Zaras Herz begann zu rasen.

Sie schloss die Augen und betete, dass sie endlich ihren ersten Kuss bekommen würde.

Meat küsste sie ... aber nicht auf die Lippen.

Sie spürte, wie seine Lippen sanft über ihre Stirn strichen, bevor er sich zurückzog.

Sie riss die Augen auf und war sehr enttäuscht.

Er betrachtete sie einen langen Moment und sah so ernst aus wie noch nie, seit sie ihn kannte. »Ich muss mich sehr beherrschen, um dich nicht zu etwas zu drängen, das du nicht willst«, erklärte er leise. »Aber je besser ich dich kenne, desto mehr mag ich dich. Ich fühle mich zu dir hingezogen, Zara. Aber ich möchte nicht, dass du dich unwohl fühlst. Du brauchst es nur zu sagen und dann ziehe ich mich zurück und werde das Ganze nie wieder ansprechen. Wir können Freunde sein und ich werde alles in meiner Macht Stehende tun, um dir mit der Presse, deinen Großeltern und der Wohnungssuche zu helfen. Ich werde dein größter Bewunderer und dein bester Leibwächter sein.«

»Aber was, wenn ich nicht mit dir befreundet sein möchte?«, flüsterte sie, unfähig, den Blick von ihm abzuwenden.

Er runzelte die Stirn, richtete sich auf und machte einen Schritt zurück. »Dann werde ich dir bei allem helfen, was du benötigst. Aber ich werde eine der anderen Frauen bitten, hierherzukommen und bei dir zu bleiben, bis du einen anderen Ort zum Leben findest.«

Zara geriet in Panik. So hatte sie das doch gar nicht gemeint!

Sie stand auf und trat näher an Meat heran. Er erstarrte und sie nutzte seine Unentschlossenheit aus.

Zara fühlte sich mutiger als je zuvor und legte ihre Hände an seine Brust. Sie legte den Kopf in den Nacken, sodass sie ihm in die Augen sehen konnte. »Ich habe das nicht so gemeint, wie du es offensichtlich aufgefasst hast. Ich habe keine Ahnung, was ich hier tue, Meat. Ich hatte noch nie einen Freund. Ich habe mich vorher noch nie zu jemandem hingezogen gefühlt, weil ich immer so viel damit zu tun hatte, einfach nur am Leben zu bleiben. Aber für dich empfinde ich Dinge, die ich noch nie zuvor gefühlt habe. Und es handelt sich dabei nicht um Dankbarkeit«, erklärte sie nachdrücklich. »Natürlich bin ich *allen* dankbar, mir dabei geholfen zu haben, aus Peru zu verschwinden.

Aber das ist es nicht. Es ist irgendwie ... viel mehr. Immer, wenn ich in deiner Nähe bin, habe ich das Gefühl, mich völlig gehen lassen zu können. Aber gleichzeitig fühle ich mich innerlich irgendwie merkwürdig, als würde irgendetwas an dir mein Blut zum Kochen bringen. Irgendwie kann ich das gar nicht richtig erklären ... es ist, als hätte ich eine Verbindung zu dir. Und zwar eine, die ich noch nie zuvor für irgendjemanden empfunden habe. Und ich habe das Gefühl, dir eine kleine Nachricht zu schreiben, in der ich dich frage, ob du mich magst, und zwei große Kästchen mit *Ja* und *Nein* zu machen, damit du ein Häkchen setzen kannst, ist irgendwie nicht mehr passend.«

Meat legte einen Arm um ihre Hüfte und zog sie an sich. Die andere Hand legte er ihr in den Nacken. Eigentlich hätte Zara sich bei der Geste bedroht fühlen müssen, doch das tat sie nicht. Stattdessen schmiegte sie sich an ihn und wartete darauf, was er als Nächstes sagen würde.

»Ich würde das Häkchen bei *Ja* setzen, Zar«, sagte er leise. »Hat dich schon mal jemand geküsst?«

Zara wusste, dass sie rot wurde, aber sie schüttelte vorsichtig den Kopf.

»Du hast es mir nicht erzählt und ich habe dich nicht gefragt, aber ... wurdest du in Lima belästigt? Vergewaltigt?«

»Nein«, entgegnete sie mit Nachdruck. »Und das ist die Wahrheit. Deswegen habe ich mir das Haar kurz geschnitten und so getan, als wäre ich ein Junge. Als Junge hat mich niemand auch nur zweimal angesehen, zumindest nicht so, wie ein Mädchen angesehen worden wäre.«

»Jetzt siehst du auf jeden Fall wie ein Mädchen aus, Zara«, versicherte Meat ihr. »Und ich glaube dir. Also bist du unschuldig ...«

»Ich bin nicht völlig unschuldig«, sagte sie, da sie nicht wollte, dass er dachte, dass sie über Sex nicht Bescheid wusste. »In den Barrios herrscht nicht gerade viel Privatsphäre. Ich habe Männer mit Prostituierten gesehen. Ich habe gesehen, wie Ehemänner mit ihren Frauen Liebe machten. Ich habe mehr Penisse gesehen, als ich hätte sehen sollen, als ich dreizehn Jahre alt war. Niemand denkt zweimal darüber nach, ihn herauszuholen, um zu pinkeln, wann und wo immer er will, egal wer dabei zusieht.«

Zara spürte, wie Meat ihr mit dem Daumen über den Nacken strich. »Du bist unschuldig«, erklärte er nachdrücklich. »Du hast vielleicht viel gesehen, aber selbst hast du eine sanfte Berührung oder einen Kuss noch nicht erfahren oder die Verbindung erlebt, die zwei Menschen miteinander eingehen können, wenn sie sich lieben ... und in dieser Hinsicht bist du noch völlig unschuldig.«

Sie wusste nicht, was sie daraufhin sagen sollte, also blickte sie einfach nur zu ihm hoch.

»Ich wollte dich nicht ausnutzen«, erklärte Meat stirnrunzelnd. »Ich wollte auf keinen Fall eine Beziehung mit dir anfangen, auf die Gefahr hin, dass du nach einer Weile das Gefühl hast, etwas zu verpassen. Eigentlich sollten wir Freunde bleiben und ich sollte dir zugestehen herauszufinden, was du bis jetzt verpasst hast. Zulassen, dass du dich mit verschiedenen Männern verabredest, dass du herausfindest, was dir gefällt und zu welcher Art Mann du dich hingezogen fühlst.«

Zara runzelte die Stirn. »Ich weiß genau, was mir gefällt, Meat. Ich mag Männer, die aufmerksam sind. Die Schokoriegel kaufen, weil sie wissen, dass sie mir schmecken. Die mir das Kochen beibringen und nicht lachen oder sich über mich lustig machen, wenn ich den Unterschied zwischen einem Schälmesser und einem Steakmesser nicht kenne. Die über sich selbst lachen können, wenn sie es vermasseln. Die sich zurückhalten und mir Freiraum lassen, wenn ich ihn brauche, aber für mich da sind, wenn ich jemanden zum Reden brauche. Die mich nicht unterbrechen und mich gegenüber bescheuerten FBI-Agenten frei sprechen lassen, selbst wenn es offensichtlich ist, dass ich verletzt bin. Ich will nicht mit jemand anderem ausgehen. Ich brauche keine Parade von Männern zur Auswahl, wenn bereits jemand, den ich bewundere und respektiere, vor mir steht. Ich bitte dich nicht, mich zu heiraten. Genauso wenig wie du mir ein Versprechen für die Ewigkeit gibst. Aber ich würde gern glauben, dass die Gefühle, die ich in deiner Nähe habe, etwas Besonderes sind. Ich habe in meinem ganzen Leben noch nie für jemanden so empfunden wie jetzt für dich in deinen Armen. Vielleicht sind wir nicht für die Ewigkeit füreinander bestimmt, aber im Moment fühlt es sich verdammt aufregend und richtig an.«

»Verflucht. Du bist unschuldig *und* mutig. Das ist eine Kombination, der ich nicht widerstehen kann«, murmelte Meat mit einem kleinen Grinsen, bevor er sich wieder zu ihr hinunterbeugte.

Diesmal behielt Zara die Augen offen und sah, wie er immer näher kam. Als ihre Lippen sich fast berührten, hielt er inne.

»Darf ich dich küssen, Zara?«, fragte er und sie konnte seinen warmen Atem auf ihren Lippen spüren.

Daraufhin stellte Zara sich auf die Zehenspitzen und presste ihre Lippen auf seine.

Sie hatte keine Ahnung, was sie da tat. Sie hatte nur gesehen, wie ihre Eltern einander kleine, kurze Küsse auf die Lippen gaben, und sie hielt die brutale Art, wie sie einige Männer in den Barrios die Frauen küssen sah, auch nicht für angemessen, aber sie hatte keine Ahnung, wie sie weiter vorgehen sollte.

Zum Glück wusste Meat es. Er verstärkte den Druck in

ihrem Nacken und strich ihr dann über die Wange. Er hielt sie still, während er die Kontrolle übernahm. Er strich mit mehreren leichten, neckischen Küssen über ihren Mund, dann leckte er kurz über ihre Unterlippe und sie keuchte überrascht auf.

Er nutzte ihren offenen Mund aus und schob seine Zunge langsam hinein. Er liebkoste und neckte sie, bis sie schüchtern ihre Zunge bewegte, um seine zu liebkosen.

Meat stöhnte auf, und das erschütterte Zara so sehr, dass sie sich zurückzog und ihn anstarrte.

Er leckte sich über die Lippen und sie sah, dass seine Pupillen ein wenig geweitet waren. Sie biss sich auf die Unterlippe und hätte schwören können, dass sie Meat dort immer noch schmeckte. »Entschuldige«, sagte sie ein wenig verunsichert. »Du hast mich erschreckt.«

»Schon okay«, beruhigte er sie. »Das war bei Weitem der beste Kuss, den ich jemals hatte«, sagte er voller Ehrfurcht.

Zara lachte verächtlich. »Das bezweifle ich ernsthaft.«

Meat legte seine Stirn an ihre und sie schloss die Augen und genoss die intime Geste. »Ich kann dir nicht versprechen, dass ich in Zukunft keinen Mist bauen werde«, erklärte Meat ernst. »Aber ich kann dir versprechen, dass ich dir niemals absichtlich wehtun werde. Ich werde alles dafür geben, dass du bekommst, was du brauchst und was du haben möchtest, und zwar genau dann, wenn du es brauchst und haben möchtest. Ich werde dich nie betrügen und ich werde dich in allem, was du vorhast, unterstützen. Bei mir findest du immer eine Schulter, an die du dich anlehnen kannst ... und ich küsse dich so viel und so oft du willst.«

Er zog sich zurück. »Wir lassen es langsam angehen, in Ordnung? Wenn es für dich irgendwann nicht mehr funktioniert, brauchst du es mir nur zu sagen. Dass wir zusammen sind, bedeutet nicht, dass du für immer hier wohnen musst. Wenn du eine eigene Wohnung haben willst, helfe ich dir dabei, eine zu finden. Du bist in keiner Weise von mir abhängig, Zara, verstanden? Du hast dein eigenes Geld und du bist dein eigener Herr. Du triffst schon lange Entscheidungen über deine eigene Gesundheit und Sicherheit und brauchst weder einen Aufpasser noch einen Babysitter. Ich möchte dein Partner sein, auf Augenhöhe.«

Zara atmete erleichtert auf. Weder brauchte noch *wollte* sie jemanden, der die Entscheidungen für sie übernahm. Sie wäre ausgesprochen schlecht darin, Befehle zu befolgen. Aber es wäre sicher schön, die Dinge vorher mit irgendjemandem zu besprechen. Sie war so lange alleine gewesen, hatte so oft damit gehadert, bestimmte Entscheidungen zu treffen, die getroffen werden mussten, dass es ein schönes Gefühl war, einfach zu wissen, dass es jemanden gab, mit dem sie ihre Ideen besprechen konnte. »Das ist genau das, was ich auch will«, erklärte sie ihm.

Das Geräusch der Türglocke erschreckte Zara so sehr, dass sie in Meats Arme sprang.

»Immer mit der Ruhe, Zar. Das sind nur deine Großeltern.«

Sie sah nervös zu ihm hoch. »Jetzt schon?«

»Ja, aber die können warten, bis du bereit bist und dich im Griff hast.«

»Wir können sie doch nicht warten lassen«, rief sie und versuchte, sich aus Meats Armen zu lösen.

»Atme tief durch«, befahl er ihr.

Sie tat, wie geheißen, und fühlte sich augenblicklich besser.

»Ich gehe schon mal runter, lasse sie rein und hole ihnen etwas zu trinken. Du kannst runterkommen, wenn du bereit bist, und keinen Augenblick früher, okay?«

So feige das auch war, Zara nickte. Sie hatte keine Ahnung, wie dieses Treffen verlaufen würde. Ihre Mutter hatte nicht gerade die beste Beziehung zu ihren Eltern gehabt, aber vielleicht hatte der Mord an ihrer Tochter und die Tatsache, dass Zara so lange vermisst worden war, etwas an ihrer Einstellung geändert.

Zumindest hoffte Zara das.

Meat beugte sich zu ihr runter und küsste sie noch einmal kurz, bevor er sich wieder aufrichtete. »Ich meine es ernst, Zara, komm erst runter, wenn du wirklich dazu bereit bist.«

»Okay. Danke, Meat.«

»Eine Beziehung auf Augenhöhe, erinnerst du dich?«, erwiderte er, bevor er sich umdrehte und sie allein im Zimmer zurückließ.

Als Zara sich umsah, blieb ihr Blick erneut an dem Futon hängen. Meat hatte, ohne zu zögern, etwas unglaublich Nettes für sie getan. Das Bett war perfekt. *Er* war perfekt.

Nun ja ... zumindest perfekt für *sie*.

Zara wusste, dass sie die paar Minuten brauchte, die Meat ihr so selbstlos geschenkt hatte, und setzte sich auf den Bettrand und schloss die Augen. Sie war kein armes, verlorenes, obdachloses Kind mehr. Sie war Zara Layne, und die Leute da unten waren ihr Fleisch und Blut. Die einzige Familie, die sie noch hatte.

Aber wenn sie sie nicht genau so nahmen, wie sie war – dann zum Teufel mit ihnen. Sie hatte es satt zu versuchen, sich anzupassen, wo sie nicht erwünscht war. Das hatte sie fünfzehn Jahre lang getan. Genug war genug.

Zu wissen, dass Meat bei ihr sein würde, gab ihr die nötige Kraft, um ihre Großeltern ganz aus ihrem Leben zu verbannen, wenn es nötig war.

Zara versuchte, einen klaren Kopf zu bekommen, bevor sie die Treppe hinunterging. Sie war immer noch nervös, aber nicht annähernd so nervös, wie sie es gewesen war, als sie Meat gegenüber zugegeben hatte, dass sie ihn mochte. Dass sie noch Jungfrau war. Und er hatte ihr, ohne zu zögern, geglaubt. Sie wusste, dass das nicht jeder getan hätte. Meat war einzigartig ... und im Moment gehörte er nur ihr.

Lächelnd konzentrierte Zara sich darauf, wie sich seine Lippen und seine Zunge angefühlt hatten, und nicht auf das bevorstehende Treffen mit ihren Verwandten.

KAPITEL SIEBZEHN

Meat biss die Zähne zusammen und tat sein Bestes, um nichts zu sagen, was er bereuen würde. Es waren Zaras Großeltern und er hatte kein Recht, sie rauszuschmeißen, bevor Zara sie überhaupt kennengelernt hatte. Aber bis jetzt machten sie nicht gerade den besten Eindruck.

Mr. Harper hatte sofort wissen wollen, wie viel Geld Meat für die Suche nach Zara erwartete. Nachdem er erklärt hatte, dass er das Geld des Mannes nicht wollte, hatte Mrs. Harper die Lippe geschürzt und unterschwellig angedeutet, dass er sich seine Belohnung vielleicht schon auf andere Weise von ihrer Enkelin geholt hatte.

Als wäre das nicht schon schlimm genug, machten sie auch noch deutlich, dass sie weder von seinem Haus noch von der Einrichtung beeindruckt waren. Nachdem sie sich hingesetzt hatten, machte Zaras Großmutter eine abfällige Bemerkung über seine »rustikalen Möbel« und wie nett sie seien. Ihr Großvater sah prompt gelangweilt aus und fragte, ob Meat etwas zu trinken hätte. Es war zwar erst elf Uhr morgens, aber irgendwie überraschte es Meat nicht, dass der Mann schon Alkohol wollte.

Er versuchte noch immer, Small Talk zu führen, und versicherte ihnen, dass Zara herunterkommen würde, sobald sie fertig sei, als Mrs. Harper sagte: »Sie wusste doch, wann wir hier sein würden, oder? Es ist unhöflich, uns warten zu lassen.«

Meat war kurz davor, die Fassung zu verlieren, und wollte sie gerade zur Rede stellen, als Zara den Raum betrat. Ihr Kinn war erhoben und sie sah nicht im Geringsten eingeschüchtert aus, als sie ihren Großeltern gegenübertrat, Gott sei Dank.

»Es tut mir leid, dass ich nicht sofort nach eurer Ankunft für euch da war«, sagte sie mit einer Spur von peruanischem Akzent in ihrem Ton. Meat hatte ihn vorher nicht wirklich bemerkt, aber wenn sie sich aufregte, war er offenbar noch ausgeprägter. »Ich war anderweitig beschäftigt.«

Sie ging auf ihre Großeltern mütterlicherseits zu und stellte sich vor sie. Anstatt aufzustehen und sie zu umarmen, ihr zu sagen, wie dankbar sie waren, dass sie nach all den Jahren noch lebte und zu Hause war, hielt Mrs. Harper einfach ihre Hand hin.

Zara starrte sie an, streckte aber schließlich ihre eigene aus, um sie zu schütteln. Ihr Großvater tat es ihr gleich.

Sie drehte sich zu Meat und runzelte die Stirn, als wollte sie sagen: »Was zum Teufel?«, und er musste sich beherrschen, um einen neutralen Gesichtsausdruck beizubehalten. Er war von ihrem Verhalten entsetzt und konnte es nicht abwarten, dass dieses Treffen vorüber war.

Zara setzte sich auf einen Stuhl neben Meat, gegenüber dem Sofa, auf dem ihre Großeltern saßen.

»Also, Zara, wann glaubst du, wirst du wieder nach Denver ziehen?«, fragte ihr Großvater.

Zara blinzelte überrascht. »Wie bitte?«

»Wann ziehst du wieder nach Hause? Natürlich mussten wir Chad und Emilys Haus verkaufen, aber es gibt ein Gästehaus auf unserem Grundstück, in dem du leben kannst«, erklärte er.

»Es wird sowieso eine Weile dauern, bis du gut genug aussiehst, um dich in der Öffentlichkeit zu zeigen«, bemerkte Mrs. Harper nachdenklich. »Dein Haar ist eine Katastrophe, also werden wir dir Haarverlängerungen machen müssen. Und es ist klar, dass du auch passende Kleidung benötigst.«

Meat wurde bei Mrs. Harpers Worten richtig wütend. Zara sah wunderschön aus, wie sie war. Ja, ihr Haar war ein bisschen ungleichmäßig, aber das war nur ein Zeichen für ihre Stärke und zeigte nur, was sie alles durchgemacht und überstanden hatte. Tatsächlich gefiel ihm ihr kurzes Haar.

»Warum sollte ich zurück nach Denver ziehen?«, fragte Zara und neigte den Kopf zur Seite, wobei sie den unhöflichen Kommentar ignorierte, der sich auf ihr Haar bezog und darüber, dass sie mit ihrem Aussehen für die Öffentlichkeit nicht vorzeigbar war.

»Weil die Leute das erwarten«, erklärte ihre Großmutter, als sei es das Offensichtlichste auf der Welt.

Zara schwieg lange. Dann fragte sie schließlich: »Habt ihr überhaupt nach mir gesucht? Euch gefragt, was mit mir passiert ist?«

Mrs. Harper keuchte und schlug dann ihre Hände über ihre Brust, als wäre sie schockiert. »Natürlich haben wir das! Wie kannst du uns so was überhaupt fragen?«

»Wir haben zehntausend Dollar Belohnung ausgesetzt für denjenigen, der dich zurückbringt«, fügte Mr. Harper entrüstet hinzu.

»Aber ihr hieltet es nicht für nötig, selbst nach Lima zu reisen, nicht wahr?«, fragte Zara.

Sie schienen sich beide unbehaglich zu fühlen.

»Es bestand kein Grund dazu, dorthin zu reisen«, erklärte Mr. Harper abwehrend. »Die dortige Polizei hat behauptet, alles zu tun, um den Mörder von Chad und Emily ausfindig zu machen und dich wiederzufinden.«

»Meat hat mir gesagt, ihr hättet ihr Haus nur drei Monate nach ihrem Tod verkauft«, erwiderte Zara leise. »Ihr habt einfach mit eurem Leben weitergemacht, ohne auch nur kurz darüber nachzudenken, was mit mir geschehen ist.«

»Das musst du verstehen«, erwiderte Mrs. Harper. »Uns wurde versichert, dass es höchst unwahrscheinlich sei, dass du noch am Leben bist. Meine Tochter und mein Schwiegersohn waren ermordet worden und dich hatte man verschleppt, wahrscheinlich um dich zu vergewaltigen und zu ermorden. Die Polizei hat behauptet, dass man deine Leiche wahrscheinlich niemals finden würde, da sie sich in einer der riesigen Müllhalden in der Stadt befände.«

Meat ballte die Hände zu Fäusten. *Was in drei Teufels Namen?* Waren diese Leute wirklich so herzlos?

»Und selbst wenn man dich gefunden hätte, wäre es ja nicht so, als hättest du allein in jenem Haus leben können. Und das Geld aus dem Hausverkauf ging ja sowieso in den Treuhandfonds«, fügte Mr. Harper hinzu. »Auf lange Sicht bekommst du das Geld also.«

Zara schloss einen Moment lang die Augen und Meat hätte wahnsinnig gern seinen Arm um ihre Schulter gelegt, doch er saß stocksteif wie eine Statue neben ihr. Schließlich war das hier ihre Familie und er überließ es ihr, wie sie mit diesen Menschen umgehen wollte. Denn auch, wenn sie sich wie Vollidioten verhielten, waren sie dennoch ihre Verwandten.

»Glaubt ihr, das Geld wäre mir wichtig?«, fragte Zara.

»Aber natürlich«, entgegnete Mrs. Harper verächtlich. »Wem wäre es nicht wichtig? Schließlich reden wir hier nicht von ein paar tausend Dollar, Zara. Es geht hier um Geld, das dein Onkel Alan im Laufe der Jahre gut hätte gebrauchen können.«

»Ach, tatsächlich? Und wofür? Um noch mehr Drogen zu kaufen?«, fragte Zara.

Dazu hatte niemand was zu sagen.

»Es tut mir so leid, dass das Geld meiner Eltern so ungünstig weggeschlossen war, dass ihr und Alan es nicht anrühren konntet, bis ich für tot erklärt wurde oder bis ich achtundzwanzig wurde und mich nicht gemeldet habe, um es einzufordern. Wie enttäuschend für euch, dass ich ausgerechnet jetzt wiederaufgetaucht bin. Habt ihr im Laufe der Jahre überhaupt an mich gedacht? Habt ihr euch gefragt, was ich wohl am Weihnachtsmorgen mache? Habt ihr euch Gedanken darüber gemacht, was ich wohl durchmache? Oder habt ihr einfach angenommen, ich sei tot?«

Sie sagten nichts.

»Habt ihr einen Privatdetektiv engagiert? Jemanden vom FBI angefleht, mein Verschwinden zu untersuchen? Die Presse angerufen, um meinen Fall in der Öffentlichkeit zu halten? Habt ihr irgendetwas anderes getan, als die peruanische Polizei im Jahr nach dem Tod meiner Eltern anzurufen, um zu erfahren, ob sie mich schon gefunden hat? Ihr hattet die Mittel, die absolute Hölle loszubrechen und so viel mehr zu tun, als ihr letztendlich getan habt. Oh ja – ich weiß alles darüber, was ihr getan und nicht getan habt. Ich habe mir ein paar ziemlich mächtige Freunde gemacht, seit ich gefunden wurde. Und mir ist klar, dass das erst anderthalb Wochen her ist, aber wahre Freunde findet man nur in den extremsten Situationen.«

»Beziehst du dich damit auf *diesen* jungen Mann?«, fragte Mr. Harper mit einem Kopfnicken in Richtung Meat.

»Ja, das tue ich«, erklärte Zara.

»Wusstest du, dass er weniger als zwanzigtausend Dollar auf seinem Bankkonto hat?«, fragte ihr Großvater. »Wir haben einen Privatdetektiv auf ihn angesetzt, als wir erfuhren, dass du hier untergekommen bist. Hunter Snow hat weder Eltern noch sonstige Verwandte. Er will nur dein Geld, Zara. Es gibt keinen anderen Grund, warum er so entgegenkommend ist. Es ist nicht so, dass eine Beziehung zwischen euch jemals funktionieren würde. Er verkehrt nicht einmal in denselben Kreisen wie wir. Hör auf, so naiv zu sein! Das ist peinlich und unpassend. Jetzt ist es an der Zeit, dass du nach Hause kommst. Gemeinsam werden wir alles tun, um deinen Ruf zu retten und einen passenden Ehemann für dich zu finden. Jemanden, der über deine Vergangenheit hinwegsehen kann ... darüber, wie du gelebt hast oder was du getan hast, um zu überleben.«

Das war's. Meat war mit ihnen fertig.

Er wollte gerade den Mund aufmachen, um dem Mann seine Meinung zu sagen, als Zara ihm fest die Hand auf den Oberschenkel legte, sodass er schweigend sitzen blieb.

»Wie viel habt ihr für die Untersuchung von Meat ausgegeben, Großvater?«, wollte Zara wissen. »Ich würde mein ganzes Vermögen darauf wetten, dass es mehr war, als du für die Suche nach deiner vermissten Enkelin ausgegeben hast, nicht wahr?«

Als er nicht antwortete, sprach sie weiter.

»Und es ist mir egal, wie viel Geld Meat hat. Er ist nicht nett zu mir, nur weil auf meinem Bankkonto viele Nullen stehen. Die einzigen Menschen, die sich für so etwas interessieren, seid ihr und mein lieber Onkel Alan – der so freundlich war, mir eine E-Mail zu schicken und zu sagen, dass er mir gern die Funktionsweise des Treuhandfonds ›erklären‹ würde ... als ob ich ihm irgendetwas glauben würde.«

Meat drehte sich um und starrte sie an. Das hatte sie ihm gar nicht erzählt.

In seinem Kopf schwirrten Dinge herum, die er auf seinem Computer überprüfen musste. Er fragte sich, wie viele andere E-Mails sie von Leuten erhalten hatte, die sie um Geld baten. Er hatte angenommen, dass sie nur E-Mails von den Nachrichtenagenturen erhielt, aber das war naiv von ihm gewesen.

Meat musste mit den anderen reden und sicherstellen, dass Alan Harper – oder irgendjemand anderes – keine Gefahr für Zara darstellte, weder jetzt noch in Zukunft. Er wusste genau, für wie wenig Geld bestimmte Menschen dazu bereit waren, jemanden zu töten, und er würde verdammt sein, wenn Zara alles überlebt hätte, was sie durchgemacht hatte, um dann von jemandem aus ihrer eigenen Familie umgebracht zu werden.

»Ich weiß nicht, warum ihr mich so sehr hasst, aber ich bin mit euch fertig«, erklärte Zara ihren Großeltern. »Nicht nur, dass ihr euch *nicht* dafür interessiert habt, dass ich vermisst wurde, oder etwas anderes getan habt, als so wenig Geld wie möglich für eine Belohnung auszugeben, ihr habt euch nicht einmal die Mühe gemacht, mich zu fragen, wie es mir geht! Ob es mir gut geht. Oder euch danach zu erkundigen, wo ich gewesen bin und was ich tun musste, um zu ›überleben‹, wie ihr es so nett ausdrückt.«

»Wir schauen die Nachrichten«, erklärte Mrs. Harper ziemlich erbärmlich. »Wir wussten, wo du warst und was passiert ist.«

»Tatsächlich?«, erklärte Zara heftig. »Fast alles, was diese Reporter gesagt haben, ist völlig falsch. Ich wurde nicht als

Liebessklavin für einen Drogendealer gehalten, und ich war keine gesetzlose Verbrecherin, die ihren Lebensunterhalt mit dem Ausrauben von Touristen verdient hat!«

Zwei Augenpaare starrten sie ausdruckslos an.

»Raus«, sagte Zara und stand auf. Meat stellte sich neben sie und verschränkte die Arme vor der Brust. »Ich will euch nie mehr sehen.«

»Aber alle erwarten, dass du nach Denver zurückkehrst«, protestierte Mrs. Harper.

»Das ist mir egal. Ihr könnt euren geliebten Freunden erzählen, was ihr wollt, um euer Gesicht zu wahren, aber ich bin fertig. Ich habe früher nicht verstanden, warum Mom und Dad sich nicht mit euch vertragen haben, aber jetzt verstehe ich es. Ihr seid egozentrisch und versnobt und so sehr auf euren Ruf und euren Reichtum bedacht, dass ihr euch einen Dreck um eine verlorene Zehnjährige schert, die *alles* gegeben hätte, wenn sich nur jemand genügend für sie interessiert hätte, um sie zu suchen. *Wirklich* nach ihr zu suchen. Ihr hattet vor fünfzehn Jahren die Chance, das Richtige zu tun, und ihr habt versagt. Raus! Verschwindet.«

Mr. Harper wollte den Mund aufmachen, um seiner Enkelin zu widersprechen, doch Meat trat auf ihn zu, zeigte zur Tür und sagte mit leiser, drohender Stimme: »Raus!«

Die beiden standen schnell auf und gingen zur Tür.

Auf dem Weg dorthin drehte ihr Großvater sich noch einmal um, um das letzte Wort zu haben. »Du hast dich in den fünfzehn Jahren überhaupt nicht verändert«, erklärte er eisig. »Deine Eltern waren immer viel zu nachgiebig mit dir. Sie haben dich anziehen lassen, was du wolltest, und verrücktspielen lassen. Sie haben dir die Wichtigkeit deines Erbes nicht vermittelt.«

»Welche Kleidung jemand trägt, sagt überhaupt nichts darüber aus, was derjenige für ein Mensch ist«, entgegnete

Zara. »Und ganz besonders dann nicht, wenn dieser Mensch *zehn* Jahre alt ist. Du meine Güte. Und sieh doch *dich* an, du trägst einen teuren Anzug und eine Uhr, die mehr kostet, als der Durchschnitts-Peruaner im Jahr verdient – und trotzdem bist du ein Tyrann und ein Vollidiot. Wohingegen andere Menschen, die buchstäblich nicht mehr besitzen als das, was sie am Leib tragen, zehnmal bessere Menschen sind, als du es jemals sein wirst.«

Ihre Großeltern wandten sich zum Gehen und verließen ohne ein weiteres Wort das Haus.

Zara stürmte zur Tür und schlug sie tatsächlich hinter ihnen zu. Dann starrte sie die geschlossene Tür an, bis sie hörten, wie der Motor ansprang und der Wagen die Einfahrt hinabfuhr.

»Zara?«, fragte Meat vorsichtig, da er sich nicht sicher war, wie es ihr ging.

»Ich brauche die nicht«, erklärte Zara nachdrücklich und drehte sich dann zu ihm um.

»Du darfst ruhig traurig sein«, erklärte er ihr.

»Aber ich bin nicht traurig«, versicherte sie ihm. »Ich bin wütend. Im Ernst, wie können sie es wagen, hierherzukommen und schlimme Dinge über dich zu sagen, wenn du derjenige warst, der mich überhaupt erst nach Hause gebracht hat? Meat, meine Eltern waren kein bisschen so wie diese beiden Vollidioten, die gerade das Haus verlassen haben. Sie waren freundlich und großzügig, und wenn man sie ansah, hätte man nie gedacht, dass sie reich sind.«

»Ich weiß«, versicherte Meat ihr, ging zu ihr und legte ihr eine Hand an die Wange.

»Woher weißt du das?«, fragte sie, streckte die Hand aus und griff nach seinem Handgelenk.

»Weil sie eine wahnsinnig tolle Tochter großgezogen

haben. Hätten sie sich nur für Geld interessiert, hättest du sicher nicht überlebt.«

Ihr Ausdruck wurde weicher. »Ja, wir waren im Urlaub in Peru. Aber sie haben nie gezögert, den Obdachlosen, die wir auf der Straße getroffen haben, Geld zu geben. Ich glaube, dass sie deshalb zur Zielscheibe wurden. Die Männer, die sie getötet haben, haben vielleicht gesehen, wie sie jemandem Geld gegeben haben, und wollten mehr. Sie hatten auch vor, an eine Art Frauenhaus zu spenden, während wir dort waren. Ich weiß nicht welches, aber ich habe sie eines Abends darüber reden hören. Sie wollten denjenigen helfen, die nicht so viel Glück hatten. Aber sie hatten nicht die Gelegenheit dazu. Sie wurden getötet, bevor die Spende übergeben werden konnte.«

Meat beugte sich vor und küsste Zara auf die Stirn. »Es tut mir so leid, dass deine Großeltern nicht dazu in der Lage sind zu sehen, was für eine tolle Frau du bist.«

Sie zuckte mit den Achseln. »Ich kann nicht leugnen, dass es wehtut, aber ich habe gelernt, dass das Leben zu kurz ist, um sich an den schlechten Dingen festzuhalten. Mein ganzes Leben lang habe ich einen Tag nach dem anderen gelebt. Ich weiß nicht, was die Zukunft für mich bereithält, also versuche ich, im Hier und Jetzt zu leben.«

»Du bist wirklich eine weise Frau«, erklärte Meat ihr.

»Eigentlich nicht. Ich habe die Schule nach der vierten Klasse abgebrochen, weißt du noch?«, erklärte sie lächelnd.

»Es zählt mehr im Leben als ein angelesenes Wissen«, erwiderte Meat. »Und ich habe keinen Zweifel daran, dass du deinen Schulabschluss in Kürze in der Tasche haben wirst. Und ... ich muss sagen, dass ich diese neue, unverblümte Zara mag. Noch vor anderthalb Wochen hast du die meisten Fragen mit einem Ja oder einem Nein und einem

Achselzucken beantwortet. Jetzt hast du keine Angst mehr, genau zu sagen, was du denkst.«

»Ich glaube, das liegt daran, dass ich mich sicher fühle«, bemerkte Zara ernst. »Ich habe nicht mehr das Gefühl, dass ich leise und unauffällig sein und versuchen muss, mich im Hintergrund zu halten.«

»Da hast du allerdings recht. Das musst du nicht mehr. Und ich weiß genau, was du denkst.«

Einen Moment lang standen sie so im Flur neben der Eingangstür. Meat hatte seine Hände auf ihrem Gesicht und Zara hielt sich an seinen Handgelenken fest.

Schließlich wandte sie den Blick von ihm ab und fragte: »Sieht mein Haar wirklich so schlecht aus? Ich meine, ich weiß, dass es nicht gerade supertoll aussieht. Ich habe es mit jedem scharfen Gegenstand geschnitten, den ich in die Finger bekam. Es war wichtiger, dass meine Haare kurz waren, als dass sie schön aussehen.«

Meat fuhr ihr mit der Hand über das kurze braune Haar. »Man könnte es etwas aufpeppen, aber ehrlich gesagt habe ich noch nicht darüber nachgedacht, weil ich zu sehr damit beschäftigt war, von allen anderen Dingen an dir beeindruckt zu sein. Wenn du wirklich etwas für dein Haar tun willst, können wir sicher jemanden finden, der dir dabei hilft. Es gibt einen bestimmten Schönheitssalon, zu dem einige der anderen Frauen gehen. Wir könnten für dich einen Wellness-Tag buchen und du könntest dir die Haare machen lassen, zusammen mit einer Maniküre und Pediküre, wenn du willst. Dich ein bisschen verwöhnen lassen. Aber es gibt noch etwas anderes, worüber wir jetzt reden müssen.«

Sie sah zu ihm hoch. »Tatsächlich?«

»Ja. Onkel Alan?«, fragte Meat mit hochgezogener Augenbraue.

Zara wandte erneut den Blick ab.

»Und alle anderen E-Mails, die du möglicherweise erhalten hast und die auch nur im Entferntesten bedrohlich erscheinen könnten«, sagte Meat. »Ich bin mir sicher, dass du inzwischen weißt, dass ich in der Lage bin, deine E-Mails zu hacken und es selbst herauszufinden, aber ich habe es aus Respekt vor dir nicht getan. Aber, Zara, ich werde es tun, wenn du nicht anfängst, mit mir zu reden. Du bist nicht mehr nur ein lang verschollenes, entführtes kleines Mädchen. Du bist jetzt sowohl reich als auch berühmt. Das bringt Verrückte mit sich, die alles tun oder sagen würden, um an dein Geld zu kommen. Du hast ja aus erster Hand erfahren, was Gier anrichten kann. Ich will auf keinen Fall, dass dich jemand von der Straße holt und Lösegeld für dich verlangt. Ich kann und werde dich beschützen, aber das kann ich nur, wenn ich weiß, woher die Bedrohung kommen könnte.«

Zara atmete tief durch und hob dann den Kopf erneut. »Du hast natürlich recht. Aber Meat?«

»Ja, Zar?«

»Ich hasse es, reich zu sein«, flüsterte sie. »Ich hatte Angst, und das Leben im Barrio war nicht einfach, aber ich musste mir nicht oft Sorgen machen, dass die Leute meine Freunde sein wollten oder mir wehtaten, weil sie etwas von mir bekommen konnten. Ich musste mich um nichts weiter kümmern, als etwas zu essen zu finden und den Schlägern und Kriminellen aus dem Weg zu gehen.«

Meat nickte. »Was deine Großeltern über mich gesagt haben, stimmt. Ich habe ein wenig Geld gespart, aber ich werde nie ein reicher Mann sein, also weiß ich nicht, wovon du sprichst. Aber wenn du es zulässt, dass ich dir helfe, werde ich alles tun, um dich von den Kriminellen und Tyrannen auch hier in Amerika zu beschützen.«

»Danke.«

»Und jetzt, bevor wir uns hinsetzen und du mir jede einzelne E-Mail zeigst, in der es nicht einfach nur um eine Interviewanfrage geht ... möchtest du vielleicht vorher etwas essen?«

»Ja.«

Meat konnte sich einfach nicht davon abhalten, sich vorzubeugen und sie sanft auf den Mund zu küssen. »Ich bin stolz auf dich, Zara«, erklärte er, als er sich wieder aufrichtete. »Ich weiß, dass einige Leute wahrscheinlich erwarten, dass du gebrochen und zerstört bist, aber das bist du nicht. Du bist stark, entschlossen und hast einen angeborenen Sinn für Recht und Unrecht. Deine Eltern haben dich zehn Jahre lang großartig erzogen und dir das Fundament gegeben, das du brauchst, um die starke Frau zu werden, die du heute bist.«

»Das ist das Netteste, was jemals jemand zu mir gesagt hat«, erwiderte Zara.

»Es ist die Wahrheit.« Meat küsste sie ein weiteres Mal, und diesmal konnte er nicht widerstehen, über ihre Unterlippe zu lecken, um einen kleinen Vorgeschmack zu bekommen, bevor er sich zurückzog. Ihre Augen waren geweitet, und wenn er sich nicht irrte, konnte er sehen, wie der Puls an ihrem Hals schneller schlug als noch vor einem Moment.

Meat schlang einen Arm um ihre Schultern und zog sie an seine Seite. »Wie wäre es, wenn ich dir zeige, wie man Waffeln macht?«

»Das hast du doch schon vor ein paar Tagen getan.«

Meat lachte leise. »Wieso zeigst *du* dann nicht *mir*, wie man sie macht?«

»Abgemacht.«

Meat war froh, das Lächeln auf Zaras Gesicht zu sehen ... aber er konnte nicht einfach vergessen, wie schrecklich ihre Großeltern sie behandelt hatten. Sie schien das einfach abzuschütteln, aber er wusste nicht, ob sie immer in der Lage sein würde, diejenigen abzuwehren, die sie unterdrücken wollten, diejenigen, die sie und das, was sie durchgemacht hatte, verunglimpfen wollten, und diejenigen, die sich nur wegen ihres Geldes mit ihr anfreunden wollten.

Meat straffte die Schultern und beschloss, alles in seiner Macht Stehende zu tun, um dafür zu sorgen, dass sie keinem von ihnen auf den Leim ging. Er hatte ihr gegenüber bereits einen Beschützerinstinkt entwickelt, aber sie hatte es nicht wirklich bemerkt, da sie sein Haus nicht oft verlassen hatte. Irgendwann würde sie herausfinden, wie groß sein Beschützerinstinkt wirklich war. Es würde ihr vielleicht nicht gefallen, aber egal. Sie hatte fünfzehn Jahre lang keinen Beschützer gehabt – jetzt hatte sie einen.

KAPITEL ACHTZEHN

Später am Nachmittag, nachdem sie gegessen hatten, setzte sich Zara mit dem Laptop, den Meat ihr zur Verfügung gestellt hatte, an den Tisch und zeigte ihm die E-Mails, die sie erhalten hatte.

Es waren Unmengen von Nachrichtenreportern aus dem ganzen Land, die um ein Interview mit ihr baten. Sie hatte keine Lust, sich mit diesen Fremden zusammenzusetzen und ihnen auch nur *etwas* zu erzählen. Sie war ihnen egal, sie interessierten sich nur für die Einschaltquoten. Sie war nicht so naiv, das nicht zu wissen, also hatte sie diese E-Mails einfach ignoriert.

Es gab auch E-Mails von Leuten, die ihre private E-Mail-Adresse herausgefunden hatten und sie um Hilfe anflehten. Diese konnte sie nur schwer ignorieren.

Meat las die E-Mail von Alan und runzelte die Stirn. Dann griff er nach seinem Telefon und rief Ball an.

»Es könnte sein, dass wir ein Problem haben«, begrüßte er seinen Kameraden, als dieser ans Telefon ging.

»Inwiefern?«, fragte Ball. Zara saß nahe genug, um zu

hören, was Ball sagte, obwohl er nicht auf Lautsprecher geschaltet war.

»Zaras Onkel. Er hat ihr eine E-Mail geschickt, die eindeutige Untertöne hat. Sie hat nicht viel Gutes über den Mann zu sagen. Wenn ich raten müsste, ist der Onkel sauer, dass er das Geld seiner Schwester nicht bekommt, aber er versucht, so zu tun, als würde er Zara großmütig anbieten, ihr alles beizubringen, was sie über das Geld wissen muss, das ihr in dem Fonds hinterlassen wurde.«

»Lass mich raten«, entgegnete Ball, »er wird sich wahrscheinlich um Kopf und Kragen reden, um so viel Geld zu bekommen wie möglich.«

»Genau davon gehe ich aus«, pflichtete Meat ihm bei. »Ich werde mal sehen, was ich über ihn herausfinden kann, sobald Zara mir all die anderen E-Mails gezeigt hat, die sie bekommen hat, aber ich wollte mal fragen, ob Everly vielleicht helfen könnte. Ob das Polizeirevier von Colorado Springs ihn vielleicht im Auge behalten könnte.«

»Lebt er hier?«, wollte Ball wissen.

»Das weiß ich noch nicht. Eigentlich gehe ich davon aus, dass er in Denver lebt, besonders weil seine Eltern noch dort sind. Sie waren gerade hier und in Bezug auf das Geld scheinen sie auf *seiner* Seite zu sein.«

»Zara hat sich mit ihren Großeltern getroffen?«, hakte Ball nach. »Wie ist das gelaufen?«

Meat blickte zu Zara und sie sah ihn mit gerümpfter Nase an.

»Drücken wir's einfach so aus: Wahrscheinlich wird es nie Weihnachten im Hause ihrer Großeltern geben«, erklärte Meat seinem Freund. »Ich wollte dich nur vorwarnen und fragen, ob Everly ihn überprüfen lassen könnte. Ich habe das Überwachungssystem hier beim Haus, und ich weiß sofort Bescheid, sobald jemand die Einfahrt herauffährt, aber das bedeutet noch längst nicht, dass er sich nicht zu Fuß heranschleichen könnte oder so was.«

Ball lachte leise. »Das wäre wirklich idiotisch von ihm. Sich an einen früheren Soldaten der Delta Force heranzuschleichen ist nicht gerade intelligent.«

»Ich habe so das Gefühl, dass er nicht besonders intelligent ist«, erwiderte Meat. »Seiner Nichte zu schreiben, um ihr durch die Blume mitzuteilen, dass er ihr Geld verdient hat, ist nicht gerade ein Zeichen großer Intelligenz.«

»Ich werde die anderen ebenfalls informieren«, sagte Ball. »Du sagst uns Bescheid, wenn du sonst noch etwas herausfindest?«

»Ja. Ich werde Alans Handy orten lassen, um ihn im Auge zu behalten ... aber das hast du nicht von mir gehört«, bemerkte Meat.

Ball lachte leise. »Ich habe nichts gehört. Sag Zara, dass Everly und die anderen gern demnächst rüberkommen würden, um etwas Zeit mit ihr zu verbringen.«

Zara senkte den Blick und betrachtete angestrengt ihre Fingernägel. Sie wusste, dass die Frauen der Männer zu ihr kommen und Zeit mit ihr verbringen wollten, aber sie war sich einfach nicht sicher, ob sie dazu bereit war. Sie wusste nicht genau warum. Aber sie war auf jeden Fall ein bisschen eingeschüchtert von ihnen. Sie schienen eine Nummer zu groß für sie zu sein, und sie wusste nicht, wie sie mit ihnen umgehen sollte.

»Ich richte es ihr aus. Danke, Ball. Bis bald«, sagte Meat.

»Bis später.«

Meat legte auf. »Warum willst du dich nicht mit den anderen Frauen treffen?«, fragte er Zara, sobald er aufgelegt hatte.

Zara seufzte. Sie hatte sich schon gedacht, dass er es bemerkt hatte. »Ich weiß es nicht.«

»Kannst du versuchen, es mir zu erklären?«, hakte Meat nach.

Sie sah ihn an. Es gab so viele Dinge, über die sie nicht gesprochen hatte. Über die sie *nie* sprechen würde. Aber sie wollte unbedingt, dass Meat sie verstand. »Ich war so lange nur auf mich selbst gestellt. Als ich etwa zwölf war, lernte ich einen Jungen in meinem Alter kennen. Ich hatte ihn schon eine Weile beobachtet und es schien, als hätte er keine Familie, genau wie ich. Schließlich habe ich den Mut aufgebracht, ihn anzusprechen. Wir arbeiteten eine Zeit lang zusammen. Er lenkte die Leute auf der Straße ab, indem er Breakdance tanzte, sich auf dem Kopf drehte und solche Sachen, und wenn die ganze Aufmerksamkeit auf ihn gerichtet war, ging ich durch die Menge und beklaute sie. Es war einfach und aufregend, und wenn wir ins Barrio zurückkehrten, teilten wir das, was ich gestohlen hatte. Aber das war ihm nicht genug. Irgendwann wollte er mehr. Er sagte, er hätte die ganze Arbeit gemacht und ihm stünden drei Viertel der Beute zu. Ich fühlte mich sicherer und hatte mehr Spaß mit ihm an meiner Seite, also stimmte ich zu. Wir hatten diesen Plan schon ein paar Monate lang durchgezogen, als ich erwischt wurde. Ein Mann packte mich am Handgelenk, als ich meine Hand in seiner Tasche hatte, und brach sie mir fast. Er hob mich direkt von den Füßen. Ich schrie meinen Freund an, er solle mir helfen, aber er lief weg. Er hat sich nicht einmal umgedreht.«

»Wie bist du entkommen?«, fragte Meat und legte seine Hand auf ihre am Tisch.

Zara zuckte mit den Achseln. »Ich trat ihm in die Eier und er ließ mich los. Mein Steißbein schmerzte danach noch wochenlang, aber ich lief schneller als je zuvor. Zurück zum Barrio. Ich fand meinen sogenannten Freund und fragte ihn, warum er nicht geblieben war, um zu helfen.

Er schaute mir direkt in die Augen und sagte mir, dass ich es nicht wert sei, in Schwierigkeiten zu geraten. Dass er mich nur benutzte, um Geld für seinen Vater zu bekommen. Das schockierte mich. Erstens hatte ich keine Ahnung, dass er einen Vater *hatte*. Aber zweitens dachte ich, wir wären ein Team. Dass er mein *Freund* sei. Wir gegen den Rest der Welt und so weiter. Er spottete, als ich das zugab, und sagte, er hätte gewusst, dass ich früher oder später erwischt werden würde, weil mein Spanisch beschissen und ich zu dürr und schwach sei.«

»Aber das ist schon lange her«, erklärte Meat sanft. »Allye und die anderen sind nicht so wie dieser Junge.«

Zara seufzte. »Das war auch nur ein Beispiel, Meat. Es fällt mir nicht leicht, Freunde zu finden. Es fällt mir schwer, jemandem zu vertrauen. Warum sollten sich die Frauen deiner Freunde überhaupt mit jemandem wie mir abgeben? Ich bin merkwürdig, introvertiert und würde lieber allein in einer Ecke sitzen, als zu lächeln und so zu tun, als hätte ich Spaß, wenn das nicht der Fall ist. Ich bin nicht sonderlich schlau, sage immer meine Meinung und habe mit ihnen nichts gemein.«

»Ich denke, da tust du sowohl ihnen als auch *dir selbst* Unrecht«, sagte Meat ohne eine Spur Verärgerung oder Nervosität in der Stimme. »Allye und die anderen haben alle ihre ganz persönliche Hölle durchgemacht. Sie würden dich besser verstehen als die meisten anderen Menschen. Sie werden dich nicht dazu nötigen, über irgendetwas zu sprechen, über das du nicht sprechen möchtest, und ganz sicher erwarten sie nicht von dir, dass du in ihrer Gegenwart so tust, als wärst du jemand, der du nicht bist.«

Zara zuckte mit den Achseln. »Könnte das zum Problem für dich werden? Ich meine, wenn ich mich nicht mit ihnen verstehe, bedeutet das dann, dass *wir* keine Freunde sein können?«

»Natürlich nicht«, entgegnete Meat mit Nachdruck.

»Ich nerve dich nicht mit Absicht«, erklärte Zara zaghaft.

»Das weiß ich doch.«

»Und ich weiß selbst, dass ich mich einfach merkwürdig verhalte. Es ist mir immer schwergefallen, im Barrio Freundschaften zu schließen, und falls ich mich aus irgendeinem Grund nicht mit deinen Freunden verstehe, wäre das schwer für dich, das weiß ich ... und das möchte ich auf keinen Fall. Außerdem ist mir klar, dass du mich niemals Leuten vorstellen würdest, die mir wehtun könnten.«

»Das würde ich wirklich niemals tun«, bestätigte Meat.

»Und ich würde sie auch gern kennenlernen. Aber ich habe das Gefühl, einfach noch nicht bereit zu sein. Ich brauche mehr Zeit. Wahrscheinlich nervt dich das; es ist offensichtlich, dass sie dir sehr viel bedeuten.«

»Das tun sie. Aber ich verstehe dich, Zar. Du brauchst Zeit, dich an alles zu gewöhnen. Und um der Wahrheit die Ehre zu geben, bist du auch erst seit knapp über einer Woche in Amerika. Wenn ich versuchen würde, dich zu etwas zu zwingen, für das du nicht bereit bist, wird dir das auf lange Sicht nur schaden. Und ich will dich auf keinen Fall zu sehr drängen, sodass es negative Auswirkungen hat. Du kannst dich mit ihnen treffen, wenn du bereit bist, okay?«

»Danke. Und nur damit du Bescheid weißt, ich möchte sie *wirklich* kennenlernen und ich möchte, dass sie mich kennenlernen. Ich vermisse meine Freundinnen im Barrio und würde hier gern neue Freunde gewinnen.«

»Man kann nie genügend Freunde haben«, erklärte Meat lächelnd.

»Es freut mich, dass du das sagst ... denn ich habe eine

E-Mail von jemandem aus meiner Vergangenheit bekommen und ich würde mich gern mit ihr treffen.«

Meat ließ sich gegen die Stuhllehne fallen und blinzelte sie überrascht an. »Wie bitte? Um wen handelt es sich?«

»Sie heißt Renee Heller. Sie war vor meinem Verschwinden meine beste Freundin. Sie hat mir eine E-Mail geschickt. Anscheinend lebt sie noch immer in Denver.«

»Darf ich die E-Mail lesen?«, bat Meat vorsichtig.

Zara nickte und rief den Text auf dem Computer auf, dann drehte sie den Bildschirm zu ihm hin. Sie beobachtete sein Gesicht, während er es las, und konnte nicht einschätzen, was er dabei dachte.

Als er fertig war, sagte Zara: »Sie sagt, sie sei Friseurin. Wahrscheinlich könnte sie sich um mein Haar kümmern. Ich dachte, ich könnte sie vielleicht hierher einladen und dann könnte ich sehen, ob ich mich mit ihr immer noch so gut verstehe wie damals, als wir klein waren.«

»Und du bist davon überzeugt, dass sie es wirklich ist?«, fragte Meat.

Zara sah ihn mit gerunzelter Stirn an. »Natürlich. Wer soll es sonst sein?«

Meat lächelte traurig. »Noch jemand, der dir aufgrund deiner Geschichte näherkommen möchte. Oder jemand, der an dein Geld herankommen möchte.«

Zara atmete seufzend aus. »Oh«, erwiderte sie enttäuscht.

»Es tut mir leid, Zar. Ich weiß, wie schwer das ist. Aber du solltest in Erwägung ziehen, dass es sich vielleicht nicht wirklich um jemanden handelt, den du kanntest, als du zehn warst.«

»Aber ich bin mir sicher, dass sie es ist«, erklärte Zara. »Ich erinnere mich vage an die Übernachtung, die sie in der

E-Mail erwähnt. Woher sollte jemand anderes davon wissen? Ich erinnere mich auch daran, dass ich stundenlang mit ihr auf dem Spielplatz gespielt habe. Ich weiß nur ... sie ist ein Teil meines alten Lebens. Das Leben, das ich hatte, als ich wirklich glücklich und sorglos war. Wenn ich auch nur mit einem Menschen aus dieser Zeit in Kontakt treten kann, fühle ich mich vielleicht wieder normal. Als hätte ich ein Stück von meinem alten Ich zurückbekommen. Ich glaube, dann wäre ich eher bereit, neue Freunde zu suchen. Ich weiß, das hört sich komisch an, aber ich kann mich dieses Gefühls nicht erwehren.«

Meat stimmte nicht zu, widersprach aber auch nicht sofort. Er sah sie einfach nur eingehend an. Zara wusste nicht, was er dachte, doch schließlich fragte er: »Darf ich sie überprüfen, bevor du dich mit ihr triffst?«

»Was meinst du mit überprüfen?«, fragte Zara vorsichtig.

»Mit dem Computer. Ich will nachsehen, wie ihr Bankkonto aussieht und ihr Lebenslauf, ob sie verheiratet ist und was ich in den sozialen Medien über sie finden kann.«

Zara rang mit ihrem Gewissen. Einerseits gefiel es ihr, dass Meat sie beschützen wollte, andererseits war es aber auch ein Übergriff auf die Privatsphäre des anderen Menschen.

Aber was, wenn Meat recht hatte und es sich wirklich nicht um Renee handelte? Was, wenn es jemand war wie der Junge vor so langer Zeit im Barrio, der sie nur für irgendwelche eigennützigen Zwecke benutzte? Sie wollte nicht misstrauisch sein, aber Meat hatte nicht ganz unrecht.

»Okay. Aber nur weil du vielleicht etwas findest, das dir nicht gefällt, heißt das noch lange nicht, dass ich mich nicht mit ihr treffen werde. Ich bin im Laufe der Jahre zu einer ziemlich guten Menschenkennerin geworden, besonders nach dem Jungen, mit dem ich mich mit zwölf Jahren angefreundet hatte. Ich würde hoffentlich erkennen, wenn sie nur Geld von mir will.«

Sie wusste, dass Meat sich dessen nicht so sicher war, obwohl er trotzdem nickte. »Abgemacht. Ich werde dir alles mitteilen, was ich herausfinde. Ich würde mich auch freuen, wenn ich dabei sein könnte, wenn ihr euch trefft. Und es ist wahrscheinlich das Beste, wenn wir uns nicht hier im Haus treffen. Sie muss ja nicht gleich erfahren, wo du wohnst, okay?«

Zara nickte. Damit war sie einverstanden. Wenn sie ehrlich mit sich war, fühlte sie sich sogar sehr viel besser, wenn Meat dabei war, wenn sie sich mit Renee traf. »Okay. Danke.«

»Und jetzt sag mir, was du sonst noch für E-Mails bekommen hast, über die ich Bescheid wissen sollte.«

Den Rest des Nachmittags verbrachten Zara und Meat damit, all die Hunderte von E-Mails zu durchforsten, die sie bekommen hatte.

»Wie zum Teufel ist es all diesen Leuten gelungen, deine *persönliche* E-Mail-Adresse herauszufinden?«, fragte Meat leise, nachdem er die E-Mail einer Frau aus Kalifornien gelesen hatte, die ihr über ein Dutzend Fotos von ihrem abgebrannten Haus geschickt hatte und behauptete, es sei in einem der Wildbrände abgebrannt. Sie hatte versucht, eine Verbindung zu Zara zu schaffen, indem sie behauptete, sie sei jetzt obdachlos, genau wie Zara noch vor Kurzem in Peru, und das fünftausend Dollar schon genug wären, um ihr beim Wiederaufbau des Hauses zu helfen.

»Ich habe Mist gebaut«, erwiderte Zara reumütig.

»Inwiefern?«

»Ich habe diesen Artikel über mich gelesen, über das, was passiert ist, und sie haben alles falsch verstanden. Sie interessierten sich nicht einmal dafür, die Fakten richtigzustellen! Wie auch immer, ich habe kommentiert ... und um zu kommentieren, musste ich meine E-Mail-Adresse angeben. Ich habe versehentlich die persönliche Adresse verwendet, die du für mich eingerichtet hast, und nicht die öffentliche. Ich wusste nicht, dass die E-Mail zusammen mit meinem Kommentar veröffentlicht werden würde«, gab sie zu. »Ich bin davon ausgegangen, dass niemand erfahren würde, dass ich es bin.«

»Zara, die private E-Mail, die ich für dich eingerichtet habe, enthält deinen Namen in der Adresse. Warum sollten sie *nicht* denken, dass du das bist? Zumindest würden sie *hoffen*, dass du es bist und dir eine entsprechende Nachricht schicken. Diese E-Mail wurde wahrscheinlich schon weit verbreitet, sodass ich keine Möglichkeit habe, Schadensbegrenzung zu betreiben. Selbst wenn ich sie aus diesem einen Beitrag lösche, ist es zu spät.«

»Ich weiß, ich habe Mist gebaut«, erklärte Zara ihm. »Aber ... das Gute daran ist, dass Renee mich gefunden und mir eine E-Mail geschrieben hat.«

Meat seufzte tief. »Versprich mir, dass du keinem dieser Leute Geld schicken wirst«, verlangte er von ihr.

Zara blickte auf den Bildschirm. »Manche dieser Geschichten sind aber so traurig, Meat.«

»Ich weiß, aber Liebling, du hast keine Ahnung, ob sie dir die Wahrheit sagen oder nicht. Ich bin dafür, dass du Menschen in Not Geld spendest, aber nur, wenn es entweder an seriöse Organisationen geht oder wenn du dir sicher sein kannst, dass die Situation der Person es rechtfertigt.«

Sie nickte.

Meat hob eine Hand und streichelte ihren Nacken. Er zog sie nach vorn, bis sich ihre Stirnen berührten. »Ich finde es toll, wie weichherzig du bist. Ehrlich gesagt ist es ein

Wunder, dass du dich noch um andere kümmern kannst nach dem, was dir passiert ist. Bleib so, wie du bist«, befahl er ihr rau. »Mir ist es lieber, dass du jedem Obdachlosen, den du siehst, Geld gibst, als dass du abgehärtet und abgestumpft wirst und dich nicht mehr für das Leid anderer interessierst. Ich werde dich nie daran hindern, anderen zu helfen, solange sie aufrichtig sind, okay?«

Das hörte Zara gern. Nicht dass er sie für leichtgläubig hielt, sondern dass er davon sprach, auch in Zukunft ihr Freund zu sein. »Okay«, stimmte sie ihm zu.

»Und das versteht sich von selbst, aber ich sage es trotzdem. Wenn du weitere E-Mails von deinem Onkel erhältst oder er irgendwie anders versucht, sich mit dir in Verbindung zu setzen, musst du mir sofort Bescheid sagen.«

»Das werde ich.«

»Oder besser noch, könnte ich deine E-Mails eine Zeit lang überprüfen? Ich würde gern ein drittes Konto für dich einrichten, in dessen Adresse diesmal nicht dein Name steht. Das war mein Fehler. Du kannst die neue E-Mail ausschließlich für die Kommunikation mit den Leuten nutzen, die du tatsächlich kontaktieren willst, zum Beispiel mit den anderen Jungs im Team und hoffentlich irgendwann auch mit ihren Frauen.«

»Und Renee?«, fragte Zara.

Meat nickte. »Ja.«

»Okay.«

»Wie wäre es, wenn wir so was wie warriorwoman464 für deine E-Mail verwenden?«, fragte er lächelnd.

Sie verdrehte die Augen.

Meat zog sich zurück und ließ den Blick von ihr zu ihrem Mund wandern, dann wieder nach oben. »Ich würde dich gern noch mal küssen«, erklärte er leise.

Zara nickte nur.

Er beugte sich langsam vor und in dem Moment, in dem seine Lippen ihre berührten, machte Zara die Augen zu.

Diesmal war der Kuss nicht keusch. Er leckte ihr über die Unterlippe und sie öffnete sich sofort für ihn. Wie lange sie dort saßen und sich küssten, wusste Zara nicht. Sie wusste nur, dass sie nie wieder dieselbe sein würde. Sie hatte keine Ahnung, dass sich Küssen so gut anfühlen konnte. Und dass plötzlich ganz andere Teile von ihr lebendig wurden.

Meat drängte sie nicht, übernahm den Kuss nicht völlig. Er zeigte ihr, was sie tun konnte, und ließ sie dann erforschen und experimentieren. Sie knabberte an seiner Unterlippe und lächelte, als er aufstöhnte. Als sie an seiner Zunge saugte, verkrampfte sich die Hand in ihrem Nacken und er knurrte tatsächlich.

Zara rutschte auf dem harten Esszimmerstuhl hin und her und leckte sich die Lippen, als er sich zurückzog.

Er starrte ihr einen langen Moment in die Augen, bevor er lächelte. »Du bist vielleicht neu auf diesem Gebiet, Liebling, aber du lernst schnell, genau wie bei allem anderen auch.«

Dann küsste er sie noch einmal, heftig und schnell, bevor er seinen Stuhl zurückschob. »Komm schon. Ich habe in der Werkstatt ein Projekt skizziert, mit dem ich beginnen möchte, sobald meine Rippen vollständig verheilt sind. Leistest du mir Gesellschaft? Du kannst mir aus den Harry-Potter-Büchern vorlesen, während ich arbeite.«

Zara nickte eifrig, froh, den Computer und die Außenwelt für eine Weile hinter sich zu lassen. Meat war sehr geduldig, wenn sie ihm laut vorlas, er machte sie nie schlecht oder ließ sie sich dumm vorkommen, weil sie ein Wort nicht kannte oder nicht wusste, wie man es aussprach. Sie war mit dem ersten Buch der Reihe fast fertig und konnte es kaum erwarten, mit dem nächsten anzufangen.

Davon hatte sie geträumt, als sie spät nachts verängstigt im Dreck lag. Ein Ort, an dem sie sich sicher fühlen konnte und sich keine Gedanken darüber machen musste, woher ihre nächste Mahlzeit kam oder ob sie jemals jemand finden würde.

Meat hatte ihr nicht nur einen Ort gegeben, an dem sie sich entspannen und wieder zu sich selbst finden konnte, sondern er hatte sie auch dazu gebracht, über Dinge nachzudenken, von denen sie nicht einmal zu träumen gewagt hatte. Eine Familie, ein Zuhause, Liebe.

Als sie sich an den Händen hielten und sich auf den Weg nach draußen zu seiner Werkstatt machten, dachte Zara an ihre Freunde in Lima. Mags hatte recht gehabt. Sie bereute nicht, dass sie sich Meat geöffnet und sich von ihm zurück nach Amerika hatte bringen lassen. Sie konnte nur hoffen und beten, dass es ihren Freundinnen gut ging und dass auch sie eines Tages ihren eigenen sicheren Hafen finden würden.

KAPITEL NEUNZEHN

Meat begann, sich ein wenig Sorgen um Zara zu machen.

Es war zwei Wochen her, dass sie sich mit ihren Großeltern getroffen hatte, und sie hatte sein Haus nicht verlassen, außer für kurze Ausflüge mit ihm zum Lebensmittelgeschäft. Es störte ihn eigentlich nicht so sehr, dass sie sich in seinem Haus zurückzog; sie war ja erst seit ein paar Wochen dort. Aber er wünschte sich, sie wäre mehr daran interessiert, Kontakte zu anderen Menschen zu knüpfen.

Er hatte sie ein paarmal mitgenommen, um einen alten Ford Accord zu fahren, den er in seiner Garage hatte, und das schien ihr zu gefallen. Sie blieben auf seinem Grundstück und fuhren im Grunde nur seine Einfahrt rauf und runter, aber sie hatte sich gut geschlagen und er wusste, dass sie keine Probleme haben würde, sobald sie auf die Straße durfte. Sie war noch nicht ganz bereit, »richtig« zu fahren, wie sie es ausdrückte, was er respektierte.

Sie hatte sich durch den Rest der Harry-Potter-Reihe geackert und die Vorzüge von E-Books kennengelernt. Meat hatte ihr ein Tablet bestellt und sie lud bei jeder Gelegenheit Bücher aus der Bibliothek herunter.

Eines Abends hatte er alle Jungs und ihre Frauen zum Grillen eingeladen, und Zara war zwar höflich gewesen und schien sich gut zu amüsieren, aber sie war auch ziemlich still gewesen und schien nicht sonderlich begeistert davon zu sein, in nächster Zeit wieder mit ihnen zusammenzukommen. Sie hatte es nicht ausgeschlossen, aber sie hatte auch nicht ausdrücklich gebeten, sich wieder mit einer der Frauen zu treffen.

Meat war glücklich, wenn er selbst mit ihr Zeit verbringen konnte. Er liebte es sogar, aber er wünschte, sie hätte mehr Leute, mit denen sie sich unterhalten könnte. Er war sich sicher, dass der Kontakt zu anderen ihr dabei helfen würde, über das Erlebte hinwegzukommen, damit sie ihr neues Leben in den Staaten richtig beginnen konnte.

Das Positive daran war, dass die Dinge zwischen ihnen beiden großartig liefen. Erstaunlich. Körperlich hatten sie nicht mehr getan, als sich zu küssen, aber mit jedem Tag, der verging, wurden die Dinge zwischen ihnen inniger und immer intimer. Neulich hatten sie eine halbe Stunde damit verbracht, dass Meat auf dem Rücken auf dem Sofa lag und Zara auf ihm saß, aber auf seine Rippen achtete, während sie rumknutschten. Sie mochte zwar noch Jungfrau sein, aber sie entdeckte schnell, was ihr sexuell gefiel. Und meistens gefiel es ihr, wenn Meat sie auf Entdeckungsreise gehen ließ.

Er fand, dass er ihr nichts abschlagen konnte. Wenn sie sehen wollte, was mit seinen Brustwarzen passierte, wenn sie sie küsste, lag es ihm fern, ihr das zu verbieten.

Er überwachte die ursprünglichen E-Mail-Adressen, die er für sie eingerichtet hatte, und sie hatte noch ein paar weitere Nachrichten von ihrem Onkel erhalten, in denen er sie aufforderte, ihn wegen der Treuhandschaft zu kontaktieren – und jede Nachricht schien immer aufdringlicher zu werden, wenn sie nicht antwortete.

Sie hatte auch ein paar E-Mails von Verrückten erhalten, die nicht glaubten, dass sie in Lima entführt worden war, und die sie beschuldigten, ihre eigenen Eltern ermordet und sich die letzten fünfzehn Jahre versteckt zu haben.

Diese hatte Meat ihr allerdings nicht gezeigt. Jedes Mal wenn sie einen Bericht las oder sah, in dem jemand Details über sie behauptete, die so weit von der Wahrheit entfernt waren, dass sie lächerlich wirkten, wurde sie immer wütender. Und er wollte ihre Angst nicht noch verstärken, indem er diese lächerlichen E-Mails mit ihr teilte.

Zara hatte sich entschieden, vorerst keine Pressekonferenz abzuhalten, weil sie der Meinung war, dass dies nichts an dem ändern würde, was ihr widerfahren war, und weil sie hoffte, dass sich die Aufregung über ihre Rückkehr legen würde, wenn sie sie ignorierte. Aber das war nicht der Fall. Je mehr Zeit verging, ohne dass Zara ihre Geschichte erzählte, desto mehr Leute wollten es wissen und desto mehr erfanden sie einfach, was sie glauben wollten.

Und so sehr Meat sich auch wünschte, dass Zara mehr aus sich herausging, dass sie wirklich anfing zu leben, anstatt sich in seinem Haus zu verstecken, war er sich nicht so sicher, was ihr Treffen mit ihrer Jugendfreundin Renee anging.

Er konnte nicht einmal genau sagen, was ihn an dieser Situation störte. Er hatte sie gründlich untersucht und sogar Rex gebeten, einen Blick auf sie zu werfen. Und was sie gefunden hatten, war genau das, was sie Zara erzählt hatte.

Renee Heller war fünfundzwanzig und war in der gleichen Schule und Klasse wie Zara gewesen, als sie verschwunden war, genau wie sie behauptet hatte. Sie war in Denver aufgewachsen, ganz in der Nähe von Zaras

Heimatstadt, und arbeitete derzeit tatsächlich als Friseurin. Nach dem Highschool-Abschluss hatte sie im National Jewish Health Hospital als Lageristin gearbeitet und Pakete und Sendungen entgegengenommen und ausgeliefert. Aber sie hatte dort nur ein paar Jahre gearbeitet, bevor sie die Kosmetikschule besucht hatte. Ihr Verhältnis zu ihren Eltern schien in Ordnung zu sein und sie hatte im Laufe der Jahre ein paar Freunde gehabt.

Sie wohnte in einer kleinen Wohnung in der Nähe des Stadtzentrums von Denver. Die Miete war nicht gerade billig, aber sie zahlte sie jeden Monat pünktlich. Sie war groß und schlank, hatte gebleichte blonde Haare und war immer tadellos gekleidet, wenn man von Bildern in ihren sozialen Medien ausging. Meat konnte nicht ein einziges rotes Fähnchen finden, das dagegensprach, dass Zara sich mit dieser Frau traf. Sie war noch nie verhaftet worden und schien eine normale, aufrechte Bürgerin zu sein.

Aber irgendetwas beunruhigte ihn trotzdem, und er konnte sich das Gefühl nicht erklären.

Zara freute sich, weitere E-Mails von ihrer alten Freundin zu erhalten, und sie hatten sogar angefangen zu telefonieren. So sehr Meat sich auch wünschte, dass sie sich mit Morgan oder einer der anderen Frauen anfreunden würde, so wie es bei Renee der Fall zu sein schien, wollte er Zara nicht wissen lassen, dass er sich bei der Wahl ihrer Freundin unwohl fühlte, nicht, wenn er keinen Grund fand, misstrauisch zu sein. Sie war erwachsen, auch wenn sie eine unkonventionelle Kindheit gehabt hatte, und konnte ihre eigenen Entscheidungen treffen.

Eines Abends hatte er zufällig gehört, wie Zara Renee erzählte, dass sie manchmal gezwungen gewesen war, für Essen zu stehlen. Sie hörte sich nicht gerade begeistert an, das zuzugeben, und nach dem Teil des Gesprächs zu urteilen, den er mitbekam, hatte Meat das Gefühl, dass Renee Zara nach Details über ihre nicht so schönen Erlebnisse in Peru aushorchte, was ihn störte. Auch Zara war nicht gerade begeistert, wenn man ihrem Tonfall Glauben schenken durfte.

Angesichts der Zeit, die sie mit Renee am Telefon verbrachte, war Meat nicht allzu überrascht, als Zara auf seine Veranda kam und sagte, dass sie und Renee eine Zeit und einen Ort für ein Treffen ausgemacht hätten.

»Echt?«

»Ja. Sie hat Donnerstagnachmittag frei. Sie sagte, sie könne mich in *Ted's Montana Grill* in Briargate treffen, direkt an der Schnellstraße 25. Ich habe ihr gesagt, dass ich mich mit dir absprechen und ihr Bescheid geben werde.«

Meat bemerkte, wie sehr Zara sich auf das Treffen freute. Er würde es ihr auf keinen Fall abschlagen, auch wenn ihn etwas an Renee störte. »Ich fahre dich gern«, erklärte er ihr.

»Danke sehr, Meat«, bedankte sich Zara und überraschte ihn dann, indem sie sich auf seinen Schoß setzte.

Das war verdammt aufreizend und Meat konnte nur mit Mühe seine Hände an ihrer Taille halten, um sie festzuhalten und sie nicht noch intimer zu berühren. Weil sie so klein war, musste sie buchstäblich auf den Stuhl klettern, auf dem er saß, und als sie saß, waren ihre Beine über seinen Hüften gespreizt.

»Ich weiß, dass du dir wünschst, ich würde stattdessen mit deinen Freunden abhängen, aber ich habe eine Verbindung zu Renee, die ich mit den anderen Frauen nicht habe. Ich mag sie, aber Renee kennt mich. Sie kennt die Zara Layne, die ich einmal war.«

»Sie kannte das zehnjährige Mädchen, das du einmal

warst«, konterte Meat. »Seitdem ist so viel Zeit vergangen. Die Menschen ändern sich. Jedenfalls hast du das getan.«

»Ich weiß«, erklärte Zara leise und legte ihre Hände leicht auf seine Oberarme. »Aber wenn ich mit ihr spreche, erinnert sie mich daran, wie ich mich früher fühlte, als ich noch keine Sorgen auf der Welt hatte. Wie viel Spaß wir zusammen hatten.«

Meat verstand sie, das tat er wirklich, aber er war sich nicht sicher, ob es das war, was Zara im Moment brauchte. Sie musste Kontakte zu Menschen knüpfen, die sie nicht auch noch daran erinnerten, was sie verloren hatte. Sie hatte sich sehr verändert, seit sie zehn war, und Meat mochte den Menschen, zu dem sie sich entwickelt hatte. »Du wärst doch nicht gekränkt, wenn ich dabei bleibe, während du dich mit ihr triffst, oder?«, fragte er.

Zara schüttelte den Kopf. »Nein. Und ich würde dich ihr gern vorstellen. Ich meine, sie muss sich schon ständig anhören, wie toll du bist.«

»Hast du ihr gesagt, was ich beruflich mache?«, fragte er besorgt.

Zara nickte. »So ungefähr. Sie weiß, dass du Möbel machst, aber ich habe ihr auch erzählt, dass du früher beim Militär warst und dass du in Peru auf einem Einsatz warst, um Kinder zu retten, als wir uns kennengelernt haben.«

Meat nickte. »Bleiben wir vage, in Ordnung? Ich weiß, dass sie deine Freundin ist, aber normalerweise erzählen wir den Leuten nicht, dass wir zu den Mountain Mercenaries gehören oder was wir tun.«

»Ja, natürlich. Ich würde dich und die anderen nicht in Gefahr bringen. Außerdem würde Renee keiner Fliege etwas zuleide tun. Sie ist Friseurin, um Himmels willen. Oh ... apropos. Wenn es gut läuft, würde sie gern etwas mit meinen Haaren machen.« Zara verzog das Gesicht. »Es wird immer offensichtlicher, dass ich selbst daran herumge-schustert habe. Sie sagte, sie könne es ausgleichen. Sie bot mir an, es zu färben, wenn ich will, aber ...«

»Nein!«, rief Meat und erschreckte Zara so sehr, dass sie zusammenzuckte. »Verdammt, es tut mir leid. Ich wollte dich nicht erschrecken. Es ist nur ... mir gefällt deine jetzige Haarfarbe. Sie ist ungewöhnlich, genau wie du.«

»Mein Haar ist braun, Meat. Es ist kein bisschen unge-wöhnlich«, erklärte Zara trocken.

Meat fuhr ihr mit der Hand durchs Haar und streichelte eine ihrer Strähnen. »Du hast die Art von Haar, für die Frauen ihr ganzes Leben in einem Friseursalon verbringen. Es ist braun, ja, aber es sind auch Rottöne darin versteckt. Es ist dunkel und tief, genau wie du. Es bringt deine blauen Augen zum Strahlen, und die Art, wie es dein Gesicht umrahmt, lässt mich an eine schelmische kleine Fee denken.« Als sie ihn weiterhin stirnrunzelnd ansah, seufzte Meat und ließ seine Hand sinken. »Ich kann mich nicht so gut ausdrücken, aber dein Haar ist wunderschön. Renee kann es für dich stylen und schneiden, aber ehrlich, lass die Farbe so, wie sie ist.«

»Okay«, flüsterte Zara. Dann beugte sie sich vor und warf die Arme um ihn, während sie sich an ihn schmiegte. »Habe ich dir eigentlich schon gesagt, wie sehr mir das Bett gefällt, das du mir geschenkt hast?«

Meat atmete tief ein und genoss ihren frischen und sauberen Duft. Er wusste, dass sie wahnsinnig darauf achtete, wie sie roch; er konnte es ihr nicht verdenken, nachdem sie so viel Zeit auf der Straße verbracht hatte. Sie hatte angefangen, mit verschiedenen Arten von Seife zu experimentieren. Morgan hatte ihr eine ganze Schachtel mit femininem Mädchenzeug geschickt, das sie im Einkaufszen-trum gekauft hatte, und Zara trug gerade ein Parfum, das ihn an eine Blumenwiese nach einem Regenschauer erinnerte.

»Ja, Zar, das hast du schon ein-, zweimal erwähnt«, erklärte er ihr mit einem kleinen Lachen.

»Weil es mir eben so gut gefällt. Und das Kissen, das du mir gekauft hast, ist großartig. Es ist weich, aber nicht zu weich.«

»Schön, dass es dir gefällt.«

»Aber weißt du, was mir noch besser gefällt?«

»Was?«

Sie hob den Kopf und sah ihm in die Augen. »Deine Schulter.«

Meat wusste nicht, wie er darauf reagieren sollte. In Peru hatte es ihm verdammt gut gefallen, als sie an ihn geschmiegt eingeschlafen war und seinen Körper als Kopfkissen benutzt hatte, aber seit sie bei ihm zu Hause war, hatten sie das nicht mehr gemacht. »Tatsächlich?«

»Mmm-hmm. Sie ist hart – nicht so hart wie der Boden, aber auch nicht so weich wie ein Federkissen. Und sie ist warm und mir ist doch immer kalt. Ich habe keine Ahnung, wie ich den Winter hier in Colorado überstehen soll. Früher habe ich es geliebt, im Schnee zu spielen, aber nachdem ich so viel Zeit in Peru verbracht habe, glaube ich, dass meine Kältegene in den Winterschlaf gegangen oder ganz verschwunden sind.«

Meat lächelte sie an, streichelte ihren Hinterkopf und drückte ihn sanft an seine Schulter zurück. Er konnte die Wärme ihres Körpers an seinem spüren; er bekam einen Steifen und er wusste, dass sie ihn wahrscheinlich auch zwischen ihren Beinen spüren konnte. Aber nach dem ersten Mal, als es passiert war, als sie eines Abends mit ihm auf dem Sofa gekuschelt hatte, schien sie sich nicht an der Reaktion seines Körpers auf sie zu stören.

Meat tat nichts weiter, als sie im Arm zu halten. Er genoss es. Seine Rippen heilten gut und er spürte nur ab und zu ein Stechen, wenn er sich zu schnell bewegte. Zara auf dem Schoß zu haben war definitiv alles andere als beschwerlich.

»Glaubst du, Renee wird mich mögen?«, fragte Zara nach einer Weile leise.

»Natürlich. Schließlich möchte sie sich mit dir treffen, nicht wahr?«, fragte Meat.

Zara nickte, noch immer an ihn gelehnt. »Ich ... ich vermisse Mags und die anderen Frauen in Peru. Ich mache mir Sorgen um sie. Es gibt Tage, an denen ich das Gefühl habe, in einer ganz anderen Welt zu sein als sie, dann denke ich darüber nach, was sie wohl gerade tun, was sie vielleicht essen oder ob sie überhaupt etwas zu essen haben, frage mich, ob sie vor der Polizei, die in der Gegend patrouilliert, sicher sind. Und ich habe ein schlechtes Gewissen, dass ich hier bin, in Sicherheit und Geborgenheit. Ich habe das Gefühl, dass ich sie im Stich gelassen habe. Ich glaube, deshalb fällt es mir auch so schwer, mit Allye und den anderen Kontakt aufzunehmen. Ich habe fast das Gefühl, dass ich Mags und alle anderen betrüge. Ich weiß natürlich, dass sie nicht so denken würden.«

Sie seufzte leicht. »Nachdem ich mich mit Renee getroffen habe, werde ich Morgan und die anderen Frauen erneut kontaktieren. Ich weiß, wie wichtig dir das ist ... und dadurch ist es auch für mich wichtig.«

»Ich will einfach nur, dass du glücklich bist, Zar. Und das Gleiche würde Mags für dich wollen.«

»Ich möchte das gern glauben. Wenn ich zu deprimiert darüber bin, was sie in Peru durchmachen müssen, versuche ich, mir vor Augen zu halten, wie toll sie sind. Mags ist superschlau und Gabriella ist im Barrio aufgewachsen und weiß, wie sie für sich selbst sorgen kann. Ich wünschte nur, ich könnte die Sicherheit und Zufriedenheit, die ich empfinde, irgendwie mit ihnen teilen.«

Zara gähnte und er spürte, wie sie sich noch mehr an ihn schmiegte. Draußen war es jetzt dunkel und die Grillen zirpten. Die Luft hatte sich ein wenig abgekühlt und der Wind pfiff durch die Bäume auf seinem Grundstück.

Meat wusste, dass es nicht ewig so friedlich bleiben konnte. Zara würde sicher ausziehen wollen, um ihr Leben neu zu beginnen. Sein Haus war ein vorübergehender Zufluchtsort für sie, in dem sie so lange bleiben durfte, wie sie wollte.

Aber je länger sie blieb, desto mehr wollte er sie dort haben – auf Dauer. Er hörte ihr gern zu, wenn sie ihm vorlas, während er in seiner Werkstatt arbeitete. Es gefiel ihm, ihr das Kochen und Autofahren beizubringen.

Er wusste, dass sie aufblühen würde, sobald sie sich in ihrer Umgebung wohler fühlte. Er hatte keinen Zweifel daran, dass sie bald ihren Schulabschluss in der Hand haben und dann zu größeren und besseren Dingen aufbrechen würde, als mitten im Nirgendwo mit einem pensionierten Armeeangehörigen und Möbelbauer zu leben.

Die Dinge mit den Mountain Mercenaries waren ebenfalls nur langsam vorwärtsgekommen. Meat war sich nicht sicher, ob das daran lag, dass alle mit ihren eigenen Familien und ihrem eigenen Leben beschäftigt waren und Rex das mitbekommen und die Aufträge zurückgezogen hatte. Oder vielleicht hatte es auch ganz andere Gründe. Er hatte nur ein paarmal mit Rex gesprochen, seit sie aus Peru zurückgekehrt waren, und ehrlich gesagt vermisste er die adrenalingeladenen Einsätze nicht wirklich. Nachdem er bei der letzten Mission verletzt worden war und er und

Black nur knapp mit dem Leben davongekommen waren, war er bereit für eine Veränderung.

Er und die Jungs hatten sich seit ihrer Rückkehr ein paarmal im *The Pit* getroffen und alle waren sich einig, dass Frauen und Kinder zwar immer Hilfe brauchten, aber sie nicht *jedem* helfen konnten. Sie waren alle übereingekommen, mit Rex zu reden und ihn zu fragen, ob er bereit wäre, ihre Missionen auf das Festland der Vereinigten Staaten zu beschränken, sobald er und Black vollständig geheilt waren. Sie sollten bei ihren Fällen enger mit dem FBI zusammenarbeiten, damit sie offiziell mehr Rückendeckung hätten, falls es hart auf hart käme. Mit der Geburt von Darby und der bevorstehenden Geburt von Arrows kleiner Tochter hatten sich die Dinge geändert. Keiner von ihnen war mehr auf sich allein gestellt.

Und je mehr Zeit Meat mit Zara verbrachte, desto mehr schwand seine Bereitschaft, sein Leben aufs Spiel zu setzen. Sie brauchte ihn. Er wollte nicht ein weiterer Mensch in ihrem Leben sein, der sie verließ. Selbst wenn es ohne sein Verschulden war.

Wie lange er auf seiner Veranda saß, während Zara ruhig an seiner Brust schlief, wusste Meat nicht. Aber als er aufstand, sie ins Haus und die Treppe hinauftrug und sie auf ihr Bett legte, hatte er einen Entschluss gefasst.

Er würde alles tun, was nötig war, um Zara zu überzeugen, seine Frau zu werden. Wenn sie sich mit anderen Männern treffen wollte, würde er versuchen, damit zurechtzukommen, aber letztendlich hoffte er, dass sie sich für ihn entscheiden würde.

Es war verrückt, wie schnell sich das Leben ändern konnte. An einem Tag konnte man in einer der ärmsten Gegenden Perus im Dreck liegen und denken, dass das Leben zu Ende geht, und am nächsten Tag konnte man planen, den Rest seines Lebens mit dem gütigen Engel zu verbringen, der einen gerettet hatte.

Meat wusste, dass er sich heftig und schnell verliebt hatte, aber anscheinend war es bei den Mountain Mercenaries so. Er würde Himmel und Hölle in Bewegung setzen, um Zara das Leben zurückzugeben, das ihr gestohlen worden war, und sie dabei glücklich zu machen.

———

»Wir kommen nicht schnell genug an das Geld«, murmelte der Mann leise, während er auf und ab ging. »Und dabei gibt sie nicht einmal etwas davon aus. Es ist eine Verschwendung, genau wie die letzten fünfzehn Jahre über!« Er wandte sich an die andere Person im Raum und streckte den Arm aus. »Sie sitzt einfach nur im Haus dieses Typen rum und geht *niemals* aus. Sie kauft sich überhaupt nichts. Wir haben ihr haufenweise E-Mails geschickt, in denen wir irgendeine traurige Geschichte vorgegaukelt haben, aber sie ignoriert sie alle. Ich *will* dieses Geld!«

»Ich auch, aber so leicht ist das nicht.«

»Dann müssen wir eben weitere Maßnahmen treffen«, murmelte der Mann. »Es hinter uns bringen. Ich habe mit meiner Kontaktperson in Mexiko gesprochen, und sie ist bereit und wartet darauf, dass wir ihr das Geld bringen. Weißt du eigentlich, wie viel günstiger Black Eagle dort unten ist? Statt wie hier hundert Dollar pro Gramm zu zahlen, können wir uns dort das Doppelte oder sogar das Dreifache leisten.«

»Da wir gerade davon reden, hast du welches?«

»Nein.«

»Dann solltest du dich vielleicht darum kümmern, welches zu besorgen, findest du nicht?«

»Ach, leck mich doch!«, erwiderte der Mann. »Ich kümmere mich um die Drogen und du kümmerst dich um das Geld.«

»Das werde ich. Auf die ein oder andere Weise werden wir es bekommen.«

Der Mann nickte, dann holte er sein Telefon heraus, um seinen Dealer anzurufen. Die Dinge würden besser aussehen, nachdem sie etwas Dope geraucht hatten. Die Dinge sahen immer besser aus, wenn sie high waren.

Der Gedanke, aus Denver zu verschwinden und nach Mexiko zu gehen, klang mit jedem Tag besser. Er hatte sein ganzes Leben in dieser verdammten Stadt verbracht und nichts erreicht, und er war mehr als bereit, sie zu verlassen.

Er hatte genug davon, auf eine Chance auf Zara Laynes Erbe zu warten, und er würde sich diese Gelegenheit auf keinen Fall entgehen lassen.

KAPITEL ZWANZIG

»Sehe ich einigermaßen gut aus?«, fragte Zara nervös und wischte sich die verschwitzten Handflächen an der Jeans ab, als sie im Restaurant standen.

»Du siehst toll aus«, versicherte Meat ihr und gab ihr einen Kuss auf die Schläfe, bevor er einen Schritt zurück machte.

Irgendetwas an ihm war anders und Zara konnte es nicht genau zuordnen. Er hatte sie schon immer beschützt und war um ihr Wohlergehen besorgt gewesen, aber in letzter Zeit schien er das noch mehr zu sein.

Sie war nervös wegen dieses ersten Treffens mit Renee, und Meat hatte nicht gerade viel getan, um ihre Angst zu lindern. Sie war sich bewusst, dass er nicht gerade begeistert war, dass sie ihre Jugendfreundin von Angesicht zu Angesicht traf, aber als er in ihrem Hintergrund nichts fand, worüber er sich Sorgen machen musste, hatte er nachgegeben und sein Bestes getan, um sich für sie zu freuen.

Aber sie bemerkte nicht nur, dass er sich Sorgen um sie machte. Sie bemerkte auch, dass er sie zu verschiedenen Zeiten anstarrte, und wenn sie ihn fragte, was es da zu sehen gäbe, lächelte er nur und sagte: »Dich.« Wenn sie miteinander rumknutschten, war Meat plötzlich viel intensiver. Er überließ ihr immer noch die Führung in ihrer körperlichen Beziehung, aber der Blick in seinen Augen sorgte dafür, dass sie eine Gänsehaut auf ihren Armen bekam und sie Schmetterlinge im Bauch hatte. Er berührte sie immer öfter. Eine kurze Berührung an ihrem Arm hier, eine lange Umarmung dort.

Und er küsste sie ständig. Er berührte mit seinen Lippen ihre Schulter, ihre Schläfe, ihren Kopf. Nicht dass es ihr etwas ausgemacht hätte ...

Er verhielt sich genau so, wie sich ihr Vater gegenüber ihrer Mutter verhalten hatte. Liebevoll. Sie erinnerte sich daran, wie ihr Vater immer die Hand ihrer Mutter gehalten hatte. Zara hatte sich darüber beschwert, dass sie sich vor ihr küssten, als sie alt genug war, um es zu verstehen. Sie hatte es nicht wirklich gehasst – es war ihr als Zehnjährige nur peinlich gewesen.

Noch nie hatte sie für einen Mann so viel empfunden wie für Hunter Snow. Er war der erste Mensch, an den sie nach dem Aufstehen dachte, und der letzte Mensch, an den sie dachte, bevor sie einschlief. Er hatte sie nie zu etwas gedrängt, das sie nicht tun wollte. Er war geduldig und freundlich gewesen, auch wenn er sie sanft dazu drängte, die Sicherheit seines Hauses zu verlassen.

Was das betraf ... so musste sie zugeben, dass sie Angst hatte. Was ihr unten in Lima passiert war, war eine statistische Anomalie gewesen, und sie war noch nicht bereit, ihr Glück auf die Probe zu stellen.

Das heutige Treffen mit Renee war der erste Schritt, um ihre Unabhängigkeit wiederzuerlangen ... aber das Verwirrende war, dass Zara nicht sicher war, ob sie das *wollte*. Technisch gesehen war sie die meiste Zeit ihres Lebens unabhängig gewesen und es hatte ihr nicht viel Spaß gemacht. Sie kochte gern für Meat. Sie mochte es, wenn er ihr sagte, wohin er ging und wann er zurückkam. Es war nicht so, dass sie Angst davor hatte, allein zu leben ... sie wollte es nur einfach nicht.

»Ich setze mich dort drüben an die Theke«, erklärte Meat ihr und blickte ihr tief in die Augen. »Wenn dir irgendetwas komisch vorkommt, musst du mir nur ein Zeichen geben und dann komme ich sofort rüber, okay?«

»Es wird schon alles glatt laufen«, entgegnete Zara, und war sich nicht sicher, wen sie zu beruhigen versuchte, ihn oder sich selbst.

Meat küsste sie noch einmal, es war kein kurzer flüchtiger Kuss, aber auch kein wahnsinnig besitzergreifender. »Viel Spaß«, wünschte er ihr, bevor er sich umdrehte und zur Theke ging.

Zara folgte der Kellnerin zu einem Hochtisch in der Nähe der Theke und ließ sich nieder, um auf Renee zu warten. Sie hatte ein schlechtes Gewissen, dass ihre Freundin von Denver hierherfahren musste, aber Renee hatte ihr versichert, dass das kein Problem sei.

Nach zehn Minuten rutschte Zara vom Hocker, als eine große Blondine direkt auf sie zukam. Zara erkannte Renee von dem Bild, das sie geschickt hatte, war aber immer noch überrascht, wie groß sie war. Sie überragte Zaras eigene Körpergröße von einsfünfundfünfzig, als sie sie begeistert umarmte.

»Du bist ja winzig!«, rief Renee.

Zara lachte und kletterte umständlich wieder auf den Barhocker am Tisch.

»Verdammt noch mal, reichen deine Füße überhaupt bis zur Fußlehne am Stuhl?«, fragte Renee lachend und beugte sich vor, um sich selbst davon zu überzeugen. »Das tun sie nicht! Das ist ja witzig. Ich wusste gar nicht, dass du so klein bist! Warst du in der vierten Klasse auch schon so klein?«

Zara zwang sich zu einem Lächeln. Sie wusste, dass sie zierlich war. Das Zusammenleben mit jemandem, der so groß war wie Meat, machte ihr das immer wieder bewusst. Aber Meat störte sich nicht daran. Er hatte sogar einige Dinge an ihre Größe angepasst. Das Bettgestell, das er für sie gebaut hatte, war niedriger. Er hatte ihr einen Hocker für die Küche gebaut, damit sie die Schränke erreichen konnte, und er hatte kein Wort gesagt, als sie den Wohnzimmertisch näher an das Sofa geschoben hatte, damit sie ihre Füße darauflegen konnte.

»Wahrscheinlich«, erklärte sie Renee. »Obwohl wahrscheinlich die Tatsache, dass ich mich über ein Jahrzehnt schlecht ernährt habe, auch eine Rolle spielt.«

Renee runzelte die Stirn. »Es tut mir leid. Ich wollte dich nicht beleidigen.«

»Das hast du auch nicht«, versicherte Zara ihr schnell.

»Es ist einfach so unglaublich, dass ich jetzt hier mit dir sitze«, bemerkte Renee. »Ich meine, wir sind alle davon ausgegangen, dich nie wiederzusehen. Es ist ein Wunder, dass du überlebt hast.«

Zara nickte. *Verdammt.* Wenn sie sich am Telefon miteinander unterhielten, schien das Gespräch weitaus natürlicher zu verlaufen – und um einiges weniger unbeholfen.

»Also ... dann erzähl mal, was hast du vor, jetzt, da du wieder hier bist? Es ist schön, dass du dir wenigstens um Geld keine Sorgen machen musst. Ich habe gehört, dass deine Eltern dir einen Treuhandfonds hinterlassen haben. Da hast du wirklich Glück gehabt.«

Glück? Dessen war Zara sich nicht so sicher, doch sie lächelte einfach erneut und nahm einen Schluck Wasser. »Ehrlich gesagt bin ich noch dabei, mich an alles zu gewöhnen. Mir zu überlegen, was ich mit dem Rest meines Lebens anstellen möchte. Ich habe viel gelesen und darüber nachgedacht, wann ich meinen Schulabschluss nachholen soll. Es gibt viel, das ich nachholen muss, besonders in Mathe.«

»Eins kann ich dir sagen, nach der fünften Klasse war die Schule wirklich ein Albtraum. Ich bin ein bisschen neidisch, dass du das nicht durchmachen musstest.«

Zara blieb ungläubig der Mund offen stehen und da wurde Renee anscheinend sofort klar, was sie da gesagt hatte.

»Verdammt, jetzt habe ich es schon wieder getan. Es tut mir leid. Ich habe es nicht so gemeint, wie es sich angehört hat. Du hast sicher die Hölle durchgemacht. Wahrscheinlich wärst du froh gewesen, in dein altes Leben zurückzukehren und zur Schule zu gehen, nicht wahr? Wie wäre es, wenn wir einfach unsere Bestellung aufgeben und ich eine Zeit lang den Mund halte und *dich* reden lasse? Erzähl mir mehr von diesem Typen, der dich gerettet und nach Hause zurückgebracht hat.«

Zara war froh über den Themenwechsel. Als sie angefangen hatte, sich mit Renee am Telefon zu unterhalten, hatte sie sie auf Anhieb gemocht, doch jetzt gestaltete sich das Gespräch eher holprig.

Sie bestellte einen Bison-Burger und Pommes frites, und Renee bestellte einen Salat.

Nach ihrem weniger guten Anfang fragte Renee nichts Unangemessenes und tat oder sagte auch nichts, was Zara unangenehm gewesen wäre. Als sie mit dem Essen fertig waren, stellte sie erleichtert fest, dass Renee nicht mehr so nervös war, und sie unterhielten sich in aller Ruhe über die alten Zeiten.

»Ich erinnere mich an diesen Jungen – ich glaube, er hieß Derek –, der dich auf dem Spielplatz immer verfolgt und versucht hat, dich zu küssen. Du warst aber viel schneller als er und er hat dich nie erwischt.«

Zara grinste und erwiderte schelmisch: »Also, vielleicht habe ich mich einmal von ihm einholen lassen.«

»Hast du nicht!«, rief Renee lachend. »Und?«

»Und da hat er mich auf den Mund geküsst und wir haben einander nur angestarrt. Ich war mir nicht sicher, ob ich hätte etwas empfinden müssen oder nicht, und ihm ging es anscheinend genauso, denn danach hat er mich nie wieder gejagt.«

Bei der Erinnerung lachten sie beide und es fühlte sich für Zara toll an, diese Erinnerungsfetzen mit jemandem zu besprechen, der sie noch aus ihrem vorherigen Leben kannte, das sich so unwiderruflich für immer verändert hatte.

»Das hat wirklich Spaß gemacht«, erklärte Renee. »Es freut mich, dich so wohlauf zu sehen. Gut siehst du aus ... mal abgesehen von deinem Haar.« Sie lachte.

Zara stimmte mit in ihr Lachen ein. »Ich weiß, das ist eine ziemliche Katastrophe.«

»Mein Angebot, dir mit deinen Haaren zu helfen, steht noch.«

Zara biss sich auf die Lippe und blickte zur Theke hinüber. Meat war immer noch da und jedes Mal, wenn sie zu ihm hinüberblickte, trafen sich ihre Blicke. Es war ihr nicht unheimlich, dass er sie so aufmerksam beobachtete, sondern sie fühlte sich dadurch sicher. Ein Gefühl, das ihr die meiste Zeit ihres Lebens fremd gewesen war.

»Was ist? Musst du es erst mit deinem Aufpasser absprechen?«, fragte Renee.

Zara sah Renee überrascht an. »Du wusstest, dass er hier ist?«

»Ich meine, erstens ist er heiß. Es wäre unmöglich, ihn

nicht zu bemerken. Zweitens starrt er schon die ganze Zeit über auf unseren Tisch. Zuerst dachte ich, er würde mich ansehen, aber dann war es offensichtlich, dass er *dich* beobachtet. Also habe ich eins und eins zusammengezählt und mir gedacht, dass das dieser Meat ist, von dem du mir erzählt hast.«

Zara nickte. »Ja. Ich habe noch keinen Führerschein und er hat angeboten, mich zu unserem Treffen zu bringen.«

»Und sich dann dazu entschieden zu bleiben, um sich davon zu überzeugen, dass ich dich nicht entführe und dann irgendwelche Geldforderungen stelle, richtig?«, fragte Renee.

Zara zuckte mit den Achseln. »Es ist nur so, dass ich eine Menge E-Mails von Leuten erhalten habe, die versuchen, Geld von mir zu bekommen, nachdem ich dummerweise meine E-Mail-Adresse veröffentlicht hatte.«

»Und woher weißt du, dass *er* es nicht auf dein Geld abgesehen hat?«, fragte Renee.

Zara blinzelte überrascht. »Ich weiß es eben einfach.«

»Weil du so eine gute Menschenkenntnis hast?«, fragte Renee sanft. »Ich will nicht nerven, aber die Welt ist hart, wie du schon weißt. Du kannst niemandem trauen. Nicht einmal ihm. Ich wette, er hat versucht, dir ein Treffen mit mir auszureden, nicht wahr?«

Zara schüttelte den Kopf, doch anscheinend sah sie nicht sonderlich überzeugend aus.

»Ja, das ist keine Überraschung. Wahrscheinlich ist er froh darüber, dich bei sich zu Hause isolieren zu können. Dafür zu sorgen, dass du nicht allein fahren kannst. Dass du keine Freunde hast. Wahrscheinlich verhalte ich mich gerade ein bisschen anmaßend, aber im Ernst, falls du jemals irgendetwas brauchst, ruf mich einfach an. Wir kennen uns wirklich noch von früher, Zara. Wir sind seit zwanzig Jahren miteinander befreundet und es ist mir egal, dass wir einander fünfzehn Jahre davon nicht gesehen haben. Egal was du brauchst, ich bin für dich da. Wenn du einkaufen gehen möchtest? Ruf mich an, ich helfe dir auch gern mit deinen Haaren oder mit allem, was du sonst brauchst. Ich bin nicht so schlau, wenn es um Investitionen geht, aber ich habe mich nicht allzu schlecht geschlagen, also kann ich dir auch dabei helfen. Du willst einen Rat wegen eines Mannes? Wende dich an mich. Willst du ausgehen und dich austoben und einen One-Night-Stand haben? Auch da kann ich dir weiterhelfen. Ich will nur nicht, dass du ihm vertraust, nur weil er dich gerettet hat. Wie nennt man das ... Stockholm-Syndrom?«

»Er hält mich nicht wie eine Gefangene«, protestierte Zara und es gefiel ihr nicht, dass Renee versuchte, sie dazu zu bringen, an allem zu zweifeln, was Meat für sie getan hatte.

»Sitzt er etwa nicht dort drüben und beobachtet jede deiner Bewegungen?«, fragte Renee. »Hält er dich immer an so einer kurzen Leine?«

»Es ist nicht so, wie du denkst«, entgegnete Zara hitziger, als sie es eigentlich vorgehabt hatte. »Er ist einer von den Guten, Renee. Bei ihm liegst du wirklich völlig falsch. Seit wir uns kennengelernt haben, hat er mir immer nur geholfen, und kein einziges Mal hat er eine Gegenleistung verlangt.«

Renee tätschelte ihre Hand und rutschte von ihrem Barhocker. »Ruf mich an, Zara. Ich bin immer für dich da. Du brauchst eine Freundin und nicht jemanden, den *er* für dich ausgesucht hat. Ich freue mich sehr, dass du auf meine E-Mail geantwortet hast, denn ich glaube, dass du mich brauchst.«

Sie wollte ihre Tasche aufmachen und Zara sagte

schnell: »Ich bezahle das Mittagessen, mach dir darum keine Gedanken.«

Renee zwinkerte ihr zu und sagte: »Ach, stimmt ja – du bist ja jetzt reich.« Dann ging sie ein paar Schritte auf sie zu und umarmte Zara umständlich, die noch immer auf ihrem Hocker saß. Dann ließ sie den Blick zu ihrem Haar wandern. »Als Rothaarige würdest du toll aussehen.«

Zara dachte daran, wie ehrfürchtig Meat mit ihrem Haar gespielt hatte, und an die netten Dinge, die er darüber gesagt hatte. Sie biss sich auf die Lippe.

Renee schüttelte den Kopf. »Lass mich raten – er mag dich genau so, wie du bist, richtig? Natürlich würde er so etwas sagen. Er will nicht, dass du dich hübsch machst, weil du dann jemand anderem gefallen könntest und dich aus seinem Einfluss entziehen würdest. Mal ernsthaft, Zara ... wach auf, bevor es zu spät ist. Wenn ich nach Hause komme, schicke ich dir eine E-Mail.«

»Okay. Renee?«

Die andere Frau drehte sich nach ein paar Schritten um. »Ja?«

»Vielleicht könntest du dich beim nächsten Mal um meine Haare kümmern? Sie schneiden und ein wenig Form reinbringen?«

»Ja, Zara, das kann ich machen. Bis bald.«

»Tschüss.«

Zara beobachtete, wie Renee wegging und ihre Hüften schwingen ließ, woraufhin die meisten Männer an der Theke sich gerade hinsetzten und ihr Aufmerksamkeit schenkten. So wie es aussah, würde sie ihr Meat wohl doch nicht vorstellen.

Eine Hand landete auf Zaras Rücken und sie wusste sofort, dass er es war.

»Alles okay? Am Ende sah es nach einem ziemlich heftigen Gespräch aus.«

Wie sollte sie ihm sagen, dass Renee genauso viele Bedenken gegen ihn hegte wie er gegen sie?

Sie konnte es nicht. Sie vertraute Meat und es war ihr peinlich, dass die Frau, auf deren Begegnung sie sich so gefreut hatte, ihm gegenüber misstrauisch war. Sie wollte ihn nicht mit der Tatsache belasten, dass ihre einzige Freundin – abgesehen von Meat – ihn nicht zu mögen schien. Meat würde es wahrscheinlich nicht interessieren, aber Zara schon.

Sie zuckte mit den Schultern. »Es war ganz okay.«

Meat sah sie lange an. »Du siehst nicht sonderlich glücklich aus«, stellte er fest.

Zara zwang sich zu einem Lächeln und schüttelte den Kopf. »Nein, es ist alles in Ordnung. Mir war nur nicht klar, wie viele Erinnerungen ein Treffen mit ihr heraufbeschwören würde.«

»Wie wäre es, wenn wir den Heimweg antreten und ich dir ein Bad einlasse? Du hast noch nicht all die verschiedenen Schaumbäder durchprobiert, die Morgan für dich gekauft hat, oder?«

Zara konnte nicht umhin, an Renees Worte zu denken.

Du brauchst eine Freundin, die nicht *er* für dich ausgesucht hat.

Hatte Meat sie deshalb so sehr gedrängt, mit Allye, Chloe, Morgan, Harlow und Everly Zeit zu verbringen? Wollte er ihre Freunde aussuchen? Sie glaubte es nicht. Aber andererseits hatte Renee in einem Punkt recht: Sie kannte sich in ihrer neuen Welt nicht besonders gut aus – oder mit Männern.

Wenn man sie in Peru in eines der Armenviertel steckte,

konnte sie gut überleben. Aber hier in den Staaten war das eine ganz andere Geschichte.

Sie hasste es, dass sie alles, was Meat für sie getan hatte und was er weiterhin tat, infrage stellte, und ließ sich von ihm vom Hocker helfen, und sie gingen Seite an Seite zur Tür und zu seinem Wagen hinaus.

Auf dem Weg zurück zu seiner Wohnung schwiegen sie. Zara rang nach Worten, aber ihre Gedanken hingen an dem, was Renee gesagt hatte.

Nachdem sie vor Meats Haus geparkt hatten, drehte er sich zu ihr um. »Du bist ziemlich still gewesen. Ich weiß nicht, worüber du und Renee gesprochen habt ... aber ich hoffe bei Gott, dass sie nicht versucht hat, dich gegen mich aufzubringen. Ich schwöre bei meinem Leben, dass ich nur das Beste für dich will, Zara. Wenn du nicht mehr in meinem Haus wohnen willst, werde ich mich bemühen, eine sichere Bleibe für dich zu finden. Ich werde Everly fragen, in welchen Apartmentgebäuden es die wenigsten Strafanzeigen gibt, und ich werde die Vermieter überprüfen, um sich davon zu überzeugen, dass sie seriös sind. Aber bitte zweifle nicht an dem, was zwischen uns ist. Du bist für mich etwas ganz Besonderes und meine Gefühle für dich werden mit jedem Tag, den wir gemeinsam verbringen, nur stärker. Und es handelt sich nicht um Mitleid. Und auch nicht um Dankbarkeit. Und um ehrlich zu sein, ist dein Geld mir völlig egal. Es ist nur ... du bist mir wichtig und ich mag es nicht, wenn dich jemand verletzt. Hier ist der Schlüssel zum Haus. Innerhalb von einer Minute, nachdem du das Haus betreten hast, musst du den Code in die Alarmanlage eingeben. Falls du irgendetwas brauchst, bin ich draußen in der Werkstatt.«

Damit drückte er ihr den Schlüssel in die Hand, kletterte aus dem Wagen und machte sich auf den Weg zu der großen Scheune neben dem Haus.

Zara sah ihm nach, bis er durch die Tür zu seiner Werkstatt verschwand.

Sie wusste tief in ihrer Seele, dass Meat nichts Böses im Schilde führte. Sie hatte Renee die Saat des Zweifels säen lassen ... aber würde sie ihrer Freundin nicht auch raten, vorsichtig zu sein, wenn sie an ihrer Stelle wäre?

Sie schuldete Meat eine Erklärung und eine Entschuldigung, aber sie war verwirrt und überfordert. Und nicht nur das: Sie fühlte sich schuldig, weil sie sich von Renees Worten auch nur ein bisschen beeinflussen ließ und Meat dadurch unnötig beunruhigt war. Letzteres war ihr besonders unangenehm, als hätte sie gerade ein Hündchen getreten.

Sie war es nicht gewohnt, solche emotionalen Entscheidungen treffen zu müssen. In Peru bestand ihre schwierigste Aufgabe darin, etwas zu essen zu beschaffen und sich vor jedem zu verstecken, der sie für eine leichte Beute halten könnte.

Verwirrt und untröstlich darüber, dass sie Meat etwas vorenthalten hatte, stapfte sie zum Haus, um zu tun, was er vorgeschlagen hatte. Sie wollte ein Bad nehmen. Später würde sie mit ihm reden und versuchen, ihm alles zu erklären, was in ihrem Kopf vor sich ging.

Sie betrat das Haus und schaltete die Alarmanlage aus. Dann ging sie nach oben und starrte auf die vielen Lotionen, Seifen und Schaumbäder, die Morgan für sie geschickt hatte. Sie hatte einen kurzen Zettel beigelegt, auf dem stand: *Wenn die Dinge für mich stressig werden, gibt es nichts Besseres als eine lange Dusche oder ein Bad, um wieder klar denken zu können. Es gibt nichts Besseres, als sauber zu sein, nicht wahr?*

Zara wusste, dass die andere Frau auf ihre Weise

versuchte, ihr das Gefühl zu geben, willkommen zu sein. Sie hatte sich nicht sonderlich bemüht, Morgan oder die anderen kennenzulernen – ein weiterer Grund, sich schuldig zu fühlen –, und ungeachtet dessen, was Renee angedeutet hatte, glaubte sie nicht, dass die anderen Frauen sich aus unlauteren Absichten mit ihr anfreunden wollten.

Es war an der Zeit, den Kopf freizubekommen. Sie war seit fast einem Monat wieder in den Vereinigten Staaten. Es war an der Zeit, aus ihrer Komfortzone herauszukommen und ein paar Freunde zu finden ... abgesehen von Meat und Renee. Und obwohl sie immer noch mit Renee sprechen und sie sehen wollte, wäre es vielleicht keine schlechte Idee, auch die Lebensgefährtinnen von Meats Freunden kennenzulernen.

Ihr Entschluss stand fest, auch wenn ihr nicht ganz wohl bei der Sache war, und Zara suchte sich einen Duft namens »*Gewürzlebkuchen*« aus und schüttete eine großzügige Menge des Schaumbads ins Badewasser.

KAPITEL EINUNDZWANZIG

Eine Woche später hörte Zara zu, wie Meat Vorbereitungen traf, um Arrow in etwa fünfundvierzig Minuten abzuholen. Er hatte ihn angerufen, um sich zu vergewissern, dass ihre Reise nach Castle Rock an diesem Morgen noch stattfinden würde. Sie waren auf dem Weg in die kleine Stadt zwischen Denver und Colorado Springs, um einen Freund von ihnen zu besuchen, der früher Mitglied der Mountain Mercenaries gewesen war.

Ryder »Ace« Sinclair war nach Castle Rock gezogen, um näher bei seinen Halbbrüdern zu sein und weil er eine Frau namens Felicity kennengelernt und geheiratet hatte. Er hatte angefangen, für die Firma seiner Brüder, Ace Security, zu arbeiten, und sie waren gerade in einen Fall verwickelt, bei dem sie Menschenhandel vermuteten. Sie hatten die Mountain Mercenaries um eine Beratung gebeten.

Nach dem zu urteilen, was Meat Zara nach seinem Telefonat mit Arrow erzählt hatte, zögerte sein Freund, Morgan zu verlassen. Sie hatte ihn ermutigt zu gehen, da es sich um eine berufliche Angelegenheit handelte und nicht nur um einen gesellschaftlichen Besuch. Arrow war immer noch nervös, da es nur noch eine Woche bis zu Morgans Geburtstermin war, aber sie hatte darauf bestanden, dass es ihr gut ginge – und dass er, falls etwas passieren würde, immer noch nahe genug wäre, um nach Colorado Springs zu rasen und bei der Geburt dabei zu sein.

Meat versuchte, ihn zu beruhigen, indem er darauf hinwies, dass es bei Erstgebärenden in der Regel ohnehin länger dauerte, bis sie so weit waren, und Arrow hatte widerwillig zugestimmt. Er war trotzdem ein nervöses Wrack. Das war nicht verwunderlich, denn nachdem Gray die Geburt seines Sohnes verpasst hatte, waren sie alle etwas nervös.

Meat erklärte, dass keine der anderen Frauen mit Morgan zusammen sein konnte, weil sie anderweitig beschäftigt waren. Entweder arbeiteten sie oder hatten Verpflichtungen, die sie nicht loswerden konnten.

Es war etwas mehr als ein Monat vergangen, seit Zara wieder in den Vereinigten Staaten angekommen war und mit Meat zusammenlebte. Sie hatte die Zeit allein gebraucht, um sich an ihre neuen Umstände zu gewöhnen. Um sich mit der Tatsache abzufinden, dass sie jederzeit duschen konnte, wann immer sie wollte. Dass sie jeden Tag saubere Kleidung hatte und so viel zu essen, wie sie essen konnte.

Renee hatte angedeutet, dass sie in irgendeiner Weise gegen ihren Willen festgehalten wurde, aber das hätte nicht weiter von der Wahrheit entfernt sein können. Sie war es, die sich versteckte. Sie war nicht bereit, sich der Welt zu stellen. Sie hatte Angst, dass man sie für unzulänglich hielt. Meat hatte ihr einen Ort gegeben, an dem sie sich sicher fühlte. Jetzt verspürte sie endlich das Bedürfnis, mit anderen in Kontakt zu treten. Ihren Platz in dieser neuen Welt zu finden, in der sie lebte.

Renee versuchte, eine gute Freundin zu sein, und Zara hatte es größtenteils genossen, mit ihr zu reden. Vor ein paar Tagen hatte sie sich wieder mit ihr getroffen und Renee hatte ihr Haar geschnitten und gestylt. Es war jetzt ein sogenannter Pixie-Schnitt, und Zara gefiel es. Seit sie bei Meat wohnte, war sie auch ein bisschen dicker geworden und sah nicht mehr ganz so dünn aus ... obwohl Renee sie immer wieder wegen ihrer Größe neckte.

Alles in allem mochte sie Renee zwar, aber die Verbindung, die sie hatten, als sie jünger waren, war nicht mehr vorhanden. Sie hatten sich zu sehr unterschiedlichen Menschen entwickelt. Zara war immer noch dankbar, sie wieder in ihrem Leben zu haben, aber sie vermisste die Art von Verbindung, die sie mit Mags und ihren Freunden im Barrio gehabt hatte.

Im Endeffekt wollte sie es noch einmal mit Meats Freundinnen versuchen. Das war sie auch Meat schuldig. Und sie konnte direkt mit Morgan anfangen. Sie wollte schon lange mit ihr darüber reden, wie Morgan es geschafft hatte, sich wieder in ihr altes Leben zu fügen, und das war ihre Chance.

»Ich könnte mitkommen und bei Morgan bleiben, während ihr in Castle Rock seid«, erklärte sie Meat. »Natürlich nur, wenn du denkst, dass Arrow einverstanden ist.«

Meat saß auf dem Sofa und band sich gerade seine Turnschuhe zu, doch als er fertig war, stand er auf und kam direkt zu ihr. Er ließ seine Hände zu beiden Seiten ihres Kopfes in ihr Haar gleiten und hob ihren Kopf an, um ihr in die Augen zu sehen. »Wirklich?«

Sie nickte.

»Arrow *und* Morgan fänden das großartig.«

Als er sich nicht von ihr löste, fragte Zara: »Willst du nicht anrufen und fragen, ob es in Ordnung ist?«

»Es ist in Ordnung«, versicherte Meat ihr.

Zara verdrehte die Augen.

»Ich mag es, wenn du das tust«, erklärte Meat ihr.

»Was? Wenn ich die Augen verdrehe?«, fragte Zara amüsiert.

»Ja. In den ersten Tagen, in denen du hier warst, hast du kaum etwas gesagt. Du warst bei allem, was du getan hast, zögerlich. Du hast um Erlaubnis gefragt, wenn du etwas trinken wolltest, wenn du draußen sitzen wolltest, bei so ziemlich *allem*. Aber du hast dich schnell eingewöhnt. Und ich finde das toll.«

»Das liegt an dir«, erklärte Zara ihm ehrlich. »Du hast es mir leicht gemacht ... einfach nur ich selbst zu sein.«

»Das war auch mein Ziel. Musst du noch irgendetwas mitnehmen, bevor wir losziehen?«

Sie schüttelte den Kopf.

»Gut. Dann haben wir Zeit für das hier.«

Zara öffnete den Mund, um zu fragen: »Wofür?«, doch er küsste sie auf die Lippen und schnitt so ihre Frage ab.

Sie schloss die Augen, legte die Arme um ihn, grub ihre Fingernägel in seinen Rücken und versuchte, ihn näher an sich zu ziehen.

Zum Glück gab es immer noch kaum eine Zeit, in der sie zusammen waren, in der Meat sie nicht auf irgendeine Weise berührte. Er hielt ihre Hand, schob seine Finger unter ihr Hemd am Rücken, küsste sie. Und sie liebte jeden Augenblick. Anfangs hatte es Spaß gemacht zu experimentieren, es langsam anzugehen, aber sie wurde schon langsam ungeduldig.

Sie wollte mehr, wusste aber nicht, wie sie Meat sagen

sollte, dass sie bereit war, ihre körperliche Beziehung auf die nächste Stufe zu bringen. Jeden Abend verließ er sie mit einem Kuss an der Tür des Gästezimmers, bei dem ihr die Knie weich wurden, und jeden Abend fand sie nicht den Mut, ihn hereinzubitten.

Aber sie verlor schnell ihre Schüchternheit. Sie wollte ihn. Wollte wissen, worum es beim Sex ging. Sie musste nur einen Weg finden, es ihm zu sagen.

Meat zog sich zurück. Sie spürte seinen steifen Schwanz an ihrem Bauch und sie begann, sich in seinen Armen zu winden. »Du bringst mich noch um«, sagte er lächelnd, dann beugte er sich vor und gab ihr einen festen Kuss, bevor er einen Schritt zurück machte. »Ich wünschte, ich müsste nicht nach Castle Rock fahren. Ich würde lieber den Tag hier mit dir verbringen.«

Irgendwie gelang es ihm immer, dafür zu sorgen, dass sie sich gut fühlte. »Wir sehen uns heute Abend«, erwiderte sie und sah ihn unter ihren Wimpern hervor an. »Ich freue mich immer darauf, Zeit mit dir verbringen zu können.«

Meat stöhnte und drehte sie mit Gewalt zur Tür um. »Wenn wir jetzt nicht gehen, schleppe ich dich vielleicht zum Sofa, damit du mit mir machen kannst, was du willst.«

»Und das fände ich toll«, erklärte Zara ihm und freute sich darüber, dass sie vielleicht tatsächlich übereinstimmten, was diese Seite ihrer Beziehung betraf.

Sie lächelte, als sie sah, wie Meat seine Hose zurechtzupfte, bevor er in den Wagen stieg, doch sie ging nicht darauf ein.

Als sie losfuhren, sagte Meat: »Arrow und Morgan sind also vor Kurzem in das neue Haus eingezogen, das sie auf einem Grundstück gebaut haben, das er nicht allzu weit von uns entfernt gekauft hat. Morgan war früher Vollzeit-Imkerin in Atlanta und versucht sich jetzt wieder in diesem

Geschäft. Sie haben zwei Bienenstöcke auf dem hinteren Teil ihres Grundstücks. Was auch immer sie sagt, lass dich nicht von ihr überreden, mit ihr da rauszugehen. Arrow versucht, sie bis zur Geburt des Babys von den Bienenstöcken fernzuhalten, nur für den Fall.«

Zara war bereits jetzt fasziniert von Morgan. Sie hörte sich unglaublich cool an und Zara hoffte, dass sie irgendwelche Gemeinsamkeiten finden würden – abgesehen von der Tatsache, dass sie beide entführt und außerhalb von Amerika den Launen Fremder ausgeliefert worden waren, natürlich.

»Wir sollten eigentlich nicht den ganzen Tag wegbleiben. Aber es ist schon ziemlich lange her, seit wir uns mit Ace getroffen haben, und wir freuen uns alle darauf, seine Halbbrüder besser kennenzulernen. Aber falls du irgendetwas brauchst, brauchst du nur anzurufen ... du hast doch dein Handy dabei, richtig?«

Zara rümpfte die Nase, dann sah sie zu Meat hinüber und schüttelte den Kopf.

»Zara ... wir haben doch schon darüber gesprochen.«

»Ich weiß, ich weiß. Es tut mir leid. Aber ich kann mich einfach nicht daran gewöhnen, es ständig mit mir rumzuschleppen. Und schließlich brauche ich es nicht, wenn ich bei dir bin.«

Meat seufzte. »Ist schon in Ordnung. Morgan hat ja sicher ihr Handy. Aber bitte ... versuche, dich daran zu erinnern. Mir gefällt der Gedanke nicht, dass du mich oder sonst jemanden brauchen könntest und nicht die Möglichkeit hast, uns zu kontaktieren. Außerdem kann ich dein Handy orten. Natürlich denke ich nicht, dass dir etwas passiert, aber es trägt einen großen Teil zu meinem Seelenfrieden bei.«

»Ich werde versuchen, mich in Zukunft daran zu erinnern«, versicherte sie ihm.

Sie hielten vor einem großen Haus, das von Bäumen umgeben war, und Zara konnte nicht anders und verliebte sich sofort darin. Es erinnerte sie sehr an das Haus von Meat. Es gefiel ihr, dass es sich nach einem Holzhaus anfühlte.

Es schien, als hätte sie doch etwas mit Morgan gemeinsam. Wenn die andere Frau das Leben an einem Ort wie diesem genauso liebte wie Zara, dann würden sie sich gut verstehen.

Arrow und Morgan kamen ihnen entgegen, und das Erste, was Arrow zu Zara sagte, war: »Bitte sag mir, dass du hierbleibst.«

Zara lächelte und nickte. »Wenn das in Ordnung ist.«

»Natürlich ist das in Ordnung«, entgegnete Arrow. »Es ist *mehr* als in Ordnung.«

Zara sah zu Morgan. »Ich wollte mich nicht einfach selbst hierher einladen, aber ich dachte, du könntest vielleicht ein bisschen Gesellschaft gebrauchen.«

»Natürlich. Ich freue mich sehr. Ich wollte dich schon längst besser kennenlernen, aber dieses kleine Böhnchen hier«, sie legte eine Hand auf ihren dicken Bauch, »macht mir ganz schön zu schaffen. Manchmal fühlt es sich so an, als würde sie sofort auf die Welt kommen, und an anderen Tagen schläft sie so friedlich, als könne sie noch weitere drei Monate drinbleiben.«

Zara lächelte.

Es dauerte weitere zwanzig Minuten, bis Arrow sich vergewissert hatte, dass es seiner Frau gut ging. Er sagte ihr zum hundertsten Mal, sie solle ihn anrufen, wenn sie etwas brauche, und sie musste versprechen, keinen Fuß vor das Haus zu setzen.

Bevor Arrow das Haus verließ, küssten sie sich so leidenschaftlich, dass es Zara fast peinlich war, Zeugin davon zu sein. Aber Meat ließ sich natürlich nicht lumpen, packte sie und küsste sie mit ebenso viel Begeisterung.

Zara wusste, dass sie rot wurde, als die Männer schließlich gingen, aber Morgan ging gar nicht darauf ein. Sie gingen ins Haus und schalteten den Fernseher ein, um eine Hintergrundkulisse zu haben, während sie sich unterhielten. Sie hielten gerade Small Talk, als die Mittagsnachrichten kamen.

Es gab einen weiteren Beitrag über Zaras Fall, in dem ein Psychologe und ein örtlicher Kriminalbeamter darüber spekulierten, was Zara durchgemacht hatte und was ihr mental bevorstehen könnte, was die »Bewältigung ihrer Tortur« betraf.

»Die wissen wirklich nicht, worüber sie da reden«, beschwerte sich Zara.

»Sie werden leider immer so weitermachen, solange du ihnen nicht sagst, was wirklich los ist«, erklärte Morgan ganz ohne Tadel in der Stimme.

Zara wandte sich zu ihr um. »Denkst du, ich sollte eine Pressekonferenz geben?« Sie dachte immer öfter darüber nach. Bei ihrer Rückkehr war sie noch nicht bereit gewesen, über das zu sprechen, was ihr passiert war. Allein bei dem Gedanken, vor einen Haufen Reporter zu treten und deren Fragen zu beantworten, wurde ihr schlecht. Sie hatte so viel Zeit ihres Lebens damit verbracht, sich in den Hintergrund zu drängen und nicht gesehen zu werden, dass die Vorstellung, im Mittelpunkt der Aufmerksamkeit zu stehen, ihr fast eine Panikattacke verursachte.

Aber angesichts all der Interviews und falschen Informationen, die im Internet und im Fernsehen über sie kursierten – und die immer sensationeller wurden –, hatte sie das Bedürfnis, ihre Seite der Geschichte zu erzählen. Um alles richtigzustellen.

»Ich kann dir nicht sagen, ob du das tun sollst oder nicht«, erklärte Morgan ihr. »Du musst einfach tun, was das Beste für dich ist. Aber wenn du dich über das aufregst, was sie sagen, hast du damit ja schon fast eine Entscheidung getroffen.«

Zara nickte. »Es ist nur so ... als Meat mich mit zu sich nach Hause genommen hat, war das der perfekte Ort, um sich zu verstecken. Allem den Rücken zuzukehren. Ich wollte nicht über mein Leben in Peru sprechen. Oder mich daran erinnern. Ich hatte nie wirklich die Gelegenheit, um meine Eltern zu trauern, und dass jetzt alle wissen wollen, was ich damals gesehen und gehört habe ... ist eben ziemlich schwer für mich. Manchmal habe ich deswegen immer noch Schuldgefühle. Wenn ich mich während des Essens nicht wie ein ungezogenes Gör verhalten hätte, und wenn ich auf dem Nachhauseweg vielleicht nicht ganz so sehr hinter ihnen her getrödelt hätte, wären wir vielleicht schneller beim Hotel angekommen und nicht zur falschen Zeit am falschen Ort gewesen.«

»Du darfst dir keine Selbstvorwürfe machen«, erklärte Morgan ihr, beugte sich vor und legte eine Hand auf Zaras Arm. »Ich habe mir dieselben Fragen gestellt. Ich fragte mich, wenn ich an dem Abend, an dem ich entführt wurde, um eine Begleitung gebeten hätte, ob ich dann nicht entführt worden wäre. Oder wenn ich mich mehr gewehrt hätte, als ich nach Santo Domingo gebracht wurde, ob sie mir dann nicht so viel Gewalt angetan hätten. Aber unterm Strich haben wir das Beste getan, was wir in der Situation, in der wir uns befanden, tun konnten. Mach dir keine Vorwürfe.« Morgan lehnte sich zurück und wand sich ein wenig auf ihrem Platz.

Zara fragte sich, ob ihr das Gespräch vielleicht zu schaffen machte, und entschied, dass das nicht der Fall war. Schließlich fand sie es selbst auch nicht gerade fantastisch, über das zu reden, was passiert war. »Wie hast du das überwunden und weitergemacht? Ich meine, ich weiß nicht, was zwischen dir und Arrow passiert ist, nachdem du zurückgekommen warst, aber hat er ... hast du ... Mist, ich weiß nicht, wie ich das fragen soll.«

»Du kannst mich alles fragen, Zara. Was mit uns passiert ist, war nicht fair. Uns beiden wurde ein Teil unseres Lebens genommen. Bei mir war es nur ein Jahr, aber bei dir waren es *fünfzehn* Jahre.«

»Ich bin noch Jungfrau«, platzte Zara heraus. Dann schloss sie sofort die Augen und schüttelte den Kopf. »Ich will damit sagen, dass ich nicht das durchgemacht habe, was du durchgemacht hast.«

»Nur weil du nicht vergewaltigt wurdest, bedeutet das noch längst nicht, dass du nicht traumatisiert bist«, erklärte Morgan ihr sanft. »Du hast deine gesamte Kindheit verpasst. Du warst auf dich allein gestellt, seit du *zehn Jahre* alt warst. Ich habe keine Ahnung, wie du das geschafft hast. Ich bewundere dich, Zara. Ich weiß nicht, was du fragen wolltest, aber wenn es um Sex geht, war es schwer für mich. Es hat lange gedauert. Aber Arrow war geduldig und hat mir nie ein schlechtes Gewissen gemacht wegen allem, was ich ertragen habe, oder wegen allem, was zwischen uns beiden im Schlafzimmer passiert ist. Was auch immer du durchgemacht hast, ich habe keinen Zweifel daran, dass du eine Inspiration für so viele Menschen bist, Zara. Die Welt ist ein brutaler Ort. Die Menschen sind unfreundlich. Die meisten Menschen haben nicht das erlebt, was wir erlebt haben, aber wenn du das überleben konntest und immer noch aufrecht gehst und nicht in einer psychiatrischen Anstalt sitzt, denke ich, dass andere davon profitieren könnten zu hören, was du zu sagen hast.«

Zara konnte sich nicht vorstellen, irgendwem als Inspiration zu dienen. Nicht im Geringsten.

Dann nahm sie all ihren Mut zusammen und stellte die Frage, die ihr auf der Zunge brannte. »Wie hast du Arrow dazu gebracht, mehr als nur ein Opfer in dir zu sehen? Ich meine ... wie hast du ihn wissen lassen, dass du vielleicht Interesse an mehr hast als nur Freundschaft?«

Morgan wand sich auf ihrem Platz und verzog das Gesicht. Dann lächelte sie Zara an. »Bitte entschuldige. Es wird ziemlich unbequem, wenn ich lange sitzen muss. Ich nehme an, dass du mich das fragst, weil du möchtest, dass Meat mehr tut, als dich nur zu küssen, wie er es getan hat, bevor er abgefahren ist, richtig?«

Zara nickte und versuchte, sich nicht ansehen zu lassen, wie peinlich ihr das war.

»Du musst unverblümt sein. Du musst ihm einfach sagen, was du denkst. Was du fühlst. Er hat wahrscheinlich große Angst davor, zu schnell zu handeln. Wenn er so ist wie Arrow, möchte er dir Zeit geben, das Geschehene zu verarbeiten, und er hat Angst, dass er dich erschreckt, wenn er zu schnell vorgeht.«

»Ich habe keine Angst vor Meat«, erklärte Zara mit Nachdruck. »Ich meine, ich weiß, wie Sex funktioniert. Ich habe es vielleicht noch nie gemacht, aber durch meine Lebensweise habe ich es aus nächster Nähe gesehen. Im Barrio ist nicht viel privat. Außerdem habe ich der Ärztin bei der Geburt von mehr Babys geholfen, als ich zählen kann. Aber ... wissen und tun sind zwei verschiedene Dinge, und ich habe Angst, dass ich es vermassle und Meat mich bittet auszuziehen.«

»Jetzt weiß ich, warum Meat und Arrow dich dazu überredet haben, heute hierherzukommen«, sagte Morgan lachend und zeigte auf ihren Bauch.

»Oh, nein«, versicherte Zara ihr schnell. »Ich bin aus freien Stücken hier. Ich bin es einfach leid, mich zu verstecken und meine Wunden zu lecken. Ich wollte mit dir reden und dich besser kennenlernen. Und es hat nichts mit der Tatsache zu tun, dass du so aussiehst, als würdest du gleich platzen.« Sie lächelte, um Morgan zu verstehen zu geben, dass sie sie nur neckte.

»Dann ist es ja gut«, erklärte Morgan lachend. »Und um deine Frage zu beantworten, du kannst bei Meat nichts falsch machen. Er und die anderen Mountain Mercenaries wissen genau, was sie wollen und was ihnen gefällt. Und was Meat ganz offensichtlich gefällt, bist *du*. Er konnte den Blick heute nicht von dir lassen. Du musst ihm nur unmissverständlich zu verstehen geben, dass du mehr als nur küssen willst, und dann wird er sich um alles andere kümmern.«

»Meine Freundin Renee meint, ich solle ein paar One-Night-Stands haben, um herauszufinden, was ich mag und was nicht, wenn es um Sex und Männer geht. Sie sagt, dass ich mich zu Meat hingezogen fühle, weil ich nur mit ihm zusammengelebt habe, und dass das nur daran liegt, dass ich noch nie mit jemand anderem zusammen war.«

»Und was hältst *du* davon?«, fragte Morgan.

Zara atmete tief durch. »Ich denke, in gewisser Weise hat sie recht. Ich habe die letzten fünfzehn Jahre damit verbracht, Männer zu meiden. Aber in anderer Hinsicht denke ich, dass sie unrecht hat. Ich habe Männer im Lebensmittelgeschäft gesehen und mit ihnen gesprochen, und in einem Restaurant, als Renee und ich uns das letzte Mal getroffen haben. Ein Kellner steckte mir sogar seine Telefonnummer zu. Renee war begeistert und ermutigte mich, ihn anzurufen, aber ich fühlte mich nicht so zu ihm hingezogen, wie es bei Meat der Fall ist.«

Morgan nickte. »Ich verstehe das. Das tue ich wirklich. Ich war genauso wie du, ich wollte nichts mit Männern zu tun haben, aber Arrow hatte etwas an sich, das mir das Gefühl gab ... in Sicherheit zu sein. Und das lag nicht daran, dass er mich gerettet hat, wie manche Leute sagen würden. Wenn er mich ansieht, ist es, als würde er mich tatsächlich sehen. Er hört zu, wenn ich rede, und drängt mich nicht zu etwas, was mir unangenehm ist. Ich hätte nie gedacht, dass ich nach dem, was mir passiert ist, wieder Liebe machen kann, und ich kann mir immer noch nicht vorstellen, dass mich jemand anderes als Arrow berühren darf. Jetzt sind wir verheiratet – auch wenn mein Vater mit der kleinen, schnellen standesamtlichen Zeremonie nicht glücklich war, bevor Arrow nach Lima aufbrach. Und jetzt bekomme ich sein Baby und ich fühle mich, als wäre es ein Wunder. Hör einfach auf dein Bauchgefühl, Zara. Es hat dir fünfzehn Jahre lang gute Dienste geleistet. Vielleicht klappt es mit dir und Meat nicht auf Dauer, aber was, wenn doch?«

Zara dachte darüber nach und wusste, dass Morgan recht hatte. »Danke.«

»Gern geschehen. Hast du Hunger?«

»Ja. Ich habe versucht, nur drei Mahlzeiten wie normale Menschen zu essen, aber ich schwöre, ich habe das Gefühl, immer Hunger zu haben. Ich schätze, weil ich so lange keine regelmäßigen Mahlzeiten zu mir genommen habe, drängt mein Körper mich immer dazu, mich vollzustopfen, nur für den Fall, dass es später nichts mehr zu essen gibt.«

»Ich weiß genau, was du meinst«, rief Morgan aus und versuchte vergeblich, sich von ihrem Platz aufzurappeln.

Zara half ihr aufzustehen und sah dabei zu, wie sie sich nach vorn beugte und mehrere tiefe Atemzüge nahm. Dann richtete Morgan sich auf und lächelte. »Und wie sieht es mit Duschen und Baden aus? Ich konnte in letzter Zeit keine Bäder nehmen, aber es geht doch nichts über eine schöne lange, heiße Dusche, oder?«

Zara lächelte auf dem Weg zur Küche. »Meat schwört mir, dass es ihm nichts ausmacht, wenn ich fünfundvierzig Minuten lang unter der Dusche stehe, und obwohl ich ein schlechtes Gewissen habe, schaffe ich es einfach nicht, kürzer zu duschen.«

»Das geht mir genauso. Arrow beschwert sich immer aus Spaß über die Wasserrechnung, aber ich weiß, dass es ihm eigentlich egal ist. Leute, die nie in unserer Situation waren, können das einfach nicht verstehen«, erklärte sie.

Zara atmete innerlich erleichtert auf. Es war dumm von ihr gewesen, sich so lange von Morgan fernzuhalten. Und plötzlich hatte sie den nagenden Verdacht, dass es sich mit den anderen Frauen genauso verhalten würde. Sie hatte das Gefühl, Morgan alles erzählen zu können, ohne dafür verurteilt zu werden, einfach nur, weil sie selbst schon in der Situation gewesen war. Sie hatte das Gleiche durchgemacht wie Zara. Nicht genau dasselbe, aber zumindest hatte sie sich in einer ähnlichen Situation befunden.

Vielleicht hatte sie sich deshalb nicht gleich auf Anhieb so gut mit Renee verstanden, wie sie gehofft hatte.

»Also ... was würdest du gern essen?«, fragte Morgan und machte den Kühlschrank auf.

»Ich bin keine besonders gute Köchin, aber mir schmeckt eigentlich alles«, erklärte Zara.

Sie einigten sich auf Käsemakkaroni und als sie die Zutaten vorbereiteten, spürte Zara, wie die Schutzschilde, die sie während der letzten Monate um sich herum aufgebaut hatte und denen Meat schon ein paar ordentliche Risse verpasst hatte, sich vollends senkten.

Zwei Stunden später, nachdem sie gegessen und über alles und nichts geplaudert hatten, entschuldigte sich Morgan, um auf die Toilette zu gehen. Als sie nach zehn Minuten noch nicht zurück war, machte Zara sich Sorgen und ging vorsichtig die Treppe in den ersten Stock hinauf.

»Morgan?«, rief sie. »Alles in Ordnung?«

»Nein!«, rief die andere Frau weinend.

Erschrocken stürzte Zara ins große Schlafzimmer und ging geradewegs ins Bad, wo sie Morgan fand, die sich über den Waschtisch lehnte und sich auf die Ellbogen stützte. Sie hob den Kopf und Zara konnte sehen, dass sie geweint hatte.

»Was ist denn los?«

»Ich habe gerade ... ich hatte den ganzen Tag Schmerzen, nahm aber an, dass es sich um Scheinwehen handelte, so wie bei den anderen beiden Malen, als Arrow mich ins Krankenhaus gebracht hat. Es ist noch eine Woche bis zu meinem Geburtstermin. Es ist noch zu früh, aber ich ...« Sie hielt inne, verzog das Gesicht und hielt sich so sehr am Waschbecken fest, dass ihre Fingerknöchel weiß wurden.

»Du hast Wehen«, erklärte Zara, die schon viele Frauen mit Wehen gesehen hatte, die kurz davor waren, ihr Kind zur Welt bringen.

Morgan schüttelte den Kopf. »Ich dachte, ich hätte noch Zeit. Ich meine, das erste Baby braucht immer ewig. Ich weiß, wie sehr Arrow sich darauf gefreut hat, seinen Freund zu sehen. Ich wollte nicht, dass er sich Sorgen macht. Meine Fruchtblase ist noch nicht mal geplatzt. Ich kann doch kein Baby bekommen, ohne dass das vorher passiert, oder?«

»Es ist möglich, dass es passiert ist, als du heute Morgen unter der Dusche standest oder als du heute irgendwann auf die Toilette gegangen bist.«

»Hätte ich das nicht bemerkt?«, fragte Morgan ungläubig.

»Vielleicht, vielleicht auch nicht. Da dies dein erstes Mal ist, ist es möglich, dass du es nicht bemerkt hast. Aber keine Panik. Ich habe dir vorhin gesagt, dass ich damit einige Erfahrung habe. Darf ich einen Blick darauf werfen und sehen, wie es bei dir läuft? Dann gehe ich nach unten und hole dein Telefon und wir rufen einen Krankenwagen. Ich würde dich ja selbst fahren, aber ...« Zara ärgerte sich darüber, dass sie bis jetzt noch nicht ihren Führerschein gemacht hatte.

»Okay.«

Zara half Morgan, sich auf den Boden des Badezimmers zu legen. Die Fliesen waren wahrscheinlich kühl an ihrem Rücken, aber Morgan hatte so starke Schmerzen, dass sie es nicht einmal zu bemerken schien. Zara half ihr, ihre Hose und Unterwäsche auszuziehen, und deckte ihren Schoß mit einem Handtuch zu.

Sie wollte nur nachsehen, wie weit Morgan gedehnt war und dass sie mehr als genug Zeit haben würden, um ins Krankenhaus zu kommen, aber sie war erschrocken, als sie sah, dass der Kopf des Babys bereits zu sehen war.

»Seit wann hast du schon Wehen?«, fragte Zara, stand schnell auf und wusch sich die Hände im Waschbecken. Sie würden nicht genügend Zeit haben, um auf den Kranken-wagen zu warten. Verdammt, sie würde nicht einmal Zeit haben, um nach unten zu gehen, um Morgans Handy zu holen. Das Baby war unterwegs. Und zwar *jetzt*.

»Sie haben gestern Abend angefangen, aber wie schon gesagt wollte ich Arrow keine Angst machen«, erklärte Morgan und keuchte, als eine weitere Wehe einsetzte. Zara sah sie an. »Ich weiß, ich weiß. Das war dämlich, aber er hat sich so darauf gefreut, seinen Freund zu treffen ... du kannst später mit mir schimpfen. Jetzt muss ich pressen«, stöhnte Morgan.

Zara nahm sich ein paar Handtücher und breitete sie unter Morgan aus, so gut sie konnte, dann ging sie in die Knie und versuchte, ihre neue Freundin zu beruhigen. »Okay, du bekommst jetzt ein Baby, Morgan. Aber mach dir keine Sorgen, wir schaffen das schon.«

»Mist, Arrow wird ganz schön wütend sein.«

Zara nahm an, dass er wahrscheinlich eher erleichtert wäre, dass es ihr gut ging, aber sie sagte nichts.

»Egal welche Frau als nächste schwanger wird, sie wird im letzten Monat ihrer Schwangerschaft nicht mal einen Moment lang mehr allein sein dürfen«, stöhnte Morgan. »Nun, da Gray die Geburt von Darby verpasst hat, und jetzt das hier … wir sind alle dem Untergang geweiht.«

Lächelnd konzentrierte Zara sich auf die bevorstehende Aufgabe. »Okay, hast du schon das Bedürfnis zu pressen?«

»Nein, noch nicht … oh … warte … verdammt, das tut so weh«, stöhnte Morgan. »Ich werde pressen!«

Zara beobachtete, wie der Haarschopf hervortrat, bis sie die Stirn des winzigen Babys sehen konnte. Sie war erleichtert, dass es sich nicht um eine Steißgeburt handelte.

Doch als Morgan weiter hechelte und presste, bemerkte Zara, dass das Gesicht des Babys eine bläuliche Färbung hatte.

»*Madre de Dios*«, murmelte sie. »Hör auf zu pressen, Morgan. Und zwar sofort. Hör auf!«

»Ich kann nicht!«, rief Morgan. »Ich will, dass sie rauskommt! *Bitte.*«

Zara übte sanften Druck auf den Kopf des Babys aus, um zu verhindern, dass es aus dem Geburtskanal austrat. Sie sah zu Morgan auf und sagte barsch: »Wenn du jetzt presst, bringst du sie um. *Hör auf zu pressen!*«

Anscheinend drang sie zu Morgan durch, denn die andere Frau hob den Kopf und sah Zara mit weit aufgerissenen Augen entsetzt an. »Was ist denn los?«

Zara atmete tief durch. Sie hatte das schon mal gemacht, aber bis jetzt war immer Daniela an ihrer Seite gewesen. Sie war noch nie alleine für das Leben eines Neugeborenen verantwortlich gewesen, so wie es jetzt der Fall war. »Ich glaube, die Nabelschnur hat sich um ihren Hals gelegt. Ich muss sie abmachen. Ist schon in Ordnung. Das ist nicht sonderlich kompliziert, aber du darfst auf *keinen Fall* pressen, bis ich es geschafft habe, verstanden? Wenn sie noch weiter rauskommt und die Nabelschnur um ihren Hals hat, wird sie stranguliert.«

»Oh Gott!« Morgan weinte und ließ den Kopf wieder auf den Boden des Badezimmers sinken. »Tu, was du tun musst. Lass nicht zu, dass sie stirbt. Damit könnte ich nicht leben.«

Zara wandte die Aufmerksamkeit wieder dem Baby zu. »Okay, das wird jetzt wehtun. Dagegen kann ich nichts machen. Aber wenn du es dreißig Sekunden lang durchhältst, ist alles vorbei und du hältst ein Baby in den Armen. Habt ihr euch schon einen Namen überlegt?«

Zara tat ihr Bestes, um Morgans Aufmerksamkeit von dem abzulenken, was sie vorhatte, und hörte kaum auf Morgans Antwort, während sie ihre Hand ganz langsam und so sanft wie möglich in Morgans Körper schob. Sie war noch nie so froh über ihre kleinen Hände gewesen wie in diesem Moment.

Sie tastete nach der Nabelschnur und seufzte erleichtert, als sie sie problemlos fand. Sie zog leicht daran, um sie zu lockern, und ließ sie dann ganz langsam über den Kopf des Babys gleiten.

Morgan schrie vor Schmerz, aber sie drückte nicht, und das war alles, was Zara momentan interessierte. Der

Geburtskanal einer Frau war von Natur aus so geschaffen, sich bei der Geburt eines Babys zu dehnen, aber das Lösen der Nabelschnur war sicher alles andere als angenehm.

»Okay, Morgan, das Schlimmste ist vorbei. Jetzt kannst du pressen. *Fest!*«

Mit einem letzten Schrei presste Morgan mit aller Kraft nach unten. Während ihr Körper sein Möglichstes gab, um das Baby aus seinem Inneren herauszubekommen, übernahm Mutter Natur das Kommando und Morgans Blase entleerte sich zur gleichen Zeit, als das kleine Mädchen dem Körper ihrer Mutter entglitt.

Ohne sich darum zu kümmern, dass sie gerade angepinkelt worden war, drehte Zara das Baby um und legte es auf ihren Arm. Sie war immer noch ein wenig blau und weinte nicht so, wie sie es sollte. »Kleine, komm schon«, murmelte sie, während sie ihr Bestes tat, um den Säugling sanft zu stimulieren. Ihr Herz schlug, aber sie atmete nicht sehr gut von selbst.

Da sie nicht wissen konnte, wie lange das Baby ohne Sauerstoff gewesen war, betete Zara, während sie den Rücken des Säuglings rieb und seine Fußsohlen massierte. Mit ihrem kleinen Finger wischte sie den Mund des Babys aus, so gut sie konnte. Zara wusste, je länger es dauerte, bis ein Baby nach der Geburt schrie, desto gefährlicher war es.

Endlich, nach einer gefühlten Stunde, die aber weniger als dreißig Sekunden gedauert hatte, holte das kleine Mädchen Luft und wimmerte ein wenig.

»So ist's recht, und jetzt noch mal«, drängte Zara, während sie weiterhin den Rücken des Babys fest massierte.

Das tat sie. In der einen Sekunde jammerte sie und in der nächsten schrie das neugeborene Mädchen lauthals.

Zara schnappte sich das Handtuch, mit dem sie Morgan bedeckt hatte, und wickelte es um das Neugeborene, ohne sich die Mühe zu machen, die Nabelschnur zu durchtrennen. Das würde sie den Sanitätern überlassen.

»Bist du bereit, deine Tochter kennenzulernen?«, fragte Zara Morgan, die sich auf die Ellbogen aufgestützt hatte und sie schockiert ansah.

»Geht es ihr gut?«

»Sie ist perfekt«, erklärte Zara und übergab das kleine Bündel an Morgan.

»Mist ... habe ich dich angepinkelt?«, fragte Morgan und drückte ihr Baby an ihre Brust.

Zara lachte. »Ja, aber ich bin froh, dass sich nicht auch noch dein Darm entleert hat. Das passiert ziemlich häufig.«

Morgan starrte Zara einen Moment lang an, dann traten ihr Tränen in die Augen und sie begann, richtig zu weinen. »D-du hast ihr das Leben gerettet.«

Zara spürte, wie ihr selbst die Tränen in die Augen stiegen, was verrückt war. Sie hatte schon bei mindestens hundert Geburten geholfen. Einige überlebten nicht länger als ein paar Minuten und bei mehr als einem anderen Baby hatte sie fast genau das getan, was sie gerade für Morgans Kind getan hatte. Und kein einziges Mal hatte sie geweint.

Aber als sie auf dem Boden von Morgans Badezimmer saß, bedeckt mit Körperflüssigkeiten und Blut, spürte Zara zum ersten Mal seit Jahren Tränen auf ihren Wangen.

»Ich muss dein Handy holen«, sagte sie, als sie wieder sprechen konnte. »Du gehst nirgendwohin, okay?«

Morgan musste trotz ihrer Tränen lachen. »Gut. Ich bleibe hier.«

Zara stand auf und griff nach einem weiteren Handtuch, das an einem Haken neben der Dusche hing. Sie legte es sanft über Morgans Schoß, um ihr einen Hauch von Privatsphäre zu geben, obwohl sie nicht glaubte, dass Morgan es überhaupt bemerkte. Sie wusch sich schnell die Hände und drehte sich um, um wieder die Treppe hinunter zu laufen und Morgans Handy zu holen.

Das würde das letzte Mal sein, dass sie ohne ihr eigenes Handy *irgendwohin* ging. Meat hatte recht. Es war leichtsinnig, es nicht immer dabeizuhaben.

KAPITEL ZWEIUNDZWANZIG

Drei Tage waren vergangen, seit Zara das Leben der kleinen Calinda gerettet hatte. Meat war in seinem ganzen Leben noch nie so schnell gefahren wie auf dem Weg von Castle Rock zum Krankenhaus. Zara hatte ihn angerufen und ihm mitgeteilt, dass Morgan entbunden hatte und auf dem Weg dorthin war, und Arrow war völlig durchgedreht. Meat und seine Freunde hatten ihn glücklicherweise beruhigen können, während er wie eine Höllenmaschine zurück nach Colorado Springs fuhr.

Zara hatte ihre Tat heruntergespielt, aber Morgan hatte allen genau erzählt, was passiert war und wie Zara ihrem Baby buchstäblich das Leben gerettet hatte. Arrow und Morgan hatten Calindas zweiten Vornamen von Elizabeth in Zara geändert.

Meat hatte Zara in die Arme genommen, als sie nach dieser Nachricht geweint hatte.

Es war verständlich, dass sie und Morgan sich nach allem, was passiert war, viel nähergekommen waren. Aber darüber hinaus konnte Meat feststellen, dass sich noch etwas anderes verändert hatte. All die anderen Frauen waren im Krankenhaus aufgetaucht und Zara hatte sich bemüht, sich mit ihnen zu unterhalten. Sie hatte sich zu ihnen gesetzt, hatte sich an ihren Gesprächen beteiligt, anstatt nur am Rand zu sitzen und zuzuhören. Sie schien viel offener für ihre Freundschaft zu sein als beim letzten Mal, als sie alle zusammen waren.

Meat selbst war es eigentlich egal; er freute sich einfach für sie, dass sie ihren Weg zu finden schien. Sie hatte ihm gesagt, wie sehr sie Mags und die anderen vermisste, und er hoffte, dass ihre neue Offenheit der erste Schritt zu lebenslangen Freundschaften mit einigen der besten Frauen war, die er kannte.

Zara hatte kurz nach der Geburt von Morgans kleiner Tochter auch mit Renee gesprochen, und die andere Frau schien nicht sonderlich beeindruckt von dem, was Zara getan hatte, sondern wollte nur wissen, wann sie sich zum Einkaufen treffen könnten, wie sie es kürzlich besprochen hatten.

Auch wenn Meat in Bezug auf Renee keinen Grund zur Besorgnis gefunden hatte, bedeutete das nicht, dass er weniger wachsam gewesen wäre. Er hatte immer noch das Gefühl, dass mit dem Wiederauftauchen ihrer Jugendfreundin etwas nicht stimmte. Es schien ihm, als würde sie sich ein wenig zu sehr bemühen, wieder mit Zara befreundet zu sein. Aber da Zara sich in der Beziehung wohlzufühlen schien, brachte er es nicht übers Herz, sich zwischen sie zu stellen ... noch nicht.

Aber er war zugegebenermaßen erleichtert, dass Zara sich bemühte, die anderen Frauen kennenzulernen.

Die Dinge zwischen ihm und Zara waren besser als je zuvor ... und sie waren auch vorher nicht schlecht gewesen.

Was auch immer sie und Morgan besprochen hatten, bevor Calinda beschloss, zur Welt zu kommen, hatte Zara offensichtlich gutgetan. Sie war etwas offener geworden, wenn es um körperliche Zuneigung ging – und gestern Abend hatte sie ihm ganz offen gesagt, dass sie bereit war, ihre Beziehung auf die nächste Stufe zu bringen.

Meat war damit einverstanden, aber nur, wenn sie es aus den richtigen Gründen tat. Er wollte nicht nur ein Experiment für sie sein. Nur jemand, der ihr die Jungfräulichkeit nimmt, damit sie eine »richtige« Beziehung eingeht. Was ihn betraf, so war ihre Beziehung eine echte Beziehung, und er konnte sich nicht vorstellen, nach Zara mit jemand anderem zusammen zu sein.

Im Moment waren sie auf dem Weg zu einem Großmarkt, um Lebensmittel und einige Kleinigkeiten zu besorgen, die Meat für seine Werkstatt benötigte. Er hielt Zaras Hand jetzt fast ununterbrochen und bedauerte es sehr, wenn er sie loslassen musste. Sie betraten den Laden mit ineinander verschlungenen Fingern – und ihre Aufmerksamkeit wurde sofort von einer Frau auf sich gezogen, die in schnellem Spanisch mit einem Polizisten sprach, der gerade in der Tür stand.

Zara blieb stehen und starrte die beiden an.

»Was ist hier los?«, fragte Meat. »Was sagt sie?«

Der Polizist sah frustriert aus und sprach weiter in sein Funkgerät, auch während die Frau noch mit ihm sprach.

Ohne zu antworten, ließ Zara seine Hand los und ging auf die aufgeregte Frau zu.

Meat folgte ihr dicht auf den Fersen, wobei er sich ständig nach einem wütenden Ehemann oder etwas anderem umsah, das für Zara eine Gefahr darstellen könnte.

Sie ging auf die Frau zu und sagte etwas auf Spanisch.

Der Ausdruck der Erleichterung auf dem Gesicht der Frau war unschwer zu erkennen. Sie drehte sich sofort zu Zara um und begann, ihr eindringlich etwas zu erzählen.

»Meine Freundin kann Spanisch«, erklärte Meat dem Polizisten unnötigerweise.

»Gott sei Dank. Ich habe schon eine Kollegin kontaktiert, die Spanisch spricht, aber die wurde aufgehalten.«

Zara legte der Frau beruhigend die Hand auf die Schulter und wandte sich zu dem Polizisten um. »Sie hat ihren Sohn verloren. Er war in dem Gang mit den Jungensachen, als sie ihn das letzte Mal gesehen hat, und als sie sich einen Moment lang umgedreht hat, war er plötzlich verschwunden.«

»Wie alt ist er und was hat er an?«, fragte der Polizist jetzt sofort.

Zara drehte sich wieder um, um mit der hysterischen Mutter zu reden, und gab die erhaltenen Informationen dann an den Polizisten weiter. »Er heißt Joseph und ist drei Jahre alt. Er trägt ein rotes T-Shirt und eine schwarze kurze Hose. Außerdem hat er diese Schuhe an, die blinken, wenn er auftritt.«

Sofort gab der Polizist diese Informationen an die Zentrale weiter. »Können Sie hier bei ihr bleiben?«, bat er Zara. »Ich werde mit dem Filialleiter sprechen, ihn fragen, ob wir ihn ausrufen lassen können.«

»Selbstverständlich«, sagte Zara. »Vielleicht lassen Sie mich auch eine Durchsage auf Spanisch machen? Ich meine, vielleicht versteckt Joseph sich einfach nur irgendwo, und wenn er hört, dass jemand ihm sagt, dass es in Ordnung ist, aus seinem Versteck zu kommen, und dass seine Mutter am Eingang auf ihn wartet, würde das vielleicht helfen.«

»Das ist wirklich eine gute Idee«, stimmte der Polizist ihr zu.

Meat beobachtete mit Stolz, wie Zara die Mutter bei der Hand nahm und ihr alles über die Suche nach ihrem Sohn erklärte. Der Ausdruck der Dankbarkeit auf dem Gesicht der armen Mutter, dass jemand sie verstand und ihr half, ließ Meat vor Stolz auf Zara geradezu platzen.

Es dauerte fast dreißig äußerst angespannte Minuten, aber schließlich wurde der Junge gefunden und mit der Mutter wiedervereint. Er war losgezogen, um sich ein Spielzeug anzuschauen, und hatte sich schnell verirrt und dann Angst bekommen, als er seine Mutter nicht finden konnte. Er hatte sich hinter einer Reihe von Stofftieren auf einem unteren Regal versteckt.

Die Mutter bedankte sich überschwänglich bei Zara, und nachdem sie ihre Telefonnummern ausgetauscht und sich gegenseitig versprochen hatten, miteinander zu telefonieren, ging die Frau mit Joseph weg.

»Danke, dass Sie geholfen haben«, erklärte der Polizist.

»Das habe ich gern gemacht. Gut, dass ich hier war.«

»Moment mal ... sind Sie nicht Zara Layne? Die Frau, die nach all den Jahren gerettet wurde, nachdem sie gezwungen worden war, als Drogenkurier für die Regierung von Venezuela zu arbeiten?«

Meat war nervös. Es kam nicht oft vor, dass Zara erkannt wurde, da sie keine Pressekonferenz gegeben hatte, aber es passierte trotzdem. Einige Reporter hatten ein paar Bilder von ihr gemacht, als sie aus dem Flugzeug stieg, und sie hatten sich wie ein Lauffeuer verbreitet.

»Ja, das bin ich, allerdings war ich in Peru und ich wurde nicht gezwungen, als Drogenkurier oder sonst etwas zu arbeiten. Ich war einfach vermisst und wartete darauf, dass jemand kam und mich fand, nachdem meine

Eltern getötet worden waren«, erklärte sie mit eisigem Ton.

»Entschuldigen Sie, ich bin nicht auf dem Laufenden, was die Einzelheiten betrifft. Ich schaue nicht viel fern. Wie dem auch sei, ich bin froh, dass Sie heute hier waren. Falls Sie jemals nach einem Job suchen, wir könnten weitere Übersetzer gut gebrauchen.«

»Ich möchte nicht Polizistin werden«, erklärte Zara ihm.

»Das müssten Sie auch nicht. Es gibt Übersetzerdienste, die von Krankenhäusern und anderen Organisationen genutzt werden. Man ruft einfach eine Nummer an, sucht sich aus dem Menü eine Sprache aus und dann wird man mit einem Übersetzer verbunden, der dabei hilft, mit demjenigen zu kommunizieren, der den entsprechenden Service braucht.« Der Mann sah betrübt aus. »Leider nutzt das Polizeirevier von Colorado Springs aus rechtlichen Gründen diesen Service nicht. Aber Sie könnten vielen anderen helfen.«

In Meats Kopf kreisten die Möglichkeiten. Er und Zara hatten noch nicht viel darüber gesprochen, was sie mit ihrer Zukunft anfangen wollte. Bei der Menge Geld, die sie auf ihrem Konto hatte, musste sie eigentlich nicht arbeiten, aber er hatte das Gefühl, dass sie sich bald zu Tode langweilen würde. Sie hatte ihren Platz gefunden, und jetzt wollte er sie loslegen sehen.

»Ich werde darüber nachdenken«, erwiderte Zara unverbindlich.

Der Polizist nickte, schüttelte ihr die Hand und verließ dann das Gebäude.

»Also ... bist du bereit, einkaufen zu gehen?«, fragte Meat sie grinsend.

Sie erwiderte das Grinsen nicht. »Bist du wütend? Ich konnte an dieser Szene einfach nicht vorbeigehen. Die Mutter war wahnsinnig aufgebracht und es war offensichtlich, dass der Polizist kein Wort von dem verstand, was sie sagte.«

»Natürlich nicht«, erklärte Meat ihr. Er nahm ihr Gesicht in die Hände. Ihm gefiel das Gefühl ihrer feinen Züge unter seinen großen Händen, und wie sie sich an seinen Handgelenken festhielt, war ein klares Zeichen dafür, dass sie nicht gerade etwas dagegen hatte. »Ich bin *stolz* auf dich. Ich liebe es, dass du so ein großes Herz hast. Nach allem, was du durchgemacht hast, ist es dir irgendwie gelungen, dein Mitgefühl und deine Hilfsbereitschaft anderen gegenüber zu bewahren. Das ist erstaunlich. *Du* bist erstaunlich.«

»Danke.« Sie senkte den Blick einen Moment lang, bevor sie ihn wieder hob. Sie sah ihn mit einem äußerst entschlossenen Gesichtsausdruck an, den er unglaublich sexy fand. »Morgan hat mir geraten, es dir einfach zu sagen, wenn ich etwas von dir will.«

»Und da hat sie recht. Ich werde all deine Wünsche erfüllen, soweit es in meiner Macht steht«, erklärte Meat ihr.

»Ich will *dich*, Meat. Ich weiß noch, wie toll es sich angefühlt hat, wenn du hinter mir geschlafen hast und mich festhieltst. Ich kann nicht behaupten, dass ich weiß, was ich tue, aber ich denke, ich würde gern sehen, ob ich nicht vielleicht doch auf einer richtigen Matratze schlafen kann. Der Futon, den du mir geschenkt hast, ist immer noch toll und so … aber es fehlt etwas.«

Meat wäre fast das Herz aus der Brust gesprungen. »Und was wäre das?«

»Du.«

»Du willst mit mir schlafen, Zar?«

Sie nickte.

»Nur schlafen? Denn dagegen hätte ich nichts einzuwenden. Ich will nichts tun, wozu du nicht bereit bist.«

»Nein, nicht nur schlafen. Ich habe von dir geträumt. Mir vorgestellt, wie du mit deinen Händen über meinen Körper fährst. Wie du über mir kniest und dir das nimmst, von dem ich hoffe, dass wir es uns *beide* wünschen, seit wir uns kennengelernt haben.«

»Verdammt, Süße. Jetzt habe ich hier mitten in dem geschäftigen Laden einen Steifen. Das ist nicht cool.«

Sie grinste.

Meat wusste, dass er sich für den Rest seines Lebens an diesen Moment erinnern würde. Der Moment, in dem Zara sich eines der größten Dinge zurückholte, die ihr genommen worden waren. Ihre Sexualität. Ihr sexuelles Selbstbewusstsein. »Nichts würde ich lieber tun, als dich mit in mein Bett zu nehmen«, erklärte er ihr. »Wir können gemeinsam herausfinden, was uns gefällt.«

»Okay.«

»Okay«, wiederholte er.

»Müssen wir immer noch einkaufen?«, fragte sie.

Meat zog eine Augenbraue hoch und sah auf die Uhr. »Es ist erst elf.«

Sie zuckte mit den Achseln. »Und wir können nur abends Sex haben?«

»Einander lieben – nein, natürlich nicht«, erwiderte er umgehend.

»Na dann ...« Sie beendete den Satz nicht.

»Wir können das, was wir einkaufen wollten, ein andermal holen«, stimmte Meat ihr zu, griff nach ihrer Hand und zog sie in Richtung Ausgang.

Er hörte, wie Zara hinter ihm lachte – und war schockiert, als er spürte, wie sie ihm ihre freie Hand einen kurzen Moment lang auf den Hintern legte. Überrascht drehte er sich zu ihr um.

Sie zuckte mit den Achseln. »Schließlich hat Morgan mir gesagt, ich solle mir das holen, was ich möchte.«

»Ich bin ihr wirklich etwas schuldig. Und wie«, erklärte Meat.

Als sie sich dem Wagen näherten, fragte sie: »Hättest du den ersten Schritt gemacht, wenn ich es nicht getan hätte?«

Meat nickte. »Irgendwann schon, ja. Ich mag dich, Zara. Aber darüber hinaus will ich dich auch. Ich hätte nicht für immer warten können.« Beim Wagen angekommen, drehte er sich zu ihr um und sagte ernst: »Aber wenn wir das wirklich machen ... gehörst du mir. Ich möchte nicht nur ein Experiment für dich sein. Für mich ist das Ganze etwas Ernsteres. Ich möchte für immer mit dir zusammen sein.«

Zara starrte ihn an. »Wie kannst du dir dessen so sicher sein?«

»Ich bin es einfach. Schon in dem Moment, in dem ich dich das erste Mal gesehen habe, wusste ich, dass du etwas Besonderes an dir hast. Und an jedem gemeinsamen Tag, den wir miteinander verbracht haben, wurde ich mir dessen sicherer. Ich möchte Teil deines Lebens sein, Zara. Und nicht als Freund, bei dem du eine Unterkunft findest, bis du deinen Platz im Leben gefunden hast, sondern als dein Lebensgefährte. Als ein Mann, an den du dich anlehnen kannst, wenn du aufgebracht und verängstigt bist, und ein Mann, mit dem du lachen kannst, wenn du glücklich bist. Ich möchte mit dir deine Erfolge feiern und dich unterstützen, wenn die Dinge nicht so laufen, wie du sie dir vorgestellt hast.«

»Und ich kann von dir dasselbe erwarten?«, fragte sie.

»Auf jeden Fall. Ich bin wie ein offenes Buch für dich und ich verspreche dir, dich niemals außen vor zu lassen. Wir sind ein Team und werden Entscheidungen zusammen treffen und uns dann einen Weg durch alle Probleme suchen, die das Leben uns so stellt.«

»Abgemacht. Und können wir jetzt bitte aufhören zu reden und uns auf den Heimweg machen, damit ich mich endlich selbst davon überzeugen kann, was an der ganzen Sache dran ist?«

Meat konnte nicht aufhören zu grinsen. »Jawohl, Ma'am.«

KAPITEL DREIUNDZWANZIG

Sex.

Zara war im Begriff, ihn selbst zu erleben. Sie sollte nervös sein. Stattdessen fühlte sie sich, als wäre es Weihnachten und Ostern in einem. Sie erinnerte sich an die Vorfreude, die sie beim Öffnen von Geschenken oder beim Ostereiersuchen empfunden hatte. Das fühlte sich ähnlich an, dasselbe Gefühl der gespannten Erwartung.

Jetzt, da sie sich für das entschieden hatte, was sie wollte, konnte sie es kaum erwarten, Meat tatsächlich nackt zu sehen. Sie hatte ihn schon ohne Hemd gesehen und seine Erektion an ihr gespürt, aber jetzt würde sie ihn vollständig zu sehen bekommen.

Als sie in seinem Haus ankamen, schaltete Meat die Alarmanlage aus und ging direkt die Treppe hinauf ins Schlafzimmer. Er zog sie hinein und machte sich nicht einmal die Mühe, die Tür zu schließen. Zara wollte über seine Zielstrebigkeit kichern, aber sie konnte sich zurückhalten.

Er führte sie zum Rand des Bettes und drehte sich um, um sich zu setzen. Dann schlang er seine Hände um ihre

Taille und hielt sie zwischen seinen Beinen fest, während er sie lange anschaute.

»Meat?«, fragte Zara schließlich. »Was ist denn los?«

»Nichts«, erklärte er ihr. »Ich präge mir diesen Moment nur in mein Gedächtnis ein. Es ist das erste Mal, dass wir auf diese Weise zusammen sind, und ich möchte mich an jede Einzelheit erinnern.«

Wow!

Er war so perfekt.

Es gab Zeiten, in denen Meat sie ein wenig ärgerte. Nicht viele, zugegeben, aber sie waren da. Im Moment sagte und tat er all die richtigen Dinge und diese kleinen Ärgernisse traten in den Hintergrund.

Zara konnte sich nicht daran erinnern, dass sie jemals in ihrem Leben wirklich glücklich gewesen war. Sie hatte das Beste aus den Karten gemacht, die ihr das Leben gegeben hatte, aber sie hatte sich nie erlaubt, einem anderen Menschen völlig zu vertrauen. Niemals hatte sie die Kontrolle so weit aus der Hand gegeben, dass jemand anderes das Sagen gehabt hätte. Nicht einmal Mags.

Aber als sie vor Meat stand, sein Haar zerzaust, weil er immer mit der Hand hindurchfuhr, seine Wangen rosig vor Vorfreude und Lust, und spürte, wie er mit den Daumen ihre Seiten streichelte, während er ihr in die Augen sah, wurde ihr klar, dass sie Meat hundertprozentig vertraute.

Sie vertraute ihm, dass er ihr erstes Mal angenehm gestalten würde. Sie vertraute ihm genügend, um sich ihm zu öffnen und ihm zu sagen, was sie mit ihrem Leben anfangen wollte. Sie vertraute darauf, dass er sie nicht in Verlegenheit bringen oder ihr das Gefühl geben würde, dass ihr das, was sie vorhatten, unangenehm war, wenn sie den ersten Schritt machte.

Mit diesem Gedanken im Hinterkopf griff Zara nach unten und zog ihr T-Shirt aus.

Sie stand schweigend vor ihm, nur mit ihrer Jeans und ihrem BH bekleidet. Ihre Brüste waren nicht übermäßig groß, aber dafür war sie immer dankbar gewesen, denn so war das Abbinden ihrer Brust weniger schmerzhaft, als es sonst vielleicht gewesen wäre. Sie hatte zum ersten Mal einen BH getragen, als sie Peru verlassen hatte, und fühlte sich seitdem definitiv ein wenig unzulänglich, nachdem sie gesehen hatte, wie vollbusig viele Frauen hier in den Staaten zu sein schienen.

Meat ließ den Blick von ihrem Gesicht zu ihrer Brust wandern und sie sah, wie sich seine Pupillen weiteten. Er leckte sich über die Lippen und bewegte sich auf der Matratze.

Sie liebte seine ungehemmte Reaktion, die Tatsache, dass sie ihn erregen konnte.

Zara griff hinter sich, öffnete ungeschickt den Verschluss ihres BHs und ließ ihn auf den Boden gleiten.

Ihr Herz schlug wie wild und sie spürte, wie sich ihre Brustwarzen vor Verlangen zusammenzogen.

»Verdammt, Zara. Du bist so unglaublich schön und ich kann einfach nicht verstehen, wie jemand auch nur einen Moment lang denken könnte, du seist ein Junge.«

Sie öffnete den Mund, um es noch einmal zu erklären. Dass die Menschen nur das sahen, was sie sehen wollten, wie sie absichtlich alles tat, was sie tun konnte, um die Täuschung aufrechtzuerhalten – aber alles, was sie hätte sagen können, blieb ihr im Hals stecken, als Meat seinen Griff um ihre Taille verstärkte und sich nach vorn beugte.

Er liebkoste die Innenseite einer ihrer Brüste und ihr Bauch zuckte, als sie spürte, wie seine Zunge herausschnellte, um sie zu kosten.

»Meat«, stöhnte sie und legte ihre Hände auf seinen Kopf, wo sie sich festhielt, während er sie weiter erforschte.

Er sprach nicht, sondern umfasste sie mit einer Hand und drängte sie, sich ihm zu nähern. Die Bewegung drückte ihre Brust weiter nach außen und als sie nach unten sah, konnte sie beobachten, wie Meat mit der anderen Hand ihre andere Brust sanft zu streicheln begann, kurz bevor er mit dem Mund die Brustwarze umschloss.

Zara hatte keine Ahnung gehabt, wie empfindlich dieser Teil ihres Körpers war. Gar keine. Sie hatte sich dort nie selbst berührt, außer um das Band um ihre Brust zu wickeln. Sie hatte nicht mit ihren Brustwarzen gespielt. Der Anblick von Meat mit geschlossenen Augen, wie er es offensichtlich genoss, an ihr zu saugen, wobei sich sein Kiefer hin und her bewegte, war das Erotischste, was sie je gesehen hatte.

Er wechselte zu ihrer anderen Brust, und jedes Mal, wenn er an ihren Brustwarzen saugte, spürte sie es zwischen ihren Beinen. Zara wand sich in seinem Griff und ein fast verzweifeltes Wimmern kam über ihre Lippen. Meat biss sie sanft, und das steigerte ihre Erregung noch mehr.

Er hob seinen Kopf und sah zu ihr auf, während er mit dem Daumen leicht über ihre nun pochende und aufgerichtete Brustwarze strich. »Du bist so empfindlich«, sagte er wollüstig grinsend.

»Bin ich das?«, fragte Zara, ohne wirklich zu wissen, was sie sagte.

»Ja, Zar, das bist du. Und ich kann es kaum erwarten zu sehen, wie du reagierst, wenn ich an deiner Lustknospe sauge, wie ich gerade an deinen Brustwarzen gesaugt habe. Ich habe das Gefühl, dass du wie ein wildes kleines Fohlen buckeln wirst.«

Sie hatte keine Ahnung, was er da von sich gab, aber bei

dem Blick, den er ihr zuwarf, hätte sie sich am liebsten die Kleider vom Leib gerissen und sich aufs Bett geschmissen, damit er tun konnte, was er wollte. Besonders, wenn sie sich dadurch so gut fühlte wie bei dem, was er gerade getan hatte.

»Ich will auch dafür sorgen, dass du dich gut fühlst«, erklärte sie ihm unsicher.

»Und das wirst du«, erklärte Meat ohne jeglichen Zweifel in der Stimme. »Dir dabei zuzusehen, wie du aufblühst, ist bereits wahnsinnig aufregend. Findest du es hier auf meiner Matratze gemütlich? Oder möchtest du in dein Zimmer gehen und es auf dem Futon tun?«

Zara wäre bei seiner Rücksichtnahme am liebsten geschmolzen. Ein Teil von ihr wäre gern in ihr Zimmer gegangen, nur damit er seinen Duft auf ihrer Bettwäsche hinterließ, aber sie wollte nicht so lange mit dem aufhören, was sie da taten, nur um das Zimmer zu wechseln.

»Worüber hast du nachgedacht?«, fragte er sie, wobei er immer noch ihre Brustwarze liebkoste.

»Nichts. Wir können einfach hierbleiben.«

Doch Meat ließ ihre Ausflüchte nicht gelten. Er zwickte mit Daumen und Zeigefinger in eine ihrer Brustwarzen und bat: »Sag es mir, Zara.«

Sie stellte sich auf Zehenspitzen, versuchte aber nicht, sich seinem Griff zu entziehen. Sie war so unglaublich feucht zwischen den Beinen und keuchte praktisch vor Verlangen. »Ich w-wollte, dass mein Bett nach dir riecht, damit ich nachher mit deinem Duft in meiner Nase einschlafen kann.«

Meat verringerte den Druck auf ihre Brustwarze und anstatt Erleichterung zu verspüren, ließ das Blut, das durch ihren empfindlichen Nippel floss, alles noch mehr pochen.

Lieber Gott, sie hatte keine Ahnung gehabt, dass ihre Brüste so empfindlich waren.

»Du *wirst* mit meinem Duft in deiner Nase einschlafen und auch überall auf deinem Körper, Zar. Wenn du denkst, dass ich dich aus meinem Zimmer werfe, damit du im Gästezimmer schläfst, nachdem wir uns geliebt haben, bist du verrückt. Von heute Abend an schlafen wir im selben Bett. Wir können in meinem Bett schlafen, wenn du dich daran gewöhnen kannst, oder in deinem. Verdammt, von mir aus können wir auf dem Boden schlafen, das wäre mir auch egal. Solange ich dich im Arm halten kann, ist mir alles recht.«

Das war eine erstaunliche Antwort und Zara konnte ihn nur anlächeln und eine Hand auf seine Wange legen.

Meat lächelte sie an und lehnte sich dann zurück, um sein eigenes Hemd auszuziehen. Er sah ihr in die Augen, während er nach unten griff und den Knopf an seiner Jeans öffnete. Er hob seinen Hintern an und schob die Hose zusammen mit seinen Boxershorts, Schuhen und Socken herunter.

Zara konnte ihn nur mit großen Augen anstarren, als er sich ihr Zentimeter für Zentimeter köstlich präsentierte. Er schien nicht im Geringsten verlegen über seine Nacktheit zu sein. Und warum sollte er auch? Er war absolut hinreißend.

Seine Oberschenkel waren muskulös und er hatte nicht ein Gramm Fett an sich. Sein Bauch wölbte sich mit dem, was man, wie sie jetzt wusste, einen »Waschbrettbauch« nannte, und er hatte ein wenig dunkles Brusthaar. Sie konnte sich nicht davon abhalten, den Blick zwischen seine Beine wandern zu lassen – und schluckte schwer, als sie zum ersten Mal den intimsten Teil von ihm sah.

Er war lang und hart. Sein Schwanz war leicht nach

oben gekrümmt und an der Spitze befand sich ein Lusttropfen.

Meat beugte sich vor, öffnete eine Schublade neben dem Bett und holte eine Schachtel mit Kondomen heraus. Er öffnete sie und legte eine kleine Packung auf den Tisch. Dann rutschte er nach hinten, bis er flach lag.

Seine Augen schienen noch dunkler zu sein als sonst, als er eine Hand ausstreckte. »Kommst du zu mir?«

Er drängte sie nicht, sich noch mehr auszuziehen, als sie es bereits getan hatte. Er hatte sich sogar angreifbar gemacht, indem er sich zuerst ausgezogen hatte. Alles, was er tat, sorgte dafür, dass sie sich noch mehr in ihn verliebte.

Mit zitternden Händen versuchte Zara, so tapfer zu sein wie Meat. Sie zog ihre Schuhe aus und öffnete den Knopf und den Reißverschluss ihrer Jeans. Sie schob sie hinunter, konnte sich aber nicht dazu durchringen, ihre Unterwäsche auszuziehen und sich ganz zu entblößen.

»Komm her«, sagte Meat, richtete sich auf und griff nach ihr.

Zara legte ihre Hand in seine und ließ sich von Meat auf die Matratze ziehen. Aber anstatt sie hinzulegen und sich auf sie zu legen, zog er sie rittlings auf sich. Obwohl sie Unterwäsche trug, fühlte sie sich in dieser intimen Position nackt.

Sie wusste, wenn sie nach unten schaute, würde sie einen nassen Fleck auf dem hellgrauen Höschen sehen, das sie trug.

Sie wollte nicht peinlich berührt sein und war es doch. Zara saß auf Meats Bauch und seine Hände ruhten auf ihren Schenkeln. Die Hitze, die von seinen Handflächen ausging, verbrannte fast ihre Haut.

»Sieh mich an«, befahl er ihr.

Zara hob den Blick und sah ihn mutig an.

»Du bist wunderschön. Jeder Zentimeter an dir. Und wie ich schon vorher gesagt habe, ich bin ein Glückspilz, dass du dich entschieden hast, mit mir zusammen zu sein. Was heute hier zwischen uns in diesem Bett passiert, ist natürlich und richtig. Du zwingst mich zur Demut, Zara. In deiner Gegenwart möchte ich ein besserer Mensch sein. Und nur damit du es weißt ... ich bin verdammt nervös.«

Das überraschte sie. »Wirklich?«

»Auf jeden Fall. Wie du gesehen hast, habe ich nicht gerade einen kleinen Schwanz. Und das hier ist dein erstes Mal. Und ich würde mir lieber den rechten Arm absäbeln, als irgendwas zu tun, das dir wehtut. Und ich weiß, dass es dir wahrscheinlich ein bisschen wehtun wird, egal wie sanft ich vorgehe und wie erregt du bist.«

Zara wusste im Großen und Ganzen, worum es beim Sex ging. Sie war zwar Jungfrau, aber nicht ganz so unschuldig. Und aus irgendeinem Grund fühlte sie sich sehr viel besser, nun, da sie wusste, dass Meat ebenfalls nervös war. »Frauenkörper sind dafür gebaut, sich zu dehnen«, erklärte sie und versuchte, nicht rot zu werden. »Davon konnte ich mich bei all den Geburten, bei denen ich dabei war, überzeugen. Ich vertraue dir, Meat.«

Er schloss einen Moment lang die Augen und als er sie wieder aufmachte, konnte Zara sehen, dass er sein Selbstbewusstsein wiedergefunden hatte. Das fand sie verdammt heiß und sie begann, sich auf seinem Schoß zu winden.

»Komm her«, befahl er ihr, hielt sie mit einer Hand am Nacken fest und zog sie zu sich herunter.

Wie lange sie sich küssten, wusste Zara nicht, aber ohne dass sie es merkte, fand sie sich auf dem Rücken wieder, während Meat sich langsam an ihrem Körper entlang hinabbewegte. Er küsste und streichelte jeden Zentimeter ihrer Haut und verursachte ihr damit eine Gänsehaut. Er wusste es, wenn man dem Grinsen auf seinem Gesicht Glauben schenken durfte, aber er gab keinen Kommentar ab, sondern bahnte sich einfach weiter seinen Weg zwischen ihre Beine.

Schließlich ließ er sich auf dem Bauch liegend nieder, sein Gesicht direkt über ihrer Muschi.

Er atmete tief ein und schmiegte sich an die feuchte Baumwolle, während er sich über die Lippen leckte. Zara hatte nicht viel über Oralsex nachgedacht. Sie hatte gesehen, wie Männer sich einen blasen ließen, aber sie hatte nicht wirklich darüber nachgedacht, wie das umgekehrt funktionierte. Aber während Meat über ihr praktisch das Wasser im Mund zusammenlief, konnte sie an nichts anderes denken als daran, wie es sich anfühlen würde, wenn er sie dort berührte.

»Darf ich?«, fragte er und fuhr mit den Fingern am Saum ihrer Unterhose an der Innenseite ihrer Oberschenkel entlang.

Zara nickte und war sich nicht sicher, wie das funktionieren sollte, da ihre Beine um seinen Körper gespreizt waren.

Aber Meat löste das Problem, wie er ihre Unterwäsche ausziehen wollte, mit Leichtigkeit.

Er beugte sich über die Schublade des Nachttisches, in der auch die Kondomschachtel gelegen hatte, und zog ein Messer heraus. Er schnippte es mit einer Hand auf und führte die scharfe Spitze an den Stoff an ihrer Taille.

Sie zuckte nicht einmal zurück. Zara wusste, dass Meat ihr nicht wehtun würde.

Zwischen einem Atemzug und dem nächsten hatte er den Stoff auf beiden Seiten durchgeschnitten, und das Messer landete mit einem klappernden Geräusch wieder auf dem Tisch.

Zara spürte, wie die kühlere Luft des Raumes über ihre durchnässte Muschi strich, bevor Meat wieder über ihr lag. Er atmete wieder tief ein und Zara schloss die Augen, weil sie nicht sicher war, ob sie zusehen wollte, was er da tat.

Sie spürte, wie er mit einem seiner großen, schwieligen Finger über ihre Muschi glitt, und sie stöhnte schon bei dieser leichten Berührung auf. Sie wollte die Beine weiter öffnen und sie gleichzeitig zusammendrücken.

»Du bist so wunderschön«, murmelte er eher an sich selbst gewandt als an sie ... und dann spürte Zara, wie seine Zunge den Platz seines Fingers einnahm.

Bei der ersten Berührung zuckte sie zusammen, dann stöhnte sie auf. Es fühlte sich gut an. Nicht überwältigend, nur ... schön.

Er leckte weiter träge an ihren Falten und Zara traute sich, die Augen zu öffnen und an ihrem Körper hinunter auf den Mann zwischen ihren Beinen zu schauen. Er sah sie direkt an, während er sie immer wieder leicht leckte. Als hätte er nur darauf gewartet, dass sie die Augen öffnete.

In dem Moment, in dem ihr Blick den seinen traf, drang er ganz langsam mit einem Finger in sie ein.

Zara atmete heftig ein, wandte aber den Blick nicht von ihm ab. Es war intensiv, sich gegenseitig anzustarren, während er so intime Dinge mit ihr tat, aber es fühlte sich auch richtig an.

Dann, als sie weiter zusah, schob er sich ein Stück nach oben und leckte ihre Klitoris.

Sie zuckte vor Überraschung zusammen. Was er vorher gemacht hatte, fühlte sich zwar gut an, aber das hier war unglaublich!

Er grinste und leckte sie erneut.

Zara stöhnte laut auf. Gott, sie hatte nicht geahnt, dass sich das so wunderbar anfühlen würde.

Als sie zusah, schloss er die Augen, legte seine Lippen um ihre Klitoris und begann, sie richtig zu verwöhnen.

Zara wimmerte und wand sich in seiner Umarmung, während er an dem extrem empfindlichen Nervenbündel leckte, saugte und knabberte. Die ganze Zeit über besorgte er es ihr langsam mit dem Finger. Irgendwann fügte er einen zweiten Finger hinzu, aber sie war zu vertieft in die Art und Weise, wie er ihre Klitoris bearbeitete, um überhaupt an etwas anderes zu denken.

Es gefiel ihr, was er tat, aber es war nicht genug, um sie zum Höhepunkt zu bringen. Zara krümmte sich vor Frustration und wusste nicht, wie sie ihm sagen sollte, was sie wollte. Was sie brauchte.

Aber er schien es zu wissen. Er hob den Kopf und sie schrie fast auf, weil er sie nicht mehr leckte, aber bevor sie etwas sagen konnte, begann er, mit zwei Fingern über ihre Klitoris zu streichen. Jetzt hatte er drei Finger, die in ihre Muschi hinein- und wieder hinausglitten, während er mit der anderen Hand fest und schnell über den empfindlichsten Teil ihres Körpers rieb.

Es dauerte nicht lange, nur etwa fünfzehn Sekunden der direkten Stimulation, bis Sterne hinter Zaras Augen tanzten und sie zu zittern begann. Es war, als gehöre ihr Körper jemand anderem; sie konnte ihre Gedanken und Handlungen nicht kontrollieren. Sie grub ihre Finger in das Bettlaken unter sich, hob ihren Hintern von der Matratze und schrie auf, als ein Orgasmus sie verschlang.

Sie nahm vage wahr, dass Meat sich bewegt hatte, aber da die Lust immer noch durch ihre Adern floss, konnte sie sich auf nichts anderes konzentrieren als auf ihre Gefühle.

Als sie endlich die Augen öffnen konnte, sah sie Meat über sich gebeugt. Mit der einen Hand stützte er sich ab, mit der anderen hielt er seinen mit einem Kondom überzogenen Schwanz und stimulierte mit der Spitze weiterhin ihre Klitoris. Er berührte sie nur zwischen ihren Beinen und Zara konnte den Blick nicht von dem erotischen Anblick losreißen. Er ließ seinen knallharten Schwanz durch ihre Falten gleiten und streichelte bei jedem Durchgang ihre Klitoris.

Sie erschauderte und öffnete ihre Beine weiter.

Sie hatte keine Angst. Nicht vor ihm. Niemals. »Tu es«, flüsterte sie. »Ich will dich in mir spüren.«

Bei ihren Worten bebten seine Nasenflügel. »Du kannst noch immer Nein sagen«, versicherte er ihr heiser. »Du musst es nur sagen und ich lasse dich in Ruhe.«

Der Gedanke, dass er sich jetzt von ihr lösen könnte, war schrecklich. Sie schlang ihre Arme um ihn und grub ihre Fingernägel in seinen Hintern. »Besorg es mir, Meat«, sagte sie.

Er stöhnte und schob die Spitze seines Schwanzes zwischen ihre Beine. Er war groß – daran bestand kein Zweifel –, aber er hatte sie gerade mit seinen Fingern gedehnt, sodass sie einen Druck, aber kein Stechen spürte, als er langsam in ihren Körper eindrang.

Es fühlte sich erstaunlich an. So fremd, aber nicht auf eine schlechte Art.

Er stieß ein wenig weiter vor und Zara tat ihr Bestes, um ihr Zusammenzucken zu verbergen. Je weiter er vordrang, desto mehr schien ihr Körper zu protestieren.

Er hielt an und sie schaute nach unten, um zu sehen, dass er noch nicht einmal zur Hälfte in ihr war.

Zum ersten Mal hatte sie Zweifel, ob das funktionieren würde. Schließlich war sie nur etwas über einen Meter fünfzig groß und er war um einiges größer. Vielleicht würden sie nicht zusammenpassen. Vielleicht ...

Ihre Gedanken wurden abrupt unterbrochen, als Meat plötzlich bis zum Anschlag in sie eindrang.

Sie versteifte sich abrupt und versuchte, sich zurückzuziehen, aber Meat ließ sie nicht los. Auch er blieb stocksteif. »Es tut mir leid«, sagte er in ihr Ohr, während er auf ihr lag. Er hatte sich auf seine Ellbogen gestützt und sie fühlte sich von ihm beschützt. Er war über ihr, in ihr, und sie war völlig überwältigt von ihren Gedanken, den Gefühlen, die sie durchströmten.

Auf der einen Seite summte ihr Körper immer noch vor Zufriedenheit wegen des Monsterorgasmus, den er ihr beschert hatte, aber auf der anderen Seite war da auch der Schmerz.

»Warte kurz«, bat Meat. »Beweg dich nicht, sondern bleib einfach ruhig liegen, bis es nicht mehr so wehtut. Es tut mir so leid, Zara. So unendlich leid.«

Sie atmete tief ein und der Duft von Meat erfüllte ihr ganzes Wesen. Für einen kurzen Moment fühlte sie sich, als würde sie zerrissen ... und dann ließ der Schmerz langsam nach. Sie hatte ihre Finger so fest in seine Pobacken gegraben, dass sie wusste, er würde wahrscheinlich Abdrücke haben. Sie ließ ihre Finger bewusst locker und hob ihre Hände, um seinen Bizeps zu umfassen.

Sie bewegte zaghaft ihre Hüften ... und machte große Augen, als sie merkte, wie voll sie sich fühlte. »Alles okay«, flüsterte sie.

»Gib dir noch etwas Zeit«, sagte Meat, ohne den Kopf zu heben.

Er hörte sich merkwürdig an und Zara hatte keine Ahnung, was in seinem Kopf vorging. Sie zog an seinem Haar. »Sieh mich an.«

Als er den Kopf hob, war sie sehr erstaunt über das, was sie da sah.

Tränen. Er weinte nicht buchstäblich, aber seine Augen waren gerötet und er musste schwer schlucken. »Ja?«

»Was ist denn los?«

»Das war gleichzeitig der schönste und schlimmste Moment meines ganzen Lebens«, erklärte er ihr. »Der Schönste, weil das Gefühl, zu wissen, dass du mir genügend vertraust, um mich als Ersten in dich eindringen zu lassen, gleichzeitig erstaunlich und überwältigend ist.«

»Und warum der schlimmste Moment deines Lebens?«, fragte Zara, die sich gar nicht so sicher war, ob sie die Antwort hören wollte.

»Weil ich wusste, dass ich dir wehtun muss, wenn ich in dich eindringe. Ich mag es nicht, wenn du vor mir zurückschreckst, und ich mag es wirklich nicht, wenn du dich vor Schmerz versteifst wegen etwas, das ich getan habe«, sagte Meat. »Ich schwöre, dass es in Zukunft nicht mehr so wehtun wird. Ich kann nicht versprechen, dass es nicht eine Zeit lang unangenehm sein wird, weil du so klein bist, aber ich werde alles tun, was ich kann, um sicher zu sein, dass du völlig bereit für mich bist, bevor ich wieder in dich eindringe.«

Ihr Herz klopfte wie wild. Wenn sie Meat nicht schon zuvor geliebt hätte, würde sie es jetzt mit Sicherheit tun. »Es geht mir gut. War es das?«

Er lächelte und ein wenig der Sorge in seinem Blick schwand. »Nein, Zar. Das war es noch nicht. Ich fange jetzt an, mich in dir zu bewegen. Sag mir Bescheid, wenn es dir wehtut. Ich kann dir viel von deinen Gefühlen am Gesicht ablesen, aber ich weiß auch, dass du ausgesprochen gut darin bist, deine wahren Gefühle zu verstecken. Also sag mir bitte Bescheid, wenn es wehtut. Wenn du möchtest, lasse ich dich jetzt sofort in Ruhe und lasse dir ein heißes Bad einlaufen.«

Sie schüttelte den Kopf. »Nein. Ich meine, ich hätte nichts gegen ein Bad einzuwenden ... aber ... erst möchte ich es zu Ende bringen.«

»So verdammt mutig«, flüsterte Meat, zog seinen Schwanz ein wenig heraus und drang dann sanft wieder in sie ein.

Es fühlte sich merkwürdig an, tat aber nicht weh ... zumindest nicht so wie beim ersten Mal, als er in sie eingedrungen war. Sie fühlte sich voll und ihre Innenschenkel spannten sich an, wobei sie Muskeln einsetzte, die sie vorher nicht benutzt hatte, als sie ihre Beine für ihn weit geöffnet hielt. Er glitt noch ein paarmal sanft in sie hinein und wieder heraus, bevor Zara den Atem ausstieß, den sie angehalten hatte.

»Okay?«, fragte er.

Zara nickte.

Sie hatte keine Ahnung, wie lange Meat sie langsam und vorsichtig liebte, dafür sorgte, dass ihr Körper sich an ihn gewöhnte, bevor sie anfing ... ungeduldig zu werden.

»Was möchtest du, Zar? Du darfst keine Angst davor haben, mir zu sagen, was du willst.«

»Ich weiß es nicht«, erwiderte sie. »Ich ... es ist nur ... es fühlt sich gut an, aber irgendwie reicht es nicht.«

Meat ließ seine Hand unter sie gleiten und hob eine ihrer Pobacken an. Die Bewegung ließ seine Stöße noch ein wenig tiefer gehen und sie schrie auf. Sie schaute nach unten und sah, dass sein Schwanz von ihren Säften glänzte, als er sie weiter bearbeitete.

Da sie sich nicht zurückhalten konnte, griff sie nach unten und streichelte den Teil von ihm, der nicht in ihr war.

Er stöhnte laut auf.

Als sie mutiger wurde, bewegte sie ihre Hand, bis sie seine Hoden umfasste. Sie schwankten jedes Mal, wenn er in sie eindrang, und er legte den Kopf zurück und stöhnte, als sie ihn streichelte. Zara gefiel es, dass sie ihn auf dieselbe Weise beeinflussen konnte wie er sie.

Bevor sie wusste, was er vorhatte, ließ er mit seiner Hand von ihrem Hintern ab und führte sie an die Stelle, an der sie miteinander verbunden waren. Er rieb an ihrer Klitoris – und sie zuckte zusammen.

»Noch immer ziemlich empfindlich, was?«, fragte er.

Zara nickte.

»Okay, dann nehme ich an, dass die Dinge recht schnell ziemlich intensiv werden. Pass auf.«

Und bevor sie ihn fragen konnte, was er damit meinte, begann Meat, ihre Klitoris zu liebkosen, wie er es zuvor getan hatte. Und es fühlte sich noch genauso gut an, doch anders, nun, da sie seinen knallharten Schwanz in sich hatte. Ihre Muschi zog sich um ihn herum zusammen und sie stöhnten beide.

»Verdammt, Zara ... du bist so eng. Genau so. Lass dich gehen. Komm an meinem Schwanz zum Orgasmus, damit ich es spüren kann.«

Sie nahm seine unanständigen Worte nur vage wahr, denn sie war mehr damit beschäftigt, den intensiven Empfindungen des bevorstehenden Orgasmus nachzuspüren. Ihr Körper begann erneut zu zittern und sie hörte Meat sagen: »Das Schönste, was ich je gesehen habe«, bevor sie völlig vergaß, was um sie herum geschah.

Sie erlebte einen weiteren intensiven Orgasmus. Meats leichte, träge Stöße änderten sich, wurden kraftvoller und schneller, und es dauerte nicht lange, bis er bis zum Anschlag in sie eindrang und stillhielt, während er lange und tief stöhnte.

Dann brach er praktisch zusammen und drehte sie sofort so, dass sie auf ihm lag. Sie waren immer noch miteinander verbunden und Zara hätte schwören können, dass sie seinen Herzschlag durch seinen Schwanz tief in sich spüren konnte. Sie war verschwitzt und Körperflüssigkeiten bedeckten ihre Innenschenkel und befanden sich zwischen ihren Beinen, aber das war ihr egal. Meat war erstaunlich bequem und sie hatte kein Problem damit, ihren Kopf auf seine Schulter zu legen und sich an ihn zu schmiegen.

Sie spürte, wie sein Schwanz aus ihrem Körper glitt, und wimmerte, bewegte sich aber immer noch nicht.

»Zar?«

»Mmmm?«

»Alles okay?«

»Mmmm-hmmm.«

Sie spürte ihn mehr lachen, als dass sie es hörte. »Lass mich raten, von nun an möchtest du mich immer als Matratze benutzen, nicht wahr?«

»Macht es dir etwas aus?«, fragte sie.

»Natürlich nicht«, erwiderte er, ohne zu zögern, und nahm sie in den Arm. So lagen sie mitten am Nachmittag nackt, wie Gott sie geschaffen hatte, beisammen und keiner der beiden fühlte sich unbehaglich.

»Du gehörst mir«, flüsterte Meat, nachdem ein paar Minuten vergangen waren. Mit der Hand fuhr er träge ihre Wirbelsäule auf und ab und Zara war schon fast eingeschlafen.

Sie hatte nicht die Energie, sich über seine übertriebene Macho-Erklärung zu beschweren oder ihm zuzustimmen. Also drehte sie einfach den Kopf um ein paar Zentimeter, küsste die warme Haut seines Oberkörpers und schlief dann sofort ein.

»Du kennst den Plan, richtig?«, fragte der Mann die andere Person.

»Ja. Schließlich haben wir ihn gut hundertmal besprochen und du musst mich nicht die ganze Zeit daran erinnern.«

»Gut. Bald befinden wir uns nämlich in Mexiko, mit so vielen Drogen, wie wir wollen, und müssen uns über die Polizei, deine Eltern oder sonst jemanden keine Gedanken mehr machen.«

»Es kotzt mich an, dass ich in dieser verdammt billigen Wohnung lebe, während sie alles Geld der Welt hat. Sie gibt es nicht mal aus! Ich habe gehört, sie hat ein Stipendium für die Göre von einer dieser Versagerinnen eingerichtet. Ein *Baby*. Das das Geld jahrelang nicht mal anrühren wird! Sie ist so dumm.«

»Wo wir gerade dabei sind, wie hat sie sich so plötzlich mit denen angefreundet? Ich dachte, sie hätte keine Freunde und säße die ganze Zeit in dem Haus von diesem Idioten?«

»Ich weiß es nicht, und *das* nervt mich auch gewaltig.«

Der Mann grinste. »Da ist wohl jemand ein bisschen verärgert.«

»Ach, lass mich doch in Ruhe. Ich wäre vielleicht nicht so schlecht drauf, wenn es dir gelungen wäre, mehr als nur ein verdammtes Gramm von dem Stoff zu besorgen.«

»Äh ... bald werden wir in dem Zeug schwimmen.«

»Unser Plan muss funktionieren.«

»Das wird er«, erklärte der Mann. »Wir haben alles geplant. Sie ist zu dumm, um zur Polizei zu gehen ... und wenn wir sagen, was passiert, falls sie es doch tut, wird sie noch bereitwilliger mit uns kooperieren.«

Die andere Person nickte. »Hast du gehört, dass sie sich

entschlossen hat, eine Pressekonferenz abzuhalten, um der ganzen Welt ihre rührselige Geschichte zu erzählen?«

»Ja. Aber es ist egal, was für eine rührende Geschichte sie erzählt, wir halten uns an den Plan.«

»Ja, genau.«

»Was soll das heißen?«

»Nichts. Nur, dass ich denke, dass du recht hast.«

»Du solltest besser nicht mal daran denken, mich zu hintergehen.«

»Das tue ich nicht. Ich bleibe den ganzen Weg bis zur Bank an deiner Seite.«

Sie lächelten einander an.

»Auf eine bessere, sonnige Zukunft in Mexiko«, erwiderte die andere Person und stieß mit einer Flasche Bier an.

»Auf Mexiko«, stimmte der Mann zu und trank seine Flasche auf ex aus.

KAPITEL VIERUNDZWANZIG

»Bist du dir *wirklich* sicher, dass du das tun möchtest?«, fragte Meat Zara zum sicher zehnten Mal.

Eine Woche war vergangen, seit ihre Beziehung offiziell von Freunden zu Liebhabern geworden war. Er könnte nicht glücklicher darüber sein, wie sich die Dinge zwischen ihnen entwickelten, aber er konnte auch nicht anders, als besorgt darüber zu sein, wie schnell sie von der Zufriedenheit, allein in seinem Haus zu sitzen, zu dem Wunsch übergegangen war, jeden Aspekt ihres Lebens auf einmal anzugehen.

Es war, als wäre ihr nach dem Vorfall im Kaufhaus mit der Spanisch sprechenden Frau und dem Polizisten ein Licht aufgegangen. Sie hatte beschlossen, dass sie eine Übersetzerin für diejenigen sein wollte, die es brauchten. Und sie wollte plötzlich unbedingt richtigstellen, was ihr und ihren Eltern vor so langer Zeit in Peru widerfahren war.

Die Entscheidung, mit der Presse zu sprechen, schien ein wenig aus dem Nichts zu kommen, aber Zara hatte ihm versichert, dass sie schon eine Weile darüber nachgedacht hatte. Sie hatte es satt, dass in den Nachrichten alles falsch dargestellt und all die falschen Informationen verbreitet wurden. Vor Kurzem hatten sie erfahren, dass ihr Onkel für die Verbreitung einiger der schlimmsten Gerüchte über die sozialen Medien verantwortlich war. Er hatte es offenbar satt, subtil zu sein und zu versuchen, sie um ihr Geld zu bringen. Er hatte auf verschiedenen Nachrichtenseiten Kommentare darüber abgegeben, dass er »gehört« habe, dass sie als Prostituierte gearbeitet habe, dass sie seit ihrer Rückkehr in die USA nicht mehr gesehen worden sei, weil sie drogensüchtig sei und eine Entziehungskur mache, und, was am absurdesten war, dass sie tatsächlich all die Jahre mit den Mördern ihrer Eltern zusammengearbeitet habe.

Und das Schlimmste war, dass die Leute diesen Unsinn glaubten. Es wurden Artikel für gefälschte »Nachrichten«-Seiten geschrieben und in den sozialen Medien verbreitet.

Der Tropfen, der das Fass zum Überlaufen brachte, war für Zara offenbar, als der Polizist in dem Laden wirklich geglaubt hatte, sie sei eine Drogenkurierin für ein Kartell.

Sie hatte mit Rex gesprochen und ihn gefragt, ob er eine Pressekonferenz einberufen würde. Bevor Meat die ganze Situation mit ihr genauer besprechen konnte, hatte Rex die örtlichen Nachrichtenagenturen von Colorado Springs angerufen und mit Everly über die Sicherheitsmaßnahmen gesprochen, und der Termin war festgelegt worden.

Es waren nicht nur lokale Nachrichtenleute anwesend, sondern es waren Korrespondenten aus mehreren Ländern und von allen großen Sendern anwesend. *Alle* hatten sich um einen der begehrten fünfzig Plätze beworben, die den Medien zugewiesen worden waren.

»Ich bin mir sicher«, erklärte Zara zuversichtlich und antwortete damit Meat nach einer langen Pause auf seine Frage.

Meat konnte weder in ihrem Tonfall noch in ihrem

Gesichtsausdruck irgendeine Nervosität oder Besorgnis feststellen. Es machte ihm wieder einmal klar, wie unglaublich stark seine Zara war. Das sollte ihn nicht überraschen – sonst hätte sie nicht überlebt, was ihr widerfahren war. Aber trotzdem hätte er sie am liebsten in Watte gepackt und vor den Grausamkeiten der Welt versteckt.

Sie hatten beschlossen, die Pressekonferenz im Gerichtsgebäude in einem der großen Sitzungssäle abzuhalten. Er war groß genug, um allen bequem Platz zu bieten, und es würde sich für Zara weniger wie ein Verhör anfühlen. Der Plan war, dass sie mit ihren eigenen Worten erklärte, was passiert war, und dann Fragen beantwortete.

Morgan hatte versucht, ihr den Teil mit den Fragen auszureden, aber Zara ließ sich nicht beirren. Sie hatte beschlossen, dass weitere Gerüchte folgen würden, wenn sie den Reportern nicht erlaubte zu fragen, was sie wollten, und sie hatte nichts zu verbergen, da sie nichts Falsches getan hatte.

Meat konnte dieser Logik nicht widersprechen, aber das bedeutete nicht, dass er sie gut finden musste.

Zara war noch am selben Abend des Tages, an dem sie zum ersten Mal miteinander geschlafen hatten, in sein Schlafzimmer gezogen, und die Frage, ob sie sich auf seiner weichen Matratze wohlfühlen würde, hatte sich erübrigt, nachdem sie festgestellt hatte, wie bequem sie auf ihm schlafen konnte. Für Meat war es gewöhnungsbedürftig, aber nicht lange. Er genoss es, sie beim Einschlafen eng an sich drücken zu können. Bis zum Morgen hatten sie sich normalerweise im Schlaf bewegt, sodass sie nebeneinander lagen, aber sie berührte ihn immer auf irgendeine Weise. Sie streckte die Hand nach ihm aus, selbst im Schlaf. Das sorgte dafür, dass es sich wahnsinnig gut anfühlte.

»Es wird schon gut gehen«, versicherte Zara ihm und legte eine Hand auf seinen Arm.

Meat nickte und zog sie an sich. »Das weiß ich. Schließlich bist du stark, mein Schatz«, erklärte er ihr stolz.

Zara lächelte zu ihm hoch. »Ich muss das jetzt durchziehen, damit ich mir danach ein normales Leben aufbauen kann«, sagte sie. »Ich hoffe, du kannst das verstehen.«

»Das kann ich. Hast du mit deinen Großeltern und deinem Onkel gesprochen, um ihnen Bescheid zu sagen, was du vorhast?«

Sie seufzte. »Ich habe meine Großeltern angerufen, aber sie haben sich nicht gemeldet. Ich habe ihnen eine Nachricht auf dem Anrufbeantworter hinterlassen und sie eingeladen herzukommen, aber ich bezweifle, dass sie hier sein werden. Als ich sie das letzte Mal gesehen habe, haben sie mir klar und deutlich gesagt, was sie von mir halten.«

»Das ist ihr Verlust«, bemerkte Meat und gab ihr schnell einen Kuss auf die Stirn.

»Allerdings«, stimmte Zara ihm zu. »Ich meine, ich vermisse sie sowieso nicht, weil ich sie nie richtig gekannt habe, aber ich vermisse die Tatsache, Verwandte zu haben, die sich um mich sorgen.«

Meat hasste die Harpers. Er konnte einfach nicht verstehen, wie ihnen ihre Enkelin so egal sein konnte. Zara war unglaublich ... mutig und tapfer. Sie hätten überglücklich sein müssen, sie wiederzuhaben. »Und was ist mit deinem Onkel?«

Zara rümpfte die Nase. »Er verhält sich immer noch wie ein Idiot. Er hinterlässt mir bescheuerte Nachrichten auf meinem Handy und jammert darüber, dass ich ihm etwas von dem Geld überlassen würde, wenn meine Mutter mir nicht völlig egal wäre, damit er nicht so arm sein müsste.«

Meat knurrte. »Ich finde es wirklich schlimm, dass deine Großeltern ihm deine Nummer gegeben haben. Sie hätten doch wissen müssen, dass er dich wegen des Geldes belästigt. Ich weiß, dass du dir den Ärger, deine Nummer zu wechseln, gern ersparen würdest, aber ich denke, es ist an der Zeit.«

Zara nickte. »Wenn du davon überzeugt bist, von mir aus. Ich möchte eigentlich nicht unbedingt mit meinem Onkel reden. Am besten nie wieder. Und nachdem er all diese Gerüchte über mich verbreitet hat, hat er sich sowieso so ziemlich jede Möglichkeit verspielt, etwas vom Erbe meiner Eltern abzubekommen. Sehe ich einigermaßen vorzeigbar aus?«

Meat wusste, dass sie absichtlich das Thema gewechselt hatte, also spielte er mit. »Du siehst wunderschön aus.« Und das tat sie wirklich. Sie hatte Harlow eingeladen, um ihr bei der Auswahl der Kleidung zu helfen. Meat war ein wenig überrascht gewesen, dass sie sich an sie gewandt hatte und nicht an Renee, war darüber aber sehr glücklich. Seit der lebensverändernden Erfahrung mit Morgan und der Geburt ihrer Tochter hatte sie sich weiter bemüht, die anderen Frauen kennenzulernen.

Zara trug eine hellbraune Hose anstelle ihrer üblichen Jeans und eine hellgelbe Bluse, die vorn tief ausgeschnitten war und ein wenig Dekolleté zeigte – nicht zu viel, denn sie würde ja vor der Kamera stehen. Es war ein feminines und zartes Ensemble und nichts, was sie normalerweise tragen würde. Sie kam mehr und mehr aus sich heraus und war bereit, ihre Weiblichkeit ein wenig zu zeigen. Meat war es völlig egal, was sie trug, solange sie sich darin wohlfühlte, aber er konnte nicht umhin, sie zu bewundern. Er war so stolz auf sie, wie er nur sein konnte, und er war jeden Tag dankbar, dass sie bei ihm war.

»Okay, anscheinend ist es an der Zeit«, sagte Zara. »Wünsch mir Glück.«

»Du brauchst kein Glück«, versicherte Meat ihr. »Sei einfach du selbst. Ich werde hier sein und dich beobachten, und die anderen Jungs werden sich im Raum verteilen, nur für den Fall. Everly ist mit einigen ihrer vertrauenswürdigsten Freunde vom hiesigen Polizeirevier hier, und sie werden sich um die Dinge kümmern, wenn die Presse unruhig wird. Chloe und Harlow sind auch in der Menge, und Allye und Morgan werden hier sein, wenn es vorbei ist, und mit ihren Babys auf dich warten. Ich glaube, ich habe auch Renee in der Menge gesehen. Du schaffst das. Du bist nicht allein.«

Zara holte tief Luft und nickte. »Na dann mal los.« Dann drehte sie sich um und ging durch eine Seitentür in den großen Raum und auf das Podest, das für sie errichtet worden war. In dem Moment, in dem die Reporter sie sahen, wurde es still im Raum, so still, dass man eine Stecknadel hätte fallen hören können.

Meat schlich sich in den Raum, als alle Aufmerksamkeit auf Zara gerichtet war, und sah mit Schreck und Stolz zugleich zu, wie die Frau, die er liebte, den Kopf hob und sich an die Menge wandte.

Zara dachte, sie müsste sich übergeben. Sie wollte das tun. Die Sache richtigstellen. Aber das bedeutete nicht, dass sie nicht zu Tode verängstigt war.

Sie ließ den Blick über die Menge gleiten, die sie anstarrte, und sie fühlte sich zehnmal besser, als sie sah, dass die Menschen, die sie jetzt ihre Freunde nennen konnte, sie unterstützten. Renee gab ihr einen Daumen hoch und Zara nickte ihr kurz zu, bevor sie zu sprechen begann.

»Danke, dass Sie alle hier sind. Ich entschuldige mich dafür, dass ich das hier nicht früher organisiert habe. Es fiel mir schwer, mich an das Leben hier in den Staaten zu gewöhnen. Es ist sehr seltsam, wenn man buchstäblich nichts hat und dann alles hat – fließendes Wasser, Nahrung, wann immer ich hungrig bin, Geld, um Kleidung zu kaufen, und alles, was ich sonst noch brauche. Ich war auch nicht bereit, meine Geschichte zu erzählen. Vielleicht bin ich es immer noch nicht. Aber wegen all der falschen Gerüchte und lächerlichen Berichte über das, was mir widerfahren ist, möchte ich die Dinge richtigstellen.«

Es schien, als ob niemand im Raum auch nur atmete. Als hielten alle den Atem an und warteten darauf, dass sie Geheimnisse darüber ausplauderte, wo ein vergrabener Schatz versteckt war oder so. Es war verrückt. Die roten Lichter der Kameras blinkten unaufhörlich und erinnerten Zara daran, dass das, was sie sagte, im ganzen Land und möglicherweise in der ganzen Welt übertragen werden würde. Sie musste aufpassen, dass sie nichts sagte, was ihre Freunde in Peru in Gefahr und del Rio auf ihre Spur bringen könnte.

Sie holte tief Luft und begann. »Als ich zehn Jahre alt war, teilten meine Eltern mir mit, dass sie mich mit in den Urlaub in ein Land namens Peru nehmen würden ...«

Zwanzig Minuten später fühlte Zara sich, als wäre sie einen Marathon gelaufen.

Sie spürte, wie ihr der Schweiß den Rücken hinunterlief, und ihre Stimme war heiser vom Sprechen. Sie war ganz ehrlich gewesen, bis hin zu der Tatsache, dass sie Angst gehabt hatte, aus dem Loch in der Wand, in dem sie sich versteckt hatte, herauszukommen, und dass sie Tag für Tag dachte, jemand würde sie finden.

Sie erklärte, wie sie schließlich aufhörte, auf Rettung zu hoffen, und sich darauf konzentrierte, einen Tag nach dem anderen zu überleben, ohne verprügelt oder vergewaltigt zu werden. Sie bemühte sich, die Rolle der Mountain Mercenaries bei ihrer Rettung herunterzuspielen, indem sie sie nicht namentlich erwähnte, sondern nur sagte, dass sie einer Gruppe von Amerikanern, die an einem gemeinsamen Einsatz mit dem peruanischen Militär beteiligt waren, ihre Geschichte erzählte, und der Rest war Geschichte.

Sie fühlte sich schutzlos und verletzlich und wollte nichts lieber, als den Raum zu verlassen, jetzt, da sie fertig war. Aber sie hatte versprochen, Fragen zu beantworten, und das würde sie auch tun.

Der Polizeichef war anwesend, um die Fragerunde zu moderieren, und er trat vor, um zu erklären, wie der nächste Teil der Pressekonferenz ablaufen würde.

Die ersten Fragen waren recht harmlos. Dinge wie: »Wie fühlt es sich an, wieder zu Hause zu sein?«, und: »Was haben Sie als Erstes gegessen, nachdem Sie hier angekommen waren?«

Aber danach wurden sie schnell schwieriger.

Viele Leute wollten wissen, wie viel Geld sie hatte, wie viel ihre Eltern ihr hinterlassen hatten und welche Pläne sie hatte, jetzt, wo sie reich war. Zara tat ihr Bestes, um diese Fragen abzuwehren, denn sie wollte sich nicht mit ihrer finanziellen Situation auseinandersetzen. Sie hatte genügend Leute, die ihr E-Mails schickten – und jetzt anriefen, weil ihr Onkel ihre Telefonnummer weitergegeben hatte – und Geld wollten.

Sie schlug sich gut, bis sich eine Reporterin zu Wort meldete und fragte: »Warum haben Sie nicht mehr getan, um Hilfe zu finden, nachdem Sie in diesem Barrio abgesetzt worden waren? Ich meine, es muss doch jemanden gegeben haben, der Englisch spricht und zu dem Sie hätten gehen können. Oder der Ihnen den Weg zur US-Botschaft hätte zeigen können. Sie hätten schon vor Jahren zu Hause sein können.«

Die Frage überraschte sie nicht. Das FBI hatte die gleiche Frage gestellt und sie hatte im Internet Kommentare von Leuten gelesen, die sich das Gleiche fragten. Aber es war verdammt ärgerlich, dass niemand dachte, sie hätte etwas getan, um sich selbst zu helfen.

»Haben Sie Kinder?«, fragte Zara mit überraschend ruhiger Stimme.

»Ja«, erwiderte die Reporterin nickend.

»Und wie alt sind die?«

»Ich weiß nicht, was das für eine Rolle spielen sollte«, entgegnete sie unsicher.

»Wie alt?«, hakte Zara nach.

»Fünf, elf und dreizehn.«

»Und was erwarten Sie von Ihren Kindern, wenn sie sich verlaufen haben? Wenn sie zum Beispiel wandern gehen und sich verlaufen und nicht wissen, wohin sie gehen sollen?« Sie wartete die Antwort gar nicht erst ab. »Wahrscheinlich haben Sie ihnen beigebracht, dort zu bleiben, wo sie sind. Dass jemand sie finden wird. Dass sie auf keinen Fall umherwandern sollen, weil es dann nur schwieriger wird, sie wiederzufinden. Und meine Eltern haben mir genau das Gleiche beigebracht. Als diese Monster mich in diesem Barrio absetzten, tat ich, was ich für richtig hielt – ich kauerte mich hin und wartete darauf, gefunden zu werden. Aber das Schlimme war, dass niemand wirklich nach mir gesucht hat. Alle dachten, ich sei tot.

Stellen Sie sich vor, Ihr eigenes Kind wäre in einer ähnlichen Situation wie ich. Was glauben Sie, wie gut es ihm oder ihr ergehen würde? Haben Sie Ihren Kindern beigebracht, was zu tun ist, wenn sie sich in einer großen Stadt verirren, in der sie noch nie waren? Haben Sie Ihren Kindern beigebracht, wie sie mit Menschen kommunizieren können, die nicht dieselbe Sprache sprechen? Haben Sie jemals so viel Hunger gehabt, dass Sie buchstäblich Dreck gegessen hätten, nur um etwas im Bauch zu haben?« Als die Journalistin schweigend den Kopf schüttelte, sprach Zara weiter.

»Da war ich also. *Zehn* Jahre alt, nicht in der Lage, die Sprache zu sprechen, hungrig, schmutzig und traumatisiert, weil ich mit ansehen musste, wie meine Eltern vor meinen Augen getötet wurden – und ich tat, was mir beigebracht worden war. Ich wartete. Und wartete. Und wartete. Aber es kam nie jemand. Als ich aus meinem Versteck hervorkommen musste, hatte ich schreckliche Angst. Niemand konnte ein Wort von dem verstehen, was ich sagte, und ich konnte die anderen nicht verstehen. Ich wurde von Männern von Mülltonnen weggejagt, die mich in einer Sprache anschrien, die ich nicht kannte, und andere Kinder bewarfen mich mit Steinen, damit ich keine Essensreste bekam. Wollen Sie wissen, warum ich nicht ständig auf Leute zugegangen bin und auf Englisch gefragt habe, wo die US-Botschaft ist? Weil die wenigen Erwachsenen, mit denen ich zu sprechen versuchte, mich ignorierten. Oder sie schauten mich ein bisschen zu interessiert an ... wenn Sie wissen, was ich meine. Und der eine Polizist, den ich ansprach, schlug mit seinem Schlagstock nach mir. Ich wusste nicht, wo ich war, in welcher Richtung die Botschaft liegen könnte. Wenn man zehn Jahre alt ist, ist die Welt ein beängstigender Ort, und noch beängstigender, wenn man ganz allein ist. Jetzt denken Sie vielleicht: Okay, aber was war, *nachdem* Sie Spanisch gelernt hatten? Nachdem Sie älter geworden waren? Warum haben Sie dann nicht um Hilfe gebeten? Weil ich damals zu sehr damit beschäftigt war zu überleben. Zu essen. Den Leuten zu entgehen, die ein wehrloses Kind ausnutzen wollten. Aber was ich *wirklich* höre, wenn mir diese Frage gestellt wird – oder jede Frage, die mit »Warum hast du nicht« beginnt –, ist Schuldzuweisung und Verurteilung. Ich werde für mein Handeln verurteilt. Die Handlungen eines entsetzten kleinen Mädchens. Lassen Sie mich Ihnen etwas sagen: Wenn ich zurückgehen und die Dinge anders machen könnte, würde ich es tun. Ich hätte mich beim Abendessen nicht wie eine verwöhnte Göre gegenüber meinen Eltern benommen. Ich wäre schneller gegangen, damit wir das Hotel erreicht hätten, bevor die Männer unseren Weg kreuzten. Ich hätte so laut geschrien, wie ich konnte, als sie ein Messer zückten. Ich wäre gerannt. Ich wäre die vielen Kilometer von dem Ort, an dem sie mich abgesetzt hatten, zurück zum Hotel gelaufen, in dem wir untergebracht waren, oder hätte es zumindest versucht. Ich hätte schneller Spanisch gelernt. Ich hätte mich früher mit Leuten angefreundet. Ich wäre selbstbewusster gewesen und hätte jemanden um Hilfe gebeten ...

Aber ich kann nicht mehr zurück. Und Sie haben kein Recht, mich für meine Taten zu verurteilen. Ich habe das Beste getan, was ich konnte, als ich zehn war. Und elf. Und fünfzehn. Und zwanzig. Ich bete zu Gott, dass Sie *nie* in eine solche Situation kommen. Eine, in der Sie zu Tode verängstigt und verloren sind, in der Sie Angst haben, dass jeder, der Ihren Weg kreuzt, Ihnen etwas antun will. Es gibt buchstäblich keine Möglichkeit, dass Sie jemals verstehen können, warum ich getan habe, was ich getan habe, wenn Sie nicht die gleiche Situation durchlebt haben, und ich hoffe für Sie, dass Sie es *nie* verstehen werden. Aber bis es so weit ist, haben Sie kein Recht, mich für mein Handeln zu verurteilen. Mir die Schuld für die Situation zu geben, in der ich mich befand, und für das, was passiert ist.«

Nachdem Zara aufgehört hatte zu sprechen, war es still im Raum und einen Moment lang dachte sie, die Frau würde weinen. Aber sie nickte nur und setzte sich wieder hin, den Blick auf den Block Papier vor ihr gerichtet.

Zara holte tief Luft, bereit, dass sich die Menge gegen sie wenden würde. Dass jemand eine unangemessene oder geradezu lächerliche Frage stellen würde. Doch bevor jemand fragen konnte, wie sie mit ihrer Periode umgegangen war, während sie auf der Straße lebte, oder ob jemand herausgefunden hatte, dass sie kein Junge war, und sie vergewaltigt hatte, beendete der Polizeichef höflich die Pressekonferenz und dankte allen für ihr Kommen.

Er nahm Zara am Arm und führte sie sanft zur Seitentür, um sie von den Reportern und den Kameras wegzubringen.

Bevor sie zu Atem kommen konnte, war Meat da. Er schlang seine Arme um sie und Zara vergrub ihr Gesicht an seiner Brust, froh, der realen Welt für einen Moment entkommen zu können. Als sie in seiner Umarmung stand und seinen einzigartigen Duft nach Holz und Kiefern einatmete, konnte sie fast alles vergessen, was sie durchgemacht hatte.

Fast.

»Du warst wirklich phänomenal«, flüsterte Meat ihr ins Ohr.

Sie hatte erwartet, dass er sich in ihrem Namen aufregen würde. Als sie den Kopf hob, sah sie, dass er wütend war, aber sie sah auch, wie stolz er auf sie war.

»Du hättest dich auch einfach weigern können, auf ihre Frage zu antworten, doch stattdessen hast du sie auf ihren

Platz verwiesen und ihr genau erklärt, wie verdammt unhöflich ihre Frage war.«

»Das habe ich, nicht wahr?«, fragte Zara.

»Allerdings.«

Dann hatten sie keine Zeit mehr, um unter vier Augen zu reden, denn sie waren von all ihren Freunden umgeben. Sie gingen in den Raum, in dem Allye und Morgan auf sie warteten, und obwohl der Tag anstrengend gewesen war, weil sie der Welt genau erzählt hatte, was ihr passiert war und wie sie sich als Kind gefühlt hatte, weil sie entgegen jeder Hoffnung gehofft hatte, dass jemand sie finden würde, und dann niedergeschmettert war, als das nicht der Fall war, konnte Zara nicht anders, als glücklich zu sein.

Sie hatte überlebt. Ihre Eltern wären stolz auf sie gewesen, daran hatte sie keinen Zweifel. Und sie hatte gute Freunde, die alles tun würden, um sie zu finden, sollte sie jemals wieder verschwinden. Die meisten hatten ihre eigene Hölle durchgemacht. Sogar Renee, die ein ruhiges, normales Leben in Denver geführt hatte, war ihr eine große Stütze gewesen.

Der Plan war, dass sich alle zum Haus von Gray und Allye begeben sollten, um ein spätes Mittagessen einzunehmen und sich zu entspannen. Meat beugte sich vor und fragte: »Willst du immer noch zu Gray fahren? Es wäre auch in Ordnung, wenn du lieber nach Hause möchtest.«

Zara dachte kurz darüber nach und schüttelte den Kopf. »Nein, ich möchte gern dorthin. Ich muss zugeben, dass ich nervös war, aber nun, da es vorbei ist und ich alles richtiggestellt habe, würde ich gern feiern. Ich bin am Leben. Und ich würde gern meine neuen Freunde besser kennenlernen.«

Meat hatte plötzlich einen merkwürdigen Ausdruck auf

dem Gesicht und sie runzelte die Stirn und fragte: »Was ist denn?«

»Es ist nur ... ich bewundere dich, Zar. Du überraschst mich jeden Tag. Und zwar im positiven Sinne.«

»Ich bin einfach nur ich selbst, Meat. Ich bin niemand Besonderes.«

»Da liegst du falsch. Aber das ist in Ordnung, du kannst denken, was du willst, und ich werde an deiner Seite sein, sicher in dem Wissen, dass niemals ein anderer Idiot die Möglichkeit bekommen wird, das Licht, das in dir brennt, zu dimmen.«

Zara schüttelte den Kopf und lächelte. »Du bist verrückt.«

»Ja. Und du leb nur weiter in deiner Welt voller Illusionen«, erklärte Meat grinsend.

Sie streckte die Hand aus, um ihn zu sich herunterzuziehen, doch Meat gab ihr sofort, was sie wollte. Er beugte sich vor und sie küsste ihn. »Danke, dass du heute mit mir hier warst.«

»Ich wäre nirgendwo lieber gewesen, Zar.«

»Mir ist durchaus bewusst, dass die Leute sich trotzdem weiter das Maul zerreißen werden, obwohl ich ihnen meine Geschichte erzählt habe. Sie werden mir das Wort im Mund herumdrehen. Mein Onkel wird wahrscheinlich weiterhin um Geld bitten und mich belästigen, aber ich weiß, was wirklich wichtig ist.«

»Tatsächlich?«

Sie nickte. »Ja. Freunde, die für dich da sind, egal was kommt.«

»Mich wirst du jedenfalls nicht los«, erklärte Meat schnaubend. »Komm schon. Verschwinden wir alle von hier und fahren zu Gray. Du hast doch sicher Hunger.«

»Ich habe immer Hunger«, erwiderte Zara lachend.

Meat zog einen Proteinriegel aus der Tasche und hielt in ihr hin. »Deswegen habe ich dir das hier mitgebracht. Damit du was zwischen die Zähne bekommst.«

Der Anblick des kleinen Riegels in seiner großen Hand brachte Zara fast zum Weinen. Meat kümmerte sich immer um sie. Selbst wenn er scheinbar in seinen Computer vertieft war, um etwas für seinen eigenbrötlerischen Kontaktmann Rex zu recherchieren, oder wenn er in seiner Werkstatt bis zum Ellbogen in Holzspänen steckte, antwortete er immer auf jede Frage. Oder er tat etwas Überraschendes wie das hier … er zog einen Snack oder ein Stück Schokolade aus seiner Tasche und reichte es ihr ohne ein Wort.

Aber anstatt zu weinen, nahm Zara den Schokoriegel und lächelte zu ihm hoch. Sie hielt seine Hand, während sie aus dem Gerichtsgebäude zu seinem Wagen gingen. Sie war auf dem besten Weg, der beste Mensch zu werden, der sie sein konnte, und Peru und das, was sie durchgemacht hatte, konnten genauso gut eine Million Kilometer entfernt sein.

KAPITEL FÜNFUNDZWANZIG

»Bist du sicher, dass ich nicht mitkommen und irgendwo im Hintergrund der Kneipe warten soll?«, fragte Meat, als Zara in die Küche kam.

»Ja, ich bin mir sicher. Machst du dir immer noch Sorgen um meinen Onkel?«, fragte sie.

»Zara, Alan ist ein Mistkerl und so langsam habe ich ihn satt«, erklärte Meat.

Zara war schwer enttäuscht von ihrem Onkel. Er war der Bruder ihrer Mutter und sie wünschte sich, dass sie ein besseres Verhältnis zueinander hätten, aber dieser Zug war endgültig abgefahren. Anderthalb Wochen nach der Pressekonferenz hörte er immer noch nicht auf, sie zu belästigen und leere Drohungen auszustoßen, und bestand nun darauf, dass sie es bereuen würde, wenn Zara ihm nicht die Hälfte ihres Geldes gäbe.

Ball und Everly waren erst vor zwei Tagen nach Denver gereist, um ihm persönlich eine Nachricht mit Drohungen zu überbringen, die ihn hoffentlich zum Schweigen bringen würde.

Eigentlich war Everly hingefahren, um ihm eine einstweilige Verfügung zuzustellen, die es ihm verbot, mit Zara telefonisch, schriftlich oder persönlich Kontakt aufzunehmen.

Aber als Everly zum Wagen zurückgegangen war, hatte Ball eine eigene Nachricht überbracht, in der er Alan unmissverständlich mitteilte, dass er alles verlieren würde, sollte er es wagen, noch einmal auch nur in Zaras Richtung zu atmen. Sie wussten alles über seine Drogenaktivitäten und Ball stellte sicher, dass Alan wusste, dass der Dealer des Mannes erfahren würde, wie er Informationen an die örtliche Polizei gegen Geld weitergegeben hatte, wenn er noch eine einzige E-Mail schickte oder in irgendeiner Weise mit Zara in Kontakt trat.

»Ich komme schon klar«, erklärte Zara. »Everly ist heute Abend auch da und falls irgendetwas passieren sollte, kann sie sich darum kümmern.«

»Wer kommt sonst noch?«, fragte Meat.

»Harlow und Renee. Allye kann nicht kommen. Sie ist in letzter Zeit ziemlich erschöpft, weil Darby so anstrengend ist. Und Morgan bringt es noch nicht übers Herz, Calinda allein zu lassen, aber daraus kann ich ihr keinen Vorwurf machen, weil sie so süß ist.«

»Und Chloe?«, fragte Meat.

Zara zuckte mit den Achseln. »Sie sagte, sie würde versuchen zu kommen. Sie macht eine Analyse des Renten-kontos von jemandem und ist anscheinend so fasziniert davon, dass sie nicht aufhören will, bis sie fertig ist.«

»Aber du rufst mich an, wenn du nach Hause willst, damit ich dich abholen kann?«

Zara schüttelte den Kopf. »Nein. Es besteht kein Grund für dich, in die Stadt zu fahren, um mich abzuholen. Renee kann mich auf ihrem Heimweg nach Denver unterwegs rauslassen.«

»Aber fahr nicht mit ihr, wenn sie getrunken hat«, erklärte Meat ernst.

»Ja, Dad«, erklärte Zara und verdrehte die Augen.

»Ich meine es ernst. Ich weiß nicht, was ich tun würde, wenn dir irgendetwas passiert.«

»Es wird mir nichts passieren. Ich gehe nur mit ein paar Freundinnen essen. Ich war ohnehin schon überrascht, als Renee gesagt hat, dass sie auch kommt. Ich glaube, dass sie in letzter Zeit ein wenig eifersüchtig war, weil ich mich so gut mit den anderen verstehe, und das tut mir leid.«

Meat runzelte die Stirn. Ihm gefielen die kleinen Dinge nicht, die er hier und da von Zara gehört hatte. Renee schien zwar tatsächlich eifersüchtig zu sein, aber es war mehr als das. Er konnte es nicht genau sagen und er konnte nur hoffen, dass ihre Freundschaft entweder stärker werden würde, weil Zara ihre eigenen Interessen durchsetzen konnte, oder dass sie langsam auseinandergehen würde.

»Okay, aber ruf mich an, wenn du irgendetwas brauchst.«

»Das werde ich.«

Draußen hörten sie ein Hupen und Zara drehte sich um, um ihre Handtasche zu holen. Sie trug eine Jeans und ein tailliertes T-Shirt. Beides schmiegte sich an ihre Kurven und Meat tat sein Bestes, um sie nicht lüstern anzustarren. Sie drehte sich um und grinste ihn an. Er hatte sein Verlangen nach ihr nicht gerade versteckt.

Sie stellte sich auf die Zehenspitzen und küsste ihn, dann drehte sie sich um und ging zur Tür. »Meat?«, sagte sie, bevor sie ging.

»Ja, Zar?«

»Ich trage ein neues, passendes feuerrotes BH- und Höschen-Set, das ich erst neulich gekauft habe. Vielleicht kann ich es vorführen, wenn ich nach Hause komme.«

Meat knurrte und war schon einen Schritt auf sie zuge-gangen, bevor er überhaupt merkte, dass er sich bewegt hatte.

Zara kicherte und verschwand aus der Tür.

Meat ging zum Fenster und beobachtete, wie sie in Renees Wagen stieg und sie seine lange Auffahrt hinunter-fuhren. Es dämmerte ihm, dass er sie noch nie kichern gehört hatte, seit sie eingezogen war.

So sehr sein Schwanz auch schmerzte, wenn er daran dachte, sie gegen die Wand zu drücken, während sie nur den roten BH und den Slip trug, den sie gekauft hatte, so sehr gefiel ihm die Tatsache, dass sie sich wohl und sicher genug fühlte, um ihn zu necken.

»Verrätst du uns auch, warum du so ein breites Grinsen auf dem Gesicht hattest, als ich dich abgeholt habe?«, fragte Renee, nachdem sie im Restaurant Platz genommen hatten.

Everly und Zara tranken Limonade, und Renee und Harlow hatten jeweils ein Glas Wein bestellt. Sie hatten sich als Vorspeise für einen Teller mit Käsepommes entschieden und verschlangen die Pommes, während sie auf ihr Essen warteten.

»Ja, du scheinst heute ganz besonders gut aufgelegt zu sein«, bemerkte Harlow.

Zara versuchte, ihr Grinsen zu verbergen, indem sie einen Schluck von ihrer Limonade nahm, doch ihr war klar, dass sie damit keinen Erfolg hatte.

»Raus mit der Sprache«, sagte Everly, stützte die Ellbogen auf den Tisch und beugte sich vor.

Zara zuckte mit den Achseln. »Es ist nur ... zwischen Meat und mir läuft es momentan ausgesprochen gut.«

Die Frauen grinsten.

»Lass mich raten ... entweder hat er es dir besorgt, kurz bevor du das Haus verlassen hast, oder du hast ihn erbarmungslos geneckt und jetzt wird er über dich herfallen, sobald du wieder zu Hause bist«, sagte Harlow mit wissendem Lächeln.

Zara lachte jetzt lauthals, antwortete ihr jedoch nicht auf die Frage, sondern sagte stattdessen: »Ich hatte ja keine Ahnung.«

»Wovon?«, wollte Everly wissen.

»Dass eine Beziehung so ... befriedigend sein kann. Ich meine, ja, der Sex ist toll, versteht mich nicht falsch, aber Meat *versteht* mich einfach. Ich hätte ehrlich gesagt nie gedacht, dass ich jemanden finden würde, der so ermutigend und verständnisvoll mit meiner ganzen Situation umgeht. Wir haben auch ein paar lange und hilfreiche Gespräche darüber geführt, was ich mit meiner Zukunft anfangen will, und über das Geld, das meine Eltern mir hinterlassen haben.«

»Und was hast du mit all dem Geld vor?«, fragte Renee.

Zara wusste nicht genau, was heute Abend mit Renee los war, aber sie war ein bisschen ... schroffer als sonst. Auf dem Weg zum Restaurant schien sie sich darüber aufzuregen, dass sie nicht nur zu zweit sein würden, obwohl sie von Anfang an gewusst hatte, dass Harlow und Everly auch kommen würden. Und je mehr sie und Renee sich trafen, desto anhänglicher wurde Zaras alte Freundin. Es war, als wären sie wirklich noch zehn Jahre alt, und sie war eifersüchtig, dass Zara noch andere Freundinnen als sie hatte.

Zara hatte zu viel durchgemacht, als dass sie mit so einem belanglosen Blödsinn etwas zu tun haben wollte. Aber da sie bereits auf dem Weg zum Restaurant waren, ließ sie ihre Bedenken beiseite und sagte sich, dass sie später mit Renee darüber reden würde.

»Ich weiß es noch nicht so genau«, erklärte Zara, »aber ich würde gern etwas machen, um Familien von Kindern zu helfen, die vermisst werden.« Sie sah Everly an und sagte: »Ich weiß, dass die Polizei tut, was sie kann, doch reichen die Ressourcen eben manchmal nicht. Manchmal ist ein Privatdetektiv effektiver darin, Hinweise zu finden, besonders wenn schon sehr viel Zeit vergangen ist.«

»Das halte ich für eine großartige Idee«, entgegnete Everly nickend und mit breitem Lächeln.

»Und ich möchte auch sehen, was ich tun kann, um den Menschen in den Barrios in Peru zu helfen. Da gibt es eine Menge Korruption, deshalb ist es etwas schwieriger. Aber ich weiß zum Beispiel aus erster Hand, wie die Situation für schwangere Frauen ist, also könnte ich vielleicht eine Klinik oder so etwas bauen, damit es eine bessere medizinische Versorgung für diejenigen gibt, die sie brauchen.«

»Das ist ja toll«, rief Harlow enthusiastisch.

»Du willst dein Geld den Leuten geben, die dich unterdrückt haben? Die dich praktisch als Geisel gehalten haben?«, fragte Renee ungläubig. »Ich habe den Eindruck, dass es hier in den USA viele Menschen gibt, die das Geld gut gebrauchen können.«

Die Reaktion war nicht gerade eine Überraschung. Zara wusste, dass einige Leute nicht verstehen würden, warum sie den Armen in Lima helfen wollte. Aber sie war enttäuscht, dass jemand, der eigentlich ihre Freundin sein sollte, auf Anhieb so skeptisch war.

»Die Menschen, mit denen ich zusammenlebte und mit denen ich täglich zu tun hatte, waren nicht diejenigen, die meine Eltern getötet haben. Und sie haben mich nicht als Geisel gehalten. Es gibt überall böse Menschen und ich habe nie gesagt, dass ich den Menschen hier in den USA nicht auch helfen würde. Ich möchte die Tatsache, dass ich zweisprachig bin, nutzen, um anderen auf irgendeine Weise zu helfen, vielleicht indem ich für diesen Übersetzungsdienst arbeite, von dem mir der Polizist erzählt hat. Ich versuche nur herauszufinden, wie ich am besten so vielen Menschen wie möglich helfen kann.«

»Das klingt erstaunlich«, erwiderte Harlow. »Ich weiß, dass die Frauen in dem Frauenhaus, für das ich früher gearbeitet habe, jede Hilfe gebrauchen konnten, die sie bekommen konnten. Aber ehrlich gesagt geht es um mehr als nur um Geld; es geht darum zu wissen, dass sich jemand sorgt. Und ich denke, das tust du in höchstem Maße, Zara.«

»Danke.«

Der Kellner kam mit dem Gericht an ihren Tisch und das Gespräch drehte sich darum, wie gut das Gericht aussah und ob sie alles aufessen konnten.

Im Stillen dankte Zara wieder einmal ihrem Glücksstern. Noch vor ein paar Monaten hätte sie sich nicht vorstellen können, dass sie in diesem Moment da sein würde, wo sie jetzt war. Sie saß vor einem riesigen Teller voller Essen und hatte mehr Geld, als sie ausgeben konnte. Sie hätte im Dreck in einer der Hütten aus Wellblech oder Pappkartons gesessen und sich gefragt, woher ihre nächste Mahlzeit kommen würde.

Nachdem sie gegessen hatten, entschuldigte sich Renee, um auf die Toilette zu gehen, und Harlow, Everly und Zara blieben allein am Tisch.

»Ich weiß, dass Renee und du schon von klein auf befreundet seid«, erklärte Everly mit gerunzelter Stirn, »aber jetzt scheint ihr völlig gegensätzlich zu sein.«

Zara seufzte. »Ja. Ich habe mich darüber gefreut, mich

nach meiner Rückkehr mit ihr in Verbindung zu setzen, aber in letzter Zeit war sie ziemlich anstrengend.«

»Du musst nicht unbedingt Zeit mit ihr verbringen«, erklärte Harlow ihr.

»Ich weiß, aber trotzdem fühle ich mich irgendwie dazu ... verpflichtet? Das ist eigentlich nicht das richtige Wort, aber sie war für mich da, als ich ein vertrautes Gesicht brauchte. Meine ganze Welt hatte sich verändert und ich war nicht sicher, wie ich damit umgehen sollte, und sie rief an und besuchte mich und half mir sogar mit meinen Haaren. Es wäre wirklich blöd von mir, sie jetzt fallen zu lassen.«

»Ich sage ja nicht, dass du sie fallen lassen musst«, erwiderte Everly, »aber Menschen verändern sich. Keiner von euch beiden ist noch der Mensch, der er mit zehn Jahren war. Es sind unsere Erfahrungen, die uns verändern. Ihr könnt noch immer befreundet sein, aber ihr müsst nicht die ganze Zeit miteinander abhängen.«

»Sie hat heute Abend ziemlich viel über die Fahrt von Denver nach Colorado Springs genörgelt«, sagte Harlow. »Wenn sie es so sehr hasst, warum kommt sie dann so oft vorbei, um dich zu besuchen?«

»Ich glaube, sie ist einsam«, entgegnete Zara und sah sich um, um sich davon zu überzeugen, dass Renee nicht bereits den Rückweg zu ihrem Tisch angetreten hatte. »Sie redet nicht viel darüber, was für andere Freundinnen sie hat, und manchmal fühlt es sich so an, als würde sie verzweifelt versuchen, meine Freundin zu sein. Sie tut mir wohl einfach leid.«

»Also, falls du uns brauchst, sind wir für dich da«, erklärte Everly. »Und zwar ganz ohne Hintergedanken.«

»Vielen Dank. Das weiß ich wirklich zu schätzen«, erklärte Zara ihnen. Sie hatte Glück, eine Gruppe von

Frauen gefunden zu haben, mit denen sie sich so gut verstand wie mit den Frauen der Mountain Mercenaries. Sie hätte ihnen schon früher eine Chance geben sollen.

Der Kellner kam mit der Rechnung an ihren Tisch zurück und Zara griff schnell danach, bevor eine der beiden anderen Frauen sie bezahlen konnte. »Heute zahle ich«, erklärte sie ihnen.

»Nein«, protestierte Harlow. »Wir können doch selbst bezahlen.«

»Nein. Außerdem habe ich doch jetzt all dieses Geld und im Leben nicht genügend Zeit, alles auszugeben. Ihr tut mir also einen Gefallen, wenn ihr mich zahlen lasst.« Zara grinste.

»Ich habe damit kein Problem«, erklärte Renee lächelnd, als sie wieder an den Tisch kam.

Zara bemerkte, wie Everly und Harlow einander stirnrunzelnd ansahen, doch sie atmete erleichtert auf, dass keine von beiden sagte, was sie ganz offensichtlich dachten.

Der Kellner nahm Zaras Kreditkarte und kam ein paar Minuten später mit einem Ausdruck zum Unterschreiben zurück.

»Soll ich dich nach Hause bringen?«, fragte Everly.

»Ist schon in Ordnung«, erklärte Renee. »Auf meinem Heimweg zurück nach Denver komme ich an Meats Haus vorbei und da kann ich sie absetzen.«

»Schreib mir kurz eine Nachricht, wenn du zu Hause ankommst«, bat Harlow.

»Glaubst du, ich baue einen Unfall oder so was?«, fragte Renee mit einem Stirnrunzeln.

»Nein, ich mache mir nur von Natur aus immer Gedanken«, erklärte Harlow.

»Außerdem sind es all die anderen Leute, vor denen man sich auf der Straße in Acht nehmen muss«, warf Everly ein. »Du kannst alles richtig machen, und dann kommt ein Betrunkener angerast und verursacht einen riesigen Unfall. Glaub mir, ich habe es schon selbst gesehen.«

»Entschuldige, du hast natürlich recht. Ich werde gut aufpassen. Zara wird sich sicher bei dir melden, wenn sie im Haus ist. Sollen wir gehen?«, fragte Renee.

Zara nickte und unterschrieb den Kreditkartenbeleg, wobei sie darauf achtete, dem aufmerksamen Kellner ein großzügiges Trinkgeld zu geben. Sie schnappte sich ihre Handtasche und verließ den Tisch. Sie hatte es geschafft, den Gedanken daran zu verdrängen, was zwischen ihr und Meat passieren würde, wenn sie nach Hause kam, aber jetzt kamen all die lustvollen Dinge, die sie mit ihm vorhatte, wieder hoch.

Sie winkte Harlow und Everly zu und verließ mit Renee das Restaurant. Je eher sie nach Hause kam, desto besser. Sie hatte Pläne für ihren Freund.

Meat sah fern, aber es fiel ihm schwer, sich auf das zu konzentrieren, was er sah, weil er ständig an Zara denken musste. Er hatte sich so sehr an ihre ständige Anwesenheit gewöhnt, dass er sie schrecklich vermisste, wenn sie nicht da war. Selbst wenn sie nicht im selben Raum waren, wusste er zumindest, dass sie in der Nähe war, und das beruhigte ihn. Er liebte es, wenn sie ihn in seine Werkstatt begleitete, ob sie nun mit ihm über nichts Bestimmtes plauderte oder sich in eine Ecke setzte und ein Buch las. Allein die Tatsache, dass er sie jedes Mal sehen konnte, wenn er aufblickte, war beruhigend.

Aber heute Abend konnte er es kaum erwarten, dass sie nach Hause kam, wegen dem, was sie zu ihm gesagt hatte, kurz bevor sie gegangen war. Sie mochte zwar bis vor Kurzem noch Jungfrau gewesen sein, aber jetzt stand sie voll und ganz zu ihrer Sexualität. Sie war auch nicht mehr damit zufrieden, ihm die ganze Zeit die Führung zu überlassen, und das war verdammt heiß.

Er würde sie dazu bringen, sich direkt, nachdem sie hereingekommen war, noch an der Haustür für ihn auszuziehen, bis sie nur noch ihre neue, passende Unterwäsche anhatte, und dann würde er sie heftig und schnell nehmen, während sie diese trug. Dann würde er sie vielleicht, wenn er sich beherrschen konnte, nach oben tragen, wo sie weiter üben konnte, seinen Schwanz zu lutschen.

Sie brauchte eigentlich keine Übung, sie war bereits eine verdammte Expertin, aber er liebte es, sie zu necken ... oder vielleicht neckte sie *ihn*?

Meat war in seine Fantasien über die Frau versunken, die jeden seiner wachen Gedanken zu übernehmen schien, als sein Telefon klingelte. Er schaute darauf und erkannte Renees Telefonnummer. Erschrocken ging er schnell ran. »Hallo?«

»Hey, Meat, ich bin's, Renee.«

»Was ist passiert?«

»Nichts. Also ... nicht ganz *nichts*. Zara hat ein bisschen zu viel getrunken und jetzt will sie unbedingt, dass du kommst und sie abholst.«

Meat runzelte die Stirn. Zunächst einmal fand er es seltsam, dass Zara sich betrunken hatte. Sie hatte ihm einmal gesagt, dass sie in Peru zu viele Männer gesehen hatte, die ihr Geld für Alkohol ausgaben, und dass sie es nicht mochte, wie die Leute sich verhielten, wenn sie betrunken waren. Dass sie so viel trank, dass sie selbst so wurde, entsprach also nicht ihrem üblichen Verhalten.

»Geht es ihr gut?«, fragte Meat.

»Ja«, erklärte Renee ihm und Meat konnte keine wirkliche Besorgnis in ihrer Stimme hören, wodurch er sich ein bisschen besser fühlte. Sie senkte die Stimme, als sie weitersprach. »Sie ist ... also ... sie ist ziemlich scharf auf dich. Sie hat gesagt, dass sie auf dem Nachhauseweg etwas Neues mit dir probieren möchte, falls du weißt, was ich meine. Everly hat versucht, ihr zu erklären, wie gefährlich es ist, aber du kennst ja Zara ...« Vielsagend beendete sie diesen Satz nicht.

Meats Schwanz zuckte, als er daran dachte, wie Zara ihm einen blies, während er fuhr. Everly hatte natürlich recht, es war tatsächlich nicht sicher ... aber das bedeutete natürlich nicht, dass Meat der Gedanke nicht gefiel. »Okay, ich bin schon auf dem Weg.«

»Danke. Ich sage ihr Bescheid, dass du kommst«, sagte Renee. »Bis gleich.«

»Bis gleich.« Meat legte auf und stand sofort auf. Es dauerte nur ein paar Minuten, bis er seine Schuhe angezogen und seine Brieftasche geholt hatte. Er gab den Code für die Alarmanlage ein und verließ das Haus, denn er wusste, dass sie zwei Minuten nach dem Schließen der Haustür anspringen würde. Er ging zu seinem Wagen und fuhr die lange Auffahrt hinunter.

Nur wenige Augenblicke, nachdem er auf die wenig befahrene Straße eingebogen war, die zur Schnellstraße führte, warf Meat einen alarmierten Blick in den Rückspiegel. Ein Fahrzeug näherte sich ihm – mit rasender Geschwindigkeit.

Er hatte keine Fahrzeuge gesehen, als er auf die Straße abgebogen war, aber jetzt war ein Pritschenwagen direkt hinter ihm.

Bevor er etwas anderes tun konnte, als sich abzustützen, wurde er von hinten angefahren.

Meat kämpfte vergeblich darum, sein Fahrzeug auf der

Straße zu halten. Der Wagen geriet ins Schleudern und raste direkt auf die Bäume zu. Zwei verfehlte er nur knapp, aber er hatte Pech, als er direkt gegen einen dritten Baum krachte.

Der Airbag schlug Meat ins Gesicht, verwirrte ihn und ließ ihn Sterne sehen. Durch den Aufprall wurde ihm schwindelig und er brauchte einen Moment, um wieder zu sich zu kommen. Als er den Airbag endlich von seinem Gesicht lösen konnte, öffnete er seine Tür, um auszusteigen, den Schaden an seinem Wagen zu begutachten und mit dem Mistkerl, der ihn angefahren hatte, die Versicherungsdaten auszutauschen.

Aber in dem Moment, in dem er aufstand, erstarrte er.

Ein Mann stand vor seiner Wagentür und zielte mit einer Waffe auf seinen Kopf.

Meat hob langsam die Hände. »Immer mit der Ruhe, Mann. Du kannst dir alles nehmen, was ich an Geld und Kreditkarten in meiner Brieftasche habe.«

»Ich will dein Geld nicht«, erklärte der Mann. Seine Pupillen waren geweitet und er sah zittrig aus. Hätte Meat raten müssen, hätte er gesagt, er stand definitiv unter Drogen. »Wo ist dein Handy?«

Meat zuckte mit den Achseln. »Wahrscheinlich irgendwo im Fußraum meines Wagens. Als du mich angefahren hast, lag es neben mir auf dem Beifahrersitz.«

»Okay, gut.«

»Was willst du?«, fragte Meat, der immer wütender wurde.

»Du kommst jetzt mit«, erklärte der Mann.

Meat konnte nicht umhin. Er lachte. »Das werde ich nicht tun«, erklärte er.

»Entweder kommst du freiwillig mit oder Zara wird sterben.«

Daraufhin verengte Meat die Augen zu Schlitzen und spannte jeden Muskel in seinem Körper an. »Wie bitte?«

»Du hast mich gehört. Wir haben Zara, und wenn du nicht genau tust, was ich sage, wird sie getötet. Und denk nicht, dass du mich überwältigen kannst. Ich meine, du kannst es, aber wenn du es tust und mein Partner in zwanzig Minuten nichts von mir hört, ist Zara tot.«

Meat war wütend. *Mehr als nur wütend.* Er hätte diesen Mistkerl mit Leichtigkeit überwältigen können. Wäre es nur um sein Leben gegangen, hätte er es schon längst getan.

Aber er konnte Zaras Leben nicht aufs Spiel setzen. Auf keinen Fall.

Vielleicht log der Typ, aber selbst wenn es auch nur eine geringe Chance gab, dass er es nicht tat, wollte Meat es nicht riskieren. »Und was soll ich tun?«, fragte er durch zusammengebissene Zähne.

Der Mann zog etwas aus seiner Tasche und warf es Meat zu, während er rief: »Fang.«

Instinktiv streckte Meat die Hand aus und fing die kleine Plastikflasche, die der Mann ihm zugeworfen hatte.

»Trink das.«

Meats erster Gedanke war: *Auf keinen Fall.* Dann beschloss er, dass er vielleicht so tun könnte, als würde er trinken, was auch immer es war, und dann würde er diesen zugedröhnten Mistkerl überwältigen, sobald sie auf dem Weg zu dem Ort waren, an den er ihn bringen wollte.

»*Alles*«, sagte der Mann.

»Und was ist das?«, fragte Meat in dem Versuch, Zeit zu gewinnen.

»Nur etwas, das dafür sorgt, dass du einschläfst. Es wird dich nicht töten, denn darauf haben wir es nicht abgesehen. Aber falls du hier den Helden spielen willst und irgendetwas Dummes vorhast, werde ich dich erschießen.«

Meat zögerte. Er wollte nichts trinken, was der Kerl ihm gab. Der Mann log vielleicht und er würde in Sekundenschnelle sterben, wenn der Inhalt der Flasche vergiftet war.

Und er musste dem mysteriösen Mann zugutehalten, dass er diese Entführung auf die einzige Art und Weise durchführte, auf die er sich seiner Kooperation sicher sein konnte. Indem er Zara bedrohte, hatte er die Oberhand. Und indem er sich Meat nicht näherte, stellte er sicher, dass dieser ihn nicht überrumpeln und ihm die Waffe entreißen konnte.

»Das werde ich nicht trinken«, erklärte Meat ihm schließlich.

»Ich habe meinem Partner bereits gesagt, dass du das nicht tun würdest«, erklärte der Mann – und drückte den Abzug seiner Waffe.

Schmerz fuhr durch Meats Schulter wie ein Blitz, er keuchte und fiel rückwärts gegen seinen Wagen, wobei er sich den Arm hielt. Er biss die Zähne zusammen und es gelang ihm nur durch bloße Willenskraft, das Bewusstsein nicht zu verlieren.

»Trink!«, rief der Mann und wedelte mit seiner Waffe herum. »Wenn du es nicht tust, mache ich das Gleiche mit Zara. Ich schieße ihr erst in die Schulter, dann ins Knie. Dann das andere Knie. Dann klettere ich auf sie und vögele sie in jedes Loch, bevor ich meine Hände um ihre Kehle lege und langsam das Leben aus ihrem Körper quetsche ... während ich dafür sorge, dass sie weiß, dass *du* es warst, der mich dazu gebracht hat.«

Wie durch ein Wunder hielt Meat die Flasche immer noch in der Hand. Ohne den Mann aus den Augen zu lassen, nahm er den Deckel ab und hob die Flasche an seinen Mund. Ohne weiter zu zögern, schluckte er die fruchtig riechende Flüssigkeit hinunter. Wenn er sterben musste, dann war das eben so – aber er würde verdammt sein, wenn er irgendetwas tat, was Zara schaden könnte.

Der Mann verzog die Lippen zu einem bösen Grinsen. »So ist es brav. Und jetzt geh zu meinem Wagen hinüber. Und zwar langsam. Und versuch bloß keine Dummheiten.«

Meat warf die Flasche auf den Boden und hoffte inständig, dass einer seiner Teamkameraden sie und sein Fahrzeug früher oder später finden und herausfinden würde, was zum Teufel hier los war.

Er trat von seinem Wagen weg ... und schwankte augenblicklich. Durch den Unfall und das, was er eingenommen hatte, war er nicht sehr sicher auf den Beinen.

Sie gingen die kurze Strecke zwischen den Bäumen hindurch zu dem Fahrzeug, das halb auf der Straße und halb auf dem Seitenstreifen stand. Einer der Frontscheinwerfer des Wagens war kaputt und das Plastik lag auf der Straße.

»Steig auf den Rücksitz«, befahl der Mann.

Meat tat, wie geheißen. Er machte die Tür auf und kletterte unbeholfen auf den Rücksitz des ziemlich abgewrackten alten Pritschenwagens. Als der Mistkerl nicht sofort auf dem Fahrersitz Platz nahm, fragte er: »Worauf wartest du noch?«

»Darauf, dass du das Bewusstsein verlierst«, entgegnete der Mann grinsend. »Die Wirkung des Midazolam sollte jeden Moment einsetzen.«

Meat fluchte. Dieses Zeug war gefährlich, besonders in flüssiger Form. Doch nun war es zu spät, noch etwas zu ändern.

Seine Schulter pochte wie verrückt und seine Augenlider wurden extrem schwer. Der Mann mit der Pistole war vielleicht ein Junkie, aber er war nicht gerade dumm. Er war schlau genug gewesen, Meat dazu zu bringen, sich selbst in den Pritschenwagen zu setzen, denn für diesen Kerl, der einige Zentimeter kleiner und mindestens fünfundzwanzig Kilo leichter war, wäre es unmöglich gewesen, Meats erschlafften Körper hoch und in das Fahrzeug zu wuchten.

»Wenn ihr Zara etwas antut, könnt ihr euch nirgendwo mehr verstecken. Ich werde euch finden und töten«, schwor Meat.

»Du bist wohl kaum in einer Lage, in der du Drohungen ausstoßen kannst«, erklärte der Mann ihm. »Wir haben hier alle Karten in der Hand.«

Meat öffnete den Mund, um zu antworten, doch es kam nichts heraus. Er schloss die Augen und spürte, wie er zur Seite fiel, aber er konnte nichts dagegen tun. In dem einen Moment hörte er noch den Mann lachen und im nächsten wurde alles um ihn herum dunkel.

Zara winkte Renee zu, als sie an der Haustür von Meats Haus ankam. Sie hatte Everly eine kurze Nachricht geschickt, als sie in der Nähe des Hauses angekommen waren, um sie wissen zu lassen, dass sie zu Hause war, um dann freie Bahn zu haben, damit Meat mit ihr anstellen konnte, was er wollte, sobald sie das Haus betrat. Renee winkte ebenfalls und machte sich auf den Weg die Einfahrt hinauf nach Hause.

Im Haus war es still, als sie eintrat, und Zara schaltete schnell die Alarmanlage aus.

»Meat?«, rief sie, bekam jedoch keine Antwort.

Stirnrunzelnd – denn sie hatte sich vorgestellt, dass Meat sie an der Tür erwartete und verlangte, ihre passende Unterwäsche zu sehen, mit der sie ihn vor dem Weggehen geneckt hatte – rief sie erneut seinen Namen.

Wieder wurde sie mit nichts als einer unheimlichen Stille konfrontiert.

Zara durchsuchte schnell das Erdgeschoss. Kein Meat. Sie stürmte die Treppe hinauf und ging direkt in das große Schlafzimmer. Es war dunkel und Meat war auch nicht dort. Sie nahm sich ein paar Augenblicke Zeit, um die anderen Zimmer im ersten Stock zu überprüfen, aber ohne Erfolg.

Zara holte ihr Handy aus der Gesäßtasche, klickte auf Meats Namen und hielt es an ihr Ohr. Es klingelte viermal, bevor Meats Mailbox ansprang. Sie hinterließ ihm eine Nachricht.

»Meat? Ich bin es, Zara. Wo steckst du? Es ist ungefähr neun Uhr und ich bin vom Abendessen mit den Mädels zurück, aber du bist nicht zu Hause. Ruf mich bitte an, wenn du diese Nachricht abhörst.«

Jetzt war sie besorgt, weil es völlig untypisch für Meat war, dass er sein Telefon nicht abnahm, vor allem nach all den Belehrungen, die er ihr über das ständige Mitführen ihres eigenen Handys erteilt hatte, und schickte ihm eine kurze Nachricht, in der sie ihn erneut bat, sich mit ihr in Verbindung zu setzen.

Sie ging wieder nach unten und versuchte nachzudenken. Sie sah in der Garage nach und stellte fest, dass sein Wagen tatsächlich verschwunden war. Die Alarmanlage war eingeschaltet gewesen, als sie ankam, also war er offensichtlich weggefahren, um etwas zu erledigen. Aber warum hatte er ihr keinen Zettel hinterlassen? Oder auf ihren Anruf oder ihre Nachricht geantwortet? Sie waren noch nicht lange ein Paar, aber sie war sich sicher, dass Meat niemals einfach so gehen würde, ohne ihr Bescheid zu sagen, wohin er wollte.

Gerade als sie überlegte, ob sie Gray oder einen der anderen Jungs anrufen sollte, piepte ihr Handy mit einer Nachricht. Erleichtert seufzend, dass Meat sich endlich bei ihr gemeldet hatte, zog Zara ihr Handy aus der Tasche und entsperrte es, um die Nachricht zu lesen.

Aber sie war nicht von Meat.

Sie war von einer unbekannten Nummer.

Wir haben Meat. Wenn du ihn lebend wiedersehen willst, musst du eine Million Dollar zur Raststätte südlich des Pikes Peak International Raceway an der Schnellstraße 25 bringen. Am anderen Ende steht ein Mülleimer. Stell deinen Wagen dort ab und wirf das Geld in den Mülleimer, dann verschwinde. Du hast ab jetzt vierundzwanzig Stunden Zeit. Wenn du nicht auftauchst, bringen wir ihn um. Wenn du die Polizei rufst, bringen wir ihn um. Wenn du seine Freunde anrufst, bringen wir ihn um. Sende eine Nachricht an diese Nummer, wenn du zur Raststätte fährst.

Nur einige Augenblicke, nachdem sie den Text zu Ende gelesen hatte, wurde ein Bild angezeigt.

Es war Meat. Er lag auf der Seite auf einem Autositz – und sein Hemd war voller Blut.

Zara gefror das Blut in den Adern. Einen Moment lang wusste sie überhaupt nicht, was sie tun sollte.

Ja, sie hatte ein Bankkonto und sie hatte mehr als genügend Geld, um die Million Dollar für die Entführer zu besorgen. Sie hatte rückwirkend alle Zahlungen erhalten, die sie seit ihrem achtzehnten Lebensjahr hätte bekommen sollen, und das Geld lag im Moment einfach auf der Bank, bis sie sich überlegt hatte, wie sie es sinnvoll investieren konnte.

Aber sie war sich nicht sicher, wie sie es abheben sollte. Sie hatte ihr ganzes Leben damit verbracht, von dem Geld zu leben, das sie auf der Straße erbetteln konnte. Sie war immer noch dabei, sich mit Rechnungen vertraut zu machen – heute Abend war es erst das zweite Mal, dass sie ihre Kreditkarte benutzt hatte. Sie wusste, dass die Banken im Moment geschlossen waren ...

Und sie hatte nur vierundzwanzig Stunden Zeit.

Zara hatte keine Ahnung, ob das genügend Zeit war, um das Geld von der Bank zu holen. Vielleicht würde das Geld zurückgehalten werden, weil die Abhebesumme so groß war, oder die Bank wäre nicht in der Lage, ihr alles auf einmal auszuzahlen. Sie hatte einfach keine Ahnung – und die Ungewissheit ängstigte sie zu Tode.

Sie schaute wieder auf das blasse Gesicht von Meat in dem Bild hinunter ... und ein Laut, der irgendwo zwischen einem Stöhnen und einem Schrei lag, entwich ihren Lippen.

Sie scherte sich einen Dreck um das Geld. Was sie anging, konnte derjenige, der Meat hatte, jeden Cent haben. Sie hatte zweifelsfrei bewiesen, dass sie auch ohne Geld auskam, aber ohne Meat konnte sie nicht auskommen. Nicht jetzt. Nicht nachdem sie sich in ihn verliebt hatte.

Sie würde das Geld besorgen, es abliefern und Meat zurückholen. Alle anderen Optionen verblassten in ihrem Kopf.

Sie tippte so schnell wie möglich einen Text zurück. Sie war noch nicht sehr geübt im Tippen auf den kleinen Tasten, aber sie tat ihr Bestes.

Tut ihm nichts. Ich besorge das Geld und komme.

Es kam keine Antwort, aber Zara hatte nicht vor, herumzusitzen und darauf zu warten, dass es Morgen wurde.

Sie fühlte sich wieder wie eine Zehnjährige, die sich verlaufen hatte, und versuchte, nicht in Panik zu geraten. Sie hatte immer noch keine Ahnung, was sie tun sollte, sie wusste nur, dass sie jetzt etwas tun musste.

Verzweifelt versuchte sie nachzudenken und lief hin und her. Ihre Handflächen waren schweißnass und sie atmete viel zu schnell. Sie musste irgendwie anfangen, das Geld zusammenzubekommen.

Sie ging zu ihrer Handtasche, öffnete sie und holte ihr Portemonnaie heraus. Als sie hineinschaute, sah sie, dass sie gerade mal fünfunddreißig Dollar hatte.

Sie schüttelte den Kopf und seufzte voller Abscheu über sich selbst. Als hätte sie auf magische Weise erwartet, eine Million Dollar in ihrem Portemonnaie zu finden. *Reiß dich zusammen, Zara!*

Dann zog sie die brandneue Geldautomatenkarte heraus, die sie bei der Eröffnung ihres Kontos erhalten hatte. Zara hatte sie noch nie benutzt, aber sie wusste, dass sie mit ihrem Konto verbunden war.

Wie viel Geld konnte sie auf diese Weise abheben, anstatt fast zwölf quälende Stunden auf die Öffnung der Bank zu warten?

Erleichtert darüber, dass sie vielleicht etwas tun konnte, *irgendetwas* – denn sie würde sicher nicht schlafen können –, schnappte Zara sich den Schlüssel für Meats alten Honda Accord, den er schon ewig besaß und von dem er sich einfach nicht trennen konnte, vor allem, weil er so gut fuhr, und machte sich auf den Weg zur Garage. Sie hatte ihren Führerschein noch nicht, aber sie würde es riskieren. Zum Glück hatte Meat ihr ein paar Fahrstunden auf seinem Grundstück gegeben. Sie würde herausfinden, was sie nicht über das Fahren wusste, während sie fuhr.

Wenn sie klar gedacht hätte, hätte sie vielleicht einen

von Meats Freunden angerufen, egal was in der Nachricht stand. Sie würden wissen, was zu tun war.

Aber Zara war nur allzu leicht wieder zu dem einsamen, verängstigten kleinen Mädchen geworden, das sie vor fünfzehn Jahren gewesen war. Allein und auf sich gestellt, mit niemandem, auf den sie sich verlassen konnte, außer sich selbst.

»Halte durch, Meat. Ich komme«, murmelte sie, während sie sich aufrichtete und schwor, alles zu tun, was nötig war, um ihn heil nach Hause zu bringen.

KAPITEL SECHSUNDZWANZIG

Am nächsten Morgen runzelte Ball beim Frühstück die Stirn, als er seine E-Mails abrief.

»Was ist los?«, wollte Everly wissen.

»Ich bin mir nicht ganz sicher«, erklärte Ball und betrachtete weiter die verschiedenen E-Mail-Benachrichtigungen, die er bekommen hatte. »Kam dir Zara gestern Abend irgendwie ... merkwürdig vor?«, wollte er wissen.

Everly richtete sich in ihrem Stuhl auf und schüttelte langsam den Kopf. »Nein, eigentlich nicht, warum?«

»Ist zwischen Meat und ihr noch alles in Ordnung?«, fragte er.

»Ja«, erwiderte Everly. »Zara konnte es nicht abwarten, nach Hause zu kommen, um ihm ihre neue Unterwäsche vorzuführen, die sie sich gekauft hat. *Warum?* Rede mit mir, Ball.«

Mit einem Blick auf Everlys Schwester, die ihnen nicht die geringste Aufmerksamkeit schenkte und auf dem Sofa saß und auf ihr Handy starrte, während sie mit ihren Freundinnen Nachrichten hin- und herschickte, seufzte Ball.

»Ich habe ein paar Warnungen von der Bank bekommen, bei der Zara ihr Geld hat. Meat benutzt eine Art Programm, das er entwickelt hat, um alle größeren Abbuchungen von ihrem Konto zu verfolgen, weil keiner von uns ihrem Onkel wirklich vertraut. Er hat mir eine Sicherungskopie der Benachrichtigungen gemacht, nur für den Fall – und ich habe zwei Benachrichtigungen erhalten, die irgendwann ziemlich spät gestern Abend ausgelöst wurden. Die erste Nachricht zeigt, dass fünfzehnhundert Dollar über einen Geldautomaten von ihrem Konto abgehoben wurden, und die zweite Nachricht kam, weil eine weitere Abhebung versucht wurde, die aber aufgrund einer Überschreitung des täglichen Höchstbetrags verweigert wurde.«

»Sie hat gestern Abend nichts davon erwähnt, Geld zu brauchen«, bemerkte Everly. »Sie hat allerdings darüber gesprochen, was sie mit ihrem Erbe machen wollte. Sie wollte es wohltätigen Zwecken zukommen lassen und eine Art Klinik in Peru gründen, aber das war es auch schon.«

»Du meine Güte, Meat ist wirklich ein verdammtes Genie. Zusammen mit den Benachrichtigungen wurde sogar ein Video von dem Geldautomaten gemacht. Ich weiß wirklich nicht, wie er das macht. Ich sollte ein paar Lehrstunden bei ihm nehmen«, murmelte Ball und klickte das Video an, das als Anhang an der ersten E-Mail mitgeschickt worden war.

Der körnige Film zeigte Zara, wie sie an dem Drive-in-Geldautomaten vorfuhr. Sie schien Probleme mit dem Automaten zu haben, denn sie drückte hektisch auf den Knöpfen herum. Außerdem sah sie ziemlich gehetzt aus.

Ausgesprochen gehetzt.

»Verdammt«, sagte Everly, die dem Film über Balls Schulter hinweg folgte. »Irgendetwas stimmt nicht. Erstens sollte sie gar nicht fahren und zweitens sieht sie besorgt aus.«

Ball stimmte ihr zu. Kaum war das Video zu Ende, drückte er auf Meats Handynummer. Es läutete, doch Meat nahm nicht ab. Dann versuchte er, Zara selbst anzurufen, doch auch sie ging nicht ran. »Komm schon. Wir fahren Elise in die Schule und machen dann bei Meats Haus halt, um nach dem Rechten zu sehen.«

Everly nickte.

Vierzig Minuten später fuhren sie die Einfahrt zu Meats Haus hinauf, nur dass es so aussah, als wäre niemand zu Hause. Nachdem sie an der Tür geklingelt hatten und niemand geöffnet hatte, riefen sie erneut bei Meat und Zara an. Als niemand abnahm, begann Ball, sich ernsthaft Sorgen zu machen. Er rief Rex an.

»Was ist los?«, fragte Rex anstelle einer Begrüßung.

»Meat und Zara reagieren nicht auf Anrufe. Sie sind nicht zu Hause und Zara hat gestern Abend fünfzehnhundert Dollar von ihrem Konto abgehoben«, erklärte Ball, ohne zu zögern.

Ball konnte hören, wie Rex im Hintergrund auf seiner Computer-Tastatur herumtippte, dann fragte er: »Und es ist sicher, dass es Zara war, die das Geld abgehoben hat?«

»Auf jeden Fall«, bestätigte Ball. »Meat hat eine spezielle Warnmeldung für ihr Konto eingerichtet und für den Fall der Fälle meine E-Mail-Adresse hinzugefügt. Ich habe ein Video von ihr am Geldautomaten gesehen.«

»Okay, ich orte jetzt Meats Handy. Ich fange mit ihm an. Ich nehme an, dass er gestern Abend nicht mit Zara am Automaten war, als sie das Geld abgehoben hat?«

»Nicht, soweit ich sehen konnte.«

»Okay ... hm, das ist ja merkwürdig«, sagte Rex.

»Was denn?«, wollte Ball wissen.

»Anscheinend ist er nicht weit von seinem Haus weg. Ich

habe sein Telefon nur ein paar Hundert Meter östlich seiner Einfahrt auf der Straße geortet.«

Ball machte sich sofort auf den Weg zu seinem Wagen und Everly folgte ihm dicht auf den Fersen.

»Bist du sicher?«

»Auf jeden Fall. Ich warte, während du es dir ansiehst.«

Ball stellte das Telefon auf Lautsprecher, als er seinen Wagen anließ und Everly mitteilte, was Rex gesagt hatte. Er wusste nicht, was er davon halten sollte. Vielleicht hatte ihre Freundin einen Unfall gehabt, aber das erklärte nicht, warum Zara mitten in der Nacht Geld von ihrem Konto abgehoben hatte.

Ball bog nach rechts aus der Einfahrt von Meat ab – und sah fast sofort Plastikteile auf der Straße und eine Bremsspur. Er bremste ab und konnte gerade noch das Heck eines Fahrzeugs zwischen den Bäumen erkennen. »Rex, anscheinend haben wir seinen Wagen gefunden. Ich glaube, es hat eine Art Unfall gegeben.«

»Bitte sag mir, was du gefunden hast«, befahl Rex.

Ball schnappte sich das Telefon und stieg aus. Everly sprang sofort ebenfalls aus dem Wagen. Er hätte ihr gesagt, sie solle im Wagen bleiben, aber da sie eine Polizeibeamtin von Colorado Springs war, war *er* wahrscheinlich derjenige, der im Wagen bleiben sollte, doch das würde nicht passieren.

Sie gingen auf das Fahrzeug zu – und Ball verkrampfte sich, als er einen Blutfleck auf dem Wagendach in der Nähe der Fahrerseite sah.

Meat lag weder verletzt noch tot im Wagen, was gut war, aber Ball gefiel dieser Blutspritzer ganz und gar nicht.

Er beugte sich vor und hob mit einem Stock eine kleine Plastikflasche vom Boden neben der Fahrerseite von Meats Wagen auf. Er roch daran und runzelte die Stirn. »Ich habe etwas gefunden, aber vielleicht ist es nichts«, erklärte er Rex.

»Was denn?«

»Eine leere Flasche, die süßlich riecht«, erwiderte Ball.

»Nimm sie mit, damit wir sie später bei Bedarf analysieren lassen können«, sagte Rex. »Hast du im Kofferraum nachgesehen?«

Ball schluckte und griff in den Wagen, um den Kofferraum zu öffnen. »Er ist leer. Sein Handy liegt im Fußraum auf der Beifahrerseite, aber Meat ist nicht hier.«

»Verdammt noch mal. Na gut – Moment. Ich bekomme gerade einen Anruf rein.«

Knappe zwei Minuten später war er wieder da. »Ich versuche weiterhin, etwas herauszufinden – aber ihr müsst so schnell wie möglich zur Bank of America«, befahl Rex ihnen.

Und noch bevor Rex seinen Satz beendet hatte, hatten Ball und Everly sich schon in Bewegung gesetzt. »Warum? Was ist da los?«

»Zara befindet sich dort – und sie versucht, eine Million Dollar von ihrem Konto abzuheben. Und zwar in bar.«

»Was zum Teufel?«, rief Ball. »Und woher weißt *du* das?«, hakte er nach.

»Der Filialleiter hat mich gerade angerufen. Ich kenne fast *alle* Filialleiter der hiesigen Banken. Ich habe es mir zur Aufgabe gemacht, gute Beziehungen zu ihnen zu pflegen. Man kann nie wissen, wann es sich als nützlich erweisen könnte. Und als Meat Zara bei der Einrichtung ihres Kontos geholfen hat, hat er meinen Namen als zweiten Kontakt angegeben, nur für den Fall. Ich schätze, er hat es bereits bei Meat versucht. Letztendlich spielt es keine Rolle, warum er angerufen hat, nur dass er es getan hat. Ich setze mich mit dem Rest des Teams in Verbindung. Es wird eine ganze

Weile dauern, bis sie das Geld zusammenhaben, also glaube ich nicht, dass die Gefahr besteht, dass sie geht, bevor du dort eintriffst, aber ich habe den Filialleiter trotzdem gebeten, dafür zu sorgen, dass sie nicht geht, bevor nicht jemand da ist, der sie hinausbegleitet.«

»Wir sind auf dem Weg«, versicherte Ball ihm.

»Ich habe keine Ahnung, was zum Teufel da los ist, aber sicher nichts Gutes«, stellte Rex fest.

»Davon bin ich ebenfalls überzeugt«, erklärte Ball kopfschüttelnd, als er wieder in den Wagen stieg. »Wir melden uns. Bitte sag Bescheid, wenn sonst noch irgendwas Wichtiges passiert.«

»Natürlich. Ich werde mich jetzt in ihre beiden Handys einhacken und nachsehen, was ich finden kann. Fahrt vorsichtig.«

Ball legte auf und wandte sich an Everly. Sie beugte sich zu ihm und küsste ihn fest, bevor sie mit dem Kopf eine Geste machte. »Sehen wir nach, was los ist, damit wir uns darum kümmern können.«

Ball fuhr vom Straßenrand weg und fuhr, so schnell er sich traute, um zu Zara zu gelangen. Hoffentlich wusste sie, wo Meat war – und was zum Teufel hier los war.

Zara ging in dem kleinen Büro auf und ab, in dem man sie gebeten hatte zu warten, während die Bankangestellten das von ihr angeforderte Geld bereitstellten.

Sie hatte keine Ahnung, wie schwer Meat verletzt war. Auf dem Bild, das ihr geschickt worden war, war viel Blut auf seinem Hemd zu sehen gewesen. Sie wusste nicht, ob jemand sich die Mühe gemacht hatte, ihn zusammenzuflicken, oder ob er noch mehr verletzt wurde. Sie hatte keine weiteren Nachrichten oder Bilder erhalten, und die Ungewissheit brachte sie um.

»Macht schon, macht schon«, murmelte Zara. Sie hatte keine Ahnung, wie lange es dauerte, eine Million Dollar zusammenzubekommen, aber es kam ihr vor, als wäre sie schon ewig hier.

Sie hörte jemanden an der Tür und drehte sich eifrig um, dankbar, dass sie endlich das Geld bekommen würde und gehen konnte.

Doch statt des Filialleiters, den sie erwartet hatte, traten Gray und Ro durch die Tür.

Zara geriet sofort in Panik. »Nein! Ihr dürft gar nicht hier sein. Ihr müsst sofort verschwinden!«

»Wir gehen nirgendwohin«, versicherte Gray ihr ernst.

»Und du solltest uns erzählen, warum du so verdammt schnell eine Million Dollar in bar brauchst«, fügte Ro hinzu.

Zara wurde plötzlich schwindelig und sie schwankte. In einem Moment stand sie noch und im nächsten hatte Gray sie beim Arm genommen und sie in einen der weichen Sessel gesetzt, die im Raum herumstanden. Sanft zwang er sie dazu, den Kopf zwischen die Beine zu legen, und befahl: »Langsam und tief atmen, Zara. Atme.«

Wie konnte sie atmen, wenn sie Meat im Stich gelassen hatte? Wer auch immer ihn hatte, wollte auf keinen Fall Polizisten und auch nicht seine Freunde einbeziehen. Aber hier waren sie. Sie würden alles wissen wollen.

Gerade als ihr dieser Gedanke durch den Kopf ging, drängten sich Arrow, Black, Ball und Everly in den Raum. Es war jetzt ziemlich voll, aber das schien niemanden zu stören.

Zara setzte sich auf, schloss die Augen und tat ihr Bestes, um nicht ohnmächtig zu werden.

Everly ging vor ihr in die Hocke und ergriff ihre Hände.

»Du kennst die Mountain Mercenaries noch nicht sehr lange – ich eigentlich auch nicht –, aber du musst verstehen, dass sie sich *immer* Rückendeckung geben. Niemand verletzt einen aus ihrer Familie, weder Mann noch Frau, und kommt damit durch. Jetzt atme tief durch und sag uns, was los ist.«

Zara schüttelte den Kopf. »Das kann ich nicht«, flüsterte sie. »Könnt ihr bitte einfach alle abhauen?«

Everly schüttelte den Kopf. »Leider nicht. Du musst mit uns reden. Wo steckt Meat?«

Zara konnte den Blick nicht von der Frau abwenden, die ihre Hände hielt und ihr stille Kraft gab. Sie konnte nicht glauben, dass sie einmal Angst vor ihr gehabt hatte. Ja, Everly war eine Polizistin, aber sie war nicht wie die korrupten Männer, die Zara aus Peru kannte.

»Ich weiß es nicht«, rief sie schließlich voller Verzweiflung. »Sie haben ihn in ihrer Gewalt.«

»Wer?«

»Ich weiß es nicht!«, wiederholte Zara. »Sie haben mir nur eine Nachricht geschickt.«

In diesem Moment vibrierten die Telefone von fünf Männern, die im Raum standen, gleichzeitig. Alle fünf zogen sie heraus und schauten auf die Displays.

»Verdammt«, fluchte Black.

Und die anderen vier ließen ähnliche Flüche hören.

Zara schloss die Augen. Sie nahm an, dass Rex das Bild, das ihr geschickt worden war, gefunden und an die anderen weitergeleitet hatte. »Mir ist das Geld völlig egal«, erklärte sie Everly. »Ich würde mein gesamtes Vermögen hergeben, wenn es bedeutet, dass ich Meat dafür zurückbekomme. Ich bin schuld daran, dass er verletzt wurde.«

»Nein, bist du nicht«, erwiderte Arrow streng. »Er wurde verletzt, weil seine Entführer habgierige Mistkerle sind.«

»Weißt du, wer ihn entführt hat?«, fragte Black.

Zara schüttelte den Kopf. »Ich gehe davon aus, dass es mein Onkel war. Er ist im Laufe der Zeit immer wütender geworden. Außerdem fällt mir sonst niemand ein.«

»Es könnte einer der Leute sein, die dir E-Mails geschrieben und dich um Geld gebeten haben«, gab Gray zu bedenken. »Hatte dich nicht vor ein paar Tagen jemand im Laden erkannt und musste dann von den Sicherheitsleuten rausgeschmissen werden, weil er dich so hartnäckig um Geld gebeten hatte?«

Zara nickte.

»Rex kümmert sich darum«, fuhr Gray fort. »Er sagte, die Nummer, von der die Nachricht kam, gehöre zu einem Wegwerfhandy, aber es gäbe trotzdem Möglichkeiten, es zu verfolgen. Er kann die Seriennummer und den Ort, an dem das Telefon verkauft wurde, herausfinden und dann die Überwachungskameras überprüfen, um herauszufinden, wer es gekauft hat.«

»Dazu bleibt uns keine Zeit«, erklärte Zara und schüttelte heftig den Kopf. »Sie haben mir nur vierundzwanzig Stunden gegeben. Ihr habt doch selbst die Nachricht gelesen.«

»Also wolltest du ... was genau? Einfach das Geld abliefern und hoffen, dass sie dir Meat zurückbringen?«, fragte Ball.

Zara zuckte zusammen. »Schließlich haben sie das gesagt«, flüsterte sie.

»Wenn sie erst einmal eine Million Dollar von dir bekommen haben, was glaubst du, was sie dann als Nächstes tun werden?« Ohne ihre Antwort abzuwarten, sprach Ball weiter. »Sie beschließen, dass sie mehr wollen. Es wird nie genug sein, Zara.«

Sie war frustriert. »Was hätte ich denn sonst tun sollen?«

Ball beugte sich zu ihr, sodass ihre Nasen sich fast berührten, und sagte mit leiser, ernster Stimme: »Uns anrufen.«

»Aber in der Nachricht hieß es, wenn ich irgendjemanden informiere …«

Er fiel ihr ins Wort. »Das behaupten solche Leute immer. Aber, Zara, ich glaube, ich kenne wirklich niemanden, der seine Lieben ohne fremde Hilfe zurückbekommen hat.«

Zara sah ihn einfach nur lange an. Dann stand sie auf, atmete tief durch und senkte den Blick. »Na gut. Ich habe Mist gebaut. Aber ich will doch nur Meat wiederhaben. Was soll ich tun?«

Einen Moment lang sagte niemand etwas – und dann schienen sie plötzlich alle auf einmal durcheinanderzureden.

Sie fingen an, verschiedene Ideen vorzubringen, verwarfen sie entweder sofort oder behielten sie im Hinterkopf, um sie später noch einmal genauer zu diskutieren. Es war ziemlich faszinierend, dabei zuzusehen, aber auch ziemlich verwirrend.

Everly zog Zara näher zu sich und sagte leise: »Das ist es, worin sie gut sind. Zuerst besprechen sie jede einzelne Option, bevor sie sich für die entscheiden, die am erfolgsversprechenden ist. Ich weiß, dass es schwer ist, aber du musst ihnen vertrauen.«

»Das tue ich«, erwiderte Zara und seufzte müde.

Nach einer gefühlten Ewigkeit, die wahrscheinlich in Wirklichkeit nicht länger als fünfzehn Minuten gedauert hatte, verließ Gray den Raum, um mit dem Filialleiter der Bank zu sprechen.

Ro wandte sich an Zara. »Das hier ist unser Plan, wenn du damit einverstanden bist. Du holst das Geld und schreibst dem Entführer, dass du dich um siebzehn Uhr auf den Weg zur Raststätte machst. Das wird uns genügend Zeit geben, um uns in der Umgebung einzurichten. Rex wird auch das Wegwerftelefon überwachen und sehen, ob er es aufspüren kann, indem er den Sendemasten folgt, von denen er ein Signal empfängt. Du gibst das Geld ab und gehst.«

»Aber was ist mit Meat?«

»Nachdem du das Geld in den Mülleimer geworfen hast, schreibst du den Entführern eine Nachricht und fragst, wo du Meat findest«, sagte Ro.

»Und was, wenn sie es mir nicht sagen wollen?«

»Das spielt keine Rolle, weil wir uns jeden schnappen, der kommt, um sich das Geld zu holen«, erklärte Ball nüchtern.

»Aber was, wenn derjenige Meat nicht dabeihat? Er könnte sich weiterhin weigern, uns zu sagen, wo er ist«, konterte Zara. »Oder vielleicht hat er ja auch noch einen Komplizen.«

»Glaub mir, wenn wir mit der Person fertig sind, wird sie sich nicht weigern, uns alles zu erzählen, was wir wissen wollen«, entgegnete Arrow in einem Ton, bei dem Zara erschauderte.

Der Plan war besser als der, den Zara sich zurechtgelegt hatte. Sie hoffte nur, dass er funktionierte.

Meat fühlte sich schrecklich. Sein Kopf pochte vor Schmerzen und seine Schulter brannte wie Feuer.

Er regte sich und jemand hob seinen Kopf und hielt ihm etwas an den Mund. Es roch nach Rosen und der Körper, an den er sich lehnte, war auf jeden Fall weiblich.

»Zara«, murmelte er.

»Trink«, sagte eine Frauenstimme barsch.

Mit ausgetrockneter Kehle öffnete Meat den Mund und schluckte das Getränk, von dem er hoffte, dass es sich um Wasser handelte.

Aber in dem Moment, als die zuckersüße Flüssigkeit seine Kehle hinunterlief, wurde ihm klar, was los war. Er versuchte, sich aus dem Griff der Frau zu befreien, aber er war zu schwach und desorientiert.

»So ist es brav, trink alles«, schnurrte die Frau.

Würgend kämpfte Meat, so gut er konnte. Der größte Teil der Flüssigkeit lief ihm über das Kinn und auf sein Hemd, aber er schluckte genug davon, um zu wissen, dass er bald wieder ohnmächtig werden würde. Er stellte fest, dass er immer noch auf dem Rücksitz des Pritschenwagens saß, in den er freiwillig eingestiegen war, riss die Augen auf und starrte die Frau an, die ihm gerade eine weitere Dosis Midazolam in die Kehle geschüttet hatte.

Nach ein paar Momenten war er wieder klar genug, um sie zu erkennen.

»Renee«, sagte er verächtlich.

»Ja, genau die«, erwiderte sie fröhlich.

»Wo ist Zara?«, fragte er und versuchte verzweifelt, seine Muskeln zur Mitarbeit zu zwingen ... leider erfolglos.

»Sie ist hoffentlich gerade bei ihrer Bank und besorgt uns das Geld, das wir gefordert haben. Du solltest dich geschmeichelt fühlen, dass sie nicht einmal gezögert hat, unseren Bedingungen zuzustimmen, um dich zurückzubekommen. Du bist süß, aber abgesehen davon habe ich keine Ahnung, was sie in dir sieht.«

Meat wollte dasselbe über Renee sagen, konnte es aber nicht. Die Droge zeigte bereits ihre Wirkung und er wusste, dass er wieder das Bewusstsein verlieren würde. Aber er musste eine Sache wissen, bevor er wieder ohnmächtig wurde. »Und wer ist der Kerl?«

»Oh, der? Mein Freund.« Renee lachte leise. »Ich weiß, dass du mich überprüft hast. Ich bin keine Närrin. Aber ich wusste auch, dass du nichts über John herausfinden würdest. Er ist mehr mein Bettgenosse und Drogenkumpel als alles andere, aber er ist loyal, was ich nicht von vielen Männern behaupten kann. Wir werden unser Geld haben und südlich der Grenze sein, bevor jemand etwas merkt. Ihr werdet uns nie finden. Wir werden verschwinden und mit dem Geld, das die dumme Zara nicht einmal haben will, glücklich und zufrieden leben bis ans Ende unserer Tage.«

Meat öffnete den Mund, um ihr zu sagen, dass sie und dieser John auf keinen Fall mit Entführung und Erpressung davonkommen würden.

Ganz zu schweigen davon, dass das Geld, das sie bekämen, wenn sie beide Drogen nähmen, nicht länger als ein Jahr reichen würde. *Höchstens.*

»Und ich ...«, fragte er, da er so viel wie möglich über ihre Pläne wissen wollte, bevor er wieder dem Schlafmittel zum Opfer fiel.

»Wenn dein Herz und deine Lunge nach all dem Midazolam nicht den Geist aufgeben, solltest du unbeschadet davonkommen.«

Sie schlug ihm ziemlich unsanft auf die Wange, doch Meat spürte es nicht einmal. Er hatte schon wieder das Bewusstsein verloren.

KAPITEL SIEBENUNDZWANZIG

Zara war so nervös wie noch nie. Sie hatte eine Million Dollar im Wagen und sie wollte zur Raststätte fahren, um die Übergabe zu machen. Sie hatte sich mit den Jungs darüber gestritten, selbst zum Treffpunkt zu fahren, aber sie hatten es kategorisch abgelehnt, weil sie keinen Führerschein besaß. Also wurde sie von Everly gefahren. Sie trug zwar nicht ihre Uniform, hatte aber eine Waffe bei sich, sodass es den Jungs nichts ausmachte, die beiden allein zum Treffpunkt fahren zu lassen.

Zara hatte nicht bedacht, wie schwer und sperrig eine Million Dollar sein würde. Es war nicht wie in den Filmen, wo alles in eine Reisetasche passte. Sie hatte drei Taschen voll mit Geld.

Außerdem beunruhigte sie die Tatsache, dass sie immer noch keine Ahnung hatte, wer hinter Meats Entführung steckte. Sie hoffte, dass es nicht ihr Onkel war, aber ehrlich gesagt traute sie ihm das durchaus zu. Er war mehr als verärgert über sie. Aber war er so wütend, dass er Meat etwas antun würde, nur um Geld von ihr zu erpressen?

Würde derjenige, der dahintersteckte, Meat behalten und mehr Geld verlangen?

Sie würde jeden einzelnen Cent geben, wenn sie dadurch Meat sicher und wohlbehalten zurückbekäme. Irgendwann während der letzten vierundzwanzig Stunden war Zara klar geworden, wie sehr sie ihn liebte. Unwiderruflich, bedingungslos und von ganzem Herzen. Wenn man ihn ihr wegnahm, würde sie sich nie davon erholen. Sie hatte es schließlich auch ohne ihre Eltern geschafft, aber sie hatte das Gefühl, dass sie den Verlust von Meat nicht überleben würde.

Er war alles, was sie sich je von einem Mann erträumt hatte. Geduldig, freundlich, lustig, rücksichtsvoll. Er war auch herrisch, ein bisschen zu festgefahren in seinen Gewohnheiten und wollte nichts sagen oder tun, was sie verärgern könnte. Aber mit den letzten drei Punkten konnte sie umgehen ... Hauptsache, er war noch am Leben.

»Es wird schon alles gut gehen«, versicherte Everly ihr und trommelte ungeduldig mit den Fingern aufs Lenkrad.

Sie steckten im zäh fließenden Verkehr in der Innenstadt von Colorado Springs fest und Zara wollte vor Frust schreien.

Sie nickte, antwortete aber nicht.

Das Klingeln von Zaras Telefon erschreckte sie beide zu Tode. Als Zara es ansah, stellte sie fest, dass es Renee war. Sie wollte eigentlich nicht mit ihr reden, aber sie drückte auf den grünen Knopf und nahm den Anruf trotzdem entgegen.

»Hey.«

»Hi, meine Liebe! Wo steckst du?«

Zara runzelte die Stirn. »Warum?«

»Nur so. Ich muss nach Colorado Springs fahren, um

mich mit einer Kundin zu treffen, und dachte, ich könnte vorbeikommen.«

»Ich bin nicht zu Hause«, erklärte Zara ihr.

»Oh. Machst du irgendwas Schönes?«

Zara hätte am liebsten geschrien: »Nein.«

»Kein Grund, gleich so kurz angebunden zu sein«, beschwerte sich Renee.

»Ich bin einfach nur ein bisschen gestresst. Tut mir leid«, erwiderte Zara.

»Weißt du, was gut gegen Stress ist?«, fragte Renee und erwiderte dann, ohne ihre Antwort abzuwarten: »Ein Einkaufsbummel! Du solltest einkaufen gehen! Geld genügend hast du ja schließlich.«

Zara war mit ihr fertig. »Ich muss jetzt auflegen«, erwiderte sie.

»Oh, na gut. Bis später dann.«

»Tschüss.«

»Tschüss.«

Zara legte auf und ließ den Kopf gegen die Kopfstütze fallen. »Du meine Güte, ich will ja nicht unfreundlich sein, aber sie macht mich wirklich fertig.«

»Das war Renee, richtig? Ich konnte von hier aus hören, was sie gesagt hat.«

»Ja.«

»Hmmm. Könntest du bitte jemanden von meinem Handy aus anrufen?«, fragte Everly und sagte ihr dann, wessen Nummer sie wählen sollte.

Zara war überrascht, nahm aber das Handy und ging zu Everlys Kontaktliste, drückte auf die Nummer, um die sie sie gebeten hatte, und schaltete auf Lautsprecher.

»Rex.«

»Rex, hier ist Everly. Könntest du bitte ein Handy für mich orten?«

»Wessen Handy?«

»Wir sind auf dem Weg zum Treffpunkt und Zara hat gerade einen Anruf von Renee Heller erhalten. Sie klang viel zu ... fröhlich. Ich meine, Zara ging ran und sie war offensichtlich total gestresst, und Renee fing an, vom Geldausgeben zu plaudern, was mir sehr merkwürdig vorkam. Ich habe einen Verdacht. Ich dachte, du könntest vielleicht ihren Aufenthaltsort überprüfen.«

»Wo hat sie denn behauptet zu sein?«, fragte Rex.

Everly betrachtete Zara.

»Das hat sie nicht genau gesagt«, erklärte Zara Rex. »Sie sagte, sie wäre in Colorado Springs und wollte wissen, ob ich zu Hause sei.«

»Okay, das sollte kein Problem sein. Moment ... also, das ist ja interessant«, sagte Rex.

»Was denn?«, fragten Everly und Zara gleichzeitig.

»Sie ist auf dem Weg nach Süden, aber sie fährt gerade an der Rennstrecke vorbei.«

Zara atmete scharf ein und wandte sich mit großen Augen an Everly.

»Ernsthaft? Das ist die gleiche Richtung, in die wir fahren«, erklärte Everly Rex.

»Ja, ich weiß«, sagte Rex. »Also seid vorsichtig da draußen, okay? Ich muss noch schnell etwas überprüfen, bevor ihr das Geld abgebt. Haltet einfach die Augen offen. Ich melde mich wieder.« Dann legte er ohne ein weiteres Wort auf.

»Glaubst du, *Renee* steckt hinter der Entführung?«, flüsterte Zara.

»Ich weiß es nicht.«

»Aber sie war doch mit uns beim Abendessen, als Meat verschwunden ist«, bemerkte Zara.

»Das war sie, aber das bedeutet noch längst nicht, dass

sie keinen Komplizen hat. Sie hat schon immer ein bisschen zu viel Interesse an deinem Geld gezeigt.«

Das stimmte. Zara hatte es bis vor Kurzem gar nicht bemerkt, aber fast jedes Mal, wenn sie während der letzten Wochen zusammen waren, hatte Renee irgendeine Bemerkung darüber gemacht, wie reich Zara war und wie schön es sein musste, sich keine Sorgen um Geld machen zu müssen.

Die Wut, die von der Angst unterdrückt worden war, kam wieder hoch. Wenn Onkel Alan dahintersteckte, hätte Zara es fast verstehen können. Er hatte ihr von Anfang an klipp und klar gesagt, dass er etwas vom Erbe seiner Schwester verdiente. Aber Renee ...

Sie war von Anfang an für Zara da gewesen. Sie war eine Freundin aus ihrem früheren Leben ... würde sie sie wirklich so schlimm hintergehen? Hatte sie nur so getan, als wäre sie ihre Freundin, um an Zaras Geld heranzukommen?

Der Rest der Fahrt verlief ruhig, da beide Frauen in ihren Gedanken versunken waren. Als sie sich der Raststätte näherten, sagte Everly: »Denk an unseren Plan. Wir geben das Geld ab, steigen wieder in den Wagen und verschwinden von hier.«

Zara nickte ... aber als sie langsam über den Parkplatz fuhren, erregte ein Fahrzeug, das hinter einem Traktoranhänger auf der anderen Seite des Rastplatzes geparkt war, ihre Aufmerksamkeit.

Und jetzt, da Everly den Samen des Zweifels an Renee gepflanzt hatte, konnte Zara ihn nicht mehr aus dem Kopf bekommen.

Sie wusste, dass die Jungs in der Nähe der Raststätte waren, sie beobachteten und warteten, aber als sie das Fahrzeug sah, stieg die Wut in Zara so schnell und so stark auf, dass sie kaum noch atmen konnte.

Everly fuhr in die letzte Parklücke, direkt vor den Mülleimer, und Zara stieg mit einer der Taschen aus. Sie stopfte sie in die Tonne und ging zurück zum Wagen, um eine weitere zu holen, da sie nicht alle drei gleichzeitig tragen konnte.

Als sie schließlich die letzte Tasche in die Mülltonne gestopft hatte, ging sie zurück zu Everlys Wagen.

Dann drehte Zara sich abrupt um und lief so schnell sie konnte auf das Fahrzeug zu, das ihr vorhin aufgefallen war.

Sie war sauer. *Mehr* als sauer. Sie war stinkwütend.

Das war nicht fair! Nicht nach allem, was sie während der letzten fünfzehn verdammten Jahre durchgemacht hatte.

Und es war definitiv nicht fair gegenüber Meat, der nichts falsch gemacht hatte. Er hatte ihr nur geholfen, sie geliebt, und sie sollte verdammt sein, wenn sie zuließe, dass Renee ihn ihr wegnahm.

Zara war noch nicht einmal auf halbem Weg zu dem Fahrzeug, als Renee und ein Mann, den Zara noch nie zuvor gesehen hatte, schnell ausstiegen. Sie hörte, wie Everly hinter ihr ihren Namen rief, aber Zara blieb nicht stehen. Sie wollte Renee mit bloßen Händen den Hals umdrehen. Sie würde sie zwingen, ihr zu sagen, wo Meat war.

»Bleib stehen!«, rief Renee und zielte mit der Pistole auf Zara.

Das brachte Zara endlich dazu, zweimal darüber nachzudenken, was zum Teufel sie da eigentlich tat. Sie kam ins Schleudern, konnte aber nichts sagen, bevor ein Schuss ertönte.

Zara zuckte zusammen und wich einen Schritt zurück und erwartete, Schmerzen zu spüren.

Aber sie war nicht diejenige, auf die geschossen worden war.

Renee schrie auf und ließ die Waffe fallen, die sie in der

Hand gehalten hatte. Zara sah, wie Ro und Ball aus den umliegenden Wäldern auftauchten und sich schnell auf die Stelle zubewegten, an der Renee mit starrem Blick und gehaltener Hand neben ihrem Wagen stand.

Der Mann, der sie begleitete, sah, dass ihr Plan offensichtlich in die Hose gegangen war, drehte sich um und lief zu den nahen Bäumen. Zara machte sich keine Sorgen, dass er entkommen könnte. Sie wusste, dass die Jungs ihn einholen würden.

Everly hatte sie am Arm gepackt und drängte sie in Richtung ihres Fahrzeugs, aber Zara weigerte sich, sich von der Stelle zu bewegen.

Renee ging nirgendwohin, nicht mit einer Hand, von der die Hälfte fehlte, und einer Blutlache auf dem Asphalt zu ihren Füßen. Sie blieb an der offenen Wagentür stehen, eindeutig unter Schock, und starrte auf ihre Hand, als könnte sie nicht glauben, was geschehen war.

Mit Everly an ihrer Seite und Ball und Ro, die Renee mit gezogenen Waffen gegenüberstanden, konnte Zara an nichts anderes denken als an Meat.

Und dass ihre älteste Freundin ihn zusammen mit einem Komplizen höchstwahrscheinlich entführt hatte.

»Ich dachte, wir wären Freundinnen«, rief Zara, während sie auf Renee zuging. »Ich habe dir vertraut!«

»Oh, wach mal auf. Das ist fünfzehn Jahre her«, kreischte Renee und schrie vor Schmerzen auf, als Ro rücksichtslos ihre Hände nahm und sie ihr mit Handschellen hinter dem Rücken fesselte, ohne dass er dabei zu bemerken schien, dass sie voller Blut war.

»Damit kommst du nicht davon«, erklärte Zara ihrer früheren Freundin.

»*Falsch.* Ich bin bereits damit davongekommen.«

»Wo steckt Meat?«

»Leck mich!«

»Sag es mir sofort!«, rief Zara.

»Ihr werdet ihn nie finden«, zischte Renee teuflisch. »Er wird dort sterben, wo wir ihn hingebracht haben – und es ist alles deine Schuld!«

Zara starrte in Renees Augen und versuchte, das Mädchen zu sehen, das sie einmal gekannt hatte. Das Mädchen, das mit ihr auf dem Spielplatz herumgerannt war. Das stundenlang fröhlich mit ihr geschaukelt hatte.

Aber sie konnte sie nicht finden. An ihrer Stelle war eine gierige, egoistische, seelenlose Frau.

Zara hatte das Gefühl, die Szene von oben zu beobachten, und sie bewegte sich, ohne nachzudenken.

Sie ballte ihre Hand zur Faust und schlug Renee so fest sie konnte ins Gesicht.

Es tat höllisch weh, aber Zara spürte nicht einmal den Schmerz in ihrer Hand.

Sie beugte sich zu Renee vor, ignorierte, dass die Nase der Frau blutete, und sagte leise: »Es ist ganz egal, wohin ihr ihn gebracht habt, wir werden ihn finden.«

Renee lachte verächtlich und bereitete sich darauf vor, Zara ins Gesicht zu spucken, doch Ro verhinderte das, indem er ihr mit der Hand den Mund zuhielt.

»Du tust mir wirklich leid«, erklärte Zara ihr. »Du weißt ja gar nicht, was du getan hast und wie weit diese Männer gehen werden, um ihren Freund zu finden.«

Renee schloss die Augen und wandte den Kopf ab. Als sie von rechts einen Tumult hörten, blickten sie alle hinüber und sahen, wie John von Gray und Black wieder auf den Parkplatz gezerrt wurde.

»Ich hole dein Geld«, erklärte Arrow Zara. »Everly und du, ihr könnt jetzt fahren, wir haben ja alles unter Kontrolle.«

Zara behielt Renee so lange wie möglich im Auge, während Everly ihren Arm nahm und sie wegführte.

Erst als Zara wieder im Wagen saß, brach sie in Tränen aus. Sie weinte, wie sie noch nie geweint hatte. Riesige Schluchzer, die ihren ganzen Körper erschütterten. Sie hatte keine Ahnung, wohin Everly sie brachte, aber das war ihr auch egal.

Meat war nicht an der Raststätte gewesen und sie hatte keine Ahnung, wo in aller Welt er sein könnte.

Sie hatten herausgefunden, wer hinter seiner Entführung steckte, aber sie wussten immer noch nicht, wo er war oder ob er noch lebte. Zara wusste, dass die Jungs alles tun würden, um die Informationen aus Renee und John herauszubekommen, aber was, wenn sie zu spät kamen?

Zara tat ihr Bestes, um sich unter Kontrolle zu bekommen, nahm Everlys Telefon in die Hand und drückte auf Wahlwiederholung. Als Rex den Hörer abnahm, sagte sie genau zwei Worte. »Finde ihn.«

KAPITEL ACHTUNDZWANZIG

Meat versuchte zu blinzeln. Er öffnete die Augen nicht ganz, sondern versuchte, sich zu orientieren, bevor er seine Umgebung wissen ließ, dass er wieder wach war. Er hatte keine Ahnung, wie viel Zeit vergangen war, seit er mit der Waffe bedroht worden war, aber instinktiv wusste er, dass es Stunden gewesen waren. Möglicherweise sogar Tage. Sein Mund war trocken wie Watte und er hatte Schmerzen am ganzen Körper.

Auch seine Erinnerungen waren äußerst nebulös. Er wusste, dass Midazolam als Betäubungsmittel eingesetzt wurde, und es war sehr wirksam gewesen, um Meat völlig außer Gefecht zu setzen. Er war körperlich nicht in der Lage, irgendetwas zu tun, solange es wirkte, und Renee und ihr Freund hatten ihr Bestes getan, um ihn bewusstlos zu halten.

Als Renee ihm das letzte Mal die Flasche an den Mund hielt, wusste er, dass sie versucht hatte, ihn zu töten. Bei den ersten beiden Malen hatte er nur ein wenig von dem Trank abbekommen, als er sich bewegt hatte, aber beim letzten Mal hatte Renee versucht, ihn zu zwingen, ein Vielfaches von dem zu sich zu nehmen, was er zuvor getrunken hatte. Glücklicherweise war er klar genug gewesen, um sich zu wehren, wenn auch nur schwach, und das meiste von der Droge war ihm übers Gesicht und nicht in die Kehle gelaufen.

Er lag eine gefühlte Ewigkeit da, bis er sicher war, dass sich niemand in der Nähe aufhielt. Er fluchte heftig und stützte sich mit seinem guten Arm auf dem Sitz ab. Er befand sich immer noch in dem Pritschenwagen, in dem er entführt worden war, aber als er aus dem Fenster sah, erblickte er nichts als Dunkelheit. Nirgendwo waren Lichter zu sehen, egal in welche Richtung er den Kopf drehte. Er hatte keine Ahnung, wo er war oder ob er sich überhaupt noch in Colorado befand.

Er zwang sich, mit verschwommenem Blick auf die Uhr zu schauen.

Zwei Uhr nachts. Und mehr als vierundzwanzig Stunden, seit er losgefahren war, um Zara abzuholen.

Zara!

Plötzlich schoss das Adrenalin in Meats Blut. Wo war sie? Er war mit dem Mann gegangen, weil er gesagt hatte, sie hätten Zara. Hatten sie sie auch betäubt? Ihr wehgetan?

Stöhnend zwang Meat sich, sich ganz aufrecht hinzusetzen. Er spähte über den Sitz vor ihm in der Hoffnung, den Schlüssel im Zündschloss des Wagens zu sehen ... vergeblich. Das machte nichts – Ro hatte ihnen allen beigebracht, wie man ein Fahrzeug kurzschließt, nur für den Fall.

Er lehnte sich weiter vor und drehte den Knopf an der Seite des Lenkrads, um die Scheinwerfer des Wagens einzuschalten. Er zuckte angesichts der hellen Strahlen, die durch die Dunkelheit schienen, und fluchte erneut.

Alles, was er sehen konnte, waren Bäume. Überall, wohin er sich wandte, waren Bäume. Keine Straßen. Keine

Menschen. Keine Häuser. Und wieder kein Schlüssel. Das würde schwieriger werden, als er gehofft hatte. Aber Meat war nicht umsonst ein ehemaliger Delta-Force-Soldat. Er würde zu Zara zurückkehren oder bei dem Versuch sterben. Da er nicht bereits an dem Schuss in die Schulter gestorben war, ging Meat davon aus, dass er wahrscheinlich überleben würde.

Er stieß die Tür neben sich auf und in dem Moment, in dem er aufstand, kippte die Welt und er landete praktisch flach mit dem Gesicht auf dem harten Boden.

Okay, vielleicht war er doch nicht so ganz wieder auf den Beinen. Er würde sich nur eine Minute lang ausruhen und sich orientieren, dann würde er aufstehen, den Pritschenwagen kurzschließen und nach Hause fahren.

Aus einer Minute wurden zwei, und aus zwei wurden vier. Er würde aufstehen ... sobald sich die Welt nicht mehr drehte und seine Schulter nicht mehr pochte.

Zara lief ungeduldig hin und her. Allye, Chloe und Harlow beobachteten sie alle sichtlich besorgt. Morgan döste auf dem Sofa und sowohl Darby als auch Calinda schliefen fest in einem tragbaren Kinderbett auf dem Boden. Everly hatte die Kavallerie gerufen und war mit ihr in Meats Haus geblieben, bis die anderen Frauen eingetroffen waren, dann war sie losgefahren, um ebenfalls nach Meat zu suchen.

Zara hatte Rex viermal angerufen, aber er hatte nichts weiter zu berichten, als dass er »daran arbeitete«. Kurz nachdem sie nach Hause gekommen war, hatte Ball angerufen und ihr die schlechte Nachricht überbracht, dass gerade, als sie mit Renee und John losfahren wollten, um sie zu zwingen, zu gestehen, wo sie Meat gelassen hatten, die

Polizei eingetroffen war. Jemand hatte gesehen, wie Renee ihre Waffe gezogen hatte, und die Polizei gerufen.

Jetzt befanden sich Renee und John in Polizeigewahrsam ... es gab also keine kreativen Möglichkeiten mehr, sie zum Reden zu bringen.

Tatsache war, dass Meat genauso vermisst wurde wie einst Zara ... wenn er überhaupt noch lebte.

Und genau das war das Schwierige an der Sache. Er konnte nicht tot sein. Das konnte er einfach nicht. Sie hatte ihm nicht gesagt, wie viel er ihr bedeutete. Dass sie ihn liebte.

Zara wollte nicht über die Statistiken nachdenken. Darüber, dass ständig Menschen verschwanden und ihre Leichen in der Wildnis um die Stadt herum vergraben und nie gefunden wurden. Es gab buchstäblich Millionen von Hektar, wo John und Renee Meat hätten verbuddeln können. Es war ein deprimierender Gedanke, aber Zara schwor sich, niemals mit der Suche aufzuhören.

Sie würde alles tun, was nötig war. Sie hatte das Geld. Sie würde Privatdetektive anheuern, Spürhunde ... sie würde jeden Zentimeter der Wildnis durchwandern, um Meat zu finden.

Sie war schon vor Stunden so müde gewesen, doch jetzt war ihr Tank so gut wie leer. Es war fünf Uhr morgens, fast zwölf Stunden waren vergangen seit der Begegnung an der Raststätte.

»Bitte hör auf rumzulaufen und setz dich hin«, bat Allye sie.

Zara schüttelte den Kopf. Sie hatte viel zu viel zu tun, um sich entspannen zu können. Zu viele Leute, mit denen sie in Verbindung treten musste, und zu viele Listen, die sie in ihrem Kopf erstellte, als jetzt schlafen zu können.

»Die Jungs werden ihn finden«, versicherte Chloe ihr.

Zara nickte geistesabwesend.

Die besorgten Blicke, die sich die drei Frauen zuwarfen, bemerkte sie nicht.

Zara wusste es zu schätzen, dass sie da waren. Dass sie helfen wollten. Sie war so dumm gewesen, nicht durch Renees vorgetäuschte Freundschaft hindurch das Böse dahinter zu sehen. Sie wusste, dass Meat an ihrer Aufrichtigkeit gezweifelt hatte, aber Zara hatte nicht auf seine Bedenken gehört.

Weitere dreißig Minuten vergingen und Zara fühlte sich, als würde sie gleich den Verstand verlieren.

Als sie ein Fahrzeug hörten, das sich dem Haus näherte, drehten alle vier Frauen den Kopf in Richtung Haustür.

»Wollte einer der Jungs zurückkommen?«, fragte Chloe.

»Eigentlich nicht. Gray hätte eine Nachricht geschrieben oder angerufen«, erklärte Allye.

»Ist die Alarmanlage eingeschaltet?«, fragte Harlow, dann stand sie auf und ging zum Kinderbett, als würde sie die schlafenden Babys nur mit ihrem Körper verteidigen wollen.

»Ja, sie ist eingeschaltet«, versicherte Zara ihren Freundinnen und ging zur Eingangstür. Sie schaute aus dem kleinen Fenster neben der Tür und runzelte die Stirn, als ein alter Pritschenwagen langsam auf sie zufuhr. Er fuhr Schlangenlinien, als wäre der Fahrer betrunken.

Das Haus von Meat lag nicht gerade an einem viel befahrenen Weg und sie konnte sich nicht vorstellen, dass jemand aus Versehen die lange, gewundene, unbefestigte Einfahrt entlangfahren würde.

Nachdem sie die Alarmanlage ausgeschaltet hatte, öffnete Zara die Haustür. Sie hörte Chloe am Telefon, die wahrscheinlich mit Ro sprach, und sie spürte, wie Allye und Harlow neben ihr auftauchten.

Das war die Art von Freundinnen, die sie sich wünschte. Die Art, die nicht zögern würde, ihr zur Seite zu stehen, egal was ihr bevorstand.

Zara schaltete das Außenlicht ein und wartete darauf, dass derjenige, der in dem Pritschenwagen saß, ausstieg und ihnen sagte, was er oder sie dort tat.

Nichts konnte sie darauf vorbereiten, wen sie sah, als sich die Fahrertür öffnete.

»Meat!«, rief sie und spurtete zum Pritschenwagen.

Sein Gesicht war kreidebleich und sein Oberkörper schwankte hin und her, während er hinter dem Lenkrad blieb.

»Zara ...«, sagte er und streckte eine Hand nach ihr aus, ohne den Versuch zu unternehmen, aus dem Fahrzeug auszusteigen.

Sie umfasste sein Gesicht mit beiden Händen und zwang ihn dazu, sie anzusehen. Er legte ihr einen Arm um die Taille und hielt sie fest an sich gedrückt, während er auf dem Fahrersitz saß und sie an der Tür stand.

»Geht es dir gut?«, fragte er benommen. »Du bist nicht verletzt?«

»Nein, es geht mir gut. Du bist derjenige, der verletzt wurde.«

»Es war Renee«, sagte er und hatte Probleme damit, die Augen offen zu halten.

»Ich weiß. Das wissen wir. Was ist denn los? Und woher kommt all das Blut?«

»Schusswunde. Glatter Durchschuss. Sie haben mir Drogen gegeben. Midazolam. Es fällt mir schwer, wach zu bleiben«, murmelte Meat.

»Du bist hierher *gefahren*? Von wo aus?«, wollte Allye wissen, die plötzlich neben ihnen aufgetaucht war.

Meat zuckte mit seiner unverletzten Schulter. »Mitten

im Nirgendwo. Irgendwo entlang der Rampart Range Road.«

»Verdammt, er hat wirklich Glück gehabt, dass er sich nicht selbst umgebracht hat, weil er in diesem Zustand gefahren ist«, bemerkte Harlow leise.

Zara war es egal, in welchem Zustand Meat sich befand. Er war hier. In ihren Armen und er war noch am Leben. »Ich liebe dich«, platzte sie heraus.

»Ich dich auch«, murmelte Meat. »Ich will deine rote Unterwäsche sehen«, murmelte er, bevor er die Augen schloss und in ihren Armen erschlaffte.

Chloe lief nach draußen und teilte ihnen mit, dass die Jungs auf dem Weg seien und bald eintreffen würden.

Zara stand neben dem Pritschenwagen und hielt Meat mit der Hilfe ihrer Freundinnen fest.

Sie schloss die Augen und dankte ihren Eltern, wo auch immer sie waren, dass sie auf Meat aufgepasst hatten. Sie war wirklich kurz davor gewesen, ihn zu verlieren, das war ihr bewusst. Wäre er nur halb so stark gewesen, hätte er es nicht geschafft, sich aus dem Versteck von Renee und John zu befreien. Er hätte nicht überlebt, was auch immer sie ihm verabreicht hatten, und sie würde ihn jetzt nicht in ihren Armen halten.

»Er kommt wieder in Ordnung«, versicherte Allye ihr.

»Ich weiß«, entgegnete Zara. »Ich weiß.«

EPILOG

»Ich kann es kaum erwarten, diese Kneipe zu sehen, von der du immer erzählst«, sagte Zara.

Meat grinste und griff nach ihrer Hand, als er sie zum *The Pit* fuhr.

Es hatte länger gedauert, als ihm lieb war, bis er wieder ganz bei Sinnen war, nachdem er so oft mit Midazolam betäubt worden war. Die Ärzte meinten, wenn er die letzte Dosis, die Renee ihm aufzudrängen versuchte, tatsächlich geschluckt hätte, hätte seine Lunge und wahrscheinlich auch sein Herz ihm den Dienst versagt.

Der Schuss in seine Schulter war glatt durchgegangen, genau wie er vermutet hatte. Es tat zwar weh, war aber nicht lebensbedrohlich, und während der letzten drei Wochen war die Wunde schon ziemlich gut verheilt. Er erinnerte sich nicht mehr daran, wie er die Rampart Range Road entlang und zurück zu seinem Haus gefahren war, aber er erinnerte sich daran, dass er Zara zum ersten Mal wiederge-sehen und sie ihm gesagt hatte, dass sie ihn liebte.

Ihm gefiel nicht, was sie hatte durchmachen müssen,

aber es hatte ihre Freundschaft zu den anderen Frauen gestärkt und Meat vor Augen geführt, wie außergewöhnlich seine Bindung zu den anderen Mountain Mercenaries war.

Im Moment waren sie auf dem Weg zu der Kneipe, in der er und die anderen Mountain Mercenaries regelmäßig abhingen. Sie unterhielten sich hinten im Billardraum über ihre Einsätze oder genossen es einfach, ein wenig Zeit unter Männern zu verbringen. Sie waren noch nicht dazu gekommen, mit Rex darüber zu sprechen, dass sie ihre zukünftigen Missionen auf die Vereinigten Staaten beschränken wollten. Das stand ganz oben auf ihrer Liste ... allerdings erst *nach* dem heutigen Tag.

»Es ist keine sonderlich schicke Kneipe«, warnte Meat sie und streichelte mit dem Daumen über ihren Handrücken.

»Es muss nicht schick sein, um etwas Besonderes zu sein«, erwiderte Zara.

Das stimmte natürlich.

Allye und Gray hatten beschlossen, mit der Heirat nicht länger zu warten. Sie hatten kein großes Spektakel gewollt, aber natürlich war es eine große Sache geworden, als alle Kinder, die Allye in ihren Tanzkursen für Behinderte unterrichtete, dabei sein wollten. Also sagte Dave, sie könnten das *The Pit* für die Zeremonie nutzen und dann, wenn die Kinder weg waren und der Alkoholausschank begann, würden sie es als Festsaal für ihren Empfang nutzen.

»Bist du mit allem einverstanden, das du gestern mit deinem Anwalt besprochen hast?«, fragte Meat. Er hatte mit Zara besprochen, den größten Teil ihres Geldes in einen Treuhandfonds für wohltätige Zwecke einzuzahlen und nur so viel zu behalten, dass sie davon leben konnte. Der größte Teil würde investiert werden, wobei jedes Jahr ein Teil an die von ihr bestimmten Wohltätigkeitsorganisationen gehen würde.

Sie hatte auch einen kleinen Teil ihres Vermögens für ihren Onkel Alan zurückgelegt. Er war zwar immer noch ein Mistkerl, aber Zara hatte lange darüber nachgedacht und mit Meat darüber diskutiert und war zu dem Schluss gekommen, dass sie das ganze Geld, das ihre Eltern ihr hinterlassen hatten, sowieso nie ausgeben könnte. Sie hatte sich überlegt, dass es sich vielleicht lohnte, wenn sie sich ihren Onkel damit vom Hals schaffen könnte. Sie hatte erklärt, dass er ihr jetzt hauptsächlich eher leidtat als alles andere. Sie hatte Liebe und Freunde, und er hatte ... nichts. Verbitterung und eine Drogensucht, die ihn sicher dazu bringen würde, das Geld, das er bekam, zu verprassen. Aber wie Meat betonte, war das nicht ihr Problem.

Er hatte Alan auch klargemacht, dass er danach keinen Cent mehr von ihr bekommen würde, und wenn er sie jemals wieder kontaktierte, würde er es bereuen. Zara hatte keine Ahnung, ob er sich an ihre Vereinbarung halten würde, nachdem er das Geld ausgegeben hatte, aber sie wusste, dass Meat und seine Freunde sich um ihn kümmern würden, wenn er es nicht tat.

»Ja«, sagte sie. »Es fühlt sich gut an, von dieser Last entbunden zu sein. Ich weiß, wenn sich herumspricht, was ich getan habe, werden die Leute denken, ich hätte den Verstand verloren, weil ich so viel Geld aufgegeben habe, aber ... ich will es ehrlich gesagt nicht. Sieh nur, was dir deswegen fast passiert wäre. Ich will nur genügend haben, um zu leben und unsere Familie zu ernähren, und mehr nicht.«

Meat lächelte ihr zu, hob ihre Hand und küsste den Ring, den er ihr am Abend zuvor geschenkt hatte. »Und wie viele Kinder möchtest du haben?«

»Vierzehn.«

Meat wäre bei ihrer Antwort fast von der Straße abgekommen, dann starrte er sie schockiert an.

Es gelang ihr, noch ein paar Sekunden lang ernst dreinzublicken, bevor sie loslachte. »Du hättest mal dein Gesicht sehen sollen«, erwiderte sie völlig außer Atem.

»Du Göre«, beschwerte sich Meat, freute sich aber natürlich darüber, dass sie so glücklich und sorglos war.

»Ich dachte an zwei. Vielleicht drei. Und du?«

»Zwei oder drei hört sich gut an«, erklärte Meat ihr. »Ich bin stolz auf dich, Zar.«

Sie sah ihn mit zur Seite geneigtem Kopf an.

»Du hast etwas durchgemacht, an dem die meisten Menschen zerbrochen wären. Doch du bist *nicht* daran zerbrochen, ganz im Gegenteil, du bist stärker als je zuvor daraus hervorgegangen. Ich bin auch stolz auf dich, dass du den Anstoß für den Bau einer Klinik für Daniela gegeben hast. Das Geld, das du geschickt hast, wird ihr auf jeden Fall helfen, bis wir die bürokratischen Hürden überwunden haben und den Bau in Angriff nehmen können.«

Zara zuckte mit den Achseln. »Sie hat mir so viel beigebracht und so vielen Leuten geholfen. Man könnte fast behaupten, *sie* habe Calinda das Leben gerettet, hätte sie mir nämlich nicht beigebracht, was zu tun ist, wenn sich die Nabelschnur um den Hals eines Babys gelegt hat, hätte dieses Kind nicht überlebt.«

»Und du bist damit einverstanden, eines Tages nach Lima zurückzukehren?«, hakte Meat nach. »Wird es nicht zu viele schlechte Erinnerungen in dir wachrufen?«

»Oh doch, ich bin mir sicher, dass es das wird«, entgegnete sie. »Aber es wird anders sein, weil du bei mir bist. Ich bin nicht allein.«

»Allerdings«, entgegnete Meat mit Nachdruck.

Gestern Abend, nachdem er ihr den Ring an den Finger gesteckt und sie eingewilligt hatte, ihn zu heiraten, hatten sie bis in die Nacht hinein über ihre Zukunft gesprochen. Zusätzlich zu den Wohltätigkeitsorganisationen, die sie unterstützen würde, wollte Zara auch ein Buch über ihre Erfahrungen schreiben, dessen Erlös an die Elizabeth Smart Foundation gehen sollte, die sich auf die Verhinderung von Verbrechen gegen Kinder konzentriert und bei Bedarf Ressourcen für Kinder, Eltern und Familien bereitstellt.

Er fuhr zum *The Pit* und fand auf dem überfüllten Parkplatz einen Platz zum Parken. Er half Zara aus dem Wagen und hielt ihre Hand, als sie die heruntergekommene Kneipe betraten, und sie wurden sofort mit einem Chor von Begrüßungsrufen empfangen. Er wusste, dass sie spät dran waren, weil er einen Blick auf Zara in einem weiteren brandneuen BH und Höschen erhascht hatte und seine Hände nicht von ihr lassen konnte – Meat hatte sie direkt ins Hinterzimmer gezogen.

Gray funkelte ihn an, aber Allye verdrehte nur die Augen. Meat küsste Zara kurz, bevor er sie neben Everly stellte. Dann nahm er seinen Platz neben Ball ein, gegenüber der Stelle, an der die Frauen aufgereiht waren. Die Hochzeit war nicht traditionell, was bedeutete, dass niemand zum Altar schreiten würde, und niemand trug etwas besonders Schickes, aber Ro, Arrow, Black, Ball und Meat standen alle neben Gray, während Chloe, Morgan, Harlow, Everly und Zara auf Allyes Seite standen.

Nachdem sich alle beruhigt hatten, begann Dave, der normalerweise hinter der Theke stand, sich aber extra für diesen Anlass online zum Priester hatte weihen lassen, die

Zeremonie. Noah Ganter war schon an der Bar, als sie ankamen, und verteilte fruchtige, alkoholfreie Getränke an die Kinder und Softdrinks an die Erwachsenen. Sobald der Empfang begann und die Bar offiziell geöffnet war, würde er Alkohol ausschenken.

Meat konnte den Blick nicht von Zara abwenden, als Dave die traditionellen Worte für die Hochzeitszeremonie sprach. Sie schien zu strahlen. Sie trug ein Kleid, von dem sie geschworen hatte, dass sie es nach der Zeremonie sofort ausziehen würde, aber er würde alles tun, was nötig war, um sie davon zu überzeugen, es anzulassen. Sie hatte die Idee, ihr Haar wachsen zu lassen, erwogen und wieder verworfen, und es war frisch gestylt. Sie hatte sich von ihrem neuen Friseur sogar eine rote Strähne verpassen lassen, passend zu ihrem Kleid.

Meat hatte die fast zwanghafte Bindung seiner Freunde an ihre Frauen nie wirklich verstanden, aber jetzt verstand er sie. Er würde buchstäblich alles tun, um Zara sicher und glücklich zu machen. Sie war durch die Hölle gegangen und es war an der Zeit, dass sie sich entspannte und genoss, was das Leben zu bieten hatte. Er konnte ihre Eltern nicht zurückbringen, aber er konnte dafür sorgen, dass sie die Familie hatte, die sie sich wünschte. Ihre Großeltern verpassten den besten Teil des Lebens, nämlich ihre Enkelin kennenzulernen, aber das war deren Problem, nicht ihres.

Als Dave zu dem Teil kam, in dem es darum ging, ob jemand Einwände hatte, knurrte Gray ihn an und drehte sich um, um jeden einzelnen der Mountain Mercenaries anzustarren. Irgendwann hätte Meat vielleicht etwas gesagt, nur um seinen Freund zu ärgern, aber der Gedanke, dass irgendjemand auch nur im Scherz etwas tun könnte, um ihn davon abzuhalten, Zara für den Rest ihres Lebens an sich zu binden, reichte aus, dass bei ihm der Angstschweiß ausbrach.

»Und damit erkläre ich euch zu Mann und Frau. Du darfst die Braut jetzt küssen«, sagte Dave mit strahlendem Lächeln.

Gray packte Allye, neigte sie nach hinten und küsste sie, als wären sie allein zu Hause und nicht in einer öffentlichen Kneipe.

Meat wartete nicht einmal darauf, dass sein Freund den Kuss beendete. Er schritt durch den Raum und zog Zara in seine Arme. Er würde sie vielleicht nicht heute heiraten, aber bald. Und er konnte keinen Augenblick länger warten, sie zu küssen.

Ball wollte natürlich in nichts nachstehen und ging zu Everly hinüber und tat dasselbe.

Bald hatte jeder der Männer Anspruch auf seine Frau erhoben. Alle klatschten und jubelten, und Dave warf verärgert die Hände hoch und ging zurück an die Theke im vorderen Raum.

Schließlich gelang es den Männern, sich von ihren Frauen zu lösen, und sie mischten sich unter die Anwesenden. Meat konnte nicht umhin zu bemerken, wie sehr Zara sich an den anwesenden Kindern erfreute. Sie achtete auf jedes ihrer Worte und ging in die Knie, um auf Augenhöhe mit ihnen zu sprechen. Sie war ein Naturtalent – und plötzlich konnte er es kaum erwarten zu sehen, wie ihr Bauch anschwoll, weil sie sein Kind unter ihrem Herzen trug. Sie würde eine fantastische Mutter abgeben, wahrscheinlich überfürsorglich, aber das machte ihm nichts aus.

Nach einer Stunde begannen die Eltern mit ihren Kindern langsam zu gehen, und gegen drei Uhr nachmittags verkündete Dave, dass die Bar offiziell geöffnet sei.

Ein Jubel brach aus und Meat legte seinen Arm um Zara. »Möchtest du etwas trinken?«

»Vielleicht einen Mimosa?«, bat sie. »Der ist ja irgendwie gesund, weil Orangensaft drin ist, nicht wahr?«

Meat lachte. »Ja, Zar, du kannst trinken, was du möchtest.« Sie würde niemals eine große Trinkerin werden, und das war auch gut so. Er mochte sie genau so, wie sie war.

Sie gingen auf die Theke zu und quetschten sich zwischen zwei andere Paare. Meat stand hinter Zara und schützte sie davor, von hinten angerempelt zu werden. Sie passte perfekt zu ihm. Sie war winzig im Vergleich zu ihm, aber irgendwie schien es trotzdem perfekt zu funktionieren.

»Was ist mit all den Fotos?«, fragte Zara und zeigte auf die Hunderte von Polaroidfotos hinter der Theke.

»Ich glaube, es begann, als Dave die Kneipe eröffnete. Er machte Fotos von einigen Stammgästen, und schon bald wollte jeder sein Bild an der Wand haben.«

Zara stützte sich auf die Ellbogen und betrachtete die vielen Gesichter, die sie anlächelten – dann spürte Meat, wie sie sich in seinen Armen versteifte, und er war sofort aufmerksam.

Er beugte sich hinunter, um ihr ins Ohr zu flüstern, und fragte: »Was ist denn los?«

Dave kam zu ihnen, als Zara gerade fragte: »Warum ist dort oben ein Foto von Mags?«

Meat runzelte die Stirn. »Du musst dich irren.«

»Nein. Ich bin mir ziemlich sicher, dass sie es ist. Allerdings sieht sie auf dem Foto jünger aus.« An Dave gewandt fragte sie: »Könntest du mir bitte das Foto bringen, damit ich es mir genauer ansehen kann?«

»Welches Foto?«, fragte Dave und drehte sich um, um zu sehen, wohin sie zeigte.

»Das Foto genau in der Mitte. Die Frau mit den langen

schwarzen Haaren. Sie hat den Kopf zurückgeworfen und lacht.«

Dave erstarrte – dann drehte er sich langsam um und starrte Zara an. »Kennst du sie?«

»Vielleicht«, entgegnete Zara. »Ich meine, sie sieht genau aus wie meine Freundin Mags aus dem Barrio in Peru. Aber das kann sie nicht sein, oder?«

Meat blickte von Zara zu Dave ... und blinzelte überrascht von der sofortigen Veränderung in Daves Verhalten.

Die ganze Zeit, die er den großen, stämmigen Barkeeper kannte, war er fröhlich und lässig gewesen. Er nahm den Schutz der Frauen, die in seiner Kneipe verkehrten, sehr ernst, und er zögerte nicht, jeden rauszuschmeißen, der Probleme machte, aber im Großen und Ganzen war er eher entspannt.

Aber der Mann, der jetzt vor Meat stand, war alles andere als entspannt.

Dave griff nach dem Bild und entfernte die Heftzwecke. Er legte es vor Zara auf die Theke. Sie hob es auf und betrachtete es genauer.

»Ich könnte schwören, dass sie das ist«, erklärte Zara und es war leicht zu hören, wie verwirrt sie war.

»Wo hast du sie zuletzt gesehen?«, fragte Dave, seine Stimme so intensiv und fast verzweifelt, dass alle um ihn herum innehielten und ihn anstarrten.

»In Peru. In unserem Barrio. Sie hat mich aufgenommen und sie ist irgendwie die Anführerin der Frauengruppe, mit der ich befreundet bin. Wir haben beobachtet, wie Meat und Black von Ruben und seinen Freunden zusammengeschlagen wurden. Dabei waren Maria, Carmen, Gabriella, Teresa, Bonita und Mags.«

»Mags«, fragte Dave. »Eine Kurzform von Margaret?«

Zara schüttelte den Kopf. »Ich weiß es nicht. Wir haben sie immer nur Mags genannt. Kennst du sie?«

Dave zeigte auf das Bild in ihrer Hand. »Das ist meine Frau. Sie ist vor zehn Jahren verschwunden – seitdem habe ich nicht aufgehört, nach ihr zu suchen.«

In der Kneipe war es mittlerweile still geworden, so still, dass Meat die Person neben sich atmen hören konnte.

»*Rex?*«, fragte Gray ungläubig hinter Meat und Zara.

Er nickte einmal kurz. »Der bin ich.«

»Verdammt noch mal!«, rief Ball.

»Ich kann es verflucht noch mal nicht fassen«, stellte Black fest.

»Ihre Familie hat sie immer Magpie genannt – Englisch für Elster – und es dann zu Mags abgekürzt«, erklärte Dave. »Ich wollte meinen eigenen besonderen Spitznamen für sie haben, also habe ich sie immer Raven – also Rabe – genannt, wegen ihres langen schwarzen Haares.« Er beugte sich vor und blickte Zara tief in die Augen. »Und du bist dir hundertprozentig sicher, dass die Frau, die du als Mags kennst, die gleiche ist wie auf dem Foto?«

Zara nickte. »Ja. In der Zeit, in der ich sie kannte, hat sie nicht viel gelacht, aber sie ist es.«

Dave nahm das Foto und steckte es sich in die Gesäßtasche. Er ging den Tresen entlang und hob die schwere Klappe an, die die Theke von der Kneipe abtrennte.

»Dave, warte!«, rief Zara. »Es gibt einiges, was ich dir über sie erzählen sollte. Über die Situation, in der sie sich befindet.«

Aber Dave wurde nicht einmal langsamer. Er ging mit entschlossenem Schritt auf die Tür zu.

Meat schaute sich unter seinen Freunden um, die alle ungläubig auf den Mann starrten, den sie zu respektieren gelernt hatten. Es würde eine Weile dauern, bis sie begriffen, dass der Barkeeper, den sie kannten und liebten, in Wirklichkeit Rex war, der Drahtzieher hinter den Mountain Mercenaries.

»Wo willst du denn hin?«, rief Gray ihm nach, als er fast bei der Tür war.

Dave wandte den Kopf und sagte: »Peru«, bevor er die Tür öffnete und hinaus auf den Parkplatz trat.

BÜCHER VON SUSAN STOKER

<u>Mountain Mercenaries:</u>
Die Befreiung von Allye
Die Befreiung von Chloe
Die Befreiung von Morgan
Die Befreiung von Harlow
Die Befreiung von Everly
Die Befreiung von Zara
Die Befreiung von Raven (1 Apr 2022)

<u>Ace Security Reihe:</u>
Anspruch auf Grace
Anspruch auf Alexis
Anspruch auf Bailey
Anspruch auf Felicity
Anspruch auf Sarah

<u>Die Delta Force Heroes:</u>
Die Rettung von Rayne
Die Rettung von Emily
Die Rettung von Harley

Die Hochzeit von Emily
Die Rettung von Kassie
Die Rettung von Bryn
Die Rettung von Casey
Die Rettung von Wendy
Die Rettung von Sadie
Die Rettung von Mary
Die Rettung von Macie
Die Rettung von Annie (8 Feb 2022)

Delta Team Zwei
Ein Held für Gillian (1 Dec 2021)
Ein Held für Kinley (1 Jan 2022)
Ein Held für Aspen (1 März 2022)
Ein Held für Jayme (1 Mai 2022)
Ein Held für Riley
Ein Held für Devyn
Ein Held für Ember
Ein Held für Sierra

SEALs of Protection:
Schutz für Caroline
Schutz für Alabama
Schutz für Fiona
Die Hochzeit von Caroline
Schutz für Summer
Schutz für Cheyenne
Schutz für Jessyka
Schutz für Julie
Schutz für Melody
Schutz für die Zukunft
Schutz für Kiera
Schutz für Alabamas Kinder

SUSAN STOKER

Schutz für Dakota

<u>Die SEALs von Hawaii:</u>
Die Suche nach Elodie
Die Suche nach Lexie
Die Suche nach Kenna
Die Suche nach Monica (10 Mai 2022)
Die Suche nach Carly
Die Suche nach Ashlyn
Die Suche nach Jodelle

BIOGRAFIE

Susan Stoker ist die New York Times, USA Today und Wall Street Journal Bestsellerautorin der Buchreihen »Badge of Honor: Texas Heroes«, »SEAL of Protection«, »Die Delta Force Heroes« und einigen mehr. Stoker ist mit einem pensionierten Unteroffizier der US-Armee verheiratet und hat in ihrem Leben schon überall in den Vereinigten Staaten gelebt – von Missouri über Kalifornien bis hin zu Colorado. Zurzeit nennt sie die Region unter dem großen Himmel von Tennessee ihr Zuhause. Sie glaubt ganz und gar an Happy Ends und hat großen Spaß daran, Geschichten zu schreiben, in denen Romantik zu Liebe wird.

Besuchen Sie Susan im Netz!
www.stokeraces.com
facebook.com/authorsusanstoker
twitter.com/Susan_Stoker
bookbub.com/authors/susan-stoker

instagram.com/authorsusanstoker
Email: Susan@StokerAces.com

www.ingramcontent.com/pod-product-compliance
Lightning Source LLC
Chambersburg PA
CBHW071524120726
47907CB00012B/304